COĞRAFYA MAHKÛMLARI

Dünyanın Kaderini Değiştiren On Harita

Coğrafya Mahkûmları
Orijinal Adı: *Prisoners of Geography*
Tim Marshall
Çeviri: Mert Doğruer

Genel Yayın Yönetmeni: Aslı Tunç
Editör: Cihan Özpınar
Düzelti: Gamze Kulak
Kapak Uygulama: Berna Özbek Keleş
Sayfa Uygulama: Şükrü Karakoç

12. Baskı: Mayıs 2026
ISBN: 978-605-173-396-8

Epsilon Yayınevi Ticaret ve Sanayi A.Ş.

Baskı ve Cilt:
Epsilon Baskı Çözümleri Ticaret ve Sanayi A.Ş.
Gürsel Mah., İcabet Sok., No:3, 34400
Kağıthane/İstanbul
Sertifika No: 80940

Yayımlayan:
Epsilon Yayınevi Ticaret ve Sanayi A.Ş.
Osmanlı Sok., No: 18/4-5 Taksim/İstanbul
Tel: (212) 252 38 21 Faks: (212) 252 63 98
İnternet Adresi: www.epsilonyayinevi.com
E-posta: epsilon@epsilonyayinevi.com
Sertifika No: 49067

COĞRAFYA MAHKÛMLARI

Dünyanın Kaderini Değiştiren On Harita

TIM MARSHALL

Çeviri: Mert Doğruer

Jeopolitik

epsilon

ÖNSÖZ

Herkes artık olağanüstü istikrarsız zamanlarda yaşadığımızı düşünüyor ve söylüyor. Bizlere günümüz dünyasının hiç olmadığı kadar öngörülemez olduğu söylendi. Böyle ifadeler temkinli ve hatta şüpheci karşılıklar doğuruyor. Temkinli olmak doğru bir yaklaşım. Dünya her zaman istikrarsız, gelecek de tanımı gereği tahmin edilemez olmuştur. Halihazırdaki endişelerimizin daha kötü olması işten değildi. Bunu bize en azından 1914'ün yüzüncü yıldönümü hatırlatmalıydı.

Elbette köklü değişiklikler de yaşıyoruz ve bunlar, nerede yaşadığımız fark etmeksizin, hem kendi geleceğimiz hem de çocuklarımız için gerçekten çok önemli. Teknolojinin hızla gelişmesiyle doğrudan bağlantılı olan ekonomik, sosyal ve demografik değişimler, içinde bulunduğumuz zamanı geçmişten ayıracak küresel sonuçlar doğuruyor. "Olağanüstü istikrarsızlık" hakkında bu kadar fazla konuşmamızın ve "jeopolitik" yorumculuğun giderek büyüyen bir sektöre dönüşmesinin nedeni de bu olabilir.

Tim Marshall bu tartışmaya sıradışı kişisel ve profesyonel nitelikleriyle katkı yapabilecek biri. Son yirmi beş yılın önemli gelişmelerin birçoğunda doğrudan yer aldı. Giriş kısmında bize hatırlatacağı üzere, Balkanlar, Afganistan ve Suriye'de ön cephelerde bulundu. Kararlar ve olayların, uluslararası çatışmalar ve iç savaşların ancak tarihle şekillenen umut, korku ve önyargılar hesaba katılarak anlaşılabileceğini, ayrıca bunların bireyler, topluluklar ve ülkelerin gelişimini sağlayan fiziksel çevreden, yani coğrafyadan kaynaklı olduğunu görmüştür.

Sonuç olarak, bu kitap bizim güvenliğimiz ve refahımızla doğrudan ilgili, isabetli tespitlerle doludur. Ukrayna'daki Rus müdahalesine neden olan neydi? Batı bunu öngöremedi mi? Öngöremediyse, neden? Moskova şimdi ne kadar bastıracak? Çin, en azından doğal kara sınırı olarak gördüğü topraklarda kendini güvende hissediyor mu ve bu, Pekin'in hem deniz gücüne hem de ABD'ye olan bakışını nasıl etkileyecek? Bunun anlamı Hindistan ve Japonya gibi diğer bölge ülkeleri için ne olacak? İki yüzyıldan uzun bir süre boyunca, ABD hayli elverişli coğrafi koşullardan ve doğal kaynaklardan faydalandı. Şu anda elinde fazla miktarda petrol ve gaz kaynağı var. Bu durum onun uluslararası politikalarını etkileyecek mi? ABD'nin olağanüstü bir gücü ve direnci olmasına rağmen, güçsüzleştiği yönündeki yaygın söylem nereden çıkıyor? Kuzey Afrika, Ortadoğu ve Güney Asya'daki köklü ayrışmalara bir çözüm getirilmesi mümkün değil mi, yoksa gelecek için ümitli olabilir miyiz? Son olarak, en büyük ve küresel ekonomilerden birine sahip olan Birleşik Krallık'ı en çok ilgilendiren soru: Avrupa etrafındaki veya uzağındaki belirsizliklere ve anlaşmazlıklara nasıl tepki veriyor? Tim'in de ifade ettiği gibi, son yetmiş yıldır (özellikle de 1991'den beri) Avrupa barış ve huzura alıştı. Bu durumu çok normal karşıladığımız için risk altında mıyız? Etrafımızda olan bitenleri hâlâ anlıyor muyuz?

Eğer bu sorular hakkında düşünmek istiyorsanız, bu kitabı okuyun.

Sör John Scarlett KCMG OBE,
Gizli İstihbarat Servisi (MI6) Başkanı, 2004–2009

GİRİŞ

Vladimir Putin dindar bir adam ve Rus Ortodoks Kilisesi'nin büyük bir destekçisi olduğunu söylüyor. Eğer öyleyse her gece yatarken duasını ettikten sonra Tanrı'ya şunu soruyor olabilir: "Neden Ukrayna'ya biraz dağ serpiştirmedin?"

Tanrı, Ukrayna'ya dağlar bahşetmiş olsaydı, Kuzey Avrupa Ovası adındaki muazzam düz arazi Rusya'ya saldırmak isteyenler için bu kadar elverişli bir bölge olmazdı. Durum böyleyken, Putin'in başka şansı yok: En azından batısındaki düzlükleri kontrol etme girişiminde bulunmak zorunda. Bu prensip, büyük veya küçük her ülke için geçerli. Tüm liderler, ülkelerinin coğrafi şartlarının esiri olmuştur; genellikle sanılandan daha az sayıda tercihleri ve daha dar manevra alanları vardır. Atina İmparatorluğu, Persler, Babilliler ve daha öncekiler için de geçerliydi bu, kabilelerini korumak için yüksek arazi bulmaya çalışan tüm liderler için de.

Üzerinde yaşadığımız topraklar, bizi her zaman şekillendirdi. Savaşlar, iktidar, siyaset ve artık yerkürenin neredeyse her yerini işgal eden halkların sosyal gelişimi coğrafyanın etkisiyle biçimlendi. Teknoloji insanlar arasındaki hem düşünsel hem fiziksel uzaklığı katedebiliyor gibi görünebilir ama üzerinde yaşadığımız, çalıştığımız ve çocuklarımızı büyüttüğümüz toprağın önemini kolayca göz ardı ederiz – tıpkı etrafımızdaki nehirlerin, dağların, çöllerin, göllerin ve denizlerin, her zamanki gibi, bu gezegenin yedi milyar sakininin tercihlerini daima bir noktada etkilediğini göz ardı ettiğimiz gibi.

Bütüne bakıldığında, herhangi bir coğrafi unsur bir diğerinden daha önemli değildir. Dağlar çöllerden, nehirlerden ya da balta girmemiş ormanlardan daha önemli değildir. Farklı coğrafi özellikler, gezegenin farklı yerlerindeki insanların yapabileceklerini ve yapamayacaklarını belirleyen en önemli faktörlerdendir.

Jeopolitik bakış açısı, genellikle, uluslararası ilişkilerin coğrafi faktörlerle nasıl ilişkilenebileceğini anlamaya çalışır; yalnızca dağların doğal engelleri veya nehirlerin birbirine bağlanması gibi fiziksel unsurlar değil, aynı zamanda iklim, demografi, kültürel bölgeler ve doğal kaynaklar da hesaba katılır. Bu unsurlar, medeniyetimizin farklı yönlerine etki edebilir – siyasi ve askeri stratejilerden dil, ticaret ve din de dahil olmak üzere insanın sosyal gelişimine kadar.

Ulusal ve uluslararası politikayı etkileyen fiziksel gerçekler, hem tarih yazımında hem de küresel ilişkilerin güncel değerlendirmelerinde sıklıkla göz ardı edilir. Coğrafya, hem "ne" hem de "neden" sorularının büyük ölçüde muhatabıdır. Alınan kararların ardındaki *kilit* faktör olmayabilir ama en çok unutulan olduğu kesindir. Örneğin, Çin ve Hindistan'ı ele alalım: Nüfusları birer milyarın üstünde olan, uzun bir kara sınırı paylaşan, ama siyasi veya kültürel açıdan bağdaşmayan iki ülke. Bu iki dev, tarih boyunca birçok savaşta karşı karşıya gelmiş olsalar, hiç şaşırtıcı olmazdı, ancak 1962'deki bir ay süren çarpışma hariç, hiç savaşmadılar. Neden? Çünkü aralarında dünyanın en yüksek sıradağları olan Himalayalar var ve büyük askeri birlikleri bu dağların arasından veya üstünden geçirmek pratikte imkânsız. Teknoloji geliştikçe, elbette, bu engeli aşma yolları da ortaya çıkıyor, ancak fiziksel bariyer caydırıcılığını koruyor; böylece iki ülke de birbirine temkinli gözle bakmaya devam ederek dış politikasını diğer bölgelere yoğunlaştırıyor.

Bireysel liderler, fikirler, teknoloji ve diğer faktörler hep birlikte olayları şekillendirir ama bunlar geçicidir. Oysaki her yeni kuşak, Hindukuş ve Himalayalar'ın yarattığı fiziksel engeller, yağmur mevsiminin zorlukları, doğal minerallere ve gıda kaynaklarına sınırlı erişim gibi dezavantajlarla karşı karşıya gelecektir.

Bu konuyla ilk kez 1990'larda Balkanlar'daki savaşları takip ederken ilgilendim. Sırp, Hırvat veya Boşnak liderlerin, pek çok çeşitlilik barındıran bir bölgede, "kabile"lerine çok eski ihtilafları ve, evet, şüpheleri hatırlatmalarını yakından izledim. Halkları bir kez ayırdıktan sonra tekrar birbirlerine düşürmek için çok çaba harcamadılar.

Kosova'daki İbre Nehri çok önemli bir örnek. 1389'da Osmanlı, İbre'nin Mitroviça şehrindeki kolu yakınlarında gerçekleşen Kosova Savaşı'yla Sırbistan'ı idaresi altına aldı. Sonraki asırlarda Sırp nüfus İbre'nin ardına çekilirken, Müslüman Arnavutlar da dağlık Malesia e Madhe bölgesinden aşamalı olarak Kosova'ya inip on sekizinci yüzyıl ortalarından itibaren burada çoğunluk haline geldiler.

Filmi hızlı sarıp yirminci yüzyıla geldiğimizde, yine bu nehrin iki tarafının etnik/dini bakımdan ayrıldığını görüyoruz. 1999'da NATO'nun hava bombardımanı ve Kosova Özgürlük Ordusu'nun kara saldırısıyla hasar gören Yugoslav (Sırp) ordusu, İbre'nin gerisine çekildi ve orada kalan Sırp nüfusunun çoğu da onları takip etti. Bu nehir bazı ülkelerin bağımsız Kosova devleti olarak tanıdıkları bölgenin defakto sınırı oldu.

Mitroviça da ilerleyen NATO birliklerinin de durakladığı yer oldu. Üç aylık savaş sırasında, NATO örtülü şekilde tüm Sırbistan'ı işgal etme tehdidinde bulundu. Aslında, hem coğrafi hem siyasi kısıtlamalar yüzünden NATO liderlerinin asla böyle bir hakkı yoktu. Macaristan işgal için kendi topraklarının kullanılmasına asla izin vermeyeceğini açıkladı, çünkü Sırbistan'ın kuzeyindeki 350.000 civarı etnik Macar'a misilleme yapılmasından korkuyordu. Bunun alternatifi güneyden yapılacak bir işgaldi ve bu da İbre'ye ulaşma süresini yarıya indirirdi, ancak NATO'nun karşısına bu kez de dağlar çıkardı.

O sıralarda Belgrad'da bir Sırp ekibiyle birlikte çalışıyordum ve onlara NATO gelirse ne olacağını sordum: "Kameralarımızı bırakıp elimize silah alacağız, Tim," diye karşılık verdiler. Ekiptekiler yakın arkadaş olduğum liberal Sırplardı ve mevcut hükümete karşı olmalarına rağmen haritalarını çıkarıp Sırpların topraklarını dağlarda nasıl koruyacaklarını ve NATO'nun nerede duracağını gösterdiler. NATO'nun tercihlerinin, Brüksel'deki halkla ilişkiler çalışmalarının aksine, çok sınırlı olduğunu böyle bir coğrafya dersiyle öğrenmek oldukça rahatlatıcıydı.

Balkanlar'daki haber sunumlarında fiziksel çevrenin ne kadar kritik bir öneme sahip olduğunu anlamak sonraki yıllarda benim için çok faydalı oldu. Örneğin 2001'de, 11 Eylül'den birkaç hafta sonra, günümüzün modern teknolojisine rağmen, dünyanın en güçlü ordularından birinin bile iklimden ne derece etkilendiğine şahit oldum. Kuzey Afganistan'daydım, Tacikistan'la aradaki sınır nehrini salla geçip Taliban'la savaşan Kuzey İttifakı birliklerine katılmıştım.

ABD'nin savaş jetleri ve bombardıman uçakları zaten havadaydı; Kabil'e ilerlenebilmesi için Mezar-ı Şerif'in doğusundaki tozlu ovalar ve soğuk tepelerde bulunan Taliban ve El Kaide mevzilerini hedef alıyorlardı. Birkaç hafta içinde İttifak'ın güneye inmeye hazırlandığı belli olmuştu. Sonra birden dünyanın rengi değişti.

Gördüğüm en yoğun kum fırtınası çıktı ve her şey hardal sarısına büründü. Sanki etrafımızdaki hava bile bu renkti ve kum taneleriyle doluydu. Otuz altı saat boyunca kumdan başka hiçbir şey hareket etmedi. Fırtınanın en şiddetli anlarında en fazla birkaç metre ötenizi görebiliyordunuz ve bildiğiniz tek şey, askeri ilerleyişin de fırtına dinene kadar beklemesi gerektiğiydi.

ABD'nin uydu teknolojisi, bilimin en ileri noktalarına hâkim olmasına rağmen, bu vahşi toprakların iklimi karşısında çaresiz kalmıştı. Başkan Bush'tan sahadaki İttifak birliklerinin ortak kurmay başkanına kadar herkes beklemek zorundaydı. Sonra yağmur yağdı ve her şeyin üzerini kaplayan toz çamura döndü. Yağmur öyle şiddetle geldi ki, altına girdiğimiz kilden evler eriyecek diye endişelendik. Coğrafya son sözünü söyleyene dek güneye ilerleyişimizin duraksayacağı bir kez daha ortadaydı. Hannibal, Sun Tzu ve Büyük İskender'in çok iyi bildiği coğrafya kuralları bugünün liderleri için de geçerliliğini hâlâ koruyor.

Daha yakın geçmişte, 2012'de, jeostrateji konusunda bir ders daha aldım: Topyekûn bir iç savaşa savrulan Suriye'de, Hama şehrinin güneyindeki vadiye bakan bir tepenin zirvesinde, uzaklarda, alevler içinde bir köy gördüm. Suriyeli arkadaşlar, 1,6 km uzaklıktaki daha büyük bir köyü işaret ederek saldırının oradan geldiğini söylediler. Bu iki düşman köy arasından yeterli sayıda düşmanını vadiden çıkarmayı başaran taraf, ülkenin tek otoyoluna bağlanan bu vadiyi kendi topraklarına katacaktı; bu hamleyle kazanılan bölge, Suriye eğer tekrar birleşemezse, küçük bir devletçik yaratmada işe yarayabilecek öneme sahipti. Daha önce yanan bir köyden ibaret olan yere tekrar baktığımda, artık büyük stratejik öneme sahip bir mecra görüyor ve siyasi gerçeklerin çok basit fiziksel gerçeklerle şekillendiğini anlıyordum.

Jeopolitik şartlar her ülkeyi etkiler – hem yukarıdaki örneklerde gösterdiğim üzere savaşta hem de barışta. Aklınıza gelen her bölgede benzer örnekler bulunur. Bu sayfalarda her birini inceleyemem: Örneğin Kanada, Avustralya ve Endonezya'nın yalnızca adı geçecek – Avustralya'nın kendisi ve diğer ülkelerle hem fiziksel hem de kültürel bağlantısının coğrafyası tarafından nasıl şekillendiği hakkında tek başına bir kitap yazılabilecek olmasına rağmen. Ben bunun yerine kitabın üzerinde duracağı noktaları en iyi şekilde vurgulayan güçlere ve bölgelere yoğunlaştım; geçmişten gelen jeopolitik bakış mirasını (ulus inşası), bugün içinde bulunduğumuz en acil konuları (Ukrayna'da süregiden sorunlar, Çin'in genişleyen etkisi) ve geleceğin muhtemel anlaşmazlıklarını (Kuzey Kutbu'nda artan rekabet) inceledim.

Rusya'da Arktik etkisinin ve dondurucu iklim şartlarının Rusya'nın dünyadaki gücünü sınırlandırdığını görüyoruz. Çin'in küresel bir donanması olmamasının gücünü nasıl sınırlandırdığını görüyoruz, ki Çin'in bu durumu değiştirmekteki hızı da artık gözle görülür bir duruma geldi. ABD hakkındaki bölüm, kilit öneme sahip bölgelerdeki toprakların genişletilmesi için alınan kurnazca kararların ülkeye iki okyanusa hâkim süper güç kimliğini nasıl verdiğini anlatıyor. Avrupa engebesiz arazilerin ve ulaşıma elverişli nehirlerin bölgeleri birbirlerine bağlamak ve modern dünyayı başlatacak bir kültür oluşturmak için ne kadar değerli olduğunu bize gösterirken, Afrika ise yalıtılmışlığın etkilerini açısından en önemli örneği teşkil ediyor.

Ortadoğu hakkındaki bölüm, bölgede topografya veya aynı derecede önemli olan coğrafi kültürler hesaba katılmaksızın, haritalar üzerinde düz çizgiler çizilmesinin ne kadar yanlış olduğunu ortaya koyuyor. Bu yüzyılda bu soruna tanıklık etmeye devam edeceğiz. Aynı konu Afrika ve Hindistan/Pakistan bölümlerinde de inceleniyor. Sömürgeci güçler, kâğıt üzerinde yapay sınırlar çizerken, bölgelerin fiziksel gerçeklerini tamamen göz ardı ettiler. Şimdi o çizgilerin tekrar çizilebilmesi için şiddet kullanılıyor ve bu sorunlar uzun yıllar boyunca sürecek, ta ki çizgilerin şimdikilerle hiçbir alakası kalmayana dek.

Japonya ve Kore'nin durumlarıysa Kosova ve Suriye'den çok farklı, çünkü etnik homojenliğe sahipler. Ama başka sorunlar var: Japonya doğal kaynaklardan mahrum bir ada ülkesi; Kore'nin bölünmüşlüğü ise hâlâ çözülmeyi bekleyen bir sorun. Bu arada Latin Amerika ise bir anomali. En güney ucu dış dünyadan o kadar kopuk durumda ki küresel ticaret yapmak çok zor; kendi iç coğrafyası ise AB gibi başarılı ticaret bloklarının kurulması karşısında engel oluşturuyor.

Son olarak, yerküre üzerinde en yaşanamaz yerlerden birine geliyoruz: Kuzey Kutbu. Tarihin büyük kısmı boyunca insanlar tarafından yok sayılan bölge, yirminci yüzyılda enerji kaynağı olarak değerlendirildi ve yirmi birinci yüzyıl diplomasisi bu kaynakların sahibinin –ve satıcısının– kim olacağını belirleyecek.

Coğrafyayı insan tarihi konusunda belirleyici bir faktör olarak görmek iç karartıcı bir dünya görüşü olarak yorumlanabilir. Bu yüzden bazı entelektüel çevreler bundan hoşlanmazlar. Bu fikir doğanın insanlardan daha güçlü olduğunu ve kendi kaderimize ancak bir yere kadar hâkim olabileceğimizi savunur. Olaylar elbette başka birçok etmenin de sonucudur. Her mantıklı insan modern teknolojiyle coğrafyanın demir bariyerlerinin büküldüğünü görebilir. Amerikalılar artık Missouri'den Musul'a kadar arada durup yakıt ikmali yapmaya gerek kalmadan uçup orayı bombalama görevini yerine getirebiliyorlar. Kendi kendilerine bir ölçüde yetebilen Uçak Gemisi Savaş Grupları'yla birlikte, bunun anlamı artık ABD'nin dünyanın öteki tarafına erişim için müttefik edinmesinin şart olmadığıdır. Tabii eğer Diego Garcia adasında bir üs veya Bahreyn limanına kalıcı erişim edinirlerse daha fazla seçenekleri olur ama bu artık o kadar da önemli değil.

Yani hava gücü kuralları değiştirdi, tıpkı başka bir yönden internetin değiştirdiği gibi. Ama hem coğrafya hem de ülkelerin kendi coğrafyalarındaki durumları günümüzü ve geleceğimizi anlama konusunda hâlâ çok önemli.

Irak ve Suriye'deki anlaşmazlıkların kökeni coğrafi kuralları yok sayan sömürgeci güçlere dayanıyor; Çin'in Tibet işgaliyse coğrafi kurallara boyun eğmenin bir sonucu. Amerika'nın küresel dış politikası coğrafi kurallara göre şekilleniyor, hatta ayakta kalan son süper gücün teknolojik dehasının ve güç tasarımının doğa –veya Tanrı– tarafından konulan kurallar üzerindeki etkisi de epey sınırlı.

Bu kurallar nelerdir? Buna verilecek cevabın başlangıcı gücü korumanın zor olduğu ve liderlerinin bu yüzden asırlarca sınır genişleterek durumu telafi etmeye çabaladığı topraklarda yatıyor. Batısında dağlar olmayan ülkede: Rusya.

BÖLÜM 1

RUSYA

ARKTİ
İZLANDA
Svalbard (Norveç)
Norveç Denizi
Barents Denizi
NORVEÇ
İSVEÇ
Skagerrak
DANİMARKA
Baltık Denizi
FİNLANDİYA
Murmansk
Novaya Zemlya
Kaliningrad
ESTONYA
LETONYA
LİTVANYA
St Petersburg
POLONYA
Kuzey Avrupa Ovası
BELARUS
Karpatlar
UKRAYNA
MOLDOVA
Moskova
RUS
Ural Dağları
Batı Sibirya Ovası
Karadeniz
TÜRKİYE
GÜRCİSTAN
Kafkasya
ERMENİSTAN
AZERBEYCAN
Hazar Denizi
KAZAKİSTAN
ÖZBEKİSTAN
SURİYE
IRAK
TÜRKMENİSTAN
KIRGIZİSTAN
TACİKİSTAN
İRAN
AFGANİSTAN

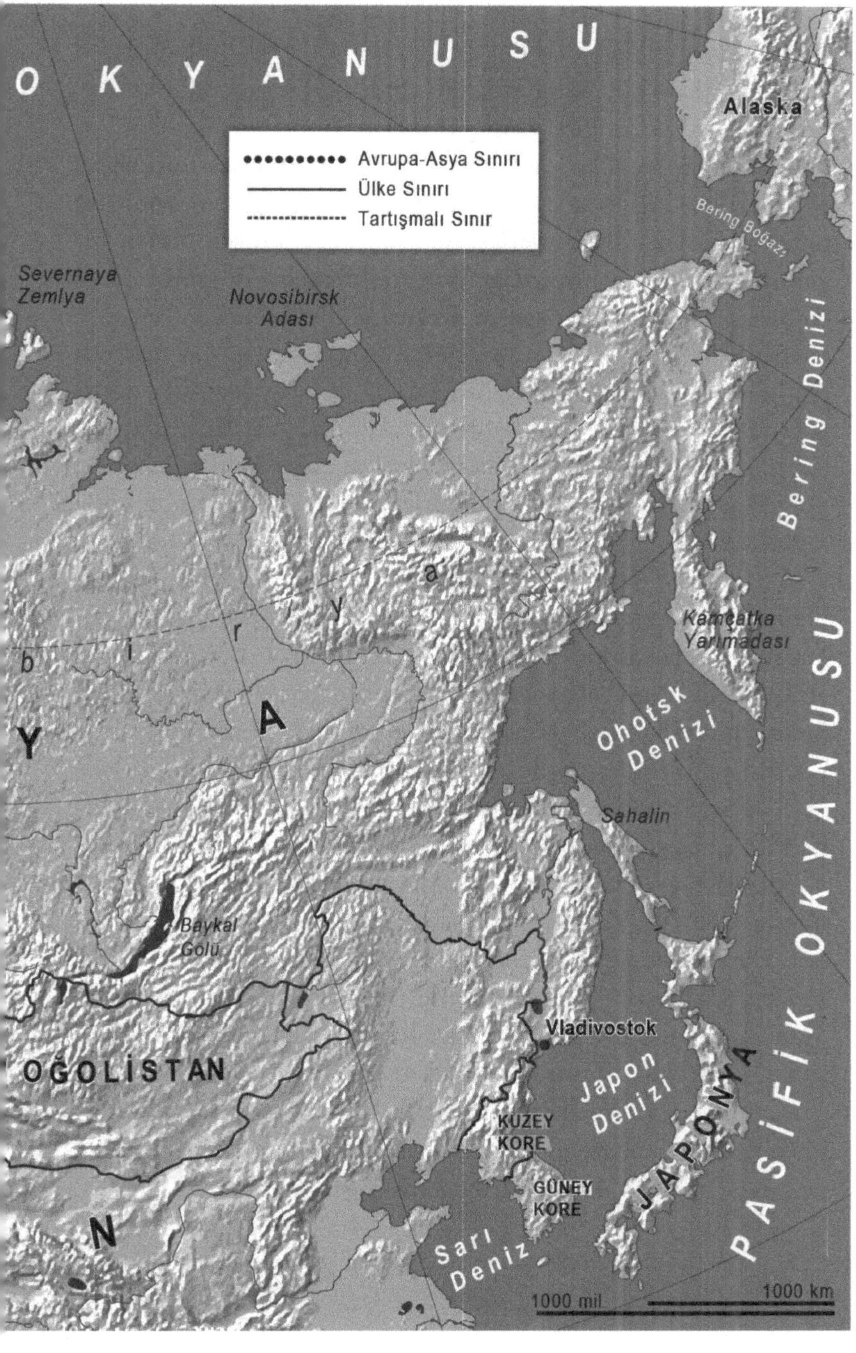
OKYANUSU
Avrupa-Asya Sınırı
Ülke Sınırı
Tartışmalı Sınır
Alaska
Bering Boğazı
Bering Denizi
Severnaya Zemlya
Novosibirsk Adası
Kamçatka Yarımadası
Ohotsk Denizi
Sahalin
PASİFİK OKYANUSU
Baykal Gölü
OĞOLİSTAN
Vladivostok
Japon Denizi
JAPONYA
KUZEY KORE
GÜNEY KORE
Sarı Deniz
1000 mil
1000 km

Rusya toprakları çok büyüktür. Devasadır. 17 milyon kilometrekare büyüklüğündedir, içinde on bir saat dilimi bulunur. Yüzölçümü en büyük ülke Rusya'dır.

Ormanları, gölleri, nehirleri, donuk tundraları, bozkırları, taygaları* ve dağları kocamandır. Toprakların boyutu uzun süre önce ortak bilincimize yerleşmiştir. Nerede olursak olalım bir yanımızda Rusya vardır; Rus Ayısı muhtemelen doğumuzda ya da batımızda, güneyimizde ya da kuzeyimizdedir.

Bu muazzam ülkenin sembolünün ayı olması da tesadüfi değildir. Bazen kış uykusunda, bazen hırlayarak orada durur Rusya, tüm heybeti ve vahşiliğiyle. Ayı kelimesi Rusçada vardır, ancak Ruslar hayvanın kötü tarafını çağırmamak için ona doğrudan hitap etmekten çekinirler ve "bal seven" anlamında *medved* derler.

Bu *medved*'lerin en az yüz yirmi bin tanesi, hem Avrupa hem Asya'da toprakları olan bu ülkede yaşıyor. Ural Dağları'nın batısında kalan kısma Avrupa Rusyası deniyor. Bering Boğazı ve Pasifik Okyanusu'na kadar uzanan bölge ise Sibirya. Yirmi birinci yüzyılda bile, ülkeyi baştan başa geçmek altı gün sürüyor. Rusya'nın liderleri bu uzaklıkları ve farklılıkları doğru değerlendirmek ve buna göre politika üretmek zorundalar; birkaç yüzyıldır her yöne baktılar ama çoğunlukla batıya odaklandılar.

Yazarlar ayının kalbine ulaşmaya çalıştıklarında, Winston Churchill'in 1939'daki ünlü Rusya yorumunu sıklıkla kullanırlar: "Bir muammanın içindeki gizeme sarılı bir bilmece." Çoğu kişi burada keser; halbuki devamı şöyledir: "... ama bu durumun muhtemel bir anahtarı var: Rus milli çıkarları." Yedi yıl sonra, Churchill bilmecenin kendine göre cevabını bulmak için o anahtarı kullandı: "[Rusların] güç kadar hoşlarına giden bir şey olmadığına ve zayıflığa, özellikle de askeri zayıflığa, her şeyden daha az saygı duyduklarına kanaat getirdim."

---

* Sibirya'da çok geniş alana yayılmış, iğne yapraklı ağaçlarla kaplı bölge. (ç.n.)

Günümüzde demokrasi zırhına sarınmış olsalar da otoriter yapıyı koruyan ve temellerinde hâlâ ulusal çıkarlar olan Rus liderleri hakkında Churchill bugün de bunları söyleyebilirdi.

Tanrı'yı ve dağları düşünmediği zamanlarda, Vladimir Putin'in aklında pizza oluyor. Daha doğrusu bir pizza dilimi ya da bir kama.

Bu kamanın ince ucunda Polonya var. Burada, Fransa'dan Ural Dağları'na uzanan, kuzey-güney uzunluğu 1.600 km'yi bularak Avrupa ile asya arasında doğal bir sınır oluşturan, sadece 500 km genişliğindeki Kuzey Avrupa Ovası bulunuyor.. Bu ova kuzeydeki Baltık Denizi'nden güneydeki Karpat Dağları'na kadar gelir ve Fransa'nın batısı ve kuzeyinin tamamını, Belçika'yı, Hollanda'yı, Almanya'nın kuzeyini ve Polonya'nın neredeyse tümünü içine alır.

Rus tarafından bakılınca, bu ova iki tarafı keskin bir kılıç gibidir. Polonya, Rusya'nın gerek gördüğünde silahlı kuvvetlerini sürüp Moskova'ya ilerleyen düşmanlarını durdurabileceği, görece dar bir koridor işlevi görür. Ama kama bu noktadan itibaren genişlemeye başlar; Rusya sınırlarına varıldığında neredeyse 4000 kilometre uzunluğuna gelir ve Moskova'ya ve ötesine doğru dümdüz bir arazi oluşturur. Büyük bir orduyla bile bu hattı kontrol etmek çok zordur. Bununla birlikte, kısmen ülkenin stratejik derinliği sayesinde, Rusya asla bu taraftan fethedilmemiştir. Bir ordu Moskova'ya yaklaştığı sırada, artık sürdürülemez uzunlukta ikmal hatları çoktan oluşmuş olurdu, ki 1812'de Napolyon'un yaptığı bu hatayı 1941'de Hitler tekrarlamıştır.

Benzer şekilde, Rus Uzak Doğusu da Rusya'yı koruyan bir coğrafyadır. Bir orduyu Asya'dan Rus topraklarına sokmak zordur; burada karlardan başka saldıracak bir şey yoktur ve buradan ta Urallar'a kadar gidilebilir. Zorlu koşullara sahip bu muazzam bölgeyi ele geçirdiklerindeyse, uzun ikmal hatları ve hiç bitmeyecek karşı atak riskiyle kalırlar.

Siz hiç kimsenin Rusya'yı işgal etme niyetinde olmadığını düşünebilirsiniz ama Rusların bunu böyle görmüyorlar ve çok da haksız değiller. Geçtiğimiz beş yüzyılda, batı yönünden birçok defa saldırıya uğradılar. 1605'te Polonyalılar, 1708'de XII. Karl önderliğinde İsveçliler, 1812'de Napolyon komutası altında Fransızlar, 1914 ve 1941'de dünya savaşları sırasında Almanlar Kuzey Avrupa Ovası'ndan bu topraklara taarruz etti. Şöyle de bakılabilir: Napolyon'un 1812'deki savaşı başlangıç kabul edilerek, 1853–56 Kırım Savaşı ve 1945'e kadarki sürede geçen iki dünya savaşı da düşünüldüğünde, Ruslar Kuzey Avrupa Ovası içinde ve çevresinde her otuz üç yılda bir savaşmış sayılırlar.

Ruslar 1945'te, İkinci Dünya Savaşı bitiminde, Orta ve Doğu Avrupa'da Almanlardan alınan toprakları işgal ettiler ve bu topraklardan bazıları daha sonra SSCB'ye katıldığında ortaya çıkan manzara giderek eski Rus İmparatorluğu'nu andırmaya başladı. Kuzey Atlantik Antlaşması Örgütü (NATO) 1949'da Avrupa ve Kuzey Amerika devletleri tarafından Sovyet saldırısı tehlikesine karşı kuruldu. Avrupa'daki komünist devletlerin birçoğu ise, tepki olarak, Rusların önderliğinde 1955'te bir askeri savunma ve karşılıklı yardım antlaşması olan Varşova Paktı'nı imzaladı. Pakt'ın demir gibi dayanıklı ve sağlam olması bekleniyordu ama 1980'lerin başında, geç de olsa, paslandığı anlaşıldı, 1989'da Berlin Duvarı'nın yıkılmasıyla da tarih oldu.

Putin son Sovyet Lideri Mihail Gorbaçov'u hiç sevmez. Onu Rusya'nın güvenliğini tehlikeye atmakla suçlar ve Sovyetler Birliği'nin çöküşünden "asrın en büyük jeopolitik felaketlerinden biri" diye bahseder.

Ruslar 1990'lardan beri NATO'nun düzenli olarak kendilerine yaklaşmasını, Rusların katılımlarını hiç beklemediği ülkelerle üye sayısını genişletmesini tedirginlikle izledi. 1999'da (o zamanki adıyla) Çek Cumhuriyeti, Macaristan ve Polonya'yı, 2004'te Bulgaristan, Estonya, Letonya, Litvanya, Romanya ve

Slovakya'yı, 2009'da ise Arnavutluk'u bünyesine katan NATO Rusya'ya bu ülkelerin kendisine bağlanmayacağı sözü vermediğini iletti.

Tüm süper güçler gibi, Rusya da önündeki yüz yıllık süreyi düşünüyor ve zaman içinde her şeyin mümkün olduğunu biliyor. Bir asır önce, ABD'nin Moskova'dan birkaç yüz kilometre uzakta, Polonya'da ve Baltık ülkelerinde üs kuracağı kimin aklına gelirdi? 1989'dan yalnızca on beş yıl sonra, Varşova Paktı'nın Rusya hariç her üyesi NATO veya Avrupa Birliği'ndeydi.

Moskova yönetiminin aklında sürekli bu ve Rusya'nın tarihi var.

Bir kavram olarak Rusya dokuzuncu yüzyıla kadar gidiyor: Dinyeper Nehri üzerinde bulunan Kiev ve diğer şehirleri kapsayan, Kiev Knezliği adında dağınık bir federasyon. İmparatorluklarını genişleten Moğollar bölgeye güneyden ve doğudan sürekli saldırmış ve on üçüncü yüzyıl sonunda burayı ele geçirmiştir. Yeni filizlenen Rusya, Moğol etkisiyle, kuzeydoğudaki Moskova ve çevresine yerleşti. Moskova Knezliği olarak bilinen bu erken dönem Rusyası savunulabilir bir durumda değildi. Etrafında bir dağ veya çöl yoktu, topraklarında akan nehir sayısı da çok azdı. Her yanı dümdüzdü ve bozkırın hem güneyinde hem doğusunda Moğollar vardı. İşgalciler istedikleri her yönden saldırabilirlerdi; zaptedilecek çok az doğal savunma merkezi bulunuyordu.

Tam burada sahneye ilk çar Korkunç İvan çıktı. Savunma adına saldırı kavramını, yani vatanı tek güç altında birleştirdikten sonra toprak genişletmeye başlama prensibini uygulamaya döktü. Bu yöntem büyük başarı sağladı. Bu adam, bir tek kişinin tarihi değiştirebileceği tezine destek olan biriydi. Aşırı acımasızlığıyla ve öngörü yeteneğiyle ünlü bu adam olmasaydı, Rus tarihi çok farklı olabilirdi.

Yeni Rus devleti, Korkunç İvan'ın büyükbabası Büyük İvan zamanındaki sınırlı genişlemeden sonra, 1533'te torun İvan yönetiminde hızla büyümeye başladı. Urallar'dan doğuya, güneyde Hazar Denizi'ne, daha sonra da Karadeniz'e ulaştı, böylece Moğollarla arasına kısmi bir set olarak Kafkaslar'ı çekmiş oldu. Çeçenistan'da kurulan askeri üs Altın Orda, Osmanlı veya Pers güçlerine gözdağı verecekti.

Yaşanan bazı zorluklara rağmen, Rusya sonraki yüzyılda Urallar'ı aşıp Sibirya'ya girecek ve sonunda doğudaki Pasifik'e kadar tüm topraklara hâkim olacaktı.

Rusların artık kısmi bir tampon bölgesi ve bir hinterlandı, yani işgal halinde kaçabileceği bir yeri vardı. Kutup Denizi'nden tüm gücüyle saldıracak veya Rus topraklarına ulaşabilmek için Ural Dağları'nı aşmayı göze alabilecek kimse bulunmuyordu. Bu topraklar, artık, bizim Rusya olarak bildiğimiz yere dönüşüyordu; buraya güneyden veya güneybatıdan ulaşabilmek için çok büyük bir orduya, çok uzun bir ikmal hattına sahip olmak, savunma mevzilerinden de hasar almadan geçebilmek gerekiyordu.

On sekizinci yüzyılda, Rusya yüzünü batıya döndü. 1721'de Rus İmparatorluğu'nu kuran Büyük Petro ve sonrasında Çariçe Büyük Katherina yönetiminde, ticaret ve milliyetçilik ekseninde büyüyen ülke, artık Avrupa'nın önde gelen güçlerinden biri olmuştu. İstikrar ve güç Rusya'nın Ukrayna'yı işgaline ve Karpat Dağları'na ulaşmasına olanak sağlamıştı. Bizim şimdi Baltık Devletleri olarak bildiğimiz Litvanya, Letonya ve Estonya'nın büyük kısmı ele geçirilmişti; yani kara üzerinde o yönden ya da Baltık Denizi'nden gelebilecek saldırılardan da korunuyordu.

Ülkenin kalbi olan Moskova'nın etrafında şimdi büyük bir halka vardı. Kutup Dairesi'nden başlayan bu halka Baltık bölgesinden Ukrayna'ya, Karpatlar'a, Karadeniz'e, Kafkaslar'a ve Hazar Denizi'ne kadar uzanıyor, yine Kutup Dairesi'ne çıkan Ural Dağları'nda son buluyordu.

Yirminci yüzyılda, komünist Rusya, Sovyetler Birliği'ni yarattı. "Dünya İşçilerinin Birleşmesi" retoriğiyle hareket eden SSCB aslında açık bir şekilde Rus İmparatorluğu'nun yeniden vücut bulmuş haliydi. İkinci Dünya Savaşı'ndan sonra Pasifik'ten Berlin'e, Kutup Dairesi'nden Afganistan sınırına kadar yayıldı. Bu süper gücün ekonomik, siyasi ve askeri yönden tek rakibi ABD'ydi.

ABD ve Çin'in iki katı, Hindistan'ın beş katı, Birleşik Krallık'ın yetmiş katı genişliğindeki Rusya dünyanın en büyük ülkesidir. Ancak, buna kıyasla küçük bir nüfusa sahiptir: 144 milyon, yani Nijerya veya Pakistan'ın nüfusundan daha az. Tarımsal üretim sezonu kısıtlılığı ve Moskova'nın yönettiği on bir saat dilimlik alanda dağıtım konusunda sıkıntı yaşamakta.

Urallar'a kadar uzanan kısmıyla kıta sınırını belirleyen Rusya önemli bir Avrupa gücü; ancak, Kazakistan, Moğolistan, Çin ve Kuzey Kore'yle komşu olmasına ve Japonya, ABD gibi ülkelerle deniz sınırı paylaşmasına rağmen, bir Asya gücü değil.

ABD eski başkan yardımcısı adayı Sarah Palin, "Aslında buradan, Alaska'dan Rusya topraklarını görebiliyorsunuz," dediği için alay konusu olmuştu. Medya bu sözü, "Ben evimden Rusya'yı görebiliyorum," haline kadar evirip çevirmişti. Palin aslında, "Rusya topraklarını buradan, Alaska'ya bağlı bu adadan görebiliyorsunuz," demişti. Haklıydı. Bering Boğazı'ndaki bir Rus adası, yine boğazdaki Little Diomede adlı Amerikan adasından üç buçuk kilometre uzaklıkta ve çıplak gözle görülebiliyor. Rusya'yı gerçekten de Amerika'dan görebilirsiniz.

Ural Dağları'nın yüksek kısımlarında, Avrupa'nın bitip Asya'nın başladığı yeri gösteren bir işaret vardır. Bulutsuz havalarda, bu harika noktadan kilometreler boyunca doğuya uzanan köknar ağaçlarını seyredebilirsiniz. Bu dağlar, kışın karla kaplanır, tıpkı altındaki boylu boyunca Yekaterinburg şehrine dek uzanan Sibirya Ovası gibi. Burası bir ayağını Avrupa'ya ötekini Asya'ya basmak isteyen turistlerin uğrak yeridir. Bu tabelanın ülke topraklarının çeyreğine denk gelen yerde olduğunu fark ettiğinizde, Rusya'nın gerçekten de ne kadar büyük olduğunu tekrar anlarsınız. Ural Dağları'na gelmek için Rusya'nın batısındaki St. Petersburg'dan iki bin kilometre yolculuk etmiş olabilirsiniz – ama Bering Boğazı'na ulaşıp belki de Sarah Palin'i görebilmek için yaklaşık yedi bin kilometre daha katetmeniz gerekir.

Ben, Sovyetler Birliği'nin dağılışından kısa süre sonra, bir Rus film ekibiyle birlikte Ural Dağları'ndaydım. Kameraman suskun, dayanıklı, görmüş geçirmiş, kır saçlı bir set emekçisiydi; aynı zamanda, Almanların Stalingrad işgalini kayıt altına alan Kızıl Ordu kameramanının da oğluydu. Ona, "Şimdi sen Avrupalı mısın, Asyalı mısın?" diye sordum. Birkaç saniye düşündü, sonra, "İkisi de değilim. Rus'um ben," dedi.

Avrupa'daki ağırlığı ne kadar olursa olsun, Rusya'nın aynı zamanda bir Asya gücü olmasının önünde birçok engel var. Topraklarının %75'i bu kıtada olmasına karşın, nüfusunun yalnızca %22'si burada yaşıyor. Sibirya, Rusya'nın mineral zenginliğini, petrolünü ve doğalgazını tedarik eden "hazine sandığı" olabilir ama arazisi çok serttir, aylarca toprakları donmuş halde kalır ve tarıma elverişsizdir. çok geniş *taiga* ormanları ve büyük bataklıkları vardır. Batıdan doğuya giden yalnızca iki demiryolu hattı var: Trans-Sibirya ve Baykal-Amur Ana Hattı. Kuzeyden güneye inen çok az taşıma rotası var, bu da insan gücünü ve ikmal hatlarını çok kısıtlıyor; bu yüzden Rusya'nın güneydeki modern Moğolistan'a veya Çin'e gücünü dayatması çok zor.

Çin uzun vadeli bir gelecekte Sibirya'nın bazı bölgelerini kontrol edebilir; tabii bu ancak Rusya'nın düşen doğum oranı ve Çinlilerin kuzeye göçleriyle gerçekleşebilir. Şimdiden, batısında Urallar ve 1.600 km doğusunda Yenisei Nehri olan Batı Sibirya Ovası'nın birçok şehir ve kasabasında Çin restoranları görebilirsiniz. Birçok işkolu da taşınmaya başladı. Rus Uzak Doğusu'nun boş ve nüfussuz bölgelerinin kültürel ve –eninde sonunda– siyasi bakımdan Çin kontrolüne girmesi daha da olası.

Rusya'nın merkezinden uzaktaki bölgelerde yaşayanlar genellikle etnik açıdan Rus değillerdir ve Moskova'ya bağlılıkları da sınırlıdır; bu da Sovyetler Birliği zamanını hatırlatan agresif bir güvenlik sistemini gerektirir. Rusya, bu dönemde, efendileriyle aralarında hiçbir ortak nokta bulamayan birçok ülke ve halkı yöneten sömürgeci bir güç durumundaydı, günümüzde de Rusya'nın birer parçası olanlar, örneğin Kafkasya'daki Çeçenistan ve Dağıstan, hâlâ aynı şekilde düşünüyor.

Önceki yüzyılın sonlarında gereğinden fazla alana yayılması, sahip olduğundan fazla para harcaması, halk için tasarlanmamış, tımarhaneye dönüşmüş ülkenin bozulan ekonomisi ve Afgan dağlarındaki yenilgi SSCB'nin sonunu getirmişti. Rus İmparatorluğu komünizm-öncesi dönemle hemen hemen aynı sınırlarına çekilmişti; Avrupa sınırında Estonya, Letonya, Beyaz Rusya, Ukrayna, Gürcistan ve Azerbaycan vardı. 1979'da anti-komünist Müslüman gerillalarla savaşan komünist hükümeti desteklemek için yapılan Afganistan işgali, aslında bu ülke halkına Marksizm-Leninizm mutluluğunu getirme amacını asla taşımamıştı. Konu her zaman, Moskova'nın bu bölgeyi başkalarından önce kontrolüne almasıydı.

İşgal, aşırı-milliyetçi Rus siyasetçi Vladimir Jirinovski'nin deyimiyle, "Hint okyanusunun ılık sularında postalları yıkama" şeklindeki Rus rüyasına da umut ışığı oldu ve dolayısıyla Rusya'yı hiç sahip olmadığı bir şeye yaklaştırdı: Kışın suları donmayan ve dünyanın en önemli ticaret rotalarına erişim sağlayan bir liman. Murmansk gibi kutup limanları her yıl aylarca donmuş halde kalıyor. Pasifik Okyanusu'ndaki en büyük Rus limanı olan Vladivostok, yaklaşık dört ay boyunca buzludur ve etrafı Japon

Denizi'yle çevrilidir. Bu da yalnızca ticaret hızını yavaşlatmakla kalmaz, aynı zamanda Rus filolarının bir küresel güç olarak işlemesine de engel olur. Şunu da belirtmeliyim: Deniz taşımacılığı, kara veya hava taşımacılığından çok daha ucuzdur.

Bununla beraber, Kandahar'ın büyük ovaları ve Hindukuş dağları, Afganistan'ın işgalini herkes için imkânsız kılmıştır ve bu ülkeye "İmparatorluklar Mezarlığı" lakabını kazandırmıştır. Afganistan işgali "Rusların Vietnam'ı" olarak anıldı. Moskova'nın sıcak sulara inip deniz rotalarına hâkim olma hayalleri de bir daha canlanmadı. Şu anda, belki de iki yüz yıldır olmadığı kadar uzak bir hayal.

Okyanuslara doğrudan erişim sağlayan bir sıcak su limanına sahip olmamak Rusya'nın yumuşak karnıdır ve bu konu aslında Kuzey Avrupa Ovası kadar stratejik öneme sahiptir. Doğalgaz ve petrol kaynakları da olmasa, Rusya aslında daha da dezavantajlı bir pozisyona sahip olabilirdi. 1725'teki vasiyetinde, Deli Petro'nun torunlarına Konstantinopolis ve Hindistan'a mümkün olduğunca yaklaşmalarını tavsiye etmesi de çok doğaldı: "Buraları yönetenler, dünyanın gerçek hâkimleri olacak. Hem Osmanlı'da hem de İran'da sürekli savaş çıkarılmalı. ... Basra Körfezi'ne kadar girilmeli, Hindistan'a kadar ilerlenmeli."

Sovyetler Birliği bölündüğünde ortaya on beş devlet çıktı. Coğrafya, Sovyet ideolojisinden intikamını aldı ve haritada daha akla yatkın bir manzara belirdi. İnsanlar artık dağlara, nehirlere, göllere ve denizlere göre nerede yaşayacaklarına karar verebiliyorlardı ve bölgeler artık farklı dillere, geleneklere göre birbirlerinden ayrılmışlardı. Bunlara istisna olanlarsa sonu "-istan" ile biten ülkeler oldu. Sınırları doğrudan Stalin tarafından çizilen bu ülkeler, topraklarında diğer milletlerden azınlıklar barındıracak şekilde tasarlanmıştı.

Tarih tüm unsurlarıyla göz önüne alındığında, ki çoğu diplomat ve askeri plancı böyle yapar, SSCB'yi oluşturan veya Varşova Paktı'na üye ülkeler için Rusya'nın geniş bir hareket alanı olduğu görülecektir. Bu ülkeler üç gruba ayrılırlar: tarafsız olanlar, Batı-yanlısı grup ve Rus-yanlısı grup.

Tarafsızlar grubu, Rusya veya Batı'yla işbirliği yapmak için çok fazla nedeni olmayan ülkelerden oluşuyor: Özbekistan, Azerbaycan ve Türkmenistan. Bunun sebebi de üçünün de kendi enerjisini üretmesi ve güvenlikleri, ticaretleri için başkalarına ihtiyaç duymamaları.

Rus yanlısı grupta Kazakistan, Kırgızistan, Tacikistan, Beyaz Rusya ve Ermenistan var. Bu ülkelerin ekonomileri doğu Ukrayna'nınkine benzer bir şekilde Rusya'ya bağlı – Ukrayna'daki isyanın nedenlerinden biri de buydu. Grubun en büyük ülkesi olan Kazakistan diplomatik bakımdan Rusya yanlısıdır ve topraklarındaki çok sayıdaki Rus azınlık nüfusu da ülkeye büyük uyum sağlamış durumdadır. Tacikistan hariç, bu gruptaki tüm ülkeler, Rusya'yla birlikte, Avrupa Birliği'nin kötü bir kopyası olan ve Ocak 2016'da birinci yıldönümünü kutlayan Avrasya

Ekonomik Birliği'ne dahil oldu. Bu beş ülke, Rusya'yla Kolektif Güvenlik Anlaşması Örgütü (Collective Security Treaty Organization – CSTO) adında bir ittifaka girdiler. KGAÖ'nün hatırda kalması zor olan adı ve Varşova Paktı'nı fena halde andırması gibi özellikleri bulunuyor. Ayrıca Kırgızistan, Tacikistan ve Ermenistan'da Rusya'nın askeri varlığı sürüyor.

İkinci gruptaysa Varşova Paktı dağıldıktan sonra NATO ve/veya AB üyeliğine geçen ülkeler var: Polonya, Letonya, Litvanya, Estonya, Çekya, Bulgaristan, Macaristan, Slovakya, Arnavutluk ve Romanya. Doğal olarak bu ülkeler Sovyet zulmünden en çok zarar görenler. Bu kurumlara dahil olmak istemelerine rağmen, Rusya'ya coğrafi yakınlıkları yüzünden engellenen, hatta topraklarında Rus askerleri ve Rus-yanlısı milisler bulunan Gürcistan, Ukrayna ve Moldova'yı da bu gruba ekleyebiliriz. Bu ülkelerden herhangi birinin NATO üyeliği bir savaş sebebi olabilir.

Bunlar göz önüne alındığında, 2013'te Ukrayna'nın siyasi yönü hakkında hararetli tartışmalar sürerken, Rusya'nın meseleye ağırlık koyuş şekli rahatlıkla anlaşılabilir.

Kiev'de Rus-yanlısı bir hükümet olduğu sürece, Ruslar kendi tampon bölgelerinin güvende olduğundan, Kuzey Avrupa Ovası'ndan saldırı gelmeyeceğinden emin olabilir. Hatta, AB veya NATO'ya üye olmama sözü veren, Kırım'daki ılık su limanı Sivastopol'ü Ruslardan geri istemeyen, yapmacık tarafsızlık içindeki bir Ukrayna bile Ruslar tarafından kabul edilebilir. Ukrayna'nın Rusya'ya enerji için bağımlı olması da onun giderek tarafsızlaşan durumunu, rahatsız edici olsa da, hakeza kabul edilebilir kılardı. Ancak, iki büyük Batı ittifakına katılma hevesinde olan ve Rusya'nın Karadeniz'deki limana erişimini kısıtlayan bir Ukrayna hükümeti? Bir gün NATO'ya deniz üssü açabilecek bir Ukrayna? Bu durumlar asla kabul edilebilir değildi.

Ukrayna Cumhurbaşkanı Viktor Yanukoviç iki tarafla da

anlaşmaya çalıştı. Batı'yla flört ederken, Moskova'yı da göz ardı etmedi; Putin de bu tavrı yüzünden ona hoşgörüyle baktı. Ama AB'yle çok büyük bir ticaret anlaşması imzalamanın eşiğine geldiğinde, ki bu AB üyeliğine kadar gidebilirdi, Putin bu kez onu sıkıştırmaya başladı.

Rus dış politika elitleri AB üyeliğine NATO üyeliği için ilk adım gözüyle bakarlar; Ukrayna'nın NATO üyeliği de Rusya için bir kırmızı çizgidir. Putin, Yanukoviç'i baskı altına aldı, ona reddedemeyeceği bir teklif yaptı ve Ukrayna Cumhurbaşkanı AB anlaşmasından çekilip Moskova'yla bir pakt imzalayarak sonunda kendisini koltuğundan eden protestoların fitilini ateşledi. Almanlar ve Amerikalılar muhalefet partilerini desteklemişlerdi; özellikle de Berlin eski boks şampiyonu muhalif Vitali Klitşko'yu kendi adamı olarak görmüştü. Batı, Ukraynalıları bir yandan entelektüel ve ekonomik açıdan kendine çekerken, bir yandan da Batı yanlılarına eğitim vererek ve bazı demokratik gruplara fon sağlayarak, ülkenin yönünü Batı'ya çevirmeye çalışıyordu.

Kiev'de başlayan sokak çatışmaları ve gösteriler tüm ülkeye yayıldı. Doğudaki göstericiler cumhurbaşkanını destekledi; eskiden Polonya'ya bağlı olan Lviv gibi batı Ukrayna şehirleriyse Rus etkisinden tamamen çıkmaya çalıştı.

2014 Şubat'ının ortasında, Lviv ve diğer şehir bölgeleri artık devlet kontrolünden çıkmıştı. 22 Şubat'ta, Kiev'de onlarca kişinin ölümünden sonra, hayatı için endişelenen Yanukoviç ülkeden kaçtı. Bazıları Batı-yanlısı, bazıları faşist olan Rus-karşıtı fraksiyonlar iktidarı ellerine geçirdiler ve ok yaydan çıktı. Putin'in pek bir tercih şansı yoktu – hem Rusça konuşan pek çok Ukraynalının yaşadığı hem de, en önemlisi, Sivastopol limanının bulunduğu Kırım'ı işgal etmek zorundaydı.

Kırım işgali hakkında konuşurken Putin'in aklından geçenler de tam olarak bu coğrafi zorunluluk ve NATO'nun doğuya doğru ilerleyişiydi: "Rusya kendini geri çekilemeyeceği bir konumda buldu. Eğer yayı sonuna kadar gererseniz, geri tepişi sert olur. Bunu hep hatırlamalısınız."

Sivastopol Rusya'nın tek büyük ılık su limanı. Ancak, 1936'da imzalanan Montrö Anlaşması gereğince, Karadeniz'den Akdeniz'e erişim çok kısıtlı. Bu anlaşma bir NATO üyesi olan Türkiye'ye İstanbul Boğazı'nın kontrolünü vermişti. Rus donanma gemileri Boğaz'ı kullanıyor, evet, ama sınırlı şekilde ve bir çatışma durumunda bu izinlerin verilmesi söz konusu olmayabilir. İstanbul Boğazı'ndan geçtikten sonra bile, Rusların Akdeniz'e gelmeden önce Ege'den geçmesi, sonra da ya Atlantik'e ulaşmak için Cebelitarık Boğazı'nı geçmesi ya da Hint Okyanusu'na ulaşmak için Süveyş Kanalı'nı kullanması gerekir.

Ruslar, Suriye'nin Akdeniz kıyısındaki Tartus kentinde küçük bir deniz üssüne sahip (bu durum 2011'de iç savaş çıktığında onların neden Suriye hükümetini desteklediklerini de kısmen açıklıyor) ama bir ikmal istasyonundan ibaret bu noktadan aldığı destek çok sınırlı.

Başka bir stratejik sorun ise, bir savaş durumunda, Kuzey Denizi'ne bağlanan Skagerrak Boğazı'ndan dolayı, Rus donanmasının Baltık Denizi'nden de çıkamayacak olması. Bu dar boğazın kontrolü NATO üyesi olan Danimarka ve Norveç'te; ayrıca, gemiler oradan geçebilse bile, Atlantik'e giden rota bir de GİBK Aralığı'na (Grönland-İzlanda-Birleşik Krallık) bağlanıyor – bu aralığı Batı Avrupa'yı incelerken tekrar göreceğiz.

Kırım'ı ilhak ettikten sonra, Ruslar hiç vakit kaybetmediler. Sivastopol limanının kullanım anlaşmasında 2011'de yapılan düzenlemelerle, Kiev'in Rus Karadeniz Filosu'nun modernleştirilmesini engelleme gücü vardı. Artık yok. Şu günlerde, filoyu geliştirmek ve Rus şehri Novorossiysk'teki limanı modernleştirip büyütmek için yüz milyonlarca ruble harcanıyor. Novorossiysk doğal bir liman olmamasına rağmen, Ruslara fazladan kapasite sağlayacak. 2020 itibariyle, on sekiz yeni savaş gemisinin, boru hattındaki diğer seksen gemiyle birlikte, iki limandan demir almaları bekleniyor. Filo, yine de, savaş halinde Karadeniz'i yarıp geçecek kadar güçlü olmayacak ama kapasitesinin arttığı da başka bir gerçek.

Buna karşılık, önümüzdeki on yılda ABD'nin NATO'daki ortaklarından Romanya'yı Karadeniz filosunu genişletmeye teşvik etmesi ve İstanbul Boğazı'nı sağlam tutması için Türkiye'ye güvenmesini bekleyebiliriz.

İki yüzyıl boyunca Rusya'ya bağlı kalan Kırım 1954'te Kruşçev tarafından Sovyet Ukrayna Cumhuriyeti'ne aktarılmıştı; bu dönemde Sovyet düzeninin hiç bitmeyeceği ve bu toprakların Moskova'ya bağlı kalacağı düşünülüyordu. Ukrayna artık Sovyet olmadığı ve hatta tam olarak Rus-yanlısı bile kalmadığı için, Putin oradaki durumun değişmesinin şart olduğunun farkındaydı. Peki, Batı diplomatları farkında mıydı? Değildilerse, o halde diplomasinin ilk dersinden bihaberlerdi: Bir süper güç varoluş tehdidiyle karşı karşıya kaldığında saldırganlaşır. Bu refleksi düşündülerse, o halde Ukrayna'yı modern Avrupa'ya çekme ve Batı etkisine alma ihtimalini Putin'in Kırım'ı işgal etmesi riskine değer gördüler.

Yüce gönüllü bir bakış açısına göre, ABD ve Avrupalılar, Ukrayna'yı tüm liberal kurumlara tam üye yaparak ve hukukun üstünlüğünü onlara kabul ettirerek, demokratik dünyaya almaya çok hevesliydiler ve Moskova'nın da bu konuda yapabileceği pek bir şey yoktu. Bu görüş, hem jeopolitik şartların yirmi birinci yüzyılda da geçerli olduğunu hem de Rusya'nın hukuki kuralları uygulamadığını göz ardı etti.

Zaferin getirdiği heyecanla, göreve henüz gelmiş Ukrayna geçici hükümeti, kısa sürede bazı düşüncesizce açıklamalar yaptı; bunların en önemlilerinden biri de Rusçayı birçok bölgede ikinci dil olmaktan çıkarma niyetleriydi. Elbette, Kırım'ı da içine alan bu bölgelerde Rusça konuşanlar ve Rus-yanlıları çoğunlukta olduğu için, büyük bir tepki gelmesi kaçınılmazdı. Yeni hükümetin acemice beyanları Putin'e bir de Ukrayna'daki etnik Rusları koruma propagandası yapma fırsatı tanıdı.

Kremlin, "etnik Rus"ların korunmasını zorunlu kılan bir kanuna tabidir. Bu terim, Rusya'nın eski Sovyetler Birliği bölgelerinde potansiyel krizlerde tanımını kendisinin belirlemesi için, kasti olarak muğlak bırakılmıştır. Kremlin uygun gördüğünde, etnik Ruslar yalnızca anadili Rusça olan insanlardan ibaret olabilir. Başka zamanlarda ise yeni vatandaşlık kanunu gözetilebilir; yani, eğer ikinci kuşaktan akrabalarınız Rusya'da yaşadıysa ve Rusça sizin anadilinizse Rus pasaportu alabilirsiniz. Bunlar düşünüldüğünde, krizlerde avantaj peşinde koşan insanlar Rus pasaportlarını koz olarak kullanabiliyorlar ve bu da Rusya'nın çatışmaya müdahale etmesine olanak tanıyor.

Kırım nüfusunun yaklaşık %60'ı "etnik Rus"; yani Kremlin zaten açık olan bir kapıyı zorladı. Putin, Kiev-karşıtı gösterilere yardım sağladı ve o kadar çok çatışmaya önayak oldu ki, sonunda deniz üssündeki Rus birliklerini duruma müdahale etmek ve sokaktaki göstericileri korumak için yollamak "zorunda kaldı". Ukrayna ordusunun bölgedeki güçleri aynı anda hem halkla hem de Rus ordusuyla başa çıkabilecek kapasitede değildi, bu yüzden hemen ortalıktan çekildi. Kırım böylece, bir kez daha, defakto şekilde Rusya'ya bağlandı.

Putin'in, Ukrayna'nın toprak bütünlüğüne saygı duymamayı tercih ettiğini söyleyebilirsiniz. Ancak, Tanrı'nın Rusya'ya bahşettiği coğrafi şartları düşününce, anlaşılıyor ki, Putin aslında bu seçeneğe hiç sahip olmamıştı. "Kırım'ı kaybeden adam" olarak ülkenin tek ılık su limanının elden gitmesinin sorumluluğunu kaldıramazdı.

Belçika'ya denk bir toprak parçasını kaybederken, kimse Ukrayna'nın yardımına koşmadı. Ukrayna ve komşuları coğrafi bir gerçeğin farkındaydılar: NATO'da değilseniz, Moskova yakınınızda ve Washington uzağınızdadır. Ukrayna'nın durumu Rusya için bir varoluş meselesiydi: Batı'nın aksine, Kırım'ı kaybetmeyi Moskova göze alamazdı.

AB, Rusya'ya sınırlı da olsa yaptırım uyguladı. Sınırlı olmasının nedeni Almanya'nın da aralarında bulunduğu bazı Avrupa ülkelerinin ısınma ihtiyaçlarını Rus enerjisiyle karşılamalarıydı. Boru hatlarının başlangıç noktası Rusya'da, açma-kapama düğmesi ise Moskova'daydı.

Enerji, bir siyasi koz olarak, önümüzdeki yıllarda karşımıza sıklıkla çıkmaya devam edecek ve Rusya da eylemlerini meşrulaştırmak için "etnik Rus" terimini kullanmayı sürdürecek.

Putin, 2014'teki bir konuşmasında, *Novorossiya*, yani "Yeni Rusya" kalıbını telaffuz ettiğinde, Kremlin'i takip edenler nefeslerini tuttular. Başkan'ın ağzından çıkan sözcük, on sekizinci yüzyıl sonunda Osmanlı'nın elinden alınan Güney ve Doğu Ukrayna'ya verilen coğrafi isimdi. Büyük Katherina zamanındaki bu fetih sonrasında bölgeye Ruslar yerleştirilmiş ve Rusçanın anadil olması talep edilmişti. *Novorossiya*, ancak 1922'de, yeni kurulan Ukrayna Sovyet Sosyalist Cumhuriyeti için terk edilmişti. "Neden?" diye sordu Putin. "Onları yargılama işini Tanrı'ya bırakalım." Konuşmasında, Ukrayna'nın Kharkiv, Luhansk, Donetsk, Kherson, Mikolaiv ve Odessa bölgelerinden bahsetti ve şöyle bitirdi: "Rusya bu bölgeleri birçok nedenle kaybetti ama halk orada kaldı."

SSCB'nin dağılışından sonra Rusya'dan ayrılmış topraklarda hâlâ milyonlarca Rus yaşıyor.

Kırım'ın fethinden sonra Rusya'nın, Luhansk ve Donetsk'teki sanayi merkezlerinde de Rus-yanlısı ayaklanmaları ateşlemesi hiç şaşırtıcı olmadı. Rusya, Dinyeper Nehri'nin Kiev'deki doğu kıyısına kadar rahatlıkla ilerleyebilirdi. Ama bunun getireceği baş ağrısı yüzünden hiç zahmete girmedi. Batı'yla flört eden Ukrayna'nın AB veya NATO merkezlerinde herhangi bir anlaşma imzalamaması için, ülkenin doğusundaki isyanları tetiklemek ve Kiev'e enerji kaynaklarının kimin elinde olduğunu hatırlatmak çok daha acısız ve ucuz bir işlemdi.

Buradaki isyanlar için verilen örtülü destek aynı zamanda lojistik açıdan da basitti ve uluslararası bağlamda inkâr edilmesi çok kolaydı. BM Güvenlik Konseyi'nde, eğer karşınızdakinin size yönelttiği suçlamalar hakkında somut kanıtı yoksa veya daha da önemlisi, bu konuyla ilgili kendisinin de bir şeyler yapma zorunluluğu olduğu için somut kanıt sunmaya yanaşmıyorsa, yalan söylemek oldukça kolaydır. Batı'daki birçok siyasetçi rahat bir nefes aldı ve sessizce şöyle dedi: "Şükürler olsun ki Ukrayna NATO'da değil, yoksa bir şeyler yapmak zorunda kalırdık."

Kırım'ın ilhakı Rusya'nın "yakın yabancı" olarak gördüğü yerlerdeki çıkarlarını gözetmek için askeri eylemlere girişmekten çekinmeyeceğini gösterdi. Diğer ülkelerin duruma müdahale etmeyecekleri yönünde hesaplı bir risk aldılar. Kırım Rusya'ya yakındı, Karadeniz'den ve Azak Denizi'nden oraya ikmal gönderilebilirdi. Ayrıca halkın desteği de güvenilirdi.

Tabii Rusya'nın henüz Ukrayna'yla işi bitmedi, hiçbir yerle bitmediği gibi. Donbass bölgesi hâlâ kırılgan ve hafif çatışmalar sürüyor. 2017 yazındaki çatışmalarda ölen Ukrayna askerleri oldu ve ABD, Ukrayna'ya verdiği askeri desteği artırmayı düşünmeye başladı. Buna karşılık, Ruslar da Ukrayna sınırı yakınlarında askeri tatbikatlarını sıklaştırdılar.

Rusya, eğer kendini tehdit altında hissetmezse, askeri birliklerini muhtemelen Baltık ülkelerine veya Gürcistan'da halihazırda getirdiği yerden ileriye göndermeyecektir. Ancak, Gürcistan'daki gücünü artırmaya çalışacaktır ve bu kırılgan dönemde askeri harekât ihtimalleri yok sayılamaz.

Ancak, tıpkı Rusya'nın 2008'de Gürcistan'la savaşındaki hamlelerinin NATO'ya daha fazla yaklaşmamaları konusunda bir uyarı olması gibi, NATO'nun 2014 yazında Rusya'ya mesajı da "Batı'da bu noktadan daha ileri gidemezsin," oldu. Bir avuç NATO savaş uçağı Baltık ülkelerine gönderildi, Polonya'da askeri tatbikatlar yapıldı ve Amerikalılar Rusya'ya mümkün olduğunca yakın bir yerde "pozisyon almaya" başladılar. Aynı zamanda, çeşitli ülkelerin savunma ve dışişleri bakanları da Baltık ülkelerine, Gürcistan'a, Moldova'ya ziyaretler düzenleyip onlara verilen desteği somutlaştırdılar.

Bazı yorumcular, bu tepkilere burun kıvırarak, RAF Eurofighter Typhoon jetlerinin Baltık hava sahasında uçurulmasının Rusya'yı caydırıcı nitelikte olmadığını söylediler. Ama bu tepki aslında diplomatik bir işaretti ve de çok netti: NATO savaşa hazırdı. Gerçekten de öyle olmak zorundaydı, çünkü bir üye ülkeye yapılan saldırıya karşılık verilmemesi "köhne"lik belirtisi olurdu. Mevcut işbirliği yapıları tarafından daha az kısıtlanacakları ve ihtiyaç duyduklarında yeni kurumlar açacakları yeni bir dış politika üslubuna zaten yönelmiş olan ABD, Avrupa ülkelerinin savunma harcamalarına yeterince bütçe ayırmamalarını büyük hayal kırıklığıyla karşılıyor. Başkan adaylığı sırasında, Donald Trump NATO'nun "köhne" olduğunu söylemişti; Beyaz Saray'a geçtikten sonra, 2017 baharında bu konuda geri adım attıysa da, diğer NATO ülkelerini tedirgin etmek istediği açıktı. Tabii yalnızca birkaç ülke savunma bütçelerinde ufak büyümelere gitti.

Başkan Trump ayrıca ABD'nin bir çatışma durumunda NATO'daki müttefiklerinin yardımına hemen gelip gelmeyeceğini de netleştirmedi ama daha sonra, yine 2017 baharında, savunma, çatışma, propaganda ve jeopolitik şartlar düşünüldüğünde, sonunda NATO'nun 5. maddesini garanti etti. Baltık ülkeleri konusundaysa NATO'nun konumu çok net. Bu ülkelerin hepsi NATO üyesi oldukları için, Rusya tarafından onlara yapılabilecek herhangi bir silahlı saldırı sonucunda NATO'nun Kurucu

Sözleşmesi'nin 5. maddesi devreye girer: "Avrupa veya Kuzey Amerika'daki bir ya da birden fazla üyeye silahlı saldırı yapılması tüm ülkelere saldırı yapılması anlamına gelecektir," diye başlayan madde, NATO'nun gerekli olursa yardıma geleceğini belirterek sona erer. 11 Eylül 2001'deki terörist saldırılar sonrasında devreye giren 5. madde Afganistan'ın NATO tarafından işgalinin önünü açmıştı.

Bir tarih öğrencisi olan Putin, Sovyetler Birliği yıllarından çok şey öğrenmiş gibi görünüyor. Bu yıllarda, komünist Rusya kendine zarar verecek kadar fazla genişlemiş ve daha sonra küçülmek zorunda kalmıştı. Baltık ülkelerine yapılacak aleni bir saldırı da benzer bir aşırı genişleme anlamına gelir ve bunun gerçekleşmesi pek olası değil – özellikle de NATO yöneticilerinin Putin'e verdikleri sinyaller net olduğu sürece. Ancak, 2016'da, Rusya Başkanı da kendi sinyalini gönderdi. Ülkesinin genel askeri strateji belgesindeki üslubu değiştirdi ve 2015'teki deniz stratejisi belgesinin de ötesine geçti: ABD, ilk kez, Rusya için bir "dış tehdit" olarak gösterildi.

Rusya'nın Letonya, Litvanya veya Estonya'daki olayları etkilemek için oraya askeri birlikler göndermesine de gerek yok; ama öyle bir şey yaparsa, oradaki Rus toplulukların yerel halk tarafından ayrımcılığa uğradığını belirterek hareketini meşrulaştıracak. Hem Estonya hem de Letonya'da yaklaşık dört kişiden biri etnik Rus; Litvanya'daysa bu oran %5,8. Estonya'da Rusça konuşan halk, devlette yeterince temsil edilmediklerini ve binlerce kişinin herhangi bir vatandaşlık sahibi olmadığını söylüyor. Bu, Rusya'ya dahil olmak istedikleri anlamına gelmese de, Estonya'daki bu nüfus Rusya'nın olaylar üzerinde etki yaratmak için kullanabileceği silahlardan biri.

Baltık ülkelerinde Rusça konuşan nüfus, işleri karıştırmak için kullanılabilir. Halihazırda onları temsil eden tam teşekküllü partiler mevcut. Rusya aynı zamanda Baltık halkının evlerindeki merkezi ısıtmayı da kontrol ediyor; yani halkın her ay ısınma için ödeyeceği meblağı belirleyebilir ve gerek duyarsa vanayı kapatabilir.

Rusya Baltık ülkelerindeki çıkarlarını zorlamaya devam edecek. Bu ülkeler, SSCB'nin çöküşünden beri Rusya'nın savunması açısından zayıf halkalardan birini teşkil ediyor ve Baltık Denizi'nden başlayıp güneye inen, sonra güneydoğuya kavislenip Urallar'da biten bir yay çizerek duvarda bir çatlak yaratmak isteğindeler. Bu da bizi Rusların çıkarları için, aynı hat üzerinde tampon bölge olarak kullanabilecekleri bir başka yere götürüyor: Moldova.

Rusya'nın, tüm taraflar için farklı bir sorun yaratan Moldova'ya saldırması için, önce Ukrayna'dan geçip Dinyeper Nehri'ni aşması, sonra da başka bir sınırdan geçip Moldova topraklarına girmesi gerekir. İmkânsız değil –önemli sayıda can kaybının göze alınması ve Odessa'nın bir ikmal merkezi olarak kullanılması halinde– ama bunu başka bir kılıfa sokmak mümkün olmaz. Moldova bir NATO üyesi olmadığı için onlarla doğrudan savaş çıkmayabilir ancak Moskova bu kararı alırsa daha önce hiç görülmemiş yaptırımlarla karşı karşıya bırakılır ve durum, bu kitabın yazarının zaten şüphelendiği şeyi onaylamış olur: Rusya ve Batı arasında soğuyan ilişkilerin aslında Yeni Soğuk Savaş olduğu. Bazı analistler, Donald Trump'ın başa gelmesini, Rusya'nın Ukrayna'da daha aktif olmak için "yeşil ışık" olarak gördüğünü söylediler. Bununla birlikte, ABD Başkanı koltuğu devraldıktan birkaç hafta sonra, Savunma ve Dışişleri Bakanları Moskova'ya birden fazla sözlü çıkışta bulundular ve Beyaz Saray'ın Moskova'yla ilişkilerini düzeltmeye niyeti olsa da, jeopolitik gerçekler gereği Moskova'nın bazı sınırların ötesinde işler yapmaması gerektiğini belirttiler.

Ruslar, Moldova'yı neden isterler? Çünkü Karpat Dağları güneybatıdan kıvrılarak Transilvanya'nın Alpler'ini oluştururken, güneydoğuda ise Karadeniz'e uzanan bir düzlük bulunur. Bu düzlük aynı zamanda Rusya'ya giden bir koridor olarak da değerlendirilebilir ve tıpkı Rusların Kuzey Avrupa Ovası'nı Polonya'daki dar noktadan kontrol etmeyi tercih edecekleri gibi, eski adı Besarabya olan Karadeniz Ovası'nı da kontrol etmek isteyeceklerdir.

Rusya ile Batı Avrupalı müttefikler arasında Osmanlı'yı Rusya'dan korumak için yapılan Kırım Savaşı'ndan sonra 1856'da imzalanan Paris Antlaşması, Besarabya'yı Moldova'ya verdi ve Rusya'nın sınırını Tuna Nehri'nin ötesine attı. Rusların bu alana tekrar erişim sağlaması için bir yüzyıl geçmesi gerekti ama SSCB'nin çöküşüyle Rusya yine doğuya çekilmek zorunda kaldı.

Fakat, Ruslar fiilen Moldova'nın bir kısmını kontrol altında tutuyorlar: Dinyester Nehri'nin doğusunda bulunan ve Ukrayna'yla komşu olan Transdinyester bölgesi. Stalin kendine has "kurnazlığı"yla, tıpkı Kırım'dan Tatarları çıkardıktan sonra yaptığı gibi, buraya da büyük bir Rus nüfus yerleştirmişti.

Günümüz Transdinyester'inin neredeyse yarısı Rusça veya Ukraynaca konuşuyor, yani nüfusun bu kısmı Rus-yanlısı. Moldova 1991'de bağımsız olduğunda, Rusça konuşan nüfus ayaklandı ve kısa süren çatışma sonrası Transdinyester Cumhuriyeti'ni ilan etti. Bu ayaklanma, Rusya'nın oraya asker yerleştirmesine yardımcı oldu ve Rusya günümüzde de orada hâlâ 2000 askerlik bir güç bulunduruyor.

Rusların Moldova'ya bir askeri harekât düzenlemesi pek olası değil ama Kremlin, Moldova hükümetinin AB veya NATO'ya katılımını engellemek için, ekonomik gücünü ve Transdinyester'deki kırılgan durumu kullanmakta tereddüt etmiyor ve etmeyecektir de.

Enerji ihtiyaçları bakımından Rusya'ya bağımlı olan Moldova ekinlerini doğuya ihraç ediyor ve Rusya'ya gelen leziz Moldova şaraplarının fiyatı iki ülke arasındaki ilişkilere göre inip çıkıyor.

Karadeniz'in karşı kıyısında, şarap üretimiyle meşhur başka bir ülke daha var: Gürcistan. Burası, iki sebeple Rusya'nın kontrol listesinde üst sıralarda değil: Birincisi, 2008'deki Gürcü-Rus savaşından sonra ülkenin hatırı sayılır bir kısmı, Rus birliklerinin kontrolüne girdi ve artık Abhazya ile Güney Osetya tamamen onların hükmünde; ikincisi, Gürcistan Kafkas Dağları'nın güneyinde kalıyor ve Rusya'nın Ermenistan'da askeri birlikleri var. Moskova tampon bölgelerine bir yenisini eklemeye hayır demez ama Gürcistan'ın tamamını işgal etmezse de çok şey kaybetmez. Tabii bu durum Gürcistan'ın NATO'ya üye olmaya kalkışması durumunda değişebilir. Bu da, Rusya'yla girilecek kaçınılmaz çatışmadan olabildiğince kaçmaya çalışan NATO hükümetlerince, bu ülkenin sürekli reddedilmesini açıklıyor.

Gürcistan nüfusunun büyük kısmı, AB'yle daha sıkı bağlar kurmak istiyor, ama 2008'deki savaşın şokundan sonra birçokları bu riske girmemenin daha akılcı olacağını düşünmeye başladı (Gürcistan Devlet Başkanı Mihail Saakaşvili saflık etmiş ve Rusları tahrik ettikten sonra Amerikalıların hemen yardıma koşacağını düşünmüştü). 2013'te seçilen hükümet ve devlet başkanı Giorgi Margvelaşvili, Moskova'ya çok daha yakın. Ukrayna'da olduğu gibi, buradaki halk da bölgedeki herkesin kabul ettiği gerçeği içten içe biliyor: Washington çok uzak, Moskova çok yakın.

Nükleer füzeler bir yana bırakılırsa, Rusya'nın günümüzdeki en güçlü silahları, ordu ve hava kuvvetleri değil, doğalgaz ve petrol. En büyük petrol ve doğalgaz üreticisi olarak ABD'den sonra ikinci sırada olan Rusya bu gücünü elbette avantaja çeviriyor. Rusya'yla ilişkileriniz ne kadar iyiyse, enerjiye o kadar az para ödüyorsunuz; örneğin, Finlandiya'nın anlaşması Baltık ülkelerinden daha iyi. Bu politika şimdiye dek o kadar saldırgan biçimde kullanıldı ve Rusya, Avrupa'nın enerji ihtiyaçları üzerinde öylesine bir güç sahibi ki, etkisini dindirmek için yapılanlar yetersiz kalıyor. Avrupa'daki birçok ülke kendini Rus enerjisine bağımlılıktan kurtarmaya çalışıyor ama bu kadar agresif olmayan ülkelerle anlaşmaya çalışarak değil, gaz yolları kurarak.

Ortalama olarak Avrupa'nın doğalgaz ve petrolünün %25'i Rusya'dan geliyor. Ancak ülkelerin Moskova'ya yakınlığı ne kadarsa, onlara bağımlılığı da o kadar fazla. Bu durum da doğal olarak o ülkenin dış politika seçeneklerini daraltıyor. Letonya, Slovakya, Finlandiya ve Estonya %100; Çekya, Bulgaristan ve Litvanya %80; Yunanistan, Avusturya ve Macaristan ise %60 oranında Rus gazına bağımlı. Alman gaz tüketiminin neredeyse yarısı Rusya'dan geliyor ve bu da, ek ticaret anlaşmalarıyla birlikte, Kremlin'in agresif politikaları karşısında Alman politikacıların tepki vermekte neden bu kadar geciktiğinin bir göstergesi; öte yandan, enerji kaynaklarının yalnızca %13'ünü Rusya'dan temin eden ve yerli doğalgaz üretim sanayisine sahip olan, üstelik dokuz aylık bir yedek deposu bulunan Britanya, Rusya'nın dış politikadaki sert tutumuna daha net yanıt verebiliyor.

Rus ihracatı için doğudan batıya uzanan birçok boru hattı var – bazıları doğalgaz, bazıları petrol hattı. En önemli olanlar doğalgaz hatları.

Kuzeyde, Baltık Denizi aracılığıyla kurulan Nord Stream hattı doğrudan Almanya'ya bağlanıyor. Onun altında, Beyaz Rusya'yı kesen Yamal boru hattı da Polonya ve Almanya'yı besliyor. Güneydeki Mavi Akım Karadeniz üzerinden Türkiye'ye gidiyor. 2015'in başlarına kadar, Mavi Akım'la aynı hattı kullandıktan sonra batıya saparak Macaristan, Avusturya, Sırbistan, Bulgaristan ve İtalya'ya gaz götürecek Güney Akımı adlı bir proje gündemdeydi; Rusya bu projeyle birlikte, Ukrayna'yla güncel sorunlara rağmen, Batı Avrupa ve Balkanlar'daki büyük pazarlar için hâlâ çok önemli bir rotaya sahip olma hayaline hitap ediyordu. Birçok AB ülkesi bu planı reddetmeleri için komşularına baskı yaptı ve Bulgaristan sonunda boru hatlarının topraklarından geçmesine izin vermeyeceğini söyleyerek projenin fişini çekti. Putin ise, tepki olarak, Türkiye'ye adı bazen Türk Akımı olarak da geçen yeni bir proje önerdi.

Rusya'nın Ukrayna'yı zor durumda bırakmak için oluşturduğu Güney Akımı ve Türk Akımı projeleri, 2005-2010 yıllarında iki ülke arasında yaşanan fiyat anlaşmazlıklarının bir sonucuydu; bu yıllarda, on sekiz ülkeye giden doğalgazda kesintiler olmuştu. Güney Akımı'ndan yararlanan Avrupa ülkeleri 2014'teki Kırım krizi sırasında Rusya aleyhinde daha dikkatli bir dil kullandılar.

Bu noktada hem kendilerine hem de Avrupa'ya faydalı olacak bir stratejiyle ABD devreye girdi. Avrupa'nın doğalgaz ihtiyacını ve Rus dış politikası karşısında zayıf görünmeme isteğini düşünen Amerikalılar cevabı bulduklarını düşündüler. Kaya gazı üretiminin ABD'de bir anda patlama yapması, hem üretici ülkenin enerji konusunda kendine yetmesini hem de üretim fazlasını en büyük enerji tüketicilerinden Avrupa'ya pazarlamasını sağladı.

Bu gazın taşınması için sıvıya çevrilip Atlantik üzerinden gönderilmesi gerekiyor. Taşınan yükün alınıp tekrar gaza çevrilmesi içinse, Avrupa limanlarına sıvılaştırılmış doğalgaz merkezleri kurulması gerekiyor. Washington ithalat tesisleri için ruhsatları onaylamaya başladı bile; Avrupa da daha fazla sıvılaştırılmış doğalgaz tesisi yapımı için uzun vadeli bir projeye başlıyor. Tesis yapımına Polonya ve Litvanya'da başlandı; Çekya gibi diğer bazı ülkeler ise önce bu tesislere bağlanan boru hatları inşa etmek istiyor, çünkü bu takdirde yalnız Amerikan enerjisinden değil, Kuzey Afrika ve Ortadoğu'dan gelen gazı da kullanabilecekler. Kremlin artık vanaları sıksa da fayda etmeyecek.

Uzun vadeli tehlikeyi gören Ruslar, boru hattıyla satın alınan gazın sıvılaştırılmış doğalgazdan daha ucuz olduğunu vurguluyorlar. Putin de masumane bir yüze bürünerek Avrupa'nın halihazırda güvenilir ve ucuz bir doğalgaz kaynağına sahip olduğunu belirtiyor. Sıvılaştırılmış gazın Rus gazının yerini tamamen alması mümkün değil, ama Avrupalıların hem fiyat pazarlığı yapmalarını hem de dış politika konularında zayıf olan ellerini güçlendirmelerini sağlayacak. Rusya ise, gelirlerinde bir azalmaya hazırlıklı olmak için, güneydoğuya inen boru hatları planlıyor ve Çin ithalatını artırmayı umuyor.

Bu, coğrafyayla bağlantılı bir ekonomik savaştır, aynı zamanda teknolojinin eski dönemlerdeki coğrafi engelleri aşmak için kullanılmaya çalışıldığı modern örneklerden biridir.

Rusya'nın 2014'te petrol fiyatlarının varil başına elli doların altına, 2015'te bunun da altına düşmesiyle aldığı ekonomik yara birçok yeni düşünceye yol açtı. Moskova'nın 2016 bütçesi ve 2017 tahmini harcaması elli dolarlık varillere dayanıyordu; ülkenin rekor seviyelerde petrol üretimi yapmasına karşın, artık hesaplarda açık çıkmasının kaçınılmaz olduğu ortadaydı. Petrol fiyatındaki bir dolarlık düşüş, Rusya'nın yaklaşık iki milyar dolar kaybetmesine yol açıyor. Rus ekonomisinin büyük darbe alışı birçok normal insanın hayatını zorlaştırdı ama devletin çökeceği yönündeki tahminlerin hiçbir dayanağı yoktu. Rusya askeri harcamadaki devasa yükselişini tekrar yakalamakta zorlanacak olmasına ve yüzleştiği zorluklara rağmen, Dünya Bankası bu yüzyılın ikinci yarısında ekonomisinin biraz büyüyeceğini öngörüyor. Eğer Arktik Okyanusu'ndaki Kara Denizi'nde keşfedilen geniş hacimli petrol yatakları kıyıya getirilebilirse, bu büyüme daha sağlıklı olacaktır.

Anakaradan uzakta, Rusya'nın bir de küresel siyasi erişimi ve ağırlığı mevcut, özellikle de başta Venezuela olmak üzere ABD'yle arası kötü olan Güney Amerika devletleriyle. Ortadoğu'daki Amerikan faaliyetini kontrol altında tutmaya –ya da en azından söz sahibi olmaya– çalışan Rusya ayrıca kendi Arktik askeri güçlerine de büyük yatırım yapıyor ve düzenli olarak, bölgesel haklarını savunmak için Grönland'a ilgi gösteriyor. Rusya, komünizmin çöküşünden beri Afrika'ya ilgisini kaybetse de, orada da mümkün olduğunca etkisini sürdürmeye çalışıyor, her ne kadar Çin'in yükselişine engel olamasa da.

Birbirlerine rakip olsalar da Çin ve Rusya, birçok alanda işbirliği içindeler. Avrupalıların uzun vadede enerji bakımından onlara bağımlı olmaktan kurtulma isteklerini bilen Moskova, onların yerine Çin'i koymak istiyor. Tok alıcıların hâkim olduğu pazarda Çin'in dizginleri elinde tutmasına rağmen, iki ülke arasında sağlıklı ve düzenli bir iletişim var. Rusya, 2019'dan itibaren, Sibirya üzerinden Çin'e yıllık 38 milyar metreküp doğalgaz sağlayacak; bu otuz yıllık anlaşma için Çin 400 milyar dolar ödeyecek.

Çin'in gözünde Rusya'nın bir askeri tehdit olarak görüldüğü günler geride kaldı. 1945'te olduğu gibi, Rusya'nın Mançurya'yı işgal edebileceği fikri artık geçerli değil, ancak kritik bölgeler söz konusu olduğunda, iki ülke birbirlerine karşı hâlâ temkinliler – Kazakistan gibi. Ancak küresel komünizmin ideolojik liderliği konusunda artık rakip olmadıklarından dolayı, ortak çıkarları olan yerlerde iki ülkenin askeri işbirliği yapması için bir engel yok. Mayıs 2015'te, Akdeniz'de gerçek mermiyle ortaklaşa tatbikat yapmaları da tuhaf bir örnekti. Pekin'in 14.500 km uzaklıktaki bir denize gitmesi donanmasının küresel erişimini genişletmek içindi; Moskova ise Akdeniz'deki doğalgaz yataklarını hedefliyor, Yunanistan'a yakınlaşıyor ve Suriye kıyısındaki küçük deniz üssünü korumak istiyordu. Ek olarak, iki ülke de bölgedeki NATO güçlerini sinir etmekten büyük zevk alıyorlar. Napoli'deki ABD 6. Filo'su gibi.

Rusya'nın kendi içinde yaşadığı bir sürü zorluk var ve aralarında en önemlisi de nüfus. Artışın yavaşlaması kontrol altına alınsa da hâlâ sorun teşkil ediyor. Rus erkeklerinin ortalama yaşam süresi altmış beş yılın altında ve bu da Rusya'yı BM üyesi

193 ülkenin kötü durumdaki yarısına dahil ediyor; ayrıca Rus nüfusu (Kırım hariç) artık yalnızca 144 milyon.

Moskova Knezliği'nden Büyük Petro'ya, Stalin'den Putin'e, Rus liderlerin hepsi aynı sorunlarla yüz yüze kaldı. Kontrolü elinde tutanların çarlık yanlısı, komünist veya eş-dost kapitalisti olması fark etmiyor; çünkü limanlar her halükârda donuyor ve Kuzey Avrupa Ovası hâlâ düz.

Ulus devletlerin çizgilerini yok saydığınızda, bugün Vladimir Putin'in karşı karşıya kaldığı haritayla tarihte Korkunç İvan'ın önündeki haritanın hiçbir farkı yok.

BÖLÜM 2

ÇİN

"Çin ülke rolü yapan bir uygarlıktır."

Lucian Pye, siyaset bilimci

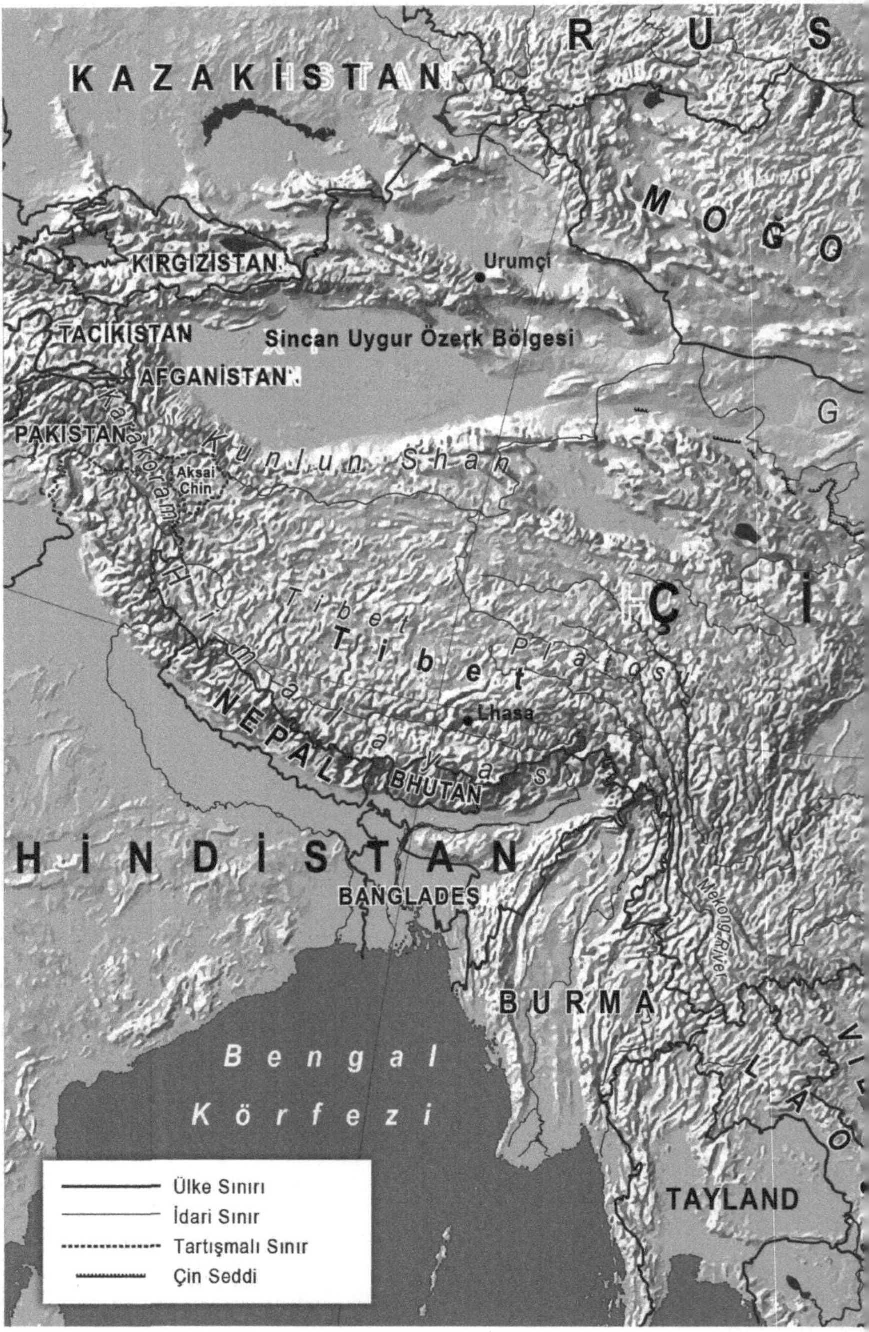

RUS
KAZAKİSTAN
MOĞO
KIRGIZİSTAN
Urumçi
TACİKİSTAN
Sincan Uygur Özerk Bölgesi
AFGANİSTAN
G
PAKİSTAN
Karakoram
Kunlun Shan
Aksai Chin
ÇİN
Himalayas
Tibet Platosu
Tibet
NEPAL
Lhasa
BHUTAN
HİNDİSTAN
BANGLADEŞ
Mekong River
BURMA
Bengal Körfezi
LAOS
TAYLAND
Ülke Sınırı
İdari Sınır
Tartışmalı Sınır
Çin Seddi

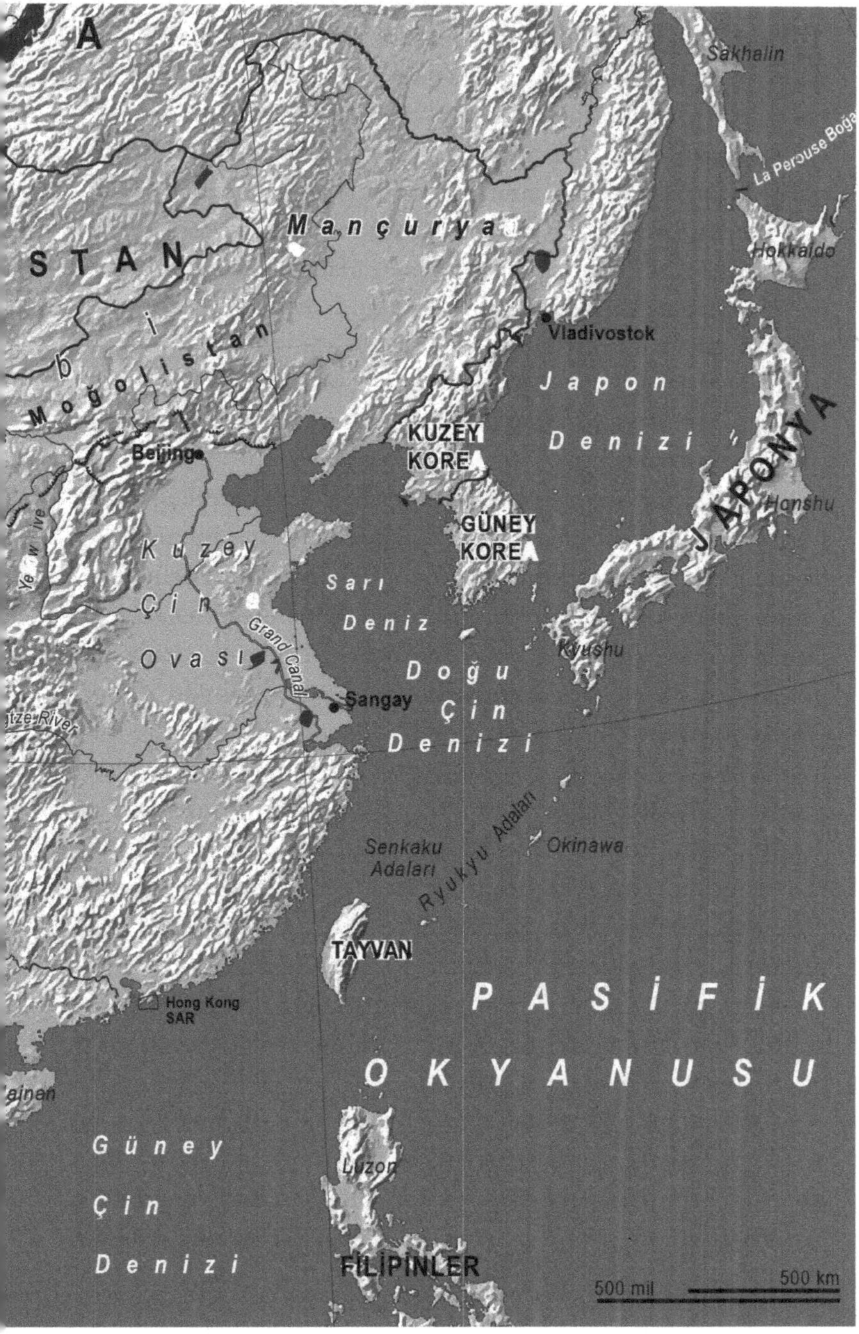
Sakhalin
La Perouse Boğazı
Hokkaido
Mançurya
STAN
Moğolistan
Vladivostok
Japon
Denizi
KUZEY
KORE
GÜNEY
KORE
JAPONYA
Honshu
Beijing
Kuzey
Çin
Ovası
Grand Canal
Sarı
Deniz
Doğu
Çin
Denizi
Şangay
Kyushu
Okinawa
Ryukyu Adaları
Senkaku
Adaları
TAYVAN
Hong Kong
SAR
PASİFİK
OKYANUSU
Güney
Çin
Denizi
Luzon
FİLİPİNLER
500 mil
500 km

Ekim 2006'da, ABD Donanması'na ait üç yüz metrelik *Kitty Hawk* gemisi önderliğindeki bir uçak gemisi grubu, güney Japonya ve Tayvan arasındaki Doğu Çin Denizi'nde tereddütsüzce ilerliyor, işine bakıyordu, ta ki Çin Donanması'na ait bir denizaltı, onları hiç uyarmadan, grubun ortasında yüzeye çıkana kadar.

Bu boyuttaki bir ABD uçak gemisinin etrafında on iki tane de savaş gemisi bulunmakta, ayrıca havadan ve denizaltından da destek almaktaydı. Song sınıfından olan Çin taarruz denizaltısı elektrik gücüyle çalıştığında pekâlâ çok sessiz olabilir ama bu manzara yine de Pepsi yöneticilerinin Coca-Cola yönetim kurulu toplantısını yarım saat dinledikten sonra masanın altından çıkmaları gibi bir şeydi.

Amerikalılar hem hayrete düştüler hem de çok öfkelendiler. Hayretlerinin sebebi bir Çin denizaltısının bunu, bu gizlilikte başarabileceğini hiç düşünmemiş olmalarıydı; öfkelerinin sebebiyse hem kendilerinin durumu algılayamamış olmaları hem de bu eylemi tahrik edici bulmalarıydı, özellikle de denizaltının *Kitty Hawk*'ın torpido menzilinde olduğu düşünüldüğünde. Amerikalılar seslerini yükseltti, belki de gereğinden fazla; Çinliler ise, "Aa! Ne tesadüf, sizin savaş grubunuz bizim kıyı açıklarımızda dolanırken biz yüzeye çıkmışız, hiç bilmiyorduk," dediler.

Bu, yirmi birinci yüzyıla özgü, tersten güç diplomasisiydi. Böyle durumlarda, gücü sınırlı bir savaş gemisini limanlarından çıkararak gözdağı veren Britanyalılar gibi, Çinliler de denizaltılarını yüzeye çıkararak net bir mesaj veriyorlardı: "Biz artık bir deniz gücüyüz, devir bizim devrimiz, deniz de bizim denizimiz." Dört bin yıl sürmüş olsa da, Çinliler artık yakınınızdaki bir limana ve denizyoluna geliyordu.

Çin, şimdiye kadar asla deniz gücüne sahip olamamıştı.

Geniş toprakları, muhtelif sınırları ve ticaret ortaklarına ulaşım için kısa deniz rotalarına sahip olduğundan, donanmaya yatırım yapmaya gerek duymamıştı ve ideolojik olarak yayılmacı bir görüşü de yoktu. Çinli tüccarlar iş için uzun zamandır okyanusaşırı yolculuklar yapmışlardır ama ülke donanması kendi bölgesinin dışına çıkmamıştır, çünkü Pasifik, Atlantik ve Hint okyanuslarının büyük denizyollarını devriye gezmenin zorluğu buna değmemiştir. Artık 1,4 milyara ulaşan nüfusu ve çok geniş topraklarıyla, Çin daima büyük bir kara gücü olmuştur.

Çin üzerinde yaşanan bir ülke mefhumu olarak yaklaşık dört bin yıl önce ortaya çıktı. Çin uygarlığının doğum yeri Kuzey Çin Ovası olarak bilinen yerdir, ki Çinliler buraya Merkez Ovası derler. Yaklaşık 400.000 km^2'lik, düşük rakımlı bu saha İç Moğolistan'ın altında, Mançurya'nın güneyinde, Sarı Nehir Havzası'nın içinde ve etrafında, ayrıca hem batıya hem doğuya uzanan Yangtze Nehri'nin altındadır. Bu bölge şu anda dünyanın nüfus yoğunluğu en yüksek yerlerinden biridir.

Sarı Nehir Havzası, sık sık yıkıcı sellere boğulur ve bu yüzden pek de imrenilmeyecek bir isim almıştır: "Han Oğullarının Belası." Bölgenin sanayileşmesi aslen 1950'lerde başladı ve son otuz yılda iyice hızlandı. Artık fena halde kirlenen nehirde o kadar fazla zehirli atık var ki, bazen atıklar bile denize ulaşmakta zorlanıyor. Buna rağmen, Mısır için Nil Nehri neyse, Çin için de Sarı Nehir öyledir: Çin uygarlığının beşiği ve Çin halkının tarımı, kâğıt ve barut yapımını öğrendiği yer.

Çin'in başlangıcı sayılabilecek bu bölgenin kuzeyinde, artık Moğolistan'a ait olan Gobi Çölü, yani sert topraklar bulunuyor. Topraklar batıya doğru yükseliyor, sonunda Tibet Platosu haline gelerek Himalayalar'a kadar ulaşıyor. Güneydoğu ve güneyde ise deniz var.

Kuzey Çin Ovası, tıpkı eskiden olduğu gibi, hâlâ geniş ve verimli bir ova. İçinden iki nehir geçen ova, pirinç ve soya tanelerinin her mevsim iki defa hasat edilmesine elverişli bir iklime sahip, ki bu da hızlı nüfus artışını tetikleyen bir durum. M.Ö. 1500 civarında, çoğu birbiriyle savaşan yüzlerce mini devlet barındıran bu ova, Çin devletinin ilk örneğini doğurdu: Şang Hanedanı. Burada daha sonra anavatanı koruyan ve etraflarında bir tampon bölge oluşturan "Han Halkı" adlı bir topluluk ortaya çıkacaktı.

Han halkı, şu anda Çin nüfusunun %90'ından fazlasını oluşturuyor, siyaset ve iş dünyasının da hâkimi konumundalar. Mandarin, Kantonca ve diğer bölgesel diller gibi farklılıkları var, ancak etnik bakımdan ve anavatanı korumak için jeopolitik bir dürtüyle, siyaseten birleşik durumdalar. Bölgenin kuzey kısmında doğan Mandarin açık farkla daha yaygın konuşuluyor ve devletin, ulusal devlet kanalının, eğitimin resmi dili durumunda. Yazılış olarak Kantonca ve diğer birçok dile benzeyen Mandarin konuşulduğundaysa çok farklı.

Çin'in merkez ovası siyasal, kültürel, demografik ve en önemlisi tarımsal ağırlık merkezini oluşturuyor. Çin'in bu kısmında yaklaşık bir milyar insan yaşıyor ve yüzölçümü 322 milyon nüfusa sahip ABD'nin yarısı kadar. Ova, barındırdığı insanları yerleşik ve tarıma dayalı yaşama yönelttiği için, Çin'in ilk hükümdar hanedanları etrafta Han soyundan gelmeyenlerin bölgelerinden çekinmişti – özellikle de vahşi savaşçılara sahip göçebe Moğollardan.

Çin, Rusya'yla aynı stratejiyi benimsedi: savunma olarak saldırı ve güce dayalı düzen. Göreceğimiz üzere, Han'ın erişmesi ve kontrol edebilmesi durumunda onları koruyacak doğal bariyerler mevcuttu. Bin yılı aşkın bu mücadele ancak 1951'de Tibet'in ilhakıyla anlaşıldı.

Ünlü düşünür Konfüçyüs zamanında (M.Ö. 551-479), Çinli olma kimliği çok değerliydi ve ülke topraklarıyla etrafındaki "barbar" topluluklar arasında büyük ayrım yapılırdı. Bu hisler yaklaşık 60 milyon insanın ortak değerleriydi.

M.Ö. 200 civarında, Çin güneybatıda Tibet'e erişemese de çok yaklaşmış, kuzeyde Orta Asya'nın yeşil topraklarına, güneyde de Güney Çin Denizi'ne kadar gelmişti. Çin Seddi (Çin'deki adıyla

Uzun Duvar) Qin* hanedanı tarafından inşa ettirilmişti (M.Ö. 221-207) ve artık Çin haritalarda bugün gördüğümüz topraklarına benzer bir şekle kavuşuyordu. Ancak, bugünkü sınırların netleşmesi için yaklaşık iki bin yıl daha geçmesi gerekecekti.

M.S. 605-609 arasında, yapımı yüzyıllar süren ve şu an dünyanın en büyük insan yapımı suyolu olan Büyük Kanal genişletilmiş ve sonunda Sarı Nehir'le birlikte Yangtze'ye bağlanmıştı. Sui hanedanı (M.S. 581-618), kontrolü altındaki çok sayıda işçiyi, halihazırdaki doğal akarsu kollarını birleştirip, iki büyük nehir arasında, üstünde yolculuk yapılabilecek bir suyoluna çevirmekle görevlendirmişti. Bu inşaat kuzey ve güneydeki Hanları birbirlerine daha önce hiç olmadığı kadar yakınlaştırdı. Beş yıl boyunca, milyonlarca kölenin çalıştırılmasıyla başarılan bu işle birlikte, malların güneyden kuzeye taşınma sorunu da çözüldü ama sel problemi günümüze kadar uzandı.

Han halkı kendi içinde savaşmaya devam etse de, bu alışkanlıkları giderek azaldı ve M.S. 11. yüzyılda, dikkatlerini kuzeyden akın eden Moğollara vermek zorunda kaldılar. Moğollar kuzeyde ve güneyde karşılarına çıkan her hanedanı yok etmeyi başardılar ve 1279'da, Moğol lideri Kubilay Han, Moğolların Yuan Hanedanı'nın kurucusu olarak, bu topraklara hükmeden ilk yabancı oldu. Han halkının Ming Hanedanı'nın gelmesiyle tekrar kendi kendini yönetebilmesi için doksan yıl geçmesi gerekecekti.

Bu tarihlerde, İspanya ve Portekiz gibi Avrupa'nın yeni oluşan ulus devletlerinden tüccarlar, Çin'e daha sık gelmeye başlamışlardı. Çinli liderler, kalıcı bir Avrupalı varlığının karşısında olsalar da, liman bölgelerini ticarete açmaktan geri durmadılar. Çin dışa açıldığında liman bölgelerinin gelişip iç bölgelerin geri kalması, günümüzde bile geçerli olan bir durumdur. Ticaret-

---

* Ülkeye ismini de veren bu hanedanın okunuşu "çin" şeklinde olmasına rağmen, ülke ismiyle karışmaması adına böyle bıraktım. (ç.n.)

le gelen refah Şanghay gibi liman şehirlerini zenginleştirirken, kırsal bölgeler bu kaynaklardan nasibini alamaz. Bu da insanların şehirlere göçünü ve bölgeler arasındaki keskin farklılıkları artıran bir unsurdur.

On sekizinci yüzyılda, Çin güneyde Burma ve Hindiçin'in bazı kısımlarını aldı; kuzeybatıda fethedilen Sincan ise ülkenin en büyük eyaleti oldu. Sarp dağlar ve geniş çöl havzalarıyla dolu Sincan 1.664.897 km^2'lik alanıyla Teksas'ın iki katı büyüklüğünde. Başka bir deyişle Birleşik Krallık, Fransa, Almanya, Avusturya, İsviçre, Hollanda ve Belçika'yı buraya sığdırdığınızda, Lüksemburg için hâlâ yer kalmış oluyor. Hatta dilerseniz Liechtenstein'ı da ekleyebilirsiniz.

Ancak, topraklarla birlikte, Çin yeni sorunlar da kazandı. Müslümanların yaşadığı bir yer olan Sincan da diğer bölgeler gibi istikrarsızlığın, isyanın sürekli olduğu bir bölgeydi. Ama Han halkı için bu tampon böyle bir sıkıntıya değerdi, özellikle de on dokuzuncu ve yirminci yüzyılda Avrupalıların gelişiyle ülkenin aldığı halden sonra.

Emperyalist güçlerin gelmesiyle birlikte, ülke bazı güç odakları tarafından bölünmüştü. Çinliler Moğol istilasından beri böyle aşağılanmamışlardı. Bu, Çin Komünist Partisi'nin sıklıkla vurguladığı şeylerden biridir; doğru kısımları vardır ama Parti'nin kendi başarısızlıklarının, baskıcı politikaların üstünü örtmek için de kullanılır.

Daha sonra, topraklarını genişletip büyük bir küresel güç haline gelen Japonya Çin'i işgal etti. 1932 ve ardından 1937'de buraya saldıran Japonlar ülke merkeziyle birlikte Mançurya ve Moğolistan'ın bir kısmını da ele geçirdiler. 1945'te İkinci Dünya Savaşı sonunda Japonya'nın ABD'ye kayıtsız şartsız teslim oluşuyla birlikte, Çin'deki Japon birlikleri geri çekilseler de, Mançurya'yı bu kez de Sovyet ordusu işgal etti, 1946'da onlar da çekildi.

Birkaç yabancı gözlemci savaş-sonrası yıllarının Çin'e liberal demokrasi getirebileceğini düşündü. Bu düşünceler, Batılıların

"Arap Baharı"nın ilk günlerinde yazdıkları saçmalıklara benzer hüsnükuruntulardı ve yine halkların iç dinamiklerini, siyaseti, bölge coğrafyasını tam olarak bilmeden yapılan yorumlardı.

Çan Kay Şek yönetimindeki milliyetçi güçler ile Mao Zedong'un komünist orduları 1949'a kadar ülkenin hâkimiyeti için savaştılar; komünistlerin zaferinden sonra milliyetçiler Tayvan'a çekildiler. Aynı yıl, Pekin Radyosu şu duyuruyu yaptı: "Halk Kurtuluş Ordusu, içinde Tibet, Sincan, Hainan ve Tayvan'ın da bulunduğu tüm bölgeleri özgürleştirmelidir."

Mao, iktidarı daha önceki hanedanlarda görülmemiş bir şekilde merkezileştirdi. İç Moğolistan'daki Rus etkisini kesti ve bölgeyi Pekin'e tabi kıldı. Çin, 1951'de, Han halkından olmayan başka bir büyük bölge olan Tibet'in ilhakını tamamladı; artık Çin'in okul kitaplarındaki haritalar Orta Asya cumhuriyetlerini bile ülkeye dahil göstermeye başlamıştı. Ülke tekrar toparlanmıştı; Mao hayatının geri kalanını bu durumu korumak ve Komünist Parti'yi hayata her yönden hâkim kılmaya, dış dünyaya ise yüz çevirmeye adayacaktı. Ülke çok fakirdi, iç kesimlerin hali haraptı ama tek parçaydı.

Mao'nun halefleri, onun Uzun Yürüyüş'ünü refaha giden bir ekonomik ilerleyişe çevirmeye gayret gösterdiler. 1980'lerin başında, Çinli lider Deng Şiaoping "Çin'e Özgü Sosyalizm" terimini ortaya sürdü. Bu kavramın "kapitalist bir ekonomide komünist partinin topyekûn kontrolü" gibi bir karşılığı vardı. Giderek büyük bir ticaret gücü haline gelen Çin askeri bakımdan da devasa boyutlara ilerliyordu. 1990'ların sonunda, 1989'da Tiananmen Meydanı'ndaki katliamı atlatmış bir halde, Hong Kong ile Macau'yu geri almıştı; sınırlarının dışına bakabiliyor, kendi güvenliğini sağlayabiliyor ve dünyaya açılma konusunda plan yapabiliyordu.

Çin'in modern sınırlarına baktığımızda, artık coğrafi unsurlarla korunan ve bu avantajlarla ticarette ilerleyen, büyük bir güç görebiliyoruz. Çin'deki pusulalar her zaman doğu-güney-batı-kuzey düzeniyle sıralanır ama biz kuzeyden başlayıp saat yönünde ilerleyelim.

Kuzeyde, 4677 kilometrelik Moğolistan sınırını görüyoruz. Bu sınır Gobi Çölü'nün üstünde. Eski zamanların göçebe savaşçıları pekâlâ buradan güneye saldırabilmişlerdir. Ancak günümüz orduları burada toplanıp ilerlemeye hazır olmadan üç hafta önce fark edilir ve ayrıca, İç Moğolistan (Çin'e bağlı) ve Çin'in merkezine ilerleyebilmeleri için elverişsiz araziler üzerinde uzun süre yönetilmesi mümkün olmayacak kadar uzun ikmal hatlarına gereksinim duyar. Ağır silahların taşınmasının mümkün olduğu, hem de üzerinde yaşanabilecek çok az alan bulunmaktadır. Gobi Çölü muazzam bir erken uyarı sistemi ve savunma hattıdır. Çin'in kuzeye doğru genişlemesi ise askeri yolla değil, Moğolistan'ın doğal kaynaklarını ticari anlaşmalarla ele geçirme çabasıyla oluyor. Bu da Han halkının Moğolistan'a daha da büyük sayılarla göç etmesi anlamına geliyor.

Bitişikte, doğuda, Çin'in Pasifik Okyanusu'na –ya da en azından Japon Denizi kısmına– kadar uzanan Rusya sınırı var. Bu sınırın üstünde dağlık Rus Uzak Doğusu var: Az nüfuslu, yaşama elverişsiz, kocaman bir bölge. Altında da Mançurya var, yani Rusların olur da Çin'in merkezine ulaşmak isterlerse geçmek zorunda oldukları yer. Mançurya'nın nüfusu 100 milyon ve artıyor; Rus Uzak Doğusu ise, aksine, 7 milyondan az nüfusa sahip ve artışa dair herhangi bir emare yok. Güneyden kuzeye geniş çaplı bir göç beklenebilir; bu da Çin'in Rusya'yla olan ilişkilerinde elini güçlendirir. Askeri açıdan bakıldığında, en iyi geçiş yeri Rusya'nın Pasifik limanı Vladivostok olurdu. Ancak böyle bir şey yapmaları için ortada hiçbir sebep veya niyet görünmüyor. Hatta, Ukrayna'daki durumdan dolayı Batı'dan gelen yaptırımlar, Rusya'yı Çin'le çok büyük ekonomik anlaşmalar yapmaya itti ve bu anlaşmalar bir yandan Rusya'yı ayakta tutarken bir yandan da Çin'e yardımcı oluyor. Rusya bu anlaşmanın küçük ortağı.

Rus Uzak Doğusu'nun altında, kıyı boyunca, Çin'e ait Sarı Deniz, Doğu Çin Denizi ve Güney Çin Denizi bulunuyor. Pasifik ve Hint okyanuslarına çıkan bu küçük denizlerin kenarındaki çok sayıda iyi limanda, ticaret hiç durmamıştır. Fakat suların biraz ötesinde, birkaç ada sorun yaratıyor ve aralarından en büyüğü olan Japonya'ya biraz sonra geleceğiz.

Saat yönünde devam ederek sıradaki kara sınırlarına geliyoruz: Vietnam, Laos ve Burma. Vietnam, Çin'in sinirini bozan bir ülke. Yüzyıllar boyunca iki ülke toprak anlaşmazlığı yüzünden kavgalı ve ne yazık ki mevzubahis toprak parçası, güneyde, orduların fazla sorun yaşamadan kullanabileceği bir sınıra sahip tek yer. Bu da Çin'in M.Ö. 111-M.S. 938 yılları arasında Vietnam'ı işgal altında tutmasını ve 1979'daki kısa süreli sınır savaşını bir parça açıklıyor. Bununla birlikte, Çin'in askeri gücü büyüdükçe, Vietnam bu ülkeyle çatışmaya girmeye daha çok çekinecek, sonuç olarak da güvenlik için ABD'ye daha çok yaklaşacak veya diplomatik tutumunu sessizce değiştirerek Pekin'le dost olacak. İki ülkenin de ideolojik olarak sözde komünist olması aralarındaki ilişkiyi pek bağlamıyor: Alıp veremedikleri şey paylaştıkları coğrafyadan kaynaklanıyor. Pekin'in gözünde Vietnam yalnızca minik bir tehdit, halledilebilecek bir sorun.

Laos sınırı vahşi ormanlarla kaplı ve engebeli olduğu için tüccarların kullanmayı tercih etmedikleri bir rota ve haliyle ordular için daha da zorlu. Ormanlık tepeler, saat yönünde, Burma'ya doğru giderken, dağlara dönüşüyor ve en batıda 6.000 metre yüksekliğe kadar ulaşarak Himalayalar'a karışıyor.

Bu da bizi Tibet'e ve Tibet'in Çin için önemine getiriyor. Çin-Hindistan sınırı boyunca uzanan Himalayalar, daha sonra Karakurum Sıradağları haline gelerek, Pakistan, Afganistan, Tacikistan sınırlarına uzanıyor. Bir nevi doğal Çin Seddi veya Yeni Delhi'nin perspektifinden Büyük Hint Duvarı. Bu sıradağlar dünyanın en fazla nüfusa sahip iki ülkesini birbirinden hem askeri hem ekonomik bakımdan ayırıyor.

İki ülke arasında bazı anlaşmazlıklar var. Çin Hindistan'ın Arunaçal Pradeş bölgesinde hak talep ediyor; Hindistan ise Çin'in Sincan Uygur Özerk Bölgesi'ndeki Aksay Çin bölgesinde işgalci durumunda olduğunu söylüyor. Ancak, bu doğal duvarın üstünden silahlarını birbirlerine doğrultmalarına karşın, iki taraf da 1962'de yaşananı tekrarlamak istemiyor. Bu tarihte, sınırlar konusundaki bir dizi sert tartışma sonrasında, geniş çaplı ve acımasızca bir dağ savaşı çıkmıştı. Araları her zaman gergin kalsa da, iki ülke de durumu dikkatle ele almak zorunda.

Yüzyıllardır iki ülke arasındaki ticaret çok sınırlı kalmış durumda ve bunun yakın bir tarihte değişeceği de yok. Aslında aralarındaki sınırın adı Tibet-Hindistan sınırıdır ve Çin'in burayı daima kontrol etmek istemesinin nedeni de tam olarak budur.

Bu, korkunun jeopolitik yansımasıdır. Eğer Çin, Tibet'i kontrol edememiş olsaydı, bunu Hindistan'ın denemesi işten değildi. Böyle bir durumda, Tibet Platosu'na hâkim tepeleri eline geçirecek olan Hindistan, Çin'in merkezine saldırabilmek için de bir yol bulmuş olacak, ayrıca Çin'in en büyük üç nehrinin –Sarı Nehir, Yangtze ve Mekong– kaynağını da eline geçirecekti. Tibet'e "Çin'in Su Kulesi" denmesinin nedeni de budur. Su tüketimi neredeyse ABD kadar yüksek fakat ABD'nin beş katı nüfusa sahip olan Çin buna doğal olarak izin veremez.

Mesele Hindistan'ın bu su kaynağını kesmek istemesi değil, bunu yapabilecek gücü olması. Çin yüzyıllardır bunun önüne geçmeye çalışıyor. Aktör Richard Gere ve Özgür Tibet hareketi, bölgenin Han halkı tarafından işgal edilmesindeki –ve artık yerleşime dönüştürülmesindeki– adaletsizlik hakkında konuşmaya devam edecekler, evet. Ama Tibet'in ruhani lideri Dalai Lama, Özgür Tibet ve bazı Hollywood yıldızları bir araya gelseler de, dünyanın en büyük ikinci ekonomisini yöneten Çin Komünist Partisi karşısında şansları yok.

İster Bay Gere ister eski başkan Obama olsun, bir Batılı ne zaman Tibet hakkında konuşsa, Çinliler bundan büyük rahatsızlık duyuyorlar. Tehlikeli veya zararlı bir şey gözüyle bakmıyorlar, yalnızca rahatsız oluyorlar. Tibet'teki durumu insan hakları bakımından değil, jeopolitik güvenlik açısından ele alıyorlar ve Batılıların bu beyanlarını sadece "Çin'e taş atmak" olarak görüyorlar. Ancak, Çin'in güvenliğine henüz bir zarar gelmedi ve gelmeyecek de – Han halkına karşı daha fazla ayaklanma çıksa da. Demografik ve jeopolitik şartlar Tibet'in bağımsızlığına izin vermiyor.

Çinliler "dünyanın çatısı"nda bir "gerçekler zemini" inşa ediyorlar. 1950'lerde, Çin Komünist Partisi'ne bağlı Ordu, Tibet'e giden yollar inşa etmeye başladı ve o zamandan beri, bu antik krallığa modern dünyayı getirme konusunda hayli başarılı oldu – ama otoyollar ve şimdi de demiryolları beraberinde Han halkını da getirdi.

Donmuş toprakların, Tibet dağlarının ve vadilerinin üstüne demiryolu inşa etmenin imkânsız olduğu uzun süredir söylenen bir şey. Alpler'i delip geçen Avrupa'nın en iyi mühendisleri bunun olanaksızlığını öne sürdüler. Seyahat yazarı Paul Theroux da 1988'de çıkan *Riding the Iron Rooster* adlı kitabında şöyle yazdı: "Kunlun Sıradağları varken, Lhasa'ya demiryolu ulaştırılamayacağı kesin." Sincan bölgesini Tibet'ten ayıran Kunlun Dağları, Theroux'dan özel bir teşekkür almış: "Bu herhalde güzel bir şey. Tibet'i görene kadar demiryollarını sevdiğimi sanıyordum. Ama burada, vahşi hayatı daha çok sevdiğimi fark ettim." Ama Çinliler demiryolu inşasını başardılar. Bunu belki de yalnızca onlar yapabilirdi. Tibet'in başkenti Lhasa'ya uzanan hat 2006'da dönemin Çin Devlet Başkanı Hu Jintao tarafından açıldı. Bugünlerdeyse ta Şanghay ve Pekin'den kalkan yük ve yolcu trenleri her gün dört sefer yapıyorlar.

Trenlerle birlikte, Çin'in çeşitli yerlerinde üretilen bilgisayarlar, televizyonlar ve cep telefonları da dahil olmak üzere, bir sürü ürün de getiriliyor. Tibet'e yerel ekonomiyi destekleyen turistler akın ediyor; eskimiş ve fakirleşmiş topraklara modernlik getiriliyor; yaşam standartları ve sağlık hizmetlerinde büyük gelişmeler yaşanıyor; ayrıca, Tibet'te üretilen malların dünyaya daha çok yayılabilmesinin önü açılıyor. Ama bir de trenlerin getirdiği Han halkının Tibet'e yerleşmesi var.

Gerçek sayılara ulaşmak zor: Özgür Tibet'e göre, daha geniş bir alanı kapsayan kültürel Tibet bölgesi sınırlarında Tibetliler azınlık durumunda; Çin hükümetiyse Tibet Otonom Bölgesi'nde yaşayanların %90'ından fazlasının Tibetli olduğunu söylüyor. İki taraf da abartıyor ama kanıtlar hükümetin daha haksız olduğu yönünde. Merkezin öne sürdüğü sayılarda, Tibet'te yaşadığını resmi kurumlara bildirmeyen Han halkı hesaba katılmamış, ancak Tibet'e giden herkes şehirlerin Han mahalleleriyle dolu olduğunu görebiliyor.

Bir zamanlar, Mançurya, İç Moğolistan ve Sincan'ın nüfusları ağırlıklı olarak, sırasıyla Mançuryalı, Moğol ve Uygur halklarından oluşurdu; şimdiyse tüm bölgelerde Han Çinlileri çoğunluk durumundalar veya çoğunluğa erişmek üzereler. Tibet'te de böyle olacak.

Bu da, tıpkı 2008'de Çin karşıtı Tibetlilerin Lhasa'daki protestolarında Han halkına ait ev ve işyerlerini yakıp yıkmaları gibi, sonradan gelenlere karşı duyulan kinin artacağına işaret ediyor. Otoritelerin baskısı sürecek, Özgür Tibet Hareketi devam edecek, Tibetlilerin çilesini dünyaya aktarmak için keşişler kendilerini yakmayı sürdürecekler – ve Han halkı da gelmeye devam edecek.

Çin'in muazzam nüfusu yayılmak için yollar arıyor. Tıpkı Amerikalılar gibi, Çinliler de yüzlerini batıya döndüler ve Avrupa göçmenlerinin "Demir At" denen trenlerle Komançilerin ve Navaholarn topraklarına girmeleri gibi, onlar da "Demir Horoz"larıyla Han halkını Tibetlilere musallat ediyorlar.

Yelkovan sonunda Pakistan, Tacikistan, Kırgızistan dağlık sınırlarından Kazakistan'a, orada da tekrar kuzeydeki Moğolistan'a geliyor. Antik İpek Yolu, yani Orta Krallık ile dünya arasındaki ticaret köprüsü işte burada. Teoride, burası Çin'in dağları ve çölü arasındaki zayıf karnı olarak görülebilir, ama İpek Yolu merkezden çok uzakta ve Kazakistan'ın Çin'i tehdit edebilecek bir durumu yok; Rusya da yüzlerce kilometre uzakta.

Kazak sınırının güneydoğusunda "yarı-otonom" Çin eyaleti Sincan ve Türkçeyle akraba bir dil konuşan yerel Müslüman halk Uygurlar var. Sincan'ın sekiz ülkeye sınırı bulunuyor: Rusya, Moğolistan, Kazakistan, Kırgızistan, Tacikistan, Afganistan, Pakistan ve Hindistan.

Sincan'da her zaman sorun vardı, şimdi olduğu gibi, olmaya da devam edecektir. Uygurlar 1930'lar ve 1940'larda iki kez "Doğu Türkistan" adlı bir bağımsız devlet ilan ettiler. Rus komünizminin çöküşüyle birlikte etraflarında Sovyetler Birliği'ne bağlı bazı devletlerin bağımsızlaştığını gördüler, Tibet Özgürlük Hareketi'nden ilham aldılar ve Uygur halkının önemli bir kısmı yine Çin'den bağımsız olmaya çalışıyor.

2009'da etnik gruplar arasında başlayan ayaklanmanın sonucu 200 kişi ölmüştü. Pekin buna üç şekilde karşılık verdi: Muhalefet acımasızca susturuldu; bölgeye para yağdı; Han halkından işçiler Sincan'a gönderildi. Sincan, Çin'in kaybetmeyi göze alamayacağı kadar büyük bir stratejik öneme sahip: Sekiz ülkeyle komşu olarak merkeze tampon olmasının yanı sıra, Sincan aynı zamanda petrol bakımından zengin topraklara sahip ve Çin'in nükleer silah talimleri burada yapılıyor. Bölgenin bir de Çin'in "Bir Kuşak, Bir Yol" adlı ekonomik stratejisi için de eşsiz bir önemi var. Tuhaftır ki, eski İpek Yolu'ndan esinlenerek oluşturulmuş bu yol Sincan'dan geçerek güneye, Çin'in Pakistan'daki Gvadr kentine inşa ettiği devasa derinlikteki su limanına bağlanan bir denizyolu: Malların okyanus yoluyla taşınması için üretilen, "Ekonomik İpek Yolu Kuşağı" da denen bir proje. Çin 2015'in sonunda limanın kullanımı için kırk yıllık bir anlaşma imzaladı.

Sincan'daki yeni şehir ve yerleşim birimlerinin çoğu, merkezi hükümetin açtığı yeni fabrikaların cazibesine kapılarak buraya gelen Han halkıyla dolu. Buna verilebilecek en önemli örneklerden biri Sincan'ın başkenti Urumçi'nin 130 kilometre kuzeybatısındaki Şihezi kenti. 650.000 kişilik nüfusun 620.000'inin Han olduğu düşünülüyor. Toplamdaysa, en ihtiyatlı tahminle, Sincan'ın %40'ının Han olduğu varsayılıyor. Hatta, resmi sayıların denetlenme güçlüğü ve siyasi hassasiyetlerden ötürü doğruluğunun sorgulanabilirliği de düşünülünce, artık Urumçi'de bile çoğunluk Han olabilir.

Almanya'da "Dünya Uygur Kongresi", Türkiye'de ise "Doğu Türkistan Özgürlük Hareketi" isimli oluşumlar var. Ancak Uygurların medyaya sunabilecekleri Dalai Lama tarzı bir liderleri yok ve davaları dünyada neredeyse hiç bilinmiyor. Çin bunun böyle sürmesine çalışıyor ve komşu ülkelerle ilişkilerini mümkün olduğunca bozmamak istiyor; çünkü örgütlenebilen bir bağımsızlık hareketinin destek bulabilmesinin, yuvalanabilecek toprak bulmasının önüne geçmek istiyor. Pekin, ayrılıkçıları İslamcı teröristler olarak göstermekten de geri durmuyor. Örneğin Tacikistan'da kadrolaşmayı başarmış El Kaide ve diğer gruplar gerçekten de Uygur ayrılıkçılarla bağ kurmaya çalışıyor; gelgelelim, Uygur hareketi öncelikle milliyetçi, sonra İslamcı. Ama son birkaç yılda bu bölgede devlete ve/veya Han halkına karşı düzenlenen bombalı, silahlı, bıçaklı saldırılar pek de sona erecek gibi durmuyor ve aksine topyekûn bir ayaklanmaya dönüşebilir. 2016'da, yerel hükümet görevlileri, bölgedeki radikallikten-arındırma hamlesinin doğmakta olan İslamcı hareketi "gözle görülür şekilde zayıflattığını" söylediler. Ancak, 2015'te Türk ordusunun Suriye'ye girmeye çalışan Sincanlı 324 cihatçı şüpheliyi tutukladığını açıklamasıyla, paragrafın başındaki açıklama boşa çıkıyor. IŞİD'in 2017'de Irak ve Suriye'de izlediği yol da bu örgüte mensup savaşçıların evlerine dönme ama emekli olmama risklerini artırdı.

Çin bu bölgeyi bırakmayacak ve tıpkı Tibet'te olduğu gibi bağımsızlık ihtimali de yok gibi. İkisi de tampon bölge: Biri çok önemli bir kara ticareti yolu üzerinde ve her ikisi de Çin'in büyümek ve dev istihdamını sürdürmek için sürekli mal üretip satmak zorunda olan ekonomisi için pazar oluşturuyor – getirileri sınırlı da olsa. Ekonomik başarısızlık, muhtemelen Çin'de daha büyük düzensizliğe yol açar, hem Komünist Parti'yi hem de Çin'in bütünlüğünü tehdit eder.

Parti'nin demokrasiye ve bireysel haklara karşı çıkışının benzer nedenleri var. Eğer nüfusa serbest seçim hakkı verilseydi, Han'ın birliği çatlamaya başlayabilir veya kırsal alanla şehirler birbirine girebilirdi. Bunun sonucu da tampon bölgelerin cesaretlenişi, dolayısıyla Çin'in daha da zayıflayışı olurdu. Çin'in dış güçler tarafından tecavüz edilerek aşağılanmasının üzerinden henüz yalnızca bir yüzyıl geçti; birlik ve ekonomik ilerleme, Pekin için demokrasiden çok daha öncelikli.

Çinliler topluma Batı'dan çok daha farklı bakarlar. Batı düşüncesine bireysel haklar aşılanmıştır, Çinliler ise kolektif kazancı buna tercih ederler. Batı'nın insan hakkı olarak düşündüğü şeyler Çin liderliği tarafından çoğunluğu tehlikeye atan teoriler olarak görülür ve halkın büyük kısmı da, en azından, geniş ailenin bireyden önce geldiğini kabul eder.

Bir zamanlar, bir Çin büyükelçisini Londra'daki lüks bir Fransız restoranına götürmüştüm, Başbakan Zhou Enlai'nin Richard Nixon'ın sorusuna verdiği meşhur yanıtı tekrarlaması umuduyla: "Fransız Devrimi'nin etkisi ne oldu?" diye soran Nixon, Enlai'den, "Bir şey söylemek için henüz çok erken," yanıtını almıştı. Maalesef öyle olmadı ama kendisi bana "insan hakları denen şeyler"in Çin'e nasıl bir yük olduğunu, şiddet olaylarını yaygınlaştırdığını, ölümlere yol açtığını uzun uzun anlattı; bir de şunu sordu: "Neden anlamadığınız bir kültürde sizin değerlerinizin işe yarayacağını sanıyorsunuz?"

Parti liderleri ve halk arasındaki anlaşma bir kuşaktır şöyle: "Biz sizi daha iyi hale getireceğiz; siz de bizim emirlerimize uyacaksınız." Ekonomi büyümeye devam ettikçe bu büyük anlaşmada sorun yaşanacak gibi durmuyor. Ama büyüme yavaşlar veya durursa, anlaşma da sona erer. Şu günlerde yaşanan gösteriler, yolsuzluklara ve beceriksizliklere duyulan öfke, kriz durumunda yaşanabilecekler için âdeta bir taahhütname.

Parti için giderek büyüyen sorunlardan bir diğeri de gıda temini. Çin Tarım Bakanlığı'nın verilerine göre, işlenebilir toprakların %40'tan fazlası şu anda kirlilik sorunu yaşıyor veya üst toprak tabakasında incelme var.

Çin şu an bir çıkmaza girmiş durumda. Bir yandan modernleşirken sanayileşmeye, yaşam standartlarını yükseltmeye devam etmesi gerekiyor ama bu durum gıda üretimini tehdit ediyor. Bu sorun çözülemediği takdirde isyan çıkacak.

Çin'de çeşitli konular hakkında günlük olarak aşağı yukarı beş yüz barışçıl protesto yapılıyor. Eğer büyük bir işsizlik veya açlık dalgası gelirse, hem sayılar hem de iki tarafın birbiri üzerinde kullandığı güç bakımından büyük değişimler olacaktır.

Yani, Çin'in artık dünyayla bir de büyük ekonomik pazarlığı var: "Biz ucuz mal üreteceğiz, siz ucuz mal alacaksınız."

Çin'deki işçi maliyetlerinin yükselmeye başlamasını, ayrıca Tayland ve Endonezya'nın da onlara –hacim olarak olmasa da mali açıdan– rakip olmalarını bir yana koyalım. Ya üretim için gereken hammadde biterse, hammaddeye Çin'den önce başkaları erişirse veya malların giriş-çıkışına bir deniz ablukası uygulanırsa? İşte böyle durumlar için bir donanmaya ihtiyaç var.

Çinliler deniz seyahatinde çok ilerlemişlerdi, özellikle on beşinci yüzyılda Hint Okyanusu'nu gezerken; Amiral Jeng He'nin seferi Kenya'ya kadar uzanmıştı. Ama bunlar para kazanmak için yapılan işlerdi, güç gösterisi veya askeri harekâtlara destek için kullanılabilecek ileri üsler edinmek için değil.

Topraklarını güçlendirmek için çalkantılarla geçmiş dört bin yıl bekleyen Çin şimdi bir Mavi Su donanması oluşturuyor.

Yeşil Su donanması deniz sınırlarında devriye gezerken, Mavi Su donanmasıysa okyanusları kolluyor. Ekonomik ilerleme göz önüne alındığında, Çin'in dünya tarihindeki en büyük donanma gücü olan ABD'yle ciddi ciddi rekabet edebilmesi için otuz yıl daha geçmesi gerekiyor. Ama orta ila uzun vadede, üretim, eğitim ve öğretim devam ettikçe, Çin donanması denizlerde rakipleriyle karşılaşmaya devam edecek; bu karşılaşmaların nasıl idare edileceği de –özellikle Çin-Amerikan karşılaşmaları– bu yüzyılın büyük güç politikalarında belirleyici olacak.

Çin'in Ukrayna'daki bir hurdalıktan aldığı *Liaoning* adlı ikinci el uçak gemisinde antrenman yapan genç denizciler, eğer amiral seviyesine gelebilirlerse, on iki gemilik bir taşıma filosuna dünyayı gezdirip geri getirmenin nasıl bir şey olduğunu –ve gerekirse yol üstünde savaşmayı– ilk öğrenenler olacaklar. Bazı zengin Arap ülkelerinin de fark ettikleri üzere, başarılı bir orduyu kimse pazarda satmıyor.

2017 yazında *Liaoning*, yanında iki güdümlü füze destroyeri, bir güdümlü füze fırkateyni ile birlikte Hong Kong limanına yanaştı. Aslında Devlet Başkanı Şi'nin ziyaretini onurlandırmak için getirilen gemiler, aynı zamanda Hong Kong'a ve dünyanın geri kalanına bölgeyi kimin kontrol ettiğini, zamanı geldiğinde Güney Çin Denizi'ni kimin kontrol etmeye niyetlendiğini göstermek içindi.

Birkaç ay önce, Çin ikinci uçak gemisini üretti. Denize elverişli olsa da, taşıt henüz savaşa hazır değil. Üçüncü bir uçak gemisinin de 2021'de üretilmesi bekleniyor. Üçüncü gemide nükleer güç olup olmayacağı henüz belirsiz; ayrıca ABD uçak gemilerinin özelliklerinin tümüne erişemeyecek ama yine de Çin'in dünyaya erişimini, elindeki seçenekleri artıracak.

Çinliler aşamalı olarak limanlarından daha da çok gemi kaldırıp Pasifik'e gönderecekler. Her bir gemi Çin denizlerinde

Amerikalılar için daha da az yer kaldığı anlamına gelecek. Bu gidişatın farkında olan Amerikalılar Batılıların Çin denizlerine gelirken tedirgin olmaları için Çin'de karaya üslenmiş gemisavar füzeleri ürettiklerinin de gayet bilincindeler. Çin'in giderek daha uzun menzile kavuşan kıyı gücü, büyüyen donanmasının savunma görevlerini üzerinden bir nebze atarak daha uzaklara gidebilmesini sağlayacak. Eylül 2015'te, Çinliler (uluslararası yasaları çiğnemeden) beş gemilerini Alaska kıyılarında gezdirirken buna dair ipucu veriyorlardı. Bu güç gösterisi Şi'nin ABD ziyaretinden hemen önce yapılmıştı ve elbette tesadüf değildi. Bering Boğazı Çin gemilerinin Arktik Okyanusu'na ulaşması için en kısa yol ve önümüzdeki yıllarda Alaska kıyılarında Çin gemilerini daha sık göreceğiz. Bu sırada Çin, ayrıca gelişen uzay projesiyle, Batılıların her hamlesini gözleyebilecek.

Yani, kara sınırlarında saat yönünde ilerleyerek, şimdi doğu, güney ve güneybatıya, denize doğru bakıyoruz.

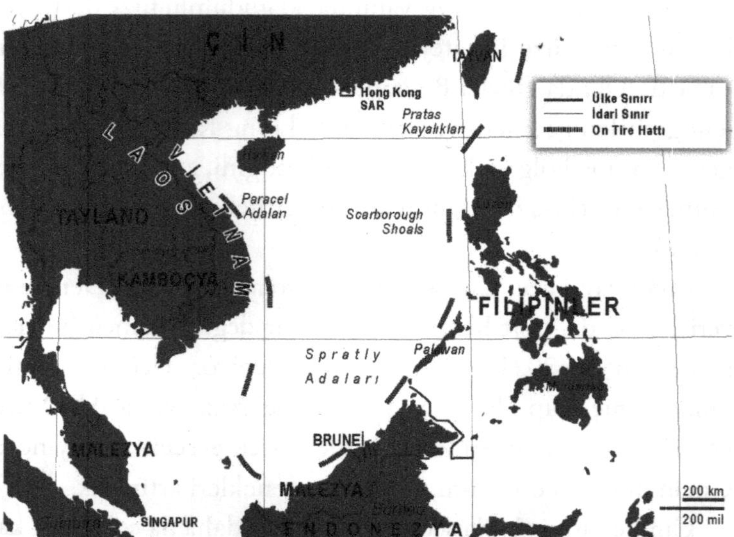

Çin ile Pasifik arasında, Pekin'in "İlk Ada Zinciri" dediği takımada var. Bir de Çin'in bölgeyi işaretlediğini iddia ettiği, Tayvan'ın da 2013'teki katılımıyla sayısı ona çıkan "Dokuz Tire Hattı" var. İki yüzün üzerindeki küçük ada ve kayalık hakkındaki bu mülkiyet anlaşmazlığı Çin'in komşularıyla olan ilişkilerine zarar veriyor. Çin, ulusal gurur gereği, Zincir'den geçen yolları kontrol etmek istiyor; jeopolitik konum gereği böyle yapmak zorunda.

Bu geçiş yolları, Güney Çin Denizi'ndeki dünyanın en önemli gemicilik yollarına erişim sağlıyor. Bu yollarla barış zamanında birçok yere ulaşan rotalar çizilebilirken, savaş durumundaysa Çin'e ambargo uygulanması için kolayca engellenebilirler. Tüm büyük uluslar, barış durumundayken, kendilerini savaşın patlak verebileceği güne hazırlarlar.

Pasifik'e erişim öncelikle Japonya tarafından engelleniyor. Sarı Deniz'den çıkıp Kore Yarımadası'nın etrafından dolanan Çin gemileri, önce Japon Denizi'nden, sonra da Hokkaido'nun üstündeki La Perouse Boğazı'ndan geçerek, Pasifik'e ancak ulaşabiliyorlar. Bu denizlerin büyük kısmı, Rus veya Japon karasularına dahil ve büyük bir gerilim veya çatışma durumunda Çin'in erişimine kapalı olacak. Pasifik'e çıksa bile, Çin donanmasının Kuril Adaları'nın etrafından dolanması gerekir, ki bu adalar da Japonların hak iddia ettiği ve Rusların yönettiği yerler.

Japonya ile Çin arasında, ayrıca, Tayvan'ın kuzeydoğusunda, üzerinde insan yaşamayan Senkaku (Çin'e göre Diayou) takımadası üzerinde anlaşmazlık var. İki ülke arasındaki toprak anlaşmazlıklarında en zorlusu bu. Eğer Çin gemileri Şanghay'dan Doğu Çin Denizi'ne açılıp Pasifik'e doğru dümdüz ilerlerse, bu kez de Ryukyu Adaları'nı geçmek zorunda kalır, ki bu adalarda da hem bir ABD üssü hem de Japonların adanın ucuna azami miktarda yığdığı gemisavar füzeleri mevcut. Tokyo'nun mesajı şu: "Oraya gittiğinizi biliyoruz; yolda sakın bize bulaşmayın."

Japonya'yla çıkabilecek muhtemel krizlerden bir diğeri de Doğu Çin Denizi'ndeki doğalgaz yatakları üzerine. Pekin bu denizin çok geniş bir kısmı üzerinde bir "Hava Savunma Teşhis Bölgesi" ilan etti ve yabancı uçakların girişten önce haber vermesini şart koştu. Amerikalılar ve Japonlar bu isteği yok saymaya çalışıyorlar ama Çin'e ters gelen bir zamanda veya bir kaza anında burada büyük mesele çıkabilir.

Okinava'nın hemen altındaki Tayvan, Doğu Çin Denizi'yle Güney Çin Denizi'ni birbirinden ayırıyor. Çin, Tayvan'ı yirmi üçüncü eyaleti olarak görüyor, ama Tayvan, donanması ve hava kuvvetleri ile, tepeden tırnağa Washington'a bağlı bir ABD müttefiki. On yedinci yüzyılda Çin egemenliği altına girmiş olsa da, son yüzyılda yalnızca 1945-1949 yıllarında Çin'e bağlı kaldı.

Tayvan'ın resmi adı olan Çin Cumhuriyeti, Çin Halk Cumhuriyeti'nden farklı olması için özellikle konmuş bir isim ve iki ülke de bir diğeri üzerinde hak iddia ediyor. Tayvan'ın ayrı bir devlet olduğuna dair bir ifade olmadığı için, Pekin bu devlet ismini sorun etmiyor. Amerikalılarsa, 1979'da imzalanan Tayvan İlişkileri Paktı gereğince, bir Çin işgali sırasında Tayvan'ı korumakla yükümlü. Ancak, eğer Tayvan, Çin'den tam bağımsız olduğunu iddia ederse, Çin de bunu savaş sebebi olarak görür ve bu takdirde ABD kurtarmaya gelmek zorunda olmaz, çünkü bağımsızlık ilanı bir tahrik unsuru sayılır.

İki devlet dünya üzerindeki her ülke nezdinde kendilerinin tanınması ve ötekilerin inkâr edilmesi için çalışmalar yürütüyor; çoğu kez kazanan Pekin oluyor. 23 milyonluk bir pazara karşı 1,4 milyarlık bir pazar önerdiğinizde, birçok ülkenin uzun uzun düşünmesine gerek kalmıyor. Bununla birlikte, aralarında Svaziland, Burkina Faso, Sao Tome ve Principe adalarının da bulunduğu yirmi iki gelişmekte olan ülkeyse Tayvan'a destek veriyor, bunun karşılığını da cömertçe görüyor.

Çinliler eninde sonunda Tayvan'ı topraklarına katmaya kararlılar ama buna kalkışabilecek askeri güce kavuşmaktan çok uzaklar. Bu yüzden şimdilik yumuşak güç kullanarak iki ülke arasındaki ticareti ve turizmi ilerletiyorlar. Çin, Tayvan'ı cezbederek almak istiyor. 2014'te Hong Kong'da gerçekleşen öğrenci protestoları sırasında –Urumçi benzeri yerlerde çıkan isyanlardaki tutumun aksine– otoritelerin onları sokaklardan kovalamak için telaş etmemesinin nedeni tüm dünyadan habercilerin burada olmasıydı. Çin televizyonlarında bu yayının büyük kısmı sansüre uğrayacaktı ama Tayvan'daki halk, dünyanın geri kalanının gördüğünü görecek, böyle bir güçle ilişkilerini gözden geçirecekti. Pekin tereddüt etti; oyunu zamana yaydı.

Yumuşak güç yaklaşımı Tayvan halkını "anavatan"a tekrar katılmanın korkulacak bir yanı olmadığına ikna etmek için var. Hava Savunma Teşhis Bölgesi, ABD gemilerinin yanında yüzeye çıkan Çin denizaltıları ve donanmanın geliştirilmesi aslında ABD'nin kendi batı kıyısından 10.200 km, Çin kıyısından ise sadece 220 km uzaktaki bir adayı koruma kararlılığını zayıflatmak için tasarlanmış, uzun vadeli bir planın parçaları.

Çin gemileri Pasifik veya Hint Okyanusu'na doğru yöneldiklerinde, Güney Çin Denizi'nde sorun yaşamaya devam edeceklerdir; sonuçta burası dünyanın petrol ve doğalgaz için en çok kullandığı suyolu ve Çin burayı kullanamadığı takdirde çöker.

Batıya, körfezin enerji üreten ülkelerine doğru gitmeleri için Vietnam'ı geçmeleri gerekir, ki az önce üzerinde durduğumuz gibi, bu ülke de ABD'ye yaklaşıyor. Hepsi diplomatik ve askeri olarak ABD'ye bağımlı olan Malezya, Singapur ve Endonezya'nın arasındaki Malakka Boğazı'ndan geçmek içinse, yine bir ABD müttefiki olan Filipinler'e yaklaşmalılar. Bu boğaz yaklaşık 800 km uzunluğunda ve en dar yeri yaklaşık 3,5 km. Burası Çin'i daima zorlamıştır; Malakka boyunca uzanan veya buraya yakın tüm ülkeler Çin hâkimiyeti ihtimaliyle geriliyor ve zaten birçoğunun Pekin'le toprak konusunda anlaşmazlığı var.

Çin, Güney Çin Denizi'nin ve altında olduğu iddia edilen

enerji kaynaklarının kendisine ait olduğunu iddia ediyor. Fakat Malezya, Tayvan, Vietnam, Filipinler ve Brunei'nin hem buna itirazları var hem de kendi aralarında sorunları var. Örneğin, Filipinler ile Çin, Güney Çin Denizi'ndeki Spratly Adaları'ndan biri olan Mischief Kayalığı konusunda büyük bir anlaşmazlık içindeler. Üzerinde tartışma olan yüzlerce mercanadadan her biri veya deprem sonucu yüzeye çıkan her bir kayalık, bir anda uluslararası bir krize dönüşebilir, çünkü üzerine bayrak dikilen her kayalık, balıkçılık alanları, keşif hakları ve egemenlik konusunda başka bir koz demektir.

Amaçları doğrultusunda, Çin dip tarama ve toprak ıslahı yaparak bazı kayalıkları ve mercanadaları ada statüsüne kavuşturmaya çalışıyor. Örneğin, Spratly Adaları'ndan biri olan Fiery Cross Kayalığı artık üzerinde bir liman ve savaş uçaklarının kalkış yapabildiği bir piste sahip, Çin'e bölgede öncesinden çok daha büyük hava üstünlüğü sağlayan bir ada haline getirildi. Bir başka kayalığa ise ağır silah cephaneliği yerleştirildi.

2015 yazında konuşan ABD Savunma Bakanı Ash Carter "Sualtından çıkan bir kara parçasını bir uçuş pistine dönüştürmek, uluslararası hava veya deniz taşımacılığında daha önceden sahip olunmayan haklar kazanılması anlamına gelmez," diye konuştu. Bu açıklama, Çin'in bölgedeki askeri durumunu savunma konumundan hem savunma hem saldırı konumuna çevirdiğini ilan etmesinden kısa süre sonra gelmişti. Bu ilan Çin'in bölgede kural koyucu unvanına talip olduğunu, bu yüzden komşularını hem koruyup hem tehdit edeceğini söylüyordu.

Çin, Güney Çin Denizi'nden geçen rotaları hâkimiyeti altına almak istiyor: hem mallarının pazarlara dağıtımı için hem de üretim için gerekli hammaddelerin –örneğin petrol, doğalgaz ve değerli metaller– Çin'e sokulabilmesi için. Buranın abluka altında olması kabul edilemez. Diplomatik çözüm de, sürekli büyüyen donanma da birer seçenek ama en büyük garanti boru hatları, yollar ve limanlar.

Diplomatik bakımdan, Çin hem ödül hem ceza kullanarak Güneydoğu Asya ülkelerini ABD'den uzaklaştırmaya çalışacak. Cezanın boyutu büyürse, ülkeler kendilerini savunma anlaşmalarıyla Washington'a iyice bağlarlar; ödül büyüse de Pekin'in isteklerini yerine getirmezler. An itibariyle, korunmak için hâlâ Pasifik'in karşı kıyısına bakıyorlar.

Çin'de üretilen bölge haritaları artık neredeyse tüm Güney Çin Denizi'nin kendilerine ait olduğunu iddia ediyor. Bu bir niyet ilanı ve arkasında saldırgan deniz devriyeleri ve resmi açıklamalar var. Pekin, komşularının ve ABD'nin düşünce ve davranış biçimlerini değiştirmek istiyor; rakipleri geri çekilene kadar da bu konuyu gündemde tutacak gibi. Burada risk altında olan şey, uluslararası sular mefhumu ve buralardan barış zamanında herkesin özgürce geçebilmesi; yani diğer güçlerin kolay kolay izin verebileceği bir şey değil.

Britanya da bunu düşünerek, 2017 yazında, iki yeni uçak gemisinin ilk görevlerinden birinde Güney Çin Denizi'nde "navigasyon özgürlüğü" sağlayacağını ilan etti. Bir tahrik unsuru olarak değerlendirilebilecek ilana Pekin hiç iyi gözle bakmadı ayrıca Britanya'nın bu operasyon için herhangi bir tarih vermemiş olması da kayda değer.

Jeopolitik konumlar hakkında yazan Robert Kaplan, Güney Çin Denizi'nin Çinliler için şu anki değerini Karayipler'in ABD için yirminci yüzyıl başındaki değerine benzetiyor. Topraklarını güçlendiren Amerikalılar, iki okyanusa hâkim bir güç haline geldikten sonra, etraflarındaki denizleri kontrol etmeye çalışmış, İspanya'yı Küba'dan kovmuşlardı.

Çin de Pasifik ve Hint Okyanusları'na hâkim olmak istiyor ve bunun için Burma, Bangladeş, Pakistan ve Sri Lanka'da derin su limanlarına yatırım yapıyor. Bu yatırım vasıtasıyla iyi ilişkiler kurarak gelecekteki donanmasının dost limanları ziyaret etmesini ve oralara demir atmasını sağlamaya çalışıyor.

Hint Okyanusu ve Bengal Koyu limanları, Çin'in geleceğini güvence altına almak için daha da büyük bir planın parçası. Pakistan'ın Gvadr kentindeki derin su limanı, eğer Pakistan'ın o bölgesinde bir karışıklık çıkmazsa, karadan Çin'e uzanan yeni bir rota için kilit önemde olacak. Burma'nın batı kıyısında doğalgaz ve petrol boru hatları inşa eden Çin, Bengal Koyu'nu kendi güneybatısına bağladı; bu da Çin'in enerji arzının neredeyse %80'inin geçtiği Malakka Boğazı'na tedirgince bel bağlamasının önüne geçmek için yapılan bir hamle. Bu da Burma'daki cuntanın, 2010'da dış dünyaya yavaş yavaş açılmaya karar vermesiyle, yalnızca Çin'den ilgi görmeyişini bir nebze açıklıyor. ABD ve Japonya da Burma'yla derhal iyi ilişkiler kurdular; hem Başkan Obama hem de Japonya Başbakanı Abe, ülkeyi bizzat ziyaret ederek saygılarını gösterdiler. Trump yönetimiyse yabancı maceralara atılmak istemediğini söyledi ama Burma'daki oyun bir macera değil, uzun vadeli bir strateji. Eğer ABD Burma'yı etkileyebilirse, Çin'i de bir dereceye kadar kontrol edebilir. Şimdiye kadar, Çin bu oyunu kendi lehine çevirmiş durumda, ama Burma hükümetinin güvenini yitirmedikçe ABD'nin daha söyleyecek çok sözü olacak.

Çin ayrıca Kenya'da limanlar, Angola'da demiryolları, Etiyopya'da da bir hidroelektrik barajı kuruyor. Afrika'nın tamamında mineral ve kıymetli metal arayışında.

Çin şirketleri ve işçileri tüm dünyaya yayılmış durumda; Çin ordusu da zamanla onları takip edecek. Büyük güç, yanında büyük sorumluluk getirir. Çin etrafındaki denizyollarını Amerikalıların kontrolüne bırakmayacak. Çinlilerin sadece bölgesel çıkarlarını korumak için yapmak zorunda kalacakları eylemler olacak. Bir doğal afet ya da büyük sayıda Çinli işçiyi ilgilendiren bir terörist/rehine olayı Çin'in eyleme geçmesini gerektirebilir;

böyle bir durumda ileri üsler ya da en azından Çin'in topraklarını kullanmak için anlaşma yaptığı ülkeler devreye girecektir. Dünyanın çeşitli yerlerinde milyonlarca Çinli yaşıyor, ki aralarında Afrika'da işçilik yapmak için kulübelere toplanmış olanlar da var.

Çin önümüzdeki on yıl boyunca çeviklik kazanmaya çabalayacak. Halk Ordusu'nun ekipmanını, 2008'deki yıkıcı Siçuan depreminden sonra oraya götürmekte bile zorlanmışlardı. Ordu gelse de *malzeme* gelememişti; malları ülke dışında ilerletmek ise bundan da zorlu bir iş.

Bu durum değişecek. Çin, dünya ilişkilerinde diplomatik veya ekonomik bakımdan insan haklarıyla kısıtlanan bir ülke değil. Kendi sınırları içinde güvende, doğusundaki adalarla ilişkilerini düzeltiyor ve artık dünyada güvenle dolaşıyor. Japonya veya ABD'yle ciddi bir sorun yaşamazsa, Çin için tek büyük tehlike kendisi.

Çin'in dünyanın en büyük süper gücü olan ABD'yi geride bırakmayı başarması veya başaramaması için sebep aynı: 1,4 milyar insan. 1930'lardaki gibi bir büyük bunalım ülkeyi çok uzun yıllar geride bırakabilir. Çin kendini küresel ekonominin kollarına bıraktı. Eğer biz satın almazsak, onlar da üretmezler. Onlar üretmezse çok büyük işsizlik olur. Uzun süreli ve büyük işsizlikler olursa da, Çinlilerin şehirlere doluştuğu bir çağda, isyanın boyutları şimdiye kadar görülmediği kadar büyük olur.

BÖLÜM 3

ABD

"Ölümüm hakkındaki iddialar fazlasıyla abartıldı."
Mark Twain

K A N
Rocky Dağları
Washington
Olympia
Salem
Oregon
Montana
Helena
Büyük Ovalar
Idaho
Boise
Wyoming
Cheyenne
Nevada
Carson City
Sacramento
Sierra Nevada
Salt Lake City
Utah
Denver
Colorado
California
Arizona
Phoenix
Santa Fe
New Mexico
Rio Grande
M E K S İ K A
500 mil
500 km
Ülke Sınırı
İdari Sınır
Mississippi Havzası

A D A
Büyük Göller
Michigan
Maine
Augusta
Vermont
Montpelier
New Hampshire
Concord
Boston
Massachusetts
Providence
Rhode Island
Albany
Hartford
Connecticut
New York
New Jersey
Trenton
Pensilvanya
Harrisburg
Delaware
Dover
Annapolis
Washington D.C.
Richmond
Virginia
West Virginia
Charleston
Ohio
Columbus
Indiana
Indianapolis
Illinois
Springfield
Wisconsin
Madison
Lansing
Paul
nesota
owa
Des Moines
Jefferson City
Missouri
Ohio
Frankfort
Kentucky
Nashville
Tennessee
Apalaş Dağları
Raleigh
Kuzey Carolina
Columbia
Güney Carolina
Atlanta
Georgia
Alabama
Montgomery
Arkansas
Little Rock
Mississippi
Mississippi
Doğu Kıyısı Ovası
Jackson
Louisiana
Baton Rouge
New Orleans
Tallahassee
Florida
BAHAMALAR
KÜBA

Konum, konum, konum. Piyangoyu kazanmış olsanız ve kendinize yaşamak üzere bir ülke satın alma arayışında olsanız, bir emlakçının size göstereceği ilk yer Amerika Birleşik Devletleri olur.

Twain kendisi hakkındaki hatalı ölüm haberlerinden bahsediyordu ama ABD'nin sonunun geldiği hakkındaki abartılı yorumları kastediyor da olabilirdi aslında.

Harika bir muhit, manzaralar enfes, harika su özellikleri var, ulaşım ağları mükemmel; peki ya komşular? Komşular da çok iyi, hiç sorun yok.

Eğer bu yaşam alanını çeşitli bölümlere ayırırsanız değerini oldukça düşürürsünüz –özellikle de buranın sakinleri aynı dili konuşmuyorlar, kirayı farklı döviz kurlarıyla ödüyorlarsa– ama bir tek ailenin yegâne evi olarak daha iyisi bulunamaz.

Amerika'nın elli eyaleti var ama hepsi birlikte öyle bir ülke oluşturuyorlar ki, yirmi sekiz bağımsız ülkeden oluşan Avrupa Birliği bu örneğe asla erişemeyecek. AB ülkelerinin birçoğu Amerikan eyaletlerinden daha güçlü ve daha kesin bir ulus kimliğine sahip. Kendini önce Fransız, sonra Avrupalı olarak tanımlayan veya tekil Avrupa kimliğine fazla önem vermeyen bir Fransız bulmak kolaydır; Amerikalıların kendi birliklerine bakış açılarıysa çok az Avrupalıyla paralellik gösterir. Bunun sebepleri hem coğrafi hem de ABD'nin birlik tarihiyle ilgili.

Bu büyük ülkeyi doğudan batıya tarif ederken üçe bölebilirsiniz.

Birincisi, Appalaş Dağları'na çıkan Doğu Kıyısı Ovası'dır: kısa ama üzerinde ulaşım yapılabilen nehirlerin suladığı, toprakları verimli bir yer. Sonra, batıya yöneldiğinizde, karşınıza Rocky Dağları'na kadar uzanan Büyük Ovalar çıkar ve bu bölgede Mississippi Havzası bulunur. Havzanın taşımacılığa elverişli ve devasa nehirleri, Florida Yarımadası ve birkaç ada tarafından çevrili, Meksika Körfezi'ne kadar giden Mississippi

Nehri'ne dökülür. Muazzam Rocky Sıradağları'nı geçtiğinizdeyse karşınıza önce çöl, sonra Sierra Nevada Dağları, dar bir sahil ovası ve sonunda Pasifik Okyanusu çıkar.

Kuzeyde, Büyük Göller'in üstünde, dünyanın en büyük Prekambriyen* kayası olan ve insan yerleşimine nadiren müsaade eden Kanada Kalkanı uzanır. Güneybatı ise çöllerle kaplıdır. Coğrafya şartları, eğer bir siyasi oluşum gelip de "bir denizden ötekine dek" bu topraklara hâkim olursa, bunun tarihteki en büyük güç olacağına çoktan karar vermişti. Bu güce erişildiğinde, Birlik'in işgal edilmesi neredeyse asla mümkün olmayacaktı. Rusya örneğinde gördüğümüz üzere, bir savunma gücünün arkasında hissetmesi gereken "stratejik derinlik"ler olmalı. Kanada'nın ve hatta göreceli de olsa Meksika'nın büyük toprakları da büyük bir avantaj, çünkü ABD'yi buralardan girişle işgal etmeye kalkacak güçlerin çok uzun ikmal hatlarına ihtiyacı olacaktır.

Eşit önemdeki bir başka faktör de, modern zamanlarda, Amerika'yı işgale kalkışacak kadar aptal bir topluluğun, çok kısa bir süre içinde, bu ülkenin yüz milyonlarca silahıyla ve hayatını, özgürlüğünü, mutluluk arayışını çok ciddiye alan nüfusuyla karşı karşıya kalacak olmasıdır. ABD Silahlı Kuvvetleri'nin ürkütücü gücüne ek olarak, Ulusal Muhafızlar, eyalet polisleri ve –2015 yılında birçok örnekte gördüğümüz üzere– kısa sürede ordu düzeniyle toplanabilecek şehir polisi güçleri var. Bir işgal halinde, Birleşik Devletler şehirlerinin topyekûn savaşa girmesi hiç uzun sürmez.

Ancak, alışılagelmiş saldırılara karşı neredeyse tamamen dayanıklı olan bu nadir coğrafi pozisyonu elde edebilmek için, önce toprakların fethedilip birleştirilmesi gerekiyordu ve iki

* Dünya tarihinin yerbilimsel ilk devri. "Kambriyen öncesi" anlamındaki Prekambriyen, yerküre üzerinde geçen jeolojik zamanın ilk %88'lik kısmını kapsar. *Kambriyen Patlaması* ise gezegene canlı çeşitliliği gelmesini sağlayan olaydır. (ç.n.)

kıyı arasındaki yaklaşık beş bin kilometrelik uzunluk düşünüldüğünde, bu iş aslında oldukça kısa sürede kotarıldı.

On yedinci yüzyılda buraya gelip yerleşmeye başlayan Avrupalılar bu "bakir" toprakların doğu kıyısının doğal limanlarla, verimli topraklarla kaplı olduğunu kısa sürede fark ettiler. Burası, anavatanlarının aksine, özgürce yaşayabilmeyi umabilecekleri bir yerdi. Torunları, buranın yerlilerine özgürlüğü çok göreceklerdi ama ilk yerleşimcilerin böyle bir niyeti olmamıştı. Coğrafya Atlantik'e çok daha fazla göçmeni sürükledi. İlk on üç koloniden son kurulanı 1732 doğumlu Georgia'ydı. Bu koloniler Amerikan Bağımsızlık Savaşı'na (1775-1783) kadar bağımsızlık fikirlerini hiç yitirmediler. Bu dönemin başında, birbirleriyle bağlantıları yavaş yavaş artan koloniler kuzeydeki Massachusetts'ten güneydeki Georgia'ya kadar yaklaşık 1.500 kilometrelik bir uzunluğa, toplamda 2,5 milyona yakın nüfusa sahipti. Doğularında Atlantik, batılarında Appalaş Dağları vardı. 2.300 metreye yakın uzunluğuyla Appalaş Dağları etkileyici olsa da, Rocky Dağları'yla kıyaslandığında pek de uzun sayılmaz. Yine de, bu dağlarla batıya ilerlemelerine ket vurulan ilk yerleşimciler zaten henüz kazandıkları toprakları ellerinde tutmakla, buraları kendi kendilerine yönetmeye çalışmakla uğraşıyorlardı. Kolonicilerin önündeki bir diğer engel ise siyasiydi. Britanya hükümeti, Appalaş Dağları'nın batısına yerleşimi yasaklamıştı, çünkü ticaretin ve vergilerin doğu kıyısında kalmasını istiyordu.

1776 tarihli Bağımsızlık Bildirgesi şöyle der: "İnsani olaylar sonucunda, bir halk kendini diğer bir halkla ilişkilendiren siyasi bağları koparmak ve hem doğa kanunları hem de Doğa'nın Tanrısı aracılığıyla bahşedilen dünyevi güçlere sahip olmak isterse, insan soyunun fikirlerine makul bir saygı duyulması için onlar ayrılığı talep etme nedenlerini açıklamak zorundadır." Bu madde daha sonra bu nedenleri uzunca açıklar ve (köle sahibi olmanın ironisine hiç değinmeksizin) herkesin eşit yaratıldığının aşikâr olduğunu yazar. Bu asil duygular, Bağımsızlık Savaşı'nın zaferle sonuçlanmasına yardım etti ve böylece yeni bir ulus devlet ortaya çıktı.

1800'lerin başında bu yeni ülkenin lider kadrosunun "Güney Denizi" de denen Pasifik'ten binlerce kilometre uzakta olduklarından pek haberleri yoktu. Cesaret timsali birkaç kâşif, Kızılderili yollarını kullanarak Appalaş Dağları'nı aştılar ve Mississippi'ye ulaştılar. Orada okyanusa, yani İspanyolların güneybatı ve Pasifik kıyılarında keşfettikleri geniş topraklara (günümüz Teksas ve California'sı) uzanan bir suyolu bulabileceklerini düşündüler.

Bu noktada, yeni doğan ABD hiç de güvende sayılmazdı ve o zamanki sınırlarına mahkûm kalmış olsaydı bir süper güç olmakta çok zorlanırdı. Vatandaşları Appalaş Dağları'nın hemen batısındaki Ohio Nehri'ne ulaşabiliyorlardı ama bu nehrin içine aktığı Mississippi'nin batı kıyısı New Orleans şehrine kadar Fransızların elindeydi. Bu da Fransızlara Amerikalıların Meksika Körfezi'nden Eski Dünya'ya yaptıkları ihracatta söz hakkı veriyordu. 1802'de, başkan oluşundan bir yıl sonra, Thomas Jefferson şöyle yazdı: "Dünyada öyle bir nokta var ki, sahibi bizim doğal ve daimi düşmanımızdır. Bu nokta, New Orleans'tır."

Yani bu sahip ve sorun Fransa'ydı. Ama çözüm, alışılmışın aksine, silahlı çatışma değildi.

Amerika, 1803'te Louisiana Bölgesi'nin kontrolünü Fransızlardan kelimenin gerçek anlamıyla satın aldı: Meksika Körfezi'nden kuzeybatıya, Mississippi Nehri kollarının Rocky Dağları'ndaki kaynaklarına uzanan topraklar. Bu alan, modern İspanya, İtalya, Fransa, Birleşik Krallık ve Almanya topraklarının birleşimine denkti. Bununla birlikte elde edilen Mississippi Havzası, Amerika'nın küresel gücüne önayak oldu.

Bir mürekkep izi ve 15 milyon dolarlık bir ödeme karşılığında Louisiana'yı satın alan ABD topraklarını iki katına çıkardı ve dünyadaki en büyük ülke içi su taşımacılığı rotasına sahip oldu. Amerikalı tarihçi Henry Adams'ın yazdığı kadar vardı gerçekten: "Birleşik Devletler hiç bu kadar az verip bu kadar fazla şey kazanmamıştır."

Büyük Mississippi Havzası'nda taşımacılığa uygun nehirler dünyanın geri kalanındakilerin toplamından daha uzundur. Başka hiçbir yerde, kaynakları yüksek arazilerde olmayan ve suları okyanusa kadar düzgünce akan böyle nehirler yoktur. Büyük ölçüde havzadaki nehir sistemi tarafından beslenen Mississippi, Minneapolis şehri yakınlarında başlar ve yaklaşık 2.900 kilometre ötede, Meksika Körfezi'nde biter. Yani nehirler giderek artan ticaret için doğal bir kanal oluşturdular, böylece büyük bir liman inşa edildi ve taşıma masrafları en aza indirildi.

Artık Amerikalıların stratejik bir coğrafi derinliği, kocaman bakir toprakları ve iş için Atlantik limanlarına bir alternatifi vardı. Ayrıca doğudan batıya uzanan, doğu kıyısını yeni topraklara bağlayan ve giderek genişleyen rotaları, kuzeyden güneye uzanan ve o zamanlar nüfusu çok az olan yerleşimleri bağlayan nehirleri vardı: Amerikalılar birlik olmak için büyük teşviklere sahipti.

Ülkenin artık devleşeceği, kıtasal bir güç olacağı hissi yayılmaya başlamıştı. Amerikalılar durmadılar, batıya doğru ilerlediler, ama bir yandan da gözlerini güneyden ve en kıymetli hazineleri olan Mississippi'den ayırmadılar.

1814'te Britanyalılar gitmişlerdi; Fransızlar da Louisiana'dan vazgeçmişlerdi. Artık yapılması gereken İspanyollardan kurtulmaktı. Bu çok da zor değildi. İspanyollar Avrupa'da Napolyon'la savaşmaktan yorulmuştu. Ayrıca, Amerikalılar da Seminole Yerlileri'ni İspanyolların kontrolündeki Florida'ya yöneltmişti; yani Madrid, Amerikalı göçmenlerin de yakında onları takip etmelerini bekliyordu. İspanyollar 1819'da Florida'yı ve beraberinde muazzam bir toprak parçasını ABD'ye terk ettiler.

Louisiana'yı aldıktan sonra merkezi elde eden ABD 1819'daki Kıtalararası Anlaşma'yla da neredeyse bu kadar kıymetli bir şeyi ele geçirdi. İspanyollar 42. paralel üzerindeki uzak batı topraklarını, yani California'yla Oregon arasındaki sınırın kuzeyini ABD'ye bırakmayı kabul ettiler. ABD Pasifik'e ulaşmıştı.

Birçok Amerikalının 1819'daki en büyük zaferi Florida'nın alınması olarak gördüğü bu dönemde, Dışişleri Bakanı Quincy Adams ise günlüğüne şöyle yazdı: "[Pasifik'e ulaşan] belirli bir hattaki sınırı elimize geçirmek tarihimizin en önemli olaylarından biri olacak."

Ancak önlerinde İspanyolca konuşan başka bir sorun daha vardı: Meksika.

Louisiana'nın alımıyla topraklarını iki katına çıkaran ABD, 1821'de İspanya'dan bağımsızlığını ilan etmesiyle birlikte, Meksika'yı New Orleans'taki limanın yalnızca 320 km uzağında buldu. Yirmi birinci yüzyılda ABD için herhangi bir toprak tehdidi teşkil etmeyen Meksika yalnızca kuzey komşusunun yasadışı işçi ve uyuşturucu iştahlarını doyurmak gibi sorunlar yaratıyor.

1821'deki manzara ise bundan farklıydı. Meksika yukarıda kuzey California'ya, doğudaysa, tıpkı şimdi olduğu gibi, Louisiana'ya komşu olan Teksas'a uzanan toprakları kontrol ediyordu. O zamanlar Meksika nüfusu 6,2 milyon, ABD nüfusuysa 9,6 milyondu. Amerikan ordusu belki Britanyalıları kovmuş olabilirdi ama evlerinden 4.500 kilometre uzakta, ikmalleri okyanusun karşı kıyısından gelen bir ordu değildi bu kez karşılarındaki. Meksika yan komşuydu.

Washington sessizce Amerikalıları cesaretlendirdi ve ABD-Meksika sınırının iki tarafına da yeni göçmenler yerleşmeye başladı. Dalga dalga gelen göçmenler hem batıya hem güneybatıya yayıldılar. Modern Meksika olarak bildiğimiz yere kök salıp asimile olmaları ve oradaki nüfusu artırma ihtimalleri çok düşüktü. Meksika toprakları ABD kadar verimli değildi. Sınırlı tarım olanakları ve ulaşıma uygun olmayan nehirlere demokrasiden uzak oluşu ekleniyordu; yeni göçmenlerin toprak sahibi olma ihtimali çok azdı.

Teksas'a sızma işi de devam ederken, Washington 1823'te adını Başkan James Monroe'dan alan "Monroe Doktrini"ni uygulamaya koydu. Bu ilanla, Avrupalı güçlere artık Batı Yarımküre'de toprak arayamayacakları veya kaybettikleri topraklar üzerinde artık hak iddia edemeyecekleri söylendi. Aksi takdirde sert sonuçlar olacaktı.

1830'ların ortasında, Teksas, Meksikalıları çekilmeye zorlayacak kadar beyaz nüfusa sahip olmuştu. Katolik ve Hispanik nüfus birkaç binden ibaretken, Protestanların sayısı 20.000'i buluyordu. 1835-1836'daki Teksas Devrimi'yle Meksikalılar eyaletten çıkarıldı ama savaş çok kıl payıyla kazanıldı; sonuç öteki türlü olsaydı, Meksika ordusunun New Orleans'a kadar gelip Mississippi'nin güney ucunu kontrol etmesi mümkün olacaktı. Bu olay modern tarihin en müthiş bıçak sırtı sonuçlarından biridir.

Tarihin içinde bulunduğumuz versiyonundaysa, Teksas, Amerika'nın parası, silahı ve fikirleriyle bağımsızlığına kavuştu. 1845'te birliğe katılan eyalet diğerleriyle birlikte 1846-1848'deki Meksika Savaşı'nda saf tuttu; büyük mağlubiyete uğratılan güney komşuya sınırının Rio Grande'nin güney kıyısındaki kumlar olduğu kabul ettirildi.

California, New Mexico ve şu anda Arizona, Nevada, Utah ve Colorado'nun bir kısmını içeren toprak parçasıyla birlikte, kıtasal ABD'nin sınırları bugünküne benzer bir hal aldı. Sınırların büyük kısmı doğal etmenlerle belirlendi: güneyde, çölün ortasından geçen Rio Grande; kuzeyde, büyük göller ve kayalık arazi, üstelik –özellikle de doğu tarafında– sınır tarafında az nüfus; doğu ve batıda ise okyanuslar. Ancak, yirmi birinci yüzyılda, eskiden Hispanik toprağı olan güneybatı bölgesinin kültürel tarih hafızasının tekrar yüzeye çıkması muhtemel; çünkü nüfus yapısı hızla değişiyor ve yirmi-otuz yıl içinde Hispanikler nüfusun çoğunluğu haline gelecek.

Ama şimdi 1848'e dönelim. Avrupalılar gitmiş, Mississippi Havzası kara saldırısına karşı dayanıklı hale gelmiş, Pasifik'e ulaşılmıştı ve kalan Yerli toplulukların bastırılacağına da şüphe yoktu; ABD'nin karşısında hiçbir tehdit yoktu. Zaman para kazanma ve daha sonra denizlere açılıp müstakbel süper gücün üç kıyısına gelebilecek tehditleri doğmadan öldürme zamanıydı.

1848-1849'daki California'da Altına Hücum olayı da yardımcı oldu ama göçmenler zaten batıya yöneliyorlardı. Sonuçta, inşa edilmesi gereken bir kıtasal imparatorluk vardı ve bu imparatorluk gelişirken göçmen sayısı da durmadan artıyordu. 1862'deki Arazi Kanunu, 650 dönümlük bir federal araziyi üzerinde beş yıl çiftçilik yapana düşük bir meblağ karşılığı devrediyordu. Eğer Almanya, İskandinavya ve İtalya'dan gelen fakir bir adamsanız, neden Latin Amerika'ya gidip hizmetçilik yapmaktansa ABD'ye gidip hem özgür hem de toprak sahibi olmayasınız?

1867'deyse Alaska Ruslardan satın alındı. Buraya o zamanlar, anlaşmayı imzalayan Dışişleri Bakanı William Seward'ın adına atıfta bulunularak "Seward'ın çılgınlığı" denilirdi. 7,2 milyon dolar ödeme yapan bakana çok yüklenildi. Basın onu kâr satın almakla suçladı ama 1896'da çok büyük altın madenleri bulunduğunda fikirler değişti. Uzun yıllar sonra muazzam petrol yatakları da keşfedildi.

1869'da kıtalararası demiryolu açıldı. Artık bir haftada ülkenin bir yanından öteki yanına geçilebiliyordu; önceki gibi aylar süren seyahatlere artık gerek kalmamıştı.

Ülke büyüyüp zenginleşirken, bir de Mavi Su donanması geliştirmeye başladı. On dokuzuncu yüzyılın büyük kısmında dış politika, büyüyen ticaret ve uzakta kalan meselelere karışılmaması etrafında yoğunlaşmıştı. Ama artık daha uzun mesafelere uzanılması, kıyı güvenliğinin pekiştirilmesi gerekiyordu. Tek gerçek tehdit İspanya'ydı. Onlardan anakarayı terk etmeleri istenebilirdi ama Küba, Porto Riko ve şimdiki Dominik Cumhuriyeti'nin bazı kısımları gibi ada toprakları hâlâ onların elindeydi. Özellikle de Küba, ABD başkanlarının gece uykularını kaçıran bir meseleydi – tıpkı 1962'de yaşanacak Küba Füze Krizi'nde olacağı gibi. Florida'nın çok yakınındaki bu ada Florida Boğazları'na ve Meksika Körfezi'ndeki Yucatan Kanalı'na potansiyel kontrol sağlıyordu. Burası New Orleans'taki limana giriş ve çıkış rotasıydı.

İspanya'nın gücü on dokuzuncu yüzyılın sonuna doğru azalmaya başlamış olabilirdi ama hâlâ ürkütücüydü. 1898'de İspanya'ya savaş açan ABD, Küba'yı kontrolüne aldı, üstüne Porto Riko, Guam ve Filipinler'i de ne olur ne olmaz diye işgal etti. Hepsi işe yarayacaktı ama özellikle Guam çok önemli bir stratejik katkı yapacaktı; Küba da başkası tarafından kontrol edilirse büyük tehdit yaratabilirdi.

1898'de bu tehdit İspanya'yla savaşa girilerek yok edildi. 1962'de Sovyetler Birliği'yle karşılıklı savaş tehdidiyle yok edildi – önce Sovyetler vazgeçti. Bugün Küba'nın arkasında bir süper güç durmuyor ve ülke hem kültürel hem de muhtemelen siyasi bakımdan ABD kontrolüne girecek gibi bir manzara veriyor.

Yüzyıl dönümü yaklaşırken hızlı hareket eden ABD aynı yıl içinde Küba'yı, Florida Boğazları'nı ve Karayipler'in büyük kısmını eline geçirdi, Pasifik'teki Hawaii adasını ilhak ederek batı kıyısını güvence altına aldı. 1903'te imzaladığı anlaşmayla Panama Kanalı'nı kullanmak için özel hak sahibi oldu. Ticaret patlama yapmıştı.

Artık ABD'nin dünya sahnesinde gücünü göstermesinin tam zamanıydı; bunu yapmanın, gemilerle dünya turu atmaktan daha iyi bir yolu olamazdı.

Başkan Theodore Roosevelt göreceli olarak yumuşak bir üslupla konuşuyordu ama aslında dünyaya aba altından büyük bir sopa gösteriyordu. Aralık 1907'de on altı savaş gemisi Atlantik'e doğru açıldı. Gövdeleri beyaza boyanmıştı, yani donanmanın barış zamanı kullandığı renge. Bu etkileyici diplomatik sinyal örneği "Büyük Beyaz Filo" olarak anıldı. Sonraki on dört ay boyunca yirmi limana uğrandı: Brezilya, Şili, Meksika, Yeni Zelanda, Avustralya, Filipinler, Japonya, Çin, İtalya, Mısır... Bunların arasında en önemlisi Japonya'ydı. Japonya'ya, çok acil bir durumda, Amerika'nın Atlantik filosunun Pasifik'e aktarılabileceği gösterilmişti. Sert ve yumuşak gücün birleşimi olan bu yolculuk "güç gösterisi" adındaki askeri terimin yayılmasına öncülük etti. Olan gerçekten buydu ve dünyadaki her önemli güç bunu ciddiye aldı.

Ondan sonra gelenlerin çoğu, Başkan George Washington'ın 1796'daki veda konuşması nasihatini dikkate aldı: "bazı ülkeleri özellikle sevmezlik etmemek, ötekileri lehlerinde kayırmamak" ve "dış dünyanın herhangi bir kısmıyla kalıcı ittifak yapmamak." Birinci Dünya Savaşı'na geç de olsa etkili şekilde girilmesi dışında, yirminci yüzyıl Amerika için uluslararası bağlayıcılıklar ve ittifaklardan bağımsız geçiyordu, ta ki 1941'e kadar.

İkinci Dünya Savaşı her şeyi değiştirdi. Washington'ın Tokyo'ya ülkeyi çökertebilecek mali yaptırımlar uygulamasının ardından, ABD aşırı askerileşen Japonya tarafından saldırıya uğradı. Amerikalılar sert karşılık verdiler. Artık çok daha büyük olan güçlerini dünyaya gösterdiler ve bu kez işlerin yolundan çıkmasını engellemek için, evlerine dönüşü de ertelediler.

Dünyanın savaş sonrasındaki en büyük ekonomik ve askeri gücü olarak ABD, barışı korumak ve ürünleri pazarlara sunmak için denizyollarını kontrol etmeliydi.

Amerikalılar "ayakta kalan son adam"lardı. Avrupalılar kendilerini yormuşlardı ve tıpkı şehirleriyle kasabaları gibi, ekonomileri de yerle bir olmuştu. Japonya çökmüştü; Çin mahvolmuştu; Ruslar ise kapitalist oyuna dahil bile değillerdi.

Bir yüzyıl önce, Britanyalılar deniz güçlerini göstermek ve korumak için ileri üslere ve maden istasyonlarına ihtiyaç duyduklarını öğrenmişlerdi. Şimdiyse, Britanya'nın gerilemesiyle, Amerikalılar onların elindekilere iştahla bakarak, "Üsleriniz güzelmiş, bizim olsun," diyorlardı.

Ödenen meblağ yerindeydi. 1940 sonbaharında, Britanyalılar büyük bir çaresizlikle daha fazla savaş gemisine ihtiyaç duyuyorlardı. Amerikalıların elinde fazladan elli gemi vardı ve "Üs Karşılığı Destroyer Anlaşması" ile Britanya küresel güç olma yeteneğini savaşta kalma yardımıyla takas etti. Batı Yarımküre'deki neredeyse her Britanya üssü Amerikalılara geçti.

Durum tüm ülkeler için böyleydi, hâlâ da bu. Liman, uçak pisti, uçak hangarı, yakıt deposu, kuru dok ve özel güç eğitim alanları inşasında durum böyle. Doğuda, Japonya'nın mağlubiyetinden sonra, Amerika fırsatı değerlendirip bunların hepsini Pasifik'e inşa etti. Yarı yoldaki Guam'da bunlara zaten sahiplerdi; artık Doğu Çin Denizi'ndeki Japon adası Okinava'ya da üs yapmışlardı.

Karada da gözleri vardı. Eğer 1948-1951 arasında Marshall Planı ile Avrupa'nın yeniden inşasına yardım edeceklerdiyse, o zaman Sovyetler Birliği'nin burayı mahvetmeyeceğinden ve Atlantik kıyısına ulaşamayacağından emin olmaları gerekiyordu. Ordu evine dönmedi. Almanya'da bir şube açtı ve Kuzey Avrupa Ovası'nda Kızıl Ordu'nun karşısına dikildiler.

1949'da Washington öncülüğünde NATO kuruldu ve Batı dünyasının hayatta kalan askeri gücünün komutası ABD'nin eline geçti. NATO'nun sivil lideri bir yıl Belçikalı, bir yıl Britanyalı olabilirdi ama askeri lideri her zaman Amerikalı olacaktı ve NATO'daki en büyük silah gücü açık farkla ABD'deydi.

Anlaşmada ne yazarsa yazsın, NATO'nun Yüksek Komutan'ı en nihayetinde Washington'a bağlıydı. Birleşik Krallık ve

Fransa bunu 1956'daki Süveyş Krizi sırasında acı bir şekilde öğrenecekti; Amerikalılar bu kanalın işgalini bitirmelerini istediğinde, iki ülke de Ortadoğu'daki etkilerinin büyük kısmını kaybettiler. Artık hiçbir NATO ülkesi stratejik bir deniz politikasını Washington'a sormadan sürdüremiyordu.

Hepsi NATO'nun kurucu üyesi olan İzlanda, Norveç, Britanya ve İtalya'nın ABD'ye üslerine erişim ve üslerin kullanımı haklarını tanımasıyla birlikte, ABD artık Pasifik'ten sonra Kuzey Atlantik ve Akdeniz'i de kontrol etmeye başladı. 1951'de Avustralya ve Yeni Zelanda'yla da ittifak kurarak güneyde, 1950-1953 yıllarındaki Kore Savaşı'yla da kuzeyde nüfuzunu iyice artırdı.

Birleşik Devletler'in artık iki haritası vardı: biri Pasifik kıyısında Seattle'dan çaprazlama Sargasso Denizi'nde sap şeklindeki çıkıntıya uzanan, öteki de Amerika'nın jeopolitik gücünün ayak izlerini gösteren. İkinci haritada üsler, limanlar ve pistler vardı – sayfa üzerinde işaretleyebileceğiniz gerçek yerler olarak. Ama bu aynı zamanda bir kavramsal haritaydı: A bölgesinde yaşanan B durumunda C ülkesinin ABD müttefiki olduğuna güvenilebilir vb. Eğer bir büyük güç dünyanın herhangi bir yerinde oyun oynamak isterse, ABD'nin canı istediği an işe karışabileceğini biliyordu. Bir süper güç doğmuştu. 1960'larda ABD'nin Vietnam'da başarısız oluşu özgüveninde gedik açtı ve dış ülkelere müdahale konusunda daha ciddi düşünmesine yol açtı. Ancak, uygulamada yenilgi hanesine yazılan bu olay Amerika'nın küresel stratejisini ciddi biçimde etkilemedi.

Artık ABD hegemonyasına tehdit oluşturabilecek yalnızca üç cephe vardı: birleşik bir Avrupa, Rusya ve Çin. Hepsi güçlendi ama iki tanesi limitlerine ulaştı.

Bazı Avrupalıların AB'yi "giderek daha da yoğunlaşan bir birlik" yapma, ortak dış politika ve savunma politikası geliştirme hayalleri gözlerimizin önünde yavaş yavaş ölüyor; böyle olmasaydı bile, AB ülkeleri savunmaları için o kadar az harcama yapıyorlar ki, sonuç olarak, ABD'ye bel bağlamak zorundalar. 2008'deki ekonomik kriz, Avrupalı güçlerin uzak topraklarda maceralara atılma kapasitelerini ve heveslerini düşürdü, özellikle de Libya müdahalesinin sonu görüldüğünde. "Operasyonu arkadan yöneten" Amerikalılarla birlikte, Fransızlar ve Britanyalılar, Kaddafi rejiminin devrilmesini sağladılar; 2013'teki Birleşik Krallık Başbakanı David Cameron, Trablus'u ziyaret ettiğinde, Libya halkına Afganistan ve Irak'ta öğrenilen şu dersi aktardı: "... yabancı ülkelere yardım etmek, onlara müdahale etmek, yalnızca askeri müdahaleden ibaret değildir." Buna karşılık olarak gelen "Allah-u ekber" nidaları arasında devam etti: "Yeni bir Libya'nın inşasında, Birleşik Krallık'tan daha yakın bir dostunuz olmayacak. Yolun her adımında sizin yanınızda yer alacağız." Ama sonra, ülke kaosa teslim olurken, kontrol için bir sürü milis gücün çatışmasıyla birlikte Avrupalılar ülkeden uzaklaştılar, arkalarında işlevsiz bir devlet, çaresiz bir halk ve kıtaya yasadışı göç için açılmış yeni bir rota bıraktılar.

1991'de Rus tehdidini bertaraf eden şey Rusya'nın kendi ekonomik yetersizliği, abartılı askeri yayılışı ve halka önlerinde yatan geleceğin gulaglar ve devlet fonuyla alınan traktörlerden ibaret olduğunu anlatamayışıydı. Putin'in Rusya'sının son zamanlardaki yükselişi, Amerika'nın başına dert açsa da, önemli bir tehdit olabilmiş değil. Başkan Obama 2014'te Rusya'yı "yalnızca bölgesel bir güç" olarak tarif ettiğinde Rusları gereksizce tahrik etmiş olabilir ama haksız da değildi.

Rusya'nın coğrafi hapishanesinin parmaklıkları, Birinci Bölüm'de de görülebileceği üzere, hâlâ yerli yerinde: Küresel denizyollarına ulaşım sağlayabilecek bir sıcak su limanı da yok, savaş zamanı Baltık ile Kuzey Denizleri veya Karadeniz ile Akdeniz aracılığıyla Atlantik'e ulaşabilecek askeri kapasiteye sahip değil.

ABD 2014'te Ukrayna'daki hükümet değişiminde kısmen

rol oynamıştı. Demokrasiyi dünyaya daha da yaymak ve Ukrayna'yı Rus etkisinden uzaklaştırarak Putin'i bir nebze zayıflatmak amacındaydı. Washington, son on yıl içinde Irak ve Afganistan'la uğraşırken, Rusya'nın "yakın yabancı" topraklarda fırsattan istifade ettiğinin farkında. Kazakistan'da kendine sağlam bir yer edinen Rusya, Gürcistan'dan ise toprak aldı. Geç ve biraz da gönülsüzce, Amerikalılar bu Rus kazançlarını biraz kendi lehlerine döndürmeye çalıştılar. Hatta Başkan Trump bizzat Moskova'ya gitti ve Putin'le özel bir ilişki kurmaya çabaladı; ancak, iki ülke arasındaki farklılıklar iki liderin yakınlığıyla aşılamayacak kadar büyük.

Amerikalılar Avrupa'yı önemsiyor, NATO'yu önemsiyor, gerektiğinde olaylara müdahale de ederler (eğer Amerikan çıkarları bunu gerektiriyorsa) ama Rusya, Amerikalılar için, artık daha çok Avrupa'yı ilgilendiren bir sorun – her ne kadar bir gözleri onların üzerinde olsa da.

Bu da geriye Çin'i bırakıyor ve Çin yükselişte.

Son on yıl içinde yazılan çoğu analiz yirmi birinci yüzyılın ortasına doğru Çin'in ABD'yi geçerek en büyük süper güç olacağını öngörüyor. İkinci Bölüm'de kısmen belirttiğim nedenlerle, ben şahsen ikna olmuş değilim. Bunun olması için bir yüzyıl geçmesi gerekebilir.

Çinliler ekonomik olarak Amerikalıları yakalamak üzere; bu sayede büyük nüfuz sahibi oldular ve masada ağırlıkları oldu. Ancak, askeri ve stratejik olarak yıllarca gerideler. ABD bu yılları aradaki farkı korumaya çalışarak geçirecek ama görünen o ki farkın kapanması kaçınılmaz.

Betonun maliyeti çok yüksektir. Yalnızca karıştırıp dökmesi değil, istediğiniz yere dökülebilmesi de zordur. "Üs Karşılığı Destroyer Anlaşması"nda da gördüğümüz üzere, Amerika'nın yabancı ülkelere yardımları her zaman fedakârca olmuyor. Ekonomik yardım kadar önemli olan askeri yardım, hem betonu dökmek için gerekli izni hem de çok daha fazlasını satın alıyor, bir ek ücret olsa dahi.

Örneğin, 2017'de, Washington (düşman gördüğü) Suriye'nin insan hakları ihlallerinden çok rahatsız olduğunu açıkladı; hatta, rejimin düzenlediği gaz saldırısının ardından, Başkan Trump bir seyir füzesi atılmasını bile emretti. Ancak ABD'nin Bahreyn gibi ülkelerdeki insan hakları uygulamalarından bahsettiğini işitmekte zorlanırsanız, bilin ki bunun nedeni Bahreyn devletinin misafiri olarak Bahreyn'de üslenmiş ABD 5. Filo'sunun gürültüsüdür. Öte yandan, dış yardım B hükümetine (diyelim ki Burma) C hükümetinin (diyelim ki Çin) tekliflerini reddetmek isteyebileceğini önermek kabiliyetini de satın alıyor. Bu örnekte ABD geri kalmış durumda, çünkü Burma devleti dünyaya henüz açılmaya başladı ve Pekin avantaj sahibi.

Bununla birlikte, konu Japonya, Tayland, Vietnam, Güney Kore, Singapur, Malezya, Endonezya ve diğerlerine gelince, Amerikalılar halihazırda devasa komşularından ürkmüş ve ittifaka açık ülkelerle muhatap oluyorlar. Hepsinin birbirleriyle anlaşmazlıkları olabilir ama bir arada durmazlarsa teker teker Çin hegemonyası altına girecekleri gerçeğiyle hasıraltı ediliyor.

Obama yönetimince oluşturulan "Asya ekseni" bazıları tarafından Avrupa'nın ikinci plana atılması gibi okundu. Ama bu daha çok ağırlığınızı hangi ayağınıza vereceğinize benziyor. Trump göreve gelmeden önce bile Amerikalılar yavaş yavaş toparlanmaya başlamışlardı. Avrupa'dan çıkmak için acele edildiği de olmadı, hatta ABD ordusu Doğu Avrupa'ya bir miktar teçhizat yerleştirmişti. Trump'ın ekibi dengeyi fena korumuyor ama Avrupa veya Rusya'dansa Asya'da olan bitenlerden endişelendiklerini söylemekte beis yok.

ABD hükümetindeki dış politika stratejistlerinin birçoğu yirmi birinci yüzyıl tarihinin Asya'da ve Pasifik'te yazılacağına ikna olmuş durumda. Dünya nüfusunun yarısı orada yaşıyor ve, Hindistan da dahil edilirse, 2050'de küresel ekonominin yarısının burada üretilmesi bekleniyor.

Yani ABD'nin bölgedeki varlığını ve niyetini belli etmek için zaman ve parasını Doğu Asya'ya kaydırdığını göreceğiz.

Örneğin, Amerikalılar Kuzey Avustralya'da kendi donanması için bir üs açtı. Ama gerçek bir etki yaratabilmek ve müttefiklerini zor durumlarında yalnız olmadıklarına ikna edebilmek için, sınırlı da olsa, bazı askeri faaliyetlere girişmek zorunda da kalabilirler. Örneğin, Çin eğer bir Japon destroyerini bombalamaya başlar ve duracak gibi görünmezse, ABD Donanması bu konudaki duruşunu sergilemek için uyarı ateşi açmak veya doğrudan saldırmak zorunda kalabilir. Aynı şekilde, Kuzey Kore ateş açtığı zaman Güney Kore karşılık veriyor ama ABD şimdiye kadar sessiz kaldı. Bunun yerine, kamuoyunu alarm durumuna geçirerek sinyal vermekte. Eğer durum ciddileşmiş olsaydı Kuzey Kore'deki bir hedefe uyarı atışı yapabilir ve sonunda gerçek saldırıya geçebilirdi. Savaş çıkarmadan gerginliğin tırmandırmanın bir yolu ilkidir – işler ciddiye bindiği zaman da ikincisi.

ABD tüm bu bölgeyi kendiyle ittifak yapılmasının en iyi seçenek olduğuna ikna etmeye çalışıyor; Çin de tersini yapıyor. Yani, kendilerine meydan okunduğunda iki tarafın da tepki vermesi gerekiyor; çünkü kaçtıkları her zorluk müttefiklerinin korkularını ve rakiplerinin cesaretini yavaş yavaş artırıyor, bunun sonucu da ülkelerden birinin taraf değiştirmesine kadar gidebiliyor.

Analistler, bazı kültürlerin itibarlarını yitirmemeleri, hatta zayıfladıklarını hiç belli etmemeleri gerektiğini sıkça dile getiriyorlar. Bu sorun yalnızca Arap veya Doğu Asya ülkelerine has bir şey de değil; bu, insani bir sorunun farklı bir şekilde ifadelendirilmesidir. Bu iki kültürde çok daha iyi tanımlanmış ve belirtilmiş olabilir belki ama Amerikalı dış politika stratejistleri bu konudan her güç kadar haberdar durumda.

Bu yüzyılın ölümcül oyunu, Çinliler, Amerikalılar ve bölgedeki diğer ülkelerde çıkan krizleri, kendi duruşlarından taviz vermeden veya iki tarafa da büyük bir dargınlık ve öfke hâkim olmadan nasıl idare edecekleri üzerine olacak.

Küba Füze Krizi'ne genellikle ABD zaferiyle sonuçlanmış gibi bakılır. Basın tarafından bunun kadar yayılmayan bir gerçekse şudur: Rusya'nın füzelerini Küba'dan çekmesinden aylar sonra, Birleşik Devletler de Türkiye'deki (yani Moskova'ya erişebilecek olan) Jüpiter füzelerini geri çekti. Aslında durumu kurtaran karşılıklı tavizlerdi ve iki taraf da eninde sonunda kamuoylarına konuşurken ötekine boyun eğmediklerini söyleyebildi.

Yirmi birinci yüzyıl Pasifik'inde yapılması gereken daha büyük güç tavizleri var. En kısa vadeli olanları –ama toplamın çoğu değil– muhtemelen Çin tarafından yapılacak. Pekin'in sorunlu bölgelere girmek isteyen yabancı uçakların önceden haber vermelerini isteyen Hava Savunma Teşhis Bölgesi'ni ilan etmesi ve Amerikalıların bunu önemsemeden uçuşlarına devam etmeleri de güncel bir örnek sayılabilir. Çin bu bölgenin ilanıyla, bunu mesele haline getirmesiyle bir şeyler kazandı; ABD de gereklerini yapmazken görülerek bir şeyler kazandı. Uzun bir oyun bu.

Ama aynı zamanda bir kedi-fare oyunu. Çin 2016 başında, ilk defa, Güney Çin Denizi'nde Spratly Adaları yakınlarında inşa ettiği yapay adaların üzerindeki pistlerden birine uçak indirdi. Hem Vietnam hem de Filipinler bölgede hak iddia ederek resmi itirazlarını yaptılar; ABD de bu hamlenin "bölge istikrarını" tehdit ettiğini söyledi. Nerede ve ne zaman seslice itiraz etmesi gerektiğini seçmek zorunda olan Washington artık her inşaat projesini ve uçuşu izliyor, bazen de deniz ve hava devriyelerini sorunlu bölgeye gönderiyor. ABD'nin bu tavrının kendi müttefiklerini bir şekilde teskin etmesi, uluslararası alanlarda seyir özgürlüğünü garanti altına alması ama aynı zamanda Çin'le askeri açıdan karşı karşıya gelinmemesi gerekiyor.

ABD'nin Japonlarla ilgili politikası, onları Çin konusunda ortak stratejik çıkarları olduğuna ikna etmek ve Okinava'daki Amerikan üssünün açık kalmasını sağlamak. Japon Meşru Müdafaa Gücü'nün sağlam bir kurum olmasına yardım edecek olan Amerikalılar, aynı zamanda, Japonların Pasifik'te ABD'ye rakip olabilecek bir askeri gücü olmamasını da sağlayacak.

Bölgedeki tüm ülkelerin önemli olmasına karşın, bu karmaşık diplomatik yapbozda kilit ülkeler Endonezya, Malezya ve Singapur gibi görünüyor. Bu üç ülke en dar kısmı iki buçuk kilometreden uzun olan Malakka Boğazı'nın iki yanında yer alıyor. Her gün 12 milyon petrol varili, giderek daha da iştahlanan Çin'e ve bölgenin diğer ülkelerine o boğazdan ulaşıyor. Bu üç ülke Amerika yanlısı olduğu sürece ABD'nin çok büyük bir avantajı olacak.

Olumlu kısım şu ki, Çinliler idealist değiller, komünizmi yaymaya da çalışmıyorlar, Soğuk Savaş'ta Rusların yaptığı gibi daha çok toprağa göz diktikleri de yok. Ayrıca iki taraf da çatışma istemiyor. Çinliler mallarını dünyaya götürmek için kullandıkları denizyollarının çoğunu Amerika'nın muhafızlığına bırakabilir; yeter ki Amerikalılar bu kontrolün Çin'e sınırlı şekilde uzanacağını garanti etsinler.

Bu konuda tartışmalar yaşanacak ve zaman zaman Çin halkını birleştirmek için milliyetçilik pompalanacak ama iki taraf da taviz verecek. Tehlike ise birbirlerini yanlış okumaları ve/veya büyük kumar oynamaları durumunda olacak.

Bazı parlama noktaları var. ABD'nin Tayvan'la yaptığı anlaşmalardan birinde, Çinlilerin yirmi üçüncü eyaletleri olarak gördükleri yeri işgale kalkışmaları halinde Amerika'nın savaş ilan edeceği yazıyor. Çin'in kırmızı çizgisiyse ABD'nin Tayvan'ı resmen tanıması veya Tayvan'ın bağımsızlık ilanı olur ve bu durumda Çin Tayvan'ı işgal eder. Fakat bu yönde herhangi bir işaret yok; Çin işgali de pek olası görünmüyor.

Yabancı petrol ve gaza olan açlığı giderek artan Çin'in aksine, ABD'ninki giderek düşüyor ve bu durum, özellikle Ortadoğu'da, dış ilişkiler konusunda büyük bir değişime yol açacak; diğer ülkeler de doğrudan etkilenecek.

Karasularındaki deniz sondajları ve ülkenin devasa bölgelerindeki yeraltı kırılmalarıyla, ABD enerji konusunda kendine yetmenin de ötesine geçerek, 2020'de net ihracatçı olacak gibi duruyor. Yani Ortadoğu'dan gelen petrol ve doğalgaz akışına odaklanmak zorunda kalmayacak. Orada hâlâ stratejik çıkarları olacak ama odak artık bu kadar yoğun olmayacak. Amerika eğer bu bölgeye olan dikkatini kaybederse, Körfez ülkeleri yeni ittifaklar arar. Adaylardan biri İran, ötekisi Çin olur ama bu ancak Çin'in Mavi Su donanmasını oluşturması ve –bu da eşit önemde– suya indirmeye hazır olmasıyla gerçekleşir.

ABD 5. Filo'su Bahreyn'deki limanını terk etmeye hazır değil – oradaki beton parçasını gönülsüzce teslim edecektir. Ancak Amerikan evlerinin ışıkları ve yollarındaki arabalar için Suudi Arabistan, Kuveyt, BAE ve Katar'ın enerji arzlarına ihtiyaç duyulmazsa, Amerikan halkı ve Kongre bu üssün işlevini sorgulayacaktır. "İran'ı kontrol etmek için" şeklindeki olası bir cevap tartışmaları dindirmeye yeterli olmayacaktır.

ABD'yi Ortadoğu'da kısa vadede ilgilendiren şeyler İran'ın fazla güçlü olmaması ve aynı zamanda "Büyük Pazarlık" denen şeyin nihayete ermesidir: iki ülkenin üzerinde anlaşamadığı birçok konunun çözümü ve otuz beş yılı aşkın sürelik düşmanlığın sona ermesi. Trump yönetimindeki Beyaz Saray bu politikayı miras aldı ve buna karşı çıkmıyor, ama sonuca en azından sözlü olarak daha saldırganca ulaşmaya çalışıyor. Bazı sert tepkilere yol açabilecek bu tavır çekilmeye gönülsüz iki tarafı karşı karşıya getirebilir. Ancak iki taraf da savaş istemiyor; ayrıca Avrupalıların ortak nükleer anlaşmayı bozmaya hiç niyetleri yok ve ABD yönetimi de konu "Geniş Ortadoğu" olunca Tahran'ın söz sahibi olduğunun farkında. Yani, Trump dönemi Beyaz Saray'ının bu konuya biraz daha düşmanca yaklaşmasının yanı sıra İran'a karşı Arap Sünni ülkeleri de desteklemesine rağmen, seçim öncesindeki İran-karşıtı söylemler işbaşına geçince karşılaşılan gerçeklerle yumuşadı.

Arap ülkelerinin silahlı İslamcılarla on yıllarca sürebilecek bir savaşa girmesiyle, Washington sanki Amerikan tarzı demokrasilerin belirmesi gibi iyimser fikirleri terk etmiş ve bir yandan durumu kontrol etmeye, öte yandan da ABD askerlerinin ayaklarını kuma sokmamaya çalışacak gibi görünüyor.

İsrail'le olan yakın ilişki ABD'nin nüfus yapısı değişirken yavaşça da olsa soğuyabilir. Hispanik ve Asyalı göçmenlerin çocukları artık Amerikan çıkarlarıyla bağlantısı kalmamış bir bölgedeki minik bir ülkedense, Latin Amerika ve Uzak Doğu'yla çok daha fazla ilgileneceklerdir.

Latin Amerika politikasının öncelikleri, Panama Kanalı'nın açık kalmasını sağlamak, Pasifik'e açılacak Nikaragua Kanalı'ndan geçiş bedelleri hakkında konuşmak ve Karayip Denizi'ndeki etkisini artırmaya çalışmaması için Brezilya'dan gözleri ayırmamak olacak. ABD, Latin Amerika'da ekonomik bakımdan Çin'le de yarışacak – ama yalnızca Küba'da, Castro/komünizm-sonrası döneme hâkim olmak için çok çaba harcamak zorunda. Küba'nın Florida'ya yakınlığı ve karmaşık da olsa ABD'yle tarihi ilişkisi, bir de Çin pragmatizmiyle birleşince, ABD'nin yeni Küba'daki baskın güç olma yolunu açmak için yeterli olacaktır. 2016 baharında Başkan Obama'nın bu adaya yaptığı tarihi ziyaret bu amaca hizmet eden çok önemli bir adımdı. Obama, Calvin Coolidge'in 1928'deki ziyaretinden beri, Küba'yı ziyaret eden ilk ABD başkanıydı. Küba eski lideri merhum Fidel Castro bu olay hakkında sızlandı; devlet tarafından kontrol edilen Küba medyası da görev bilinciyle olumsuz yorumlarını halka aktardı ama etrafa bunun yalnızca yaşlı adamı mutlu etmek için yapıldığına dair bir his hâkimdi; ortak karar alınmış, yeni dönem başlatılmıştı.

Afrika'da, Amerikalılar kıtanın doğal zenginliğini ele geçirme konusunda hemfikirler ama bu zenginliklerin çoğu Çin'in eline geçiyor. Ortadoğu'da da olduğu gibi, ABD, Kuzey Afrika'daki İslamcı mücadeleyi ilgiyle izleyecek ama zemine 9144 metreden daha çok yaklaşmamaya çalışacaktır.

Amerika'nın okyanus ötesinde ulus yaratma deneyi sona ermiş gibi görünüyor.

Irak, Afganistan ve diğer ülkelerde, ABD küçük iktidarların ve kabilelerin zihinsel yapısını ve gücünü hafife aldı. Kendi tarihlerindeki fiziksel güvenlik ve birlik Amerikalıların kendi demokratik ve akılcı savlarının gücünü fazla abartmalarına yol açmış olabilir. Bu sava göre, taviz verme, sıkı çalışma ve hatta oy kullanma bile atalardan kalma ve derinlere yerleşmiş "öteki" korkularımıza üstün gelir – bu "öteki"ler Sünni, Şii, Kürt, Arap, Müslüman veya Hristiyan olabilirler, fark etmez. Halkların bir arada yaşamak isteyeceklerini ve deneyimleri yüzünden artık ayrıklaşmak istemeyeceklerini farz etmişlerdi. Bu, insanlık hakkında kötü bir değerlendirme ama tarihin birçok döneminde, birçok yerinde, talihsiz bir gerçek olarak karşımıza çıkıyor. Amerikalıların yaptığı bu gerçeği geçici olarak gizleyen bir kaynar kazanın yalnızca kapağını kaldırmak oldu.

Ancak, kibirlerine düşkün bazı Avrupalı diplomatların inanmak istediğinin aksine, Amerikalı politika belirleyiciler bunu yaptıkları için "saf" olmuyorlar; tabii "yapabilme", "onarabilme" tarzı yaklaşımları, sonuç olarak, eninde sonunda başarısızlığa mahkûm.

Otuz yıldır, ABD'nin ani veya süregelen çöküşünü tahmin etmek çok modaydı. Bu bakış açısı, en az geçmişte olduğu kadar, şimdi de yanlış. Gezegenin en başarılı ülkesi, enerji konusunda kendine yeter hale gelmek üzere; ayrıca ekonomik güç bakımından rakipsizliğini sürdürüyor ve ordusunun ARGE'si için diğer tüm NATO ülkelerinin harcamasının toplamından fazlasını harcıyor. Avrupa ve Japonya'nın aksine nüfusu yaşlanmıyor ve 2013'teki Gallup araştırmasına göre, göç düşünen insanların dörtte biri ilk hedefleri olarak ABD'yi belirlemiş. Şanghay Üniversitesi uzmanlarının dünyadaki en iyi yirmi üniversite sıralamasında on yedi Amerikan üniversitesi yer aldı.

Prusyalı devlet adamı Otto von Bismarck, bir asırdan daha uzun süre önce, çifte anlamlı şu sözleri sarf etti: "Tanrı sarhoşlara, çocuklara ve Amerika Birleşik Devletleri'ne özenle bakıyor." Bu hâlâ doğru gibi görünüyor.

BÖLÜM 4

BATI AVRUPA

"Burada geçmiş her yerdeydi, bütün kıta hatıralarla yoğrulmuştu."

Miranda Richmond Mouillot, *A Fifty-Year Silence: Love, War and a Ruined House in France* adlı kitabından

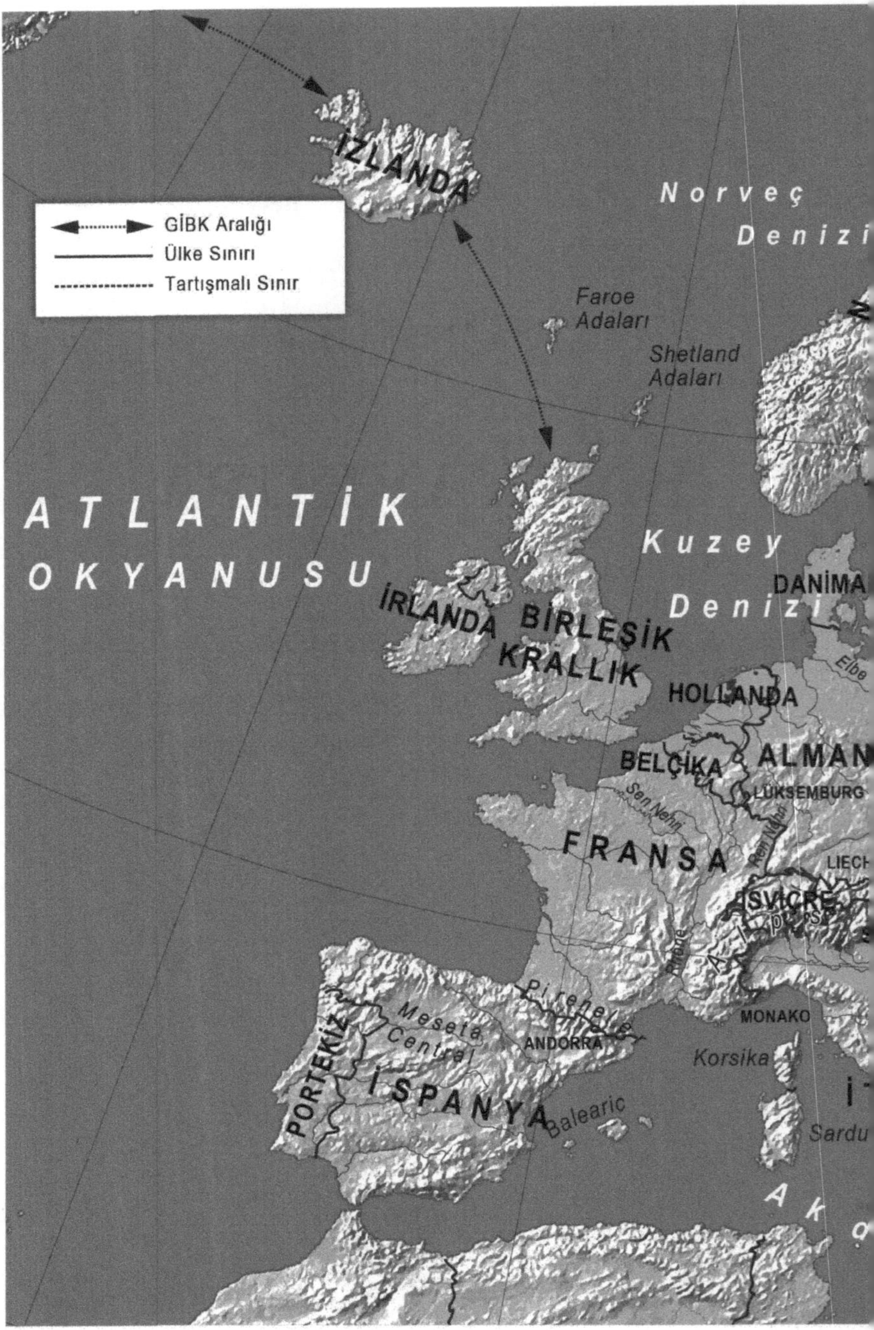
GİBK Aralığı
Ülke Sınırı
Tartışmalı Sınır
İZLANDA
Norveç Denizi
Faroe Adaları
Shetland Adaları
ATLANTİK OKYANUSU
Kuzey Denizi
DANİMA
İRLANDA
BİRLEŞİK KRALLIK
HOLLANDA
Elbe
BELÇİKA
ALMAN
LÜKSEMBURG
Sen Nehri
Ren Nehri
FRANSA
LIECH
İSVİÇRE
Alpler
Rhone
Pireneler
MONAKO
ANDORRA
Meseta Central
PORTEKİZ
İSPANYA
Balearic
Korsika
Sardu

500 mil
500 km
FİNLANDİYA
Baltık Denizi
ESTONYA
LETONYA
LİTVANYA
Kaliningrad
(RUS. FED.)
Kuzey Avrupa Ovası
BEYAZ RUSYA
POLONYA
RUSYA
UKRAYNA
Karpat Dağları
SLOVAKYA
MOLDOVA
MACARİSTAN
ROMANYA
Sava
SIRBİSTAN
BOS. & HERS.
Tuna
KARADAĞ
BULGARİSTAN
Karadeniz
GÜRCİSTAN
ERMENİSTAN
MAKEDONYA
ARNAVUTLUK
Ege Denizi
TÜRKİYE
YUNANİSTAN
SURİYE
KIBRIS
LÜBNAN
Girit

Modern dünyanın kaynağı, hangi açıdan bakılırsa bakılsın, Avrupa'dır. Büyük Avrasya kara kütlesinin batı karakolu "Aydınlanma"ya ev sahipliği yaptı, buradan Sanayi Devrimi'ne geçildi ve her gün etrafımızda gördüğümüz şeyler de bunlar sayesinde icat edildi. Tüm bunları Avrupa'nın konumuna bağlayabilir ve bu konumu suçlayabilir ya da ona teşekkür edebiliriz.

Körfez Akıntısı'yla beslenen iklim verimli topraklara sahip bölgeyi bol ekin verecek şekilde suladı. Bu da yılın çoğu gününde, hatta yazın ortasında bile çalışmaya elverişli olan topraklarda nüfusun artmasına fırsat tanıdı. Kış mevsimi de bir ek fayda sağlıyor: Sıcaklık çalışmaya engel olacak kadar düşmezken, dünyanın geri kalanında bugünlere kadar uzanan salgın mikroplarını öldürecek kadar da soğuk oluyor.

Güzel ekinler, üretim fazlası besinlerin pazarlanabileceği anlamına geliyor; bu da daha sonra şehirlere dönüşecek ticaret merkezlerinin türemesine yol açıyor. Aynı zamanda insanların yalnızca besin üretmeyi değil, fikirleri ve teknolojiyi de dikkatlerinin odağına yerleştirmelerine olanak sağlıyor.

Batı Avrupa'da doğal çöl yok, donmuş topraklar yalnızca en kuzeydeki birkaç bölgeyle sınırlı, ayrıca depremler, volkanlar ve büyük seller çok nadir görülüyor. Nehirler uzun, düz, taşımacılığa ve ticarete elverişli. Sularını batı, kuzey ve güneyde doğal limanlarla dolu kıyılardan çeşitli deniz ve okyanuslara boşaltıyorlar.

Eğer bu satırları Alpler'deki bir kar fırtınasına yakalanmışken veya sel sularının tekrar Tuna'ya çekilmesini beklerken okuyorsanız, o halde Avrupa'nın coğrafi nimetleri gözünüze pek belirgin gelmeyebilir. Ancak, birçok yerle kıyaslandığında, Avrupa çok şanslı bir kıta. Avrupalıların ilk ulus devletleri yaratmalarına olanak sağlayan unsurlar bunlar – tabii onları devasa boyutlardaki ilk savaşa sürükleyenler de.

Avrupa'yı bütün olarak ele aldığımızda, dağlar, nehirler ve vadiler neden bu kadar çok ulus devlet olduğunu açıklıyor. Bir tek baskın dil ve kültürün hızla ve şiddetle batıya akın ettiği ve dev bir ülke yarattığı ABD'nin aksine, Avrupa bin yıl içinde organik şekilde büyüdü ve şu an coğrafi ve dilsel bölgeleriyle arasında bölünmüş durumda.

Örneğin Fransa'ya yayılmaları Pireneler tarafından engellenen İber Yarımadası'nın çeşitli kabileleri binlerce yıl içinde aşamalı olarak ilerleyip İspanya ve Portekiz ülkelerini oluşturdular. Hatta İspanya tam olarak birleşik bir ülke de değil; Katalonya bağımsızlık konusundaki isteğini giderek daha sesli ifade ediyor. Fransa da doğal bariyerler tarafından kurulan bir ülke ve şu anki çerçevesini Pireneler, Alpler, Ren Nehri, Atlantik Okyanusu oluşturuyor.

Avrupa'nın en büyük nehirleri birbirleriyle kesişmez (Belgrat'ta Tuna'ya dökülen Sava hariç). Bu da göreceli olarak küçük bir alanda neden bu kadar fazla ülke olduğunu bir parça açıklıyor. Kesişmedikleri için, birçok nehir, bir noktada sınır işlevi görüyor ve her biri kendi çapında bir ekonomik etki yaratıyor; bu durum her nehrin kıyısında en az bir büyük şehrin gelişmesini sağladı. Bu şehirlerden bazıları başkent oldu.

Avrupa'nın en uzun ikinci nehri olan Tuna (2.860 km) da bu nehirlere bir örnek. Almanya'nın Kara Orman'ında doğan ve güneyde Karadeniz'e kadar inen Tuna, havzasında on sekiz ülke barındırıyor ve doğal sınırlar oluşturuyor: Slovak-Macar, Hırvat-Sırp, Sırp-Rumen, Rumen-Bulgar sınırları. İki bin yıldan daha uzun süre önce Roma İmparatorluğu sınırlarından birini oluşturan Tuna, ortaçağın en büyük ticaret rotalarından biri olmuş ve şimdiki bazı başkentleri var etmişti: Viyana, Bratislava, Budapeşte, Belgrat. Avusturya-Macaristan ile Osmanlı İmparatorlukları arasındaki sınırı da belirledi.

Tuna Havzası, Avrupa'daki arazinin coğrafi avantajlarını gösteriyor.

Birbirleriyle bağlantılı nehirler, düz bir ova üzerinde doğal sınırlar oluşturuyor, ayrıca büyük bir ulaşım kolaylığı sağlayarak ticari sistemin büyümesine öncülük ediyor.

Tuna Havzası, Avrupa'daki arazinin coğrafi avantajlarını gösteriyor. Birbirleriyle bağlantılı nehirler, düz bir ova üzerinde doğal sınırlar oluşturuyor, ayrıca büyük bir ulaşım kolaylığı sağlayarak ticari sistemin büyümesine öncülük ediyor.

İmparatorluklar küçülürken ülkeler tekrar sahneye çıktı ve sonunda ulus devletlere evrildi. Ancak, Tuna bölgesinin coğrafyası, özellikle de güney ucu, Kuzey Avrupa Ovası'nda ve yakınındaki büyük ülkelere kıyasla burada neden daha fazla küçük ülke olduğunu açıklıyor.

Kuzey Avrupa ülkeleri uzun asırlar boyunca güneydekilerden daha zengin oldular. Güneyden daha hızlı sanayileşen kuzey ekonomik bakımdan da daha başarılı oldu. Batı Avrupa'nın merkezini kuzeydeki ülkeler oluşturduğu için, onların ticaret bağlarının sürdürülmesi daha kolay oldu. Zengin komşular kendi aralarında ticaret yapabilirken, öte yandan örneğin İspanya'nın ticaret yapabilmesi için Pireneler'i aşması ya da Portekiz'in, Kuzey Afrika'nın sınırlı pazarlarını denemesi gerekiyordu.

Bir de ispatlanması mümkün olmayan, Protestan çalışma etiğinin kuzey ülkelerini ihya ederken güneydeki Katolizm baskınlığının bölgeyi geri bıraktığı teorisi var. Bavyera şehri Münih'i her ziyaret edişimde aklıma bu teori gelir ve BMW, Allianz, Siemens binalarının ihtişamını gördüğümde de bu teori hakkında ciddi şüpheye düşerim. Almanya'da nüfusun %34'ü Katolik ve Bavyera'nın büyük kısmı da Katolik. Ama mezhepleri Bavyeralıların sanayide ilerlemeleri veya Yunanların daha çok çalışıp daha çok vergi ödemeleri gerektiğine dair fikirlerini etkiler gibi bir hali yok.

Kuzey ve güney Avrupa arasındaki fark, aynı zamanda, bir parça da olsa, güneyde kuzeye kıyasla daha az tarıma elverişli kıyı ovası olmasına da bağlanabilir. Güney aynı zamanda susuzluk ve doğal afetlerden kuzeye kıyasla daha çok çekti, her ne kadar dünya geneline göre az olsa da. Bölüm 1'de gördüğümüz gibi, Kuzey Avrupa Platosu Fransa'dan Rusya'daki Ural Dağları'na kadar uzanan, kuzey sınırında Kuzey ve Baltık Denizleri olan bir koridor. Arazi çok büyük ölçekli başarılı tarımcılığa müsait ve suyolları hem ekinlerin hem de diğer ürünlerin kolayca taşınmasına olanak sağlıyor.

Ovadaki tüm ülkeler arasında Fransa en avantajlı durumda olanı. Fransa, Avrupa'da hem kuzey hem güney gücü olan tek ülke. Batı Avrupa'daki en geniş verimli topraklara sahip olan ülkenin nehirleri de birbirleriyle bağlantılı; Sen Nehri batıya doğru akarak Atlantik'te son bulurken, Ren ise güneydeki Akdeniz'e uzanıyor. Bu faktörler ülkenin göreceli düzlüğüyle birlikte düşünüldüğünde, bölgelerin birleşimini ve –özelllikle de Napolyon zamanından itibaren– gücün merkezde toplanmasını sağladı.

Ancak, güneyde ve batıda bir sürü ülke, konumlarından ötürü, ikinci sınıf Avrupa gücü kimliğini sürdürüyor. Örneğin İtalya'nın güneyi hâlâ kuzeye kıyasla çok daha gelişmemiş halde ve 1871'den beri birleşik bir ülke olmasına rağmen, İtalya'nın kuzeyiyle güneyi arasındaki gerginlik, İkinci Dünya Savaşı arifesinden beri ilk kez bu kadar fazla. Ağır sanayi, turizm ve kuzeyin finansal merkezleri uzun süredir kuzeyde yüksek yaşam standardı sağlıyor; bu da bölge partilerinin güneye giden yardımların kesilmesi ya da kuzeyin güneyden kopması taleplerine yol açıyor.

İspanya da sorunlar yaşıyor, ki zaten coğrafyası yüzünden hep yaşadı. Dar kıyı ovalarında verimsiz topraklar var; ayrıca pazarlara ulaşım ülke içindeki kısa nehirler ve Merkez Plato tarafından kesiliyor. Merkez Plato etrafı dağlarla çevrili, bazı kısımlarında da dağlar tarafından kesilen bir alan. Batı Avrupa'yla ticaret bir de Pireneler tarafından sekteye uğruyor ve güneyde, Akdeniz'in öteki tarafındaki diğer pazarlar da sınırlı gelirleri olan, gelişmekte olan ülkeler. İkinci Dünya Savaşı'ndan sonra geri kalan İspanya'nın Franco diktatörlüğü altında da modern Avrupa'nın büyük kısmıyla ilişkileri bozuktu. 1975'te Franco öldü ve 1986'da yeni, demokratik İspanya AB'ye katıldı. 1990'larda Batı Avrupa'yı yakalamaya başlamıştı ama ülkeyi halen geride tutan coğrafi ve finansal zayıflıklar aşırı harcama sorunlarını ve merkezi mali kontrolün gevşekliğini de tetikledi.

Yunanistan da benzer sorunlar yaşıyor. Yunan kıyılarının büyük kısmı dik kayalıklardan oluşuyor ve üzerinde tarım yapılabilecek çok az kıyı ovası var. İç kısımlarda daha da dik yükseltiler, ulaşıma müsait olmayan nehirler, birkaç tane de geniş ve verimli vadi var. Mevcut tarımsal alanlar yüksek kalitede ama bunlar Yunanistan'ı önemli bir tarım ihracatçısı yapamıyor veya yüksek eğitimli, yetenekli, teknolojik açıdan gelişmiş bir nüfus barındırabilecek şehirlerin sayısını artıramıyor. Coğrafi konum da ülkeye engel oluyor; başkent Atina bir yarımadanın ucunda ve Avrupa'yla ticaretten neredeyse kopuk. Yunanistan bölgede deniz ticareti yapmak için Ege Denizi'ne mahkûm ama o denizin karşı tarafında da Türkiye var, yani büyük bir potansiyel düşman. On dokuzuncu yüzyıl sonu ve yirminci yüzyıl başında Türkiye'yle birkaç kez savaşan Yunanistan modern zamanlarda da sahip olmadığı yüksek meblağlarda avroları savunmaya harcıyor.

Anakara dağlarla korunmaktadır ama 200'ünde insan yerleşimi bulunmak üzere yaklaşık 1.400 Yunan adası da var (hatta Ege'deki tüm kayalıklar sayılırsa bu sayı 6.000'e kadar ulaşıyor). Buraları işgale gelebilecek bir gücü durdurmak şöyle dursun, bu bölgede devriye gezilebilmesi için bile düzgün bir donanmaya ihtiyaç var. Bu durum da Yunanistan'ın altından kalkamayacağı bir askeri harcama yapması sonucunu doğuruyor. Soğuk Savaş sırasında hem ABD hem de –onlar kadar olmasa da– Britanya, Sovyetler Birliği'ni Ege ve Akdeniz'den uzak tutmak için, Yunanistan'ın bazı askeri gereksinimleri karşılamaya gönüllü olmuşlardı. Ama bu dönemin sona erişiyle bu yardımlar da kesildi. Bununla birlikte, Yunanistan harcamaya devam etti.

Bu tarihi ayrılık, 2008'de Avrupa'yı vuran mali kriz ve avro bölgesindeki ideolojik dalgalanma sonrası etkisini bugüne kadar sürdürdü. 2012'de, Avrupalı mali kurtarma paketleri başladığında ve Yunanistan'ın AB'de kalması için tasarruf tedbirleri düzenlendiğinde, coğrafi ayrım kısa sürede gözler önüne serildi. Bağışçılar ve tasarruf tedbirlerini talep edenler kuzey ülkeleri, yardım alanlar ve tasarruf yapanlarsa güney ülkeleriydi. Alman halkının altmış beş yaşında emekli olmalarına rağmen, halkı elli beş yaşında emekli olan Yunanistan'a yardım olarak giden vergiler ödediklerini söylemeleri uzun sürmedi. Bunun nedenini sorguladıklarında aldıkları "iyi günde kötü günde" tarzı cevapla da haliyle tatmin olmadılar.

Mali yardımla birlikte tasarruf önlemleri Almanlardan, tepkiler de Yunanlardan geldi. Örneğin, Alman Maliye Bakanı Wolfgang Schläuble "Yunanistan'da tüm tarafların ülkelerindeki zor durum hakkında sorumluluk bilincinde olduğunu henüz göremediği" şeklinde bir yorum yaptı. Daha önce Nazilerle çarpışmış olan Yunan Cumhurbaşkanı Karolos Papulias ise, "Bay Schläuble'nin ülkeme yaptığı hakareti kabul etmiyorum. ... Bay Schläuble kim oluyor da Yunanistan'a hakaret ediyor? Hollandalılar kim oluyorlar? Finler kim oluyorlar?" şeklinde yanıt verdi. İkinci Dünya Savaşı'na da kasıtlı bir gönderme yaptı: "Bizler hem kendi özgürlüğümüzü ve ülkemizi hem de Avrupa'nın özgürlüğünü savunmaktan gurur duyduk." Güneylilere savurgan ve gevşek, kuzeylilereyse dikkatli ve çalışkan tipikleştirmeleri kısa sürede tekrar ortaya çıktı; Yunan medyası da Almanya'nın geçmişini sürekli ve acımasızca hatırlatarak karşılık verdi. Bir gazete manşetinde Şansölye Merkel'e Hitler bıyığı yerleştirilmiş bir fotoğraf vardı.

Ülke ekonomisinin sürdürülebilir hale getirilmesi için yeterli sayıda bulunmayan Yunan vergi mükellefleri ise bambaşka bir görüşe sahipler. Şöyle soruyorlar: "Avro en çok onların işine yararken, neden Almanlar üzerimizde dikta kurabilsin ki?" Diğer ülkelerde olduğu üzere, Yunanistan'da da, kuzey ülkelerinin zorlamasıyla uygulanan tasarruf önlemleri egemenliğe müdahale olarak görülüyor.

"Avrupa ailesi" yapısında çatlaklar oluşmaya başlamış gibi duruyor ve bunun tek nedeni Brexit değil. Brexit sorunun bir belirtisiydi, nedeni değil. Batı Avrupa'nın dışında kalan Yunanistan mali kriz sonrasında birlikten kopuk bir üye gibi göründü; doğuda yine sorunlar belirdi. Eğer geçen yetmiş yılın barışı sürdürülecekse, sevgi, ihtimam ve dikkatle sürdürülecek.

İkinci Dünya Savaşı sonrasında gelen kuşaklar, barışı çok normal görerek büyüdüler, ama şu anki kuşağın farkı Avrupalıların tersini hayal etmekte zorlanmasında yatıyor. Savaşlar artık başka bir yerde oluyor veya yalnızca geçmişe ait bir şeymiş gibi düşünülüyor, en kötü ihtimalle Avrupa'nın uzak bir köşesinde oluyormuş gibi. İki dünya savaşının getirdiği travma ve üstüne barışla geçen yetmiş yıl, ardından Sovyetler Birliği'nin çöküşü birçok insanı Batı Avrupa'nın "çatışmaları aşmış" bir bölge olduğuna ikna etti.

Bunun gelecekte de geçerli olması mümkün ama potansiyel çatışma kaynakları da yüzeyin altında kaynıyor ve Avrupalılarla Ruslar arasındaki gerginlik bunların karşı karşıya gelmelerine yol açabilir. Örneğin, ülkenin şu an barış içinde, başarılı ve 38 milyonluk nüfusuyla büyük AB ülkelerinden biri olmasına rağmen, tarihte yaşananlar ve coğrafi biçim değiştirmeler Polonya'yı hâlâ rahatsız ediyor. Fiziksel bakımdan da büyük üyelerden biri olan Polonya, Demir Perde'nin arkasından çıktığından beri ekonomisini iki katına çıkardı ama hâlâ geçmişi düşünüyor ve geleceğini güvence altına almaya çabalıyor.

Kuzey Avrupa Ovası'na çıkan koridor Polonya'nın Baltık'a kıyısı ile Karpat Dağları'nın başı arasında en dar halini alıyor. Rus askeri bakış açısına göre en iyi savunma hattı buraya kurulur; taarruz düşüncesiyle bakılırsa da, burası birliklerin Rusya'ya saldırmadan önce bir araya gelebilecekleri bir noktadır.

Ordular doğuya ve batıya hücum ederlerken, Polonyalılar iki türlüsünü de yaşadılar. *The Times*'ın *Atlas of European History* (Avrupa Tarihi Atlası) adlı kitabını alıp sayfalara şöyle bir göz gezdirirseniz, M.S. 1000 yılı civarında ortaya çıkan Polonya'nın sürekli şekil değiştirdiğini, yok olup tekrar belirdiğini ve son halini yirminci yüzyılın sonlarında ancak aldığını görürsünüz.

Almanya ve Rusya'nın konumlarına Polonya'nın bu iki ülkeyle yaşadıklarını da eklediğinizde, bu ülkeler arasında bir ittifak olması pek kolay olmuyor. Tıpkı Fransa gibi, Polonya da Almanya'yı AB ve NATO'da hapsetmek istiyor; ayrıca, Ukrayna kriziyle birlikte, Polonya'nın çok da unutulmuş sayılmayan, yüzyıllarca tekrar tekrar çektiği Rus korkusu yine yüzeye çıktı. Sovyet (Rus) imparatorluğunun sonundaki cezirden sonra neyin geleceği çok da sürpriz değil.

Britanya'yla ilişkiler, AB içinde Almanya'ya karşı bir denge ağırlığı olarak çok da pürüzlü olmadı – 1939'daki ihanete rağmen Britanya ve Fransa olası bir Alman işgalinde Polonya'nın yardımına koşacaklarını garanti eden bir anlaşma imzalamışlardı. Ama saldırı geldiğinde öyle olmadı: Polonya, Naziler tarafından yutulurken, iki müttefik Fransa'da bulunan Maginot Hattı'nın ardında kaldı. Buna rağmen, Polonya'nın Birleşik Krallık'la ilişkileri şu an güçlü, her ne kadar 1989'da bağımsızlığını yeni kazanan Polonya'nın aradığı ilk müttefik ABD olmuşsa da.

Amerikalılar, Polonyalıları kollarını iki yana açarak karşıladılar ve karşılığını da aldılar: İki tarafın da aklında Ruslar vardı. 1999'da NATO'ya katılan Polonya, İttifak'ın sınırlarını Moskova'nın 650 km yakınına kadar getirmiş oldu. Halihazırda eski Varşova Paktı üyelerinden bazıları NATO'ya kazandırılmıştı. Rusya müttefiki Sırbistan'a 1999'da NATO tarafından müdahale edilmesini çaresizce izledi. 1990'larda Batı Avrupa'ya karşılık verebilecek bir hali olmayan Rusya, Yeltsin'in kaos yıllarından sonra Putin'in başa geçmesiyle ön kapıdan dışarı çıktı ve endamını sergiledi.

Henry Kissinger'a atfedilen en meşhur özlü söz, 1970'lerde bir muhabirin sorusuna verdiği cevaptır: "Eğer Avrupa'ya telefon açmak istiyorsam ... kimi ararım?' Polonyalılar daha güncel bir soruya sahip: "Eğer Ruslar bizi tehdit ederse Brüksel'i mi aramalıyız, yoksa Washington'ı mı?"

Balkan ülkeleri bir kez daha herhangi bir imparatorluğun güdümünden çıkmış durumdalar. Dağlık arazileri yüzünden bölgede çok fazla ülke ortaya çıktı ve Güney Slavları Birliği anlamına gelen Yugoslavya'daki tüm deneysel çabalara rağmen halklar kaynaşamadı.

1990'lardaki savaşları arkalarında bırakan eski Yugoslav ülkelerinin çoğu yüzünü Batı'ya döndü. Ancak, Ortodoksluk ve Slavlık temsilciliğinin etkisiyle, Sırbistan'ın doğuyla bağları hâlâ sağlam görünüyor. 1999'da Sırbistan'ın bombalanması ve Kosova'nın bağımsızlığı konusunda Batı'yı hâlâ affetmeyen Rusya dil, etnik köken, din ve enerji anlaşmalarının çekim gücüyle Sırbistan'ı yörüngesinde tutmaya çalışıyor.

Bismarck, sonradan çok meşhur olan sözünde, "Balkanlarda saçma sapan bir şey yüzünden" büyük bir savaş çıkabileceği yorumunu yapmış ve haklı çıkmıştı. Bölge artık AB, NATO, Türkiye ve Rusya'nın söz sahibi olabilmek için karşı karşıya geldikleri ekonomik ve diplomatik bir savaş meydanına döndü. Arnavutluk, Bulgaristan, Hırvatistan, Slovenya ve Romanya tercihlerini kullandılar ve NATO'ya dahil oldular; ayrıca Kosova'nın da birliğe alınması gündemde.

Gerginlikler kuzeye, İskandinavya'ya kadar uzanıyor. Danimarka halihazırda bir NATO üyesi ve Rusya'nın son zamanlarda tekrar güçlenmesiyle birlikte İsveç'te de iki yüzyıllık tarafsızlığı bir yana bırakıp NATO'ya katılma ihtimali ciddi ciddi tartışılıyor. 2013'te Rus jetleri gecenin bir yarısı sahte bir bombardıman harekâtıyla İsveç hava sahasına girdi; uykuda gibi duran İsveç savunma sistemi yüzünden, Rusları oradan kovalayan Danimarkalılar oldu. Bu olaya rağmen İsveçlilerin büyük kısmı hâlâ NATO üyeliğine karşı çıkıyor ama tartışma da devam ediyor; ayrıca Moskova, İsveç veya Finlandiya'nın NATO'ya katılımı durumunda, buna bir karşılık vereceğini ilan etti.

AB ve NATO ülkelerinin bu meydan okumalar karşısında birleşik bir cephe görüntüsü vermeleri gerekiyor. Ama birliğin içindeki en önemli bağ olan Fransa-Almanya ilişkisinde sorun olursa bu imkânsız.

Avrupa'nın iklimi, ticaret yolları ve doğal sınırlarından en iyi yararlanılan konumda bulunan Fransa, tek bir alan haricinde, kısmen korunuyor: Kuzeydoğu sınırında, Kuzey Avrupa Ovası'nın günümüzde Almanya adını aldığı nokta.

Almanya'nın birliğini tamamlamış bir ülke olarak ortaya çıkışından önce bu bir sorun değildi. Fransa Rusya'dan, Moğollardan, Altın Orda'dan uzaktaydı ve İngiltere'yle aralarında kanal vardı; yani topyekûn bir işgalin savuşturulması zor değildi. Hatta, kıtada rakibi olmayan bir güç varsa o da Fransa'ydı: gücünü Moskova'ya kadar götürebiliyordu.

Ama sonra Almanya birleşti.

Bir süredir bunu yapmaya uğraşıyorlardı. Almanya "fikri" yüzyıllardır mevcuttu: Onuncu yüzyılda Kutsal Roma İmparatorluğu olan Doğu Frenk toprakları, beş yüze yakın minik Cermen krallığından oluştuğu için, "Cermenya" diye anılıyordu. 1806'da Kutsal Roma İmparatorluğu dağıldıktan sonra, otuz dokuz küçük devlet 1815'te Viyana Kongresi'nde bir araya gelerek Alman Konfederasyonu'nu oluşturdu. Bundan sonra Kuzey Alman Konfederasyonu kuruldu, 1871'deyse Fransa-Prusya Savaşı'nı kazanan Almanların Paris'i işgalinden sonra Almanya birleşti. Fransa artık toprakları kendininkinden coğrafi olarak daha geniş, nüfusu yakın ama artış hızı daha yüksek, üstelik daha iyi sanayileşmiş bir sınır komşusuna sahipti.

Birleşme Alman zaferinden sonra Versay Sarayı'nda ilan edildi. Fransa, savunmasındaki zayıf noktadan, yani Kuzey Avrupa Ovası'ndan işgal edilmişti. Sonraki yetmiş yıl içinde iki kez daha bu kaderi yaşayacaktı ve daha sonra doğudan gelebilecek tehditleri susturmak için silahlı çarpışma yerine diplomasiyi tercih etmeye başlayacaktı.

Almanya'nın her zaman Fransa'dan daha büyük coğrafi sorunları olmuştu. Kuzey Avrupa Ovası onlara iki sebep sunmuştu: batılarında uzun süredir birleşik olan güçlü komşu Fransa ve doğuda devasa Rusya. Almanya'nın en büyük korkusu iki gücün bu ovaya iki koldan aynı anda saldırmasıydı. Bu ihtimalin ne kadar mümkün olduğunu asla bilemeyiz, ama verdiği korkunun felaket sonuçlar doğurduğu kesin.

Fransa Almanya'dan korktu, Almanya da Fransa'dan. 1907'deki Üçlü İtilaf'ta Fransa da Britanya ve Rusya'ya katılınca, Almanya üçünden de korktu. Şimdi korkulara bir de istediği zaman Almanların Kuzey Denizi'ne ve Atlantik'e ulaşımını kesebilecek Britanya Donanması eklenmişti. Bu konunun çözümü, açık bir şekilde, Fransa'ya saldırmaktı.

Almanya'nın coğrafi pozisyonunun ve saldırganlığının içine düştüğü ikilem "Alman Sorunu" adını aldı. İkinci Dünya Savaşı'nın dehşetinden sonra, hatta yüzyıllarca bitmek bilmeyen savaşlardan sonra bulunan cevap Avrupa topraklarında tek ve mutlak bir gücün varlığını kabul etmek oldu. NATO'yu kuran ABD, AB'nin nihai kuruluşuna da müsaade etti. Savaştan yılmış ve güvenliği Amerika ordusu tarafından "güvence altına alınmış" Avrupa çok ilginç bir deneye tabi tutuldu. Ülkeler birbirlerine güvenmeye çalıştı.

Şu an AB olarak adlandırdığımız birlik Fransa ve Almanya'nın birbirlerine sımsıkı sarılmaları ve böylece kollarını ötekine zarar vermek için kullanmamaları için kuruldu. Harika çalışan sistem, şimdi dünyanın en büyük ekonomisini barındıran devasa bir coğrafi bölge oluşturdu.

1945'in küllerinden doğan ve bir zamanlar korktuğu coğrafyadan kendi çıkarları doğrultusunda faydalanan Almanya için bu anlaşma fazlasıyla iyi oldu. Avrupa'nın büyük üreticisi olan Almanya, ovalarda ordularını yürütmek yerine, üzerlerinde prestijli "Alman Yapımı" yazılı etiketler olan ürünlerini pazarladı. Ren ve Elbe nehirlerinden, otobanlardan Avrupa'ya taşınan ürünler giderek tüm dünyaya yayıldı: kuzeye, güneye, batıya ve özellikle 1990'dan beri doğuya.

Ancak, 1951'de altı ülkeyle kurulan Avrupa Kömür ve Çelik Topluluğu "daima yakın birlik" ideolojisiyle ortaya çıkan çokuluslu AB halini aldı. Birliği vuran ilk büyük mali krizden sonra bu ideoloji artık o kadar da sağlam durmuyor ve ülkeler arasındaki bağlar zayıflıyor. Coğrafya yazarı Robert Kaplan'ın da yazdığı gibi, AB'de "coğrafyanın intikamı" izleri görülüyor.

Daima yakın birlik, üye ülkelerin on dokuz tanesini aynı para birimi altında birleştirdi: Avro. Danimarka ve Birleşik Krallık hariç, yirmi sekiz üyenin hepsi, kriterlere uyarlarsa veya uyduklarında, avroya geçmeyi kabul ettiler. Artık çok açık olan ve hatta bazıları tarafından daha önce görülmüş gerçekse, 1999'daki kabul sırasında birçok ülkenin bu yeni düzene hazır olmadıklarıydı.

1999'da birçok ülke bu yeni tanımlanan ilişkiye gözleri kapalı girdi. Hepsinin borçlanma, işsizlik ve enflasyon derecelerinin sınırlandırılması üzerine anlaşılmıştı. Sorun şuydu ki, Yunanistan başta olmak üzere bazı ülkeler muhasebe kayıtlarıyla oynuyorlardı. Çoğu uzman bunun farkındaydı ama avronun yalnızca bir döviz kuru değil, aynı zamanda bir ideoloji olması, üye ülkelerin buna göz yummasını sağladı.

Avro bölgesi ülkeleri, ekonomik bakımdan, Yunanların söyledikleri üzere, "hastalıkta ve sağlıkta" birbirlerini gözetecek şekilde birleşmişlerdi, ancak 2008'deki ekonomik krizle birlikte, daha zengin olan ülkeler kötü duruma düşenlere mali yardım yapmak zorunda kaldılar ve acı bir iç kavga ortaya çıktı. Ortaklar hâlâ birbirlerine saldırıyorlar.

Avro krizi ve daha geniş ekonomik sorunlar Avrupa'daki çatlakları ortaya serdi (özellikle de kuzeyle güney arasında eskilerden kalma fay hattını). Daima yakın birlik hayali donmuş gibi duruyor, hatta bundan uzaklaşılıyor da olabilir. AB Komisyonu, 2017 baharında, AB'nin gidebileceği yönler konusunda birkaç seçenek sunduğu bir rapor hazırladı. Brüksel'e daha fazla güç verme seçeneği çoğu Avrupa başkenti tarafından reddedildi.

Birleşik Krallık 2016'da AB'den ayrılmaya karar verince, Avrupa rüyasına derin bir psikolojik darbe vurulmuş oldu. Eğer AB çatırdarsa, o zaman Alman sorunu da geri dönebilir. Yetmiş yıllık barışın üstüne bunu söylemek kulağa telâşe memurluğu gibi gelebilir; Almanya da AB'nin en barışçıl ve demokratik üyelerinden biri. Ama yedi yüzyıllık Avrupa savaş tarihi perspektifinden bakılınca, bu ihtimal yok sayılamaz.

Almanya iyi bir Avrupalı olarak kalmaya kararlı. Almanlar, birliğin parçalanması durumunda, ülkelerinin eski korkularının tekrar yüzeye çıkabileceğinin farkındalar, özellikle de 82 milyonluk nüfusla modern Avrupa'nın en nüfuslu ülkesi ve dünyanın dördüncü en büyük ekonomisi, Avrupa'nın en zengin ülkesi olmasıyla. Birliğin başarısız olması Almanya'ya ekonomik zarar da verir: Dünyanın en büyük üçüncü ihracatçısı olarak en yakındaki pazarlarının korumacılıkla parçalanmasını istemezler.

Alman ulus devleti, yüz elli yaşından küçük olmasına rağmen, artık Avrupa'nın vazgeçilmez gücü. Ekonomik ilişkilerde rakipsiz, sessizce konuşuyor ama elinde avro şeklinde bir sopayla geziyor; kıta da onu dinliyor. Bununla birlikte, Almanya küresel konularda çok sessizce konuşuyor, bazen hiç ağzını açmıyor ve sert argümanlardan kaçınıyor.

İkinci Dünya Savaşı'nın gölgesi hâlâ Almanya'nın üzerinde geziniyor. Amerikalılar ve dolayısıyla Batı Avrupalılar, Sovyet tehdidi nedeniyle, Almanların yeniden silahlanmasını kabul etmeye meyillilerdi ama Almanya bunu neredeyse gönülsüzce yaptı ve askeri gücünü kullanmaya da hiç istekli değil. Kosova ve Afganistan'da yüzeysel rollerde yer aldılar, Libya'dansa tamamen uzak durdular.

Ekonomiyle ilgisi olmayan krizlere Almanya'nın en ciddi dahli Ukrayna'da oldu, ki bu da bize Almanya'nın yüzünü döndüğü yön konusunda güzel bir fikir veriyor. Ukrayna Cumhurbaşkanı Yanukoviç'in 2014'te devrilişi Almanya'nın da içinde olduğu bir dolapla gerçekleşmişti; Rusya'nın Kırım işgali de Almanya'dan büyük tepki görmüştü. Ancak, boru hatlarını da düşünen Berlin yaptırımlara desteğini yüksek sesle dile getirmedi – örneğin, Rus enerjisine o kadar da bağımlı olmayan Birleşik Krallık'ın aksine. Almanya, AB ve NATO vasıtasıyla Batı Avrupa'ya demir atmış durumda, ancak fırtınalı havalarda çapalar kayabilir. Berlin ihtiyaç halinde dümenini doğuya çevirip Moskova'yla çok daha sağlam bağlar kurabilecek bir coğrafi konuma sahip.

Tüm bu kıtasal çarkları Atlantik'in kıyısından izleyen Birleşik Krallık bazen kıtaya dahil bir görüntü veriyor, bazen "harika yalnızlık" içinde oluyor ama Avrupa'da kendinden daha büyük bir gücün yükselmemesi için her zaman elinden geleni yapıyor. Bu durum Agincourt, Waterloo veya Balaclava meydan savaşlarında ne kadar gerçektiyse, AB'nin diplomatik odalarında da o kadar gerçek.

Modern zamanlarda, Birleşik Krallık kendini savaş sonrasındaki iki büyük güç Fransa ile Almanya'nın arasına yerleştirmeye çalıştı. Başarılı olamayınca daha küçük üye ülkelerle ittifak kurup kabul etmediği politikaları değiştirebilmek için yeterli desteğe sahip olmaya çabaladı. Britanya, birkaç yüzyıldır, Avrupa'da kendinden daha büyük bir güç olmaması için çalışıyor. Bu politika AB üyeliğinde de devam etti, gelecekte de öyle olacak.

Britanyalılar coğrafi olarak güzel bir yerdeler. İyi tarım topraklarına, güzel nehirlere, denizlere ve balıkçılığa mükemmel erişime, Avrupa kıtasına ticaret yapılabilecek kadar yakınlığa, bir de ada olmanın verdiği korumaya sahip. Birleşik Krallık bazı zamanlarda komşuları savaşlar ve devrimlerle kavrulurken coğrafi konumuna şükretmişti.

Britanya'nın dünya savaşlarındaki tecrübeleri ve verdiği kayıplar azımsanamaz ama bunlar hem yirminci yüzyıl hem de öncesinde kıta Avrupa'sında olanlara kıyasla hafif kalıyor. Britanyalılar düzenli işgaller ve sınır değişikliklerinin tarihi ortak hafızasıyla birlikte yaşamaktan az da olsa uzak kaldılar.

Birleşik Krallık'ın son yüzyıldaki göreceli güvenliği sayesinde, Kanal'ın öteki yanındaki ülkelere kıyasla daha özgür ve despotluktan daha uzak bir yer olduğuna dair bir teori var. Bu teoriye göre "güçlü adam"lara veya diktatörlere daha az ihtiyaç duyulmuştu, ki bu da 1215'te Magna Carta'yla başlamış ve 1258'de Oxford Şartları'yla devam ederek demokrasinin bir çeşidini öteki ülkelerden çok önce getirmişti.

Bu ilginç bir nokta ama kanıtlanabilir bir yanı yok. İnkâr edilemeyecek kısımsa, adanın etrafındaki suyun ve toprağındaki ağaçların büyük bir donanma geliştirilmesine imkân tanıdığı ve Sanayi Devrimi'ni tetikleyen ekonomik durumların Büyük Britanya'yı küresel imparatorluğa taşıdığı. Britanya, Avrupa'daki en büyük ada olabilir ama büyük bir ülke değil. Gücünün on sekizinci, on dokuzuncu ve yirminci yüzyıllarda dünya çapındaki artışı çok büyük işti, her ne kadar o zamandan beri nüfuzunu kaybetse de.

Konumu, bu ülkeye hâlâ bazı stratejik avantajlar sağlıyor ki bunlardan biri de GİBK Aralığı (Grönland-İzlanda-Birleşik Krallık). Burası dünya çapındaki denizyollarının düğüm noktasıdır: Hürmüz Boğazı veya Malakka Boğazı kadar önemli değildir ama Birleşik Krallık'a Kuzey Atlantik'te geleneksel bir avantaj sağlamıştır. Belçika, Hollanda ve Fransa da dahil olmak üzere, kuzey Avrupa donanmalarının Atlantik'e ulaşmaları için alternatif rota İngiliz Kanalı'dır ama burası çok dardır –Dover Boğazı yalnızca 51,2 km genişliğinde– ve çok iyi savunulmaktadır. Arktik'ten gelen herhangi bir Rus askeri gemisinin de Atlantik'e çıkmak için GİBK'den geçmesi gerekiyor.

Bu stratejik avantaj, Kraliyet Donanması'nın azalan rolü ve gücüyle orantılı şekilde kayboldu ama bir savaş durumunda Birleşik Krallık bunu tekrar kullanabilir. 2014'teki İskoçya Bağımsızlık Referandumu'ndan Evet sonucu çıkabilirmiş gibi durduğunda Londra'nın paniğe kapılma nedenlerinden biri de GİBK'ydi. Kuzey Denizi ve Kuzey Atlantik'te güç kaybı büyük bir stratejik darbe ve Birleşik Krallık'ın zaten azalmış prestijinde bir leke olurdu.

Britanyalıların şu an sahip oldukları şey toplumsal bir büyüklük hatırası. Bu hatıra, adadaki birçok insanı şuna ikna ediyor: Eğer dünyada yapılacak bir iş varsa, Britanya da bunu yapacaklar arasında yer almalı. Britanya hâlâ Avrupa'nın içinde ama bir yandan da değil; bu konu henüz açıklığa kavuşmadı.

AB'ye katıldıktan kırk yıl sonra, Britanyalılar bu oluşumda kalıp kalmamak için bir referandum yapmaya karar verdiler. Halkı çıkış kapısına doğru iten iki ana konu birbiriyle bağlantılıydı: egemenlik ve göç. Tereddütlü kesimlerden de kısmen destek bulan AB karşıtlığı, Birleşik Krallık'ın üyeliği itibariyle uymak zorunda olduğu birlik kanunlarının çokluğu ve tarzlarıyla da arttı. Örneğin, Birleşik Krallık'ta ciddi suçlarla hüküm giymiş yabancı mahkûmların Avrupa Adalet Divanı kararı gereğince ülkesine iade edilememesi manşetlere çıkıyordu.

Aynı zamanda, hem Ortadoğu ve Afrika'dan ekonomik nedenlerle Avrupa'ya göçenler hem de mülteciler AB'ye olumsuz bakışları artırdı; bu insanların birçoğu Britanya'ya ulaşmaya çalışıyordu. Ada halkı da göçmen ve mültecilerin uğradıkları AB ülkelerince buna teşvik edildikleri kanısındaydı.

Mültecilere karşı önyargılar Avrupa'nın son yıllarda yaşadığı gibi ekonomik durgunluklarda hep yükselir. Bu durumun etkileri İngiliz kanalının karşı kısmında sağcı siyasi partilerin yükselişiyle net bir şekilde görüldü; milliyetçi hislerin popülerliği AB'yi yıpratmaya başladı.

İsveç'in elli yıldır ilk kez 2016'nın başında, Danimarka'dan gelen ziyaretçilerin belgelerini kontrol etmeye başlaması net bir örnek oldu. Bu, geniş Ortadoğu'dan Avrupa'nın kuzeyine akan çok sayıdaki mülteci ve göçmenlere, ayrıca Kasım 2015'te Paris'te yaşanan IŞİD saldırısına doğrudan bir karşılıktı. AB'nin yirmi altı ülkesinde sınır olmadan hareket edebilmeyi sağlayan Schengen Bölgesi fikren ağır darbeler aldı, çünkü farklı ülkeler farklı zamanlarda güvenlik bahaneleriyle sınır kontrollerini yeniden başlattılar. Bir tıkanıklık olmasından çekinen Danimarka da artık Almanya'dan gelen insanları kontrol etmeye başladı. Tüm bunların ekonomik bir bedeli var. Yolculuk yapmayı zorlaştıran bu durum "daima yakın birlik" kalıbına da hem fiziksel hem kavramsal bir saldırı. Bazı analistler göç seviyelerini düşürebilmek için yapılan önerilerden sonra bir "Avrupa Kalesi"nden söz etmeye başladılar, ama bunun dışında bir de "Ulus Devlet Kalesi"ne doğru bir akım da olduğunu gözden kaçırıyorlar.

Avrupa'nın geleneksel beyaz nüfusu grileşiyor. Nüfus tahminleri ters çevrilmiş piramitler gösteriyor: yaşlılar tepede, onlara bakacak veya vergi ödeyecek genç insanlarsa yetersiz sayıda ve aşağıda. Ancak, bu tahminler içinde büyüdüğü dünyadaki hızlı değişimlere ayak uydurmakta zorlanan yerli Avrupa nüfusu nezdinde göçmen karşıtlığının gücünü bir nebze olsun kıramadı.

Bu demografik değişim ulus devletlerin dış politikalarında, özellikle de Ortadoğu konusunda etkili oluyor. Örneğin Irak Savaşı ve İsrail/Filistin çatışması gibi konularda, birçok Avrupa hükümeti en azından politika üretirken Müslüman vatandaşlarının hislerini dikkate almak zorundalar.

Avrupa ülkelerinin karakterleri ve yerel sosyal normları da etkilendi. Kadın hakları ve kadınların örtünmesi, kutsal değerlere hakaret kanunları, ifade özgürlükleri ve diğer birçok konu Avrupa şehirlerine çok sayıda Müslümanın gelmesiyle tartışmaya açık hale geldi. Voltaire'in özdeyişi, *Fikirlerinize katılma-*

sam da onları ifade edebilmeniz için canımı veririm, bir zamanlar tartışmasız bir gerçekti. Artık, sırf ağzından çıkanlar *başkalarını gücendirdiği için* birçok insanın hayatını kaybetmesinden sonra, bu tartışma değişti. Dine hakaretin sınırı aşma ve hatta suç işleme kapsamına alınması gerektiği de çokça konuşulan bir fikir. Daha önce Voltaire'i tamamen destekleyebilecek olan liberallerin aksine, kıtada artık görelilik taraftarlığı gölgesi var. 2015'te Fransız hiciv dergisi *Charlie Hebdo* çalışanlarının katledilmesi geniş kitlelerden ciddi tepkiler görmüştü ama liberallerden gelen kınamaların bazı kısımlarında "karikatüristler de fazla ileri gitmiş olabilir" vurgusu hissediliyordu. Bu da Avrupa'nın modern çağı için yeni bir şey ve kültür savaşlarının bir parçası. Avrupa'nın siyasi kurumları aleyhindeki tutumları körükleyen de işte bu savaşlar.

NATO da Avrupa Birliği'yle aynı zamanlarda etkinliğini yitirmeye başlıyor. İki kurum da kurtarılabilir durumda ama aksi takdirde zamanla işlevsiz ve gereksiz kaçacaklarmış gibi duruyorlar. Bu noktada bağımsız ulus devletlere dönüş ve güçler dengesi içinde aranan ittifaklara dönüş olur. Almanlar bir kez daha Ruslar ve Fransızlar tarafından sıkıştırılmaktan korkar, Fransızlar kendilerinden büyük komşularından yine ürkerler, ve yirminci yüzyılın başını bir daha yaşarız.

Bu senaryo Fransızlar için bir kâbus. Almanya'nın AB'ye başarılı şekilde dahil edilmesini sağlamasından sonra, lideri olmayı beklediği ortaklıkta ikincilik rolünü aldığını anlayan Paris çözebilecek gibi görünmediği bir sorunla karşı karşıya. Avrupa'da kararları Berlin'in aldığını sessizce kabul etmezse birliği daha da zayıflatabilir; Alman liderliğine biat ederse de kendi gücünü yok eder.

Fransa bağımsız bir dış politika geliştirebilecek kapasitede. Nükleer gücünün caydırıcılığı, denizaşırı bölgeleri ve uçak gemileriyle desteklenen silahlı kuvvetleriyle dışişlerinde bağımsız davranan Fransa, elbette, doğusunun güvende olduğunu ve gözlerini rahatça ufka dikebileceğini bildiği için bunu yapabiliyor.

Hem Fransa hem Almanya şu an birliği bir arada tutabilmek için çalışıyor. İki ülke birbirini doğal ortak görüyor. Ama sadece Almanya'nın B planı var: Rusya.

Soğuk Savaş'ın sonunda birçok Avrupa ülkesi savunma giderlerini kıstı ve askeri güçlerini sınırlandırdı. 2008'deki Rus-Gürcü savaşı ve 2014'te Kırım'ın işgaliyse Avrupa'nın eskilerden kalma sorunlarını tekrar akla getirdi.

Ruslar artık Avrupa hava savunma sistemlerini test etmek için sürekli uçuşlar düzenliyorlar ve Güney Osetya, Abhazya, Kırım, Transdinyester ve Doğu Ukrayna gibi yerlerde oyalanıyorlar. Baltık ülkelerindeki etnik Ruslarla bağlarını koparmıyorlar ve Baltık Denizi'ndeki Kaliningrad Eksklavı'na hâlâ sahipler.

Avrupalılar savunma harcamalarını ciddi ciddi tekrar hesaplamaya başladılar ama kullanabilecekleri o kadar fazla paraları yok ve almaları gereken ciddi kararlar var. Bu kararlar hakkında tartışmalar sürerken, haritaların tozu alınıyor ve diplomatlarla askeri stratejistler görüyorlar ki, Şarlman, Napolyon, Hitler ve Sovyetlerin aksine, Kuzey Avrupa Ovası, Karpatlar, Baltık ve Kuzey Denizleri yerli yerinde duruyorlar.

Of Paradise and Power adlı kitabında, Robert Kagan Batı Avrupalıların cennette yaşadıklarını, buna karşın güç dünyasına çıktıklarında cennetin kurallarıyla hareket etmeye çalışmaya kalkışmamaları gerektiğini yazdı. Belki de avro krizi ortadan kalktığında, Avrupalılar etraflarına bakınca gerilemelerinin mümkün olduğuna inanmayacaklar. Ama tarih bize her şeyin yirmi-otuz yılda ne kadar değişebileceğini, coğrafya da insanlar "doğa kurallarını" sürekli yıkmaya çalıştıklarında kuralların onları yıkacağını açıkça gösteriyor.

1998'de Almanya Şansölyeliği'nden ayrılırken Helmut Kohl da bunu söylemeye çalışmıştı. İkinci Dünya Savaşı'nı ve savaşın getirdiği korkuları gören son Alman lider olarak, 2012'de Almanya'nın en çok satan günlük gazetesi *Bild*'e verdiği röportajda, mali kriz nedeniyle günümüz liderlerinin birliği sürdürmeye hevesli olmayabileceklerinden endişelendiğini söylüyordu: "Birliğin kuruluşunu bizzat yaşamayanlar ve özellikle de günümüz krizinde Avrupa'nın bir olmasının nasıl bir fayda sağlayacağını soranlar için, Avrupa'nın daha önce örneği görülmeyen altmış beş yıllık barışına ve hâlâ uğraştığımız onca soruna ve zorluğa karşın cevap şu: Barış."

BÖLÜM 5

AFRİKA

"Hep imkânsız görünür, ta ki yapılana kadar."
Nelson Mandela

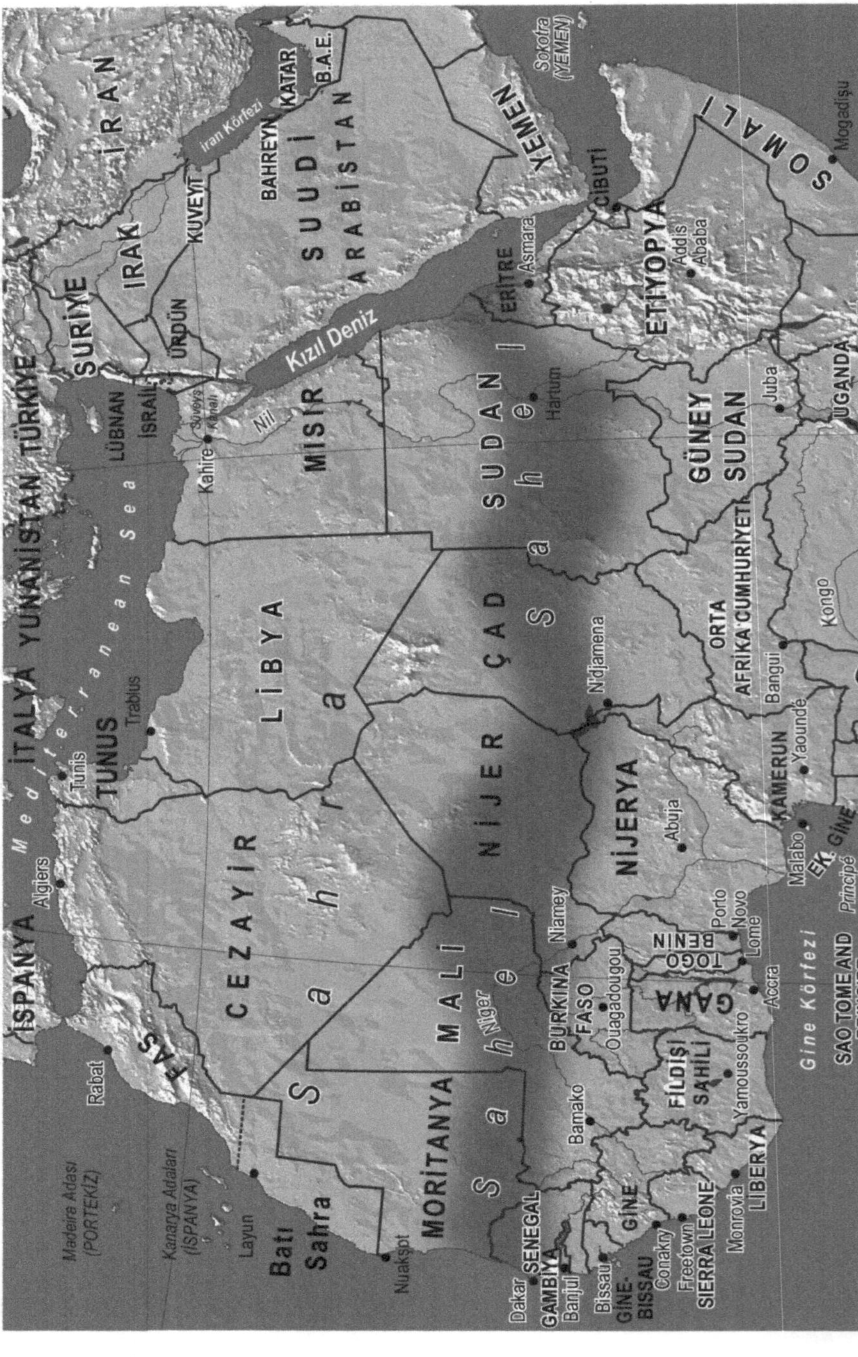

İSPANYA
İTALYA
YUNANİSTAN
TÜRKİYE
SURİYE
IRAK
İRAN
KUVEYT
BAHREYN
KATAR
B.A.E.
İran Körfezi
SUUDİ ARABİSTAN
YEMEN
Sokotra (YEMEN)
ÜRDÜN
LÜBNAN
İSRAİL
Süveyş Kanalı
Kızıl Deniz
Mediterranean Sea
Kahire
Nil
MISIR
SUDAN
Hartum
ERİTRE
Asmara
CİBUTİ
ETİYOPYA
Addis Ababa
SOMALİ
Mogadişu
GÜNEY SUDAN
Juba
UGANDA
Kongo
ORTA AFRİKA CUMHURİYETİ
Bangui
KAMERUN
Yaoundé
Malabo
EK. GİNE
Principe
SAO TOME AND
Gine Körfezi
NİJERYA
Abuja
N'djamena
ÇAD
NİJER
Niamey
LİBYA
Trablus
TUNUS
Tunis
CEZAYİR
Algiers
Sahra
Sahel
FAS
Rabat
Madeira Adası (PORTEKİZ)
Kanarya Adaları (İSPANYA)
Layun
Batı Sahra
Nuakşot
MORİTANYA
MALİ
Niger
Bamako
BURKİNA FASO
Ouagadougou
BENİN
Porto Novo
TOGO
Lomé
GANA
Accra
FİLDİŞİ SAHİLİ
Yamoussoukro
LİBERYA
Monrovia
SIERRA LEONE
Freetown
GİNE
Conakry
GİNE-BISSAU
Bissau
GAMBİYA
Banjul
SENEGAL
Dakar

ATLANTİK OKYANUSU
OKYANUSU
Cabinda (ANGOLA)
Brazzaville
Kinshasa
CUMHURİYETİ
Luanda
ANGOLA
NAMİBYA
Windhoek
BOTSVANA
Kalahari Desert
Gaborone
ZAMBİYA
Lusaka
Zambezi
ZİMBABVE
Harare
Limpopo
MALAVİ
Lilongwe
BURUNDİ
Lake Tanganyika
Dodoma
Bagamoyo
Darüsselam
TANZANYA
Lake Nyasa
Pemba Adası
Zanzibar Adası
COMORLAR
Moroni
Mayotte Is. (FRANCE)
MADAGASKAR
Antananariyo
Port Louis
MAURITIUS
Mozambik Kanalı
MOZAMBİK
Maputo
Mbabane
SVAZİLAND
LESOTHO
Maseru
Durban
Pretoria
Johannesburg
Bloemfontein
GÜNEY AFRİKA CUMHURİYETİ
East London
Port Elizabeth
Cape Town
1000 mil
1000 km
Ülke Sınırı
Tartışmalı Sınır
Sahel

Afrika kıyıları? Harika kumsallar, gerçekten aşırı güzel kumsallar ama berbat doğal limanlar. Nehirler? Büyüleyici nehirler var gerçekten ama çoğu üzerinde herhangi bir taşımacılık yapılmasına elverişli değil, çünkü her birkaç kilometrede bir şelaleye denk geliyorsunuz. Bunlar Afrika'nın neden Batı Avrupa veya Kuzey Amerika kadar teknolojik veya politik açıdan gelişmediğini açıklamaya yardım eden faktörlerden yalnızca ikisi.

Başarısız olan birçok bölge var ama Afrika kadarı neredeyse yok, hem de 200.000 yıl önce *Homo sapiens*'in ilk örneklerinin görülmesi gibi bir avantajı olmasına rağmen. Dilinin sadeliğiyle bilinen yazarlardan biri olan Jared Diamond, 2005'te *National Geographic*'e yazdığı mükemmel makalede, şu yorumu yaptı: "Mahalleden ilk kaçandan beklenenin tam tersi bir örnek var burada." Ancak, ilk kaçanlar Sahra Çölü, Hint ve Atlantik Okyanusları ile diğer herkesten ayrıldılar. Neredeyse tüm Afrika fikirlerin ve teknolojinin doğudan batıya, batıdan doğuya paylaşıldığı ama kuzeyden güneye akış olmayan Avrasya kıta parçasından izole halde büyüdü.

Devasa bir kıta olan Afrika her zaman farklı bölgelere, iklimlere ve kültürlere ev sahipliği yaptı ama hepsinin ortak özelliği birbirlerinden ve dış dünyadan kopuk olmalarıydı. Durum artık eskisi kadar vahim olmasa da miras devam ediyor.

Dünyada genellikle Afrika coğrafyası hakkında yanlış bir kanı var. Çok az insan buranın ne kadar büyük olduğunu biliyor. Bunun nedeni de çoğumuzun standart Mercator haritası kullanması. Diğer haritalar gibi, Mercator da bir küreyi düz bir yüzeyde betimliyor, yani şekilleri bozuyor. Afrika çoğu zaman gösterildiğinden çok daha büyük, ki bu da Ümit Burnu'nun etrafından dolaşılmasının aslında ne kadar büyük bir başarı olduğunu gösteriyor, ayrıca Süveyş Kanalı'nın dünya ticareti için önemini hatırlatıyor. Ümit Burnu'nun etrafından dolaşmak muazzam bir başarıydı ama bunu yapmak önemsizleştiğinde, Batı Avrupa'dan Hindistan'a ulaşan deniz yolculuğu 9.500 km kısaldı.

Bir dünya haritasına bakıp Alaska'yı California'ya yapıştırdıktan sonra ABD'yi tersyüz ederseniz, kıta sanki birkaç girinti çıkıntı hariç Afrika kıyılarına uyumlu gibi olur. Afrika aslında ABD'den üç kat daha büyüktür. Standart Mercator haritasına bir kez daha bakarsanız, Grönland'ın Afrika'yla aynı büyüklükte olduğunu görürsünüz ama Afrika aslında Grönland'ın on dört katıdır! ABD, Grönland, Hindistan, Çin, İspanya, Fransa, Almanya ve Birleşik Krallık'ı Afrika'ya sığdırabilirsiniz ve geriye Doğu Avrupa'nın çoğu kısmı için hâlâ yer kalır. Afrika'nın devasa bir kara parçası olduğunu biliyoruz ama haritalar genellikle kıtanın hakkını veremiyor.

Bu dev kıtanın coğrafyası çeşitli yollarla açıklanabilir ama en basiti Afrika'yı üstteki üçte birlik kısmı ve altta kalan kısmı olarak düşünmektir.

Tepedeki üçte birlik kısım Kuzey Afrika'daki Arapça konuşan ülkelerin Akdeniz kıyılarıyla başlar. Kıyı ovaları, kısa süre sonra, ABD'ninkine yaklaşan yüzölçümüyle dünyanın en büyük sıcak çölü olan Sahra Çölü'ne bağlanır. Sahra'nın hemen altında Sahel bölgesi bulunur: En geniş yerinde 4.500 km'ye ulaşan, Atlantik kıyısındaki Gambiya'dan Nijer ve Çad'ın içinden geçerek Kızıldeniz'deki Eritre'ye uzanan, yarı kurak, kayalık, kumlu bir arazi. Arapça sahil kelimesinden türeyen Sahel gerçekten de Sahra'nın devasa kum denizinin kıyısı olarak görülüyor. Burası başka türlü bir kıyı, çünkü öteki yanında İslam etkisi yok oluyor. Sahel'den Akdeniz'e kadar uzanan topraklarda, insanların büyük kısmı Müslüman. Güneydeyse dinsel çeşitlilik çok artıyor.

Gerçekten de Sahel'in güneyinde, yani Afrika'nın altta kalan üçte ikilik kısmında, birçok konuda çeşitlilik daha fazla. Topraklar daha ılık ve beliren yeşil bitkiler Kongo'ya ve Orta Afrika

Cumhuriyeti'ne yaklaşılırken ormana dönüşüyor. Doğu kıyısı yakınlarında Uganda ve Tanzanya'nın büyük gölleri var. Batıdaki Angola ve Namibya'daysa çöller tekrar beliriyor. Güney Afrika'nın ucuna ulaşabildiğimizde tekrar "Akdeniz" iklimine dönüyoruz, her ne kadar Akdeniz kıyısındaki Tunus'un en kuzey noktasından 8.000 km güneye gelmiş olsak da.

İnsanın kökeni Afrika'dan geldiğine göre, hepimiz Afrikalıyız. Tabii, M.Ö. 8000'de Ortadoğu ve Akdeniz bölgelerine göç eden atalarımız bir süre sonra seyahat tutkularını kaybederek yerleşik hayata geçti, tarıma başladı ve sonunda kasabalarla şehirleri oluşturarak yarışın kurallarını değiştirdi.

Ama Afrika'daki bitkilerin çok azı, hayvanların daha da azı evcilleştirilebiliyordu. Toprakların çoğu orman, bataklık, çöl veya kenarları çok eğimli platolardan oluşuyordu ve bu arazilerin hiçbiri tahıl, pirinç üretimine izin vermiyordu ve koyun sürülerini beslemeye elverişli değildi. Afrika'nın gergedanları, ceylanları, zürafaları inatla yük hayvanı olmayı reddediyorlardı – Diamond bunu şu meşhur ifadelerle belirtmiştir: "Afrika orduları eğer çiftlik zürafası eti yeseydi ve arkalarında devasa gergedanlara binmiş süvarilerle korunuyor olsaydı, Avrupa'ya girerek koyun etiyle beslenip zayıf atlara binen askerleri mahveder, bambaşka bir tarih yazarlardı." Ama ortak hikâyemizde Afrika'nın önden gidişi kıtayı günümüzde bile geri bırakan bir şeyin gelişmesi için zaman tanıdı: Sıcaklığın etkisiyle oluşan, kalabalık yaşamın ve zayıf sağlık hizmetlerinin etkisiyle yayılan sıtma, sarı humma gibi tehlikeli hastalıklar. Dünyanın diğer bölgelerinde de benzer durumlar görülse de, özellikle Sahra-altı Afrika'sı HIV benzeri bu hastalıklardan çok darbe aldı ve sivrisineklerin, çeçe sineklerinin çokluğu başlı başına bir sorun.

Kıta nehirlerinin büyük kısmı da sorunlu, çünkü yükseklerde başlıyorlar ve üzerlerinde yolculuğu çok zorlaştıran ani düşüşlerle devam ediyorlar. Örneğin, 2.500 km ile Afrika'nın en uzun dördüncü nehri Zambezi, beyaz sularının akış hızıyla ve Viktorya Şelalesi'yle turistlerin büyük ilgisini çekiyor olabilir, ama ticaret yolu olarak kullanımı çok sınırlı. Altı ülkeden geçen Zambezi 1493 metreden deniz seviyesine, Mozambik'teki Hint Okyanusu'na ulaşıyor. Bazı kısımlarında sığ teknelerle yolculuk edilebiliyor ama bu kısımlar birbirleriyle bağlantılı değil, yani yük taşımacılığı sınırlı.

Avrupa'daki Tuna ve Ren nehirlerinin aksine, Zambezi Nehri'nin bu dezavantajı bölgelerin iletişimini ve ticaretini engelliyor; dolayısıyla da ekonomik gelişim veya geniş ticaret sahaları kurulması mümkün olmuyor. Nijer, Kongo, Zambezi, Nil ve kıtanın diğer büyük nehirleri birbirleriyle bağlanmıyor ve bu ayrıklığın insanlarla da ilgisi var. Rusya, Çin ve ABD'nin büyük topraklarında ticarete olanak sağlayan birleştirici bir dil konuşulurken, Afrika'da binlerce dil mevcut ve benzer boyuttaki alanlara söz geçirebilecek tekil bir kültür ortaya çıkmamış. Öte yandan Avrupa, bir *lingua franca*, yani "ortak dil" bulunabilecek kadar küçüktü ve coğrafya da etkileşime imkân tanıyordu.

Teknolojik olarak üretimi yüksek ülkeler ortaya çıkmış olsaydı bile, kıtanın büyük kısmı yine de dünyanın geri kalanıyla bağlantı kurmakta zorlanırdı; çünkü kıtanın büyük kısmının etrafı Hint, Atlantik Okyanusları ve Sahra Çölü'yle çevrili durumda. Fikir ve teknoloji değiş tokuşu Sahra-altı bölgesine binlerce yıl ulaşmadı. Buna rağmen, M.S. 6. yüzyıldan sonra bazı Afrika imparatorlukları ve şehir devletleri ortaya çıktı; örneğin Mali İmparatorluğu (13-16. yüzyıl) ve Zambezi ile Limpopo nehirleri arasında yer alan Büyük Zimbabve şehir devleti (11–15. yüzyıl). Ancak bu ve benzeri devletler göreceli olarak küçük bölgesel bloklarla sınırlıydılar ve kıtada ortaya çıkan sayısız kültürün siyasi bakımdan sofistike olması mümkünken, coğrafi şartlar teknolojik gelişime ket vurdu: Dış dünya tüm gücüyle geldiğinde, birçoğu henüz yazı yazmayı, kâğıdı, barutu veya tekerleği bulmamıştı.

Ortadoğu'dan ve Akdeniz'den gelen tüccarlar yaklaşık iki bin yıl önce deve kullanımının başlamasından beri Sahra'da iş yapıyorlar, en çok da oradaki büyük tuz kaynağından faydalanmak için; ama bu sahne ancak M.S. 7. yüzyıldaki Arap işgalleriyle birlikte güneye kaymaya hazır oldu. Dokuzuncu yüzyılda Sahra'yı geçen Araplar, on birinci yüzyılda günümüz Nijerya'sına kadar olan topraklara egemen oldular. Aynı zamanda doğu kıyısından da gelen Araplar, bugünün Tanzanya'sındaki Zanzibar ve Darüsselam gibi yerleri de ele geçirmişlerdi.

Avrupalılar, on beşinci yüzyıl sonunda batı kıyısından geldiklerinde, gemileri için az sayıda doğal liman buldular. Sivri kıyıların derin doğal limanlar yarattığı Avrupa ve Kuzey Amerika'nın aksine, Afrika kıyılarının büyük kısmı pürüzsüzdür. Avrupalılar kıyıya çıktıklarındaysa, nehirlerin ulaşıma elverişsiz olması, iklim sorunları ve hastalıklar yüzünden iç bölgelere 150 km'den daha fazla girmeyi başaramadılar.

Önce Araplar, sonra da Avrupalılar, yanlarında getirdikleri teknolojiyi büyük ölçüde kendileri için kullandılar ve değerli buldukları her şeyi –doğal kaynaklar ve insanlar– alıp götürdüler.

Kölelik diğer kıtalardaki insanların Afrika'ya tekrar uğramasından çok önce ortaya çıkan bir şeydi. Sahel'deki tüccarlar, bölgenin zamanında en kıymetli emtiası olan tuzu büyük miktarlarda taşımak için binlerce köle kullandılar ama onları gönüllü olarak sahile kadar getiren kabile liderleriyle köle alım sözleşmeleri yapma işi önce Araplardan çıktı. On beş ila on altıncı yüzyıllarda, Osmanlı İmparatorluğu'nun gücünün zirve yaptığı dönemde, yüz binlerce Afrikalı (çoğu Sudan bölgesinden) İstanbul, Kahire, Şam ve Arap topraklarında çeşitli yerlere götürülmüştü. Onları hemen takip eden Avrupalılar batı kıyısından demir alan köle gemilerine getirilen insanlara duyulan iştah ve gösterilen kötü muamele konusunda Arapları ve Türkleri geride bıraktılar.

Londra, Paris, Brüksel ve Lizbon gibi büyük başkentlerde, insanlar Afrika'nın girinti çıkıntılarını gösteren haritaları alıp üstüne çizgiler çizmeye başladılar. Bu çizgilerin arasına "Orta Kongo", "Üst Volta" gibi isimler yazıp buraları ülke olarak belirlemeye başladılar. Çizgiler, aralarında yaşayan insanların benzerlikleri veya kendilerini idare şekillerinden çok, hangi gücün kâşifleri, askeri güçleri ve işadamlarının harita üzerinde daha çok ilerlediğini gösteriyordu. Birçok Afrikalı, Avrupalıların o zamanlar çizdikleri politik coğrafyanın ve ilerlemenin önündeki doğal engellerin mahkûmudur. İçinde bulundukları durumda kendilerine modern bir ev ve bazı yerlerde canlı, birleşik ekonomiler üretiyorlar.

Afrika'da şu an 56 ülke var. Yirminci yüzyılın ortasında bağımsızlık yönünde esen "değişim rüzgârları"ndan beri, çizgilerin arasındaki bazı sözcükler değişti –eski Rodezya artık Zimbabve oldu– ama sınırlar şaşırtıcı şekilde genelde aynı. Çizgilerin çoğu çizildikleri zamankiyle aynı ayrımları gösteriyor ve bu resmi ayrımlar sömürgeciliğin bu kıtaya bıraktığı birçok mirastan yalnızca biri.

Sudan, Somali, Kenya, Angola, Demokratik Kongo Cumhuriyeti, Nijerya, Mali ve diğer ülkelerdeki etnik çatışmalar Avrupa'nın coğrafya konusundaki fikirlerinin Afrika nüfus yapısına uymadığını gösteriyor. Bu çatışmalar hep var olabilirdi: Zulu ve Xhoza halkları, Avrupalıların gelmesinden çok önceden beri kavgalıydılar. Ama sömürgecilik bu farkların yapay bir oluşum içinde çözülmesini şart koştu: Avrupa tarzı bir ulus devletle. Günümüzdeki iç savaşların bir nedeni de sömürgecilerin farklı milletlere hitap ederek tek ülke içinde tek millet olduklarını söylemiş olmaları ve bunlar Afrika'dan kovulduktan sonra da her şeye hâkim olmaya çalışan baskın topluluğun şiddete başvurmasıdır.

Libya'yı ele alalım: Henüz çok genç sayılabilecek ve ilk sınavında önceki haline, yani üç özgün coğrafi bölgeye bölünen yapay bir oluşum. Antik Yunan zamanında, batıda buraya Tripolitanya denirdi. (Yunanca *tri polis*, üç şehir; o da sonradan Tripoli, yani Trablus halini aldı). Doğuda, Bingazi merkezli ve Çad sınırına kadar uzanan bölge, hem Yunan hem Roma zamanlarında Sirenayka olarak bilinirdi. Bu ikisinin altında, şu an ülkenin güneybatı ucunda kalan da Fizan Bölgesi.

Tripolitanya her zaman kuzey ve kuzey batıdaydı, güneydeki Avrupalı komşularıyla ticaret yapıyordu. Sirenayka hep doğudaki Mısır'a ve Arap topraklarına baktı. Bingazi bölgesi kıyısındaki akıntı bile tekneleri doğal olarak doğuya götürür. Fizan ise, geleneksel olarak, bu iki kıyı topluluğuyla çok az ortak noktası olan göçebelerin toprağıydı.

Yunanlar, Romalılar ve Türkler bu bölgeye işte böyle hükmettiler; buranın insanları asırlar boyunca kendileri hakkında böyle düşündüler. Avrupalıların bir asırlık bile tarihi olmayan Libya'sının hayatta kalması zor; hatta ülkedeki çok sayıda İslamcı gruplardan biri "Sirenayka Emirliği"ni ilan etti bile. Bu, kalıcı bir yönetim olmasa da, bölgenin nasıl yaratıldığı konusunda güzel bir örnek veriyor.

Ancak, Avrupalıların en büyük "çizgi çekme" başarısızlıklarından biri de kıtanın ortasında duruyor: Demokratik Kongo Cumhuriyeti adındaki dev kara delik. Joseph Conrad'ın *Karanlığın Yüreği* adlı kitabının geçtiği bu yer gerçekten de savaşın karanlığıyla lekeli kalmış bir ülke. DKC zorla uygulanan yapay sınırların ne kadar zayıf, bölünmüş, iç çatışmalarla dolu ve madensel zenginlikleri nedeniyle dış güçler tarafından sömürüye mahkûm bir ülke yaratabileceğinin net bir örneği.

DKC, "gelişen dünya" teriminin modern ve sanayileşmiş dünyaya ait olmayan her ülkeyi anlatmak için neden yüzeysel kaçtığını da gösteriyor. DKC gelişmiyor veya buna dair herhangi bir emare göstermiyor. DKC asla tek parça olmamalıydı, çoktan dağıldı ve 1990'ların sonundan beri çıkan savaşlarda 6 milyonun üzerinde insan ölmesine rağmen dünya üzerinde çatışmaları en fazla hafife alınan savaş bölgesi burası.

DKC demokratik değil, cumhuriyet de değil. Afrika'nın en büyük ikinci ülkesi, 75 milyona yakın nüfusu olduğu söyleniyor ama iç karışıklıktan dolayı bu bilgiye güvenilmesi zor. Almanya, Fransa ve İspanya'nın toplamından büyük olan bu ülke, Amazon'dan sonra dünyanın en büyüğü olan Kongo Yağmur Ormanı'na da sahip.

Halk iki yüzün üzerinde etnik gruba ayrılmış durumda ve bu gruplardan en büyüğü Bantu. Birkaç yüz farklı dil var ama Fransızcanın yaygın olarak konuşulması bu sorunu bir yere kadar hallediyor. Fransızca DKC'nin Belçika sömürgesi olarak geçirdiği yıllardan kalma (1908-1960) ve ondan önce, Belçika Kralı Leopold burayı doğal kaynaklarını sömürüp kendi cebini doldurmak için şahsi toprakları olarak kullanıyordu. Britanya ve Fransa'nınkileri oldukça zararsız çıkaran Belçika sömürge yönetimi baştan sona acımasızlık doluydu. Ülke sakinlerine yardımcı olması için altyapı kurulması için de çok az talep oldu. 1960'ta Belçikalılar buradan gittiğinde, geride ayakta kalması ihtimali sıfıra yakın bir ülke bıraktılar.

İç savaşlar hemen başladı ve daha sonra, DKC küresel Soğuk Savaş'ta kan revan içinde bir figüran rolüne girerken, şiddetlendi. Başkent Kinşasa'daki hükümet, Angola'daki savaşta isyancıları destekledi ve ABD'nin dikkatini çekti, çünkü onlar da komünist Angola hükümetine karşıydı. İki taraf da yüz milyonlarca dolarlık silah yağdırdı.

Soğuk Savaş sona erdiğinde, iki büyük güç de o zamanki adıyla Zaire'yle pek ilgilenmedi ve ülke ağır aksak, doğal kaynaklarının gücüyle yoluna devam etti. Güney ve doğusundan DKC topraklarına doğru kıvrılan Rift Vadisi, özellikle de Katanga Bölgesi'nde, muazzam miktarlarda kobalt, bakır, elmas, altın, gümüş, çinko, kömür, manganez ve çeşitli mineraller içeriyor.

Kral Leopold günlerinde, dünyanın bu bölgeye motorlu araba lastiği üretimi için ihtiyacı vardı; şimdiyse Çin Kongo ihracatının yarısını satın alıyor ama Kongolular hâlâ fakirlik içinde. 2014'te Birleşmiş Milletler İnsani Gelişim Endeksi Demokratik Kongo Cumhuriyeti'ni 187 ülke arasından 186. sıraya koydu; listedeki son on sekiz ülke Afrika'dandı.

Kaynakları bu kadar fazla ve yüzölçümü bu kadar geniş olduğu için, herkes DKC'den bir ısırık almak istiyor, ki bu da merkezi otoritesi istikrarlı olmayan ülkenin direncini iyice düşürüyor.

Ülkenin etrafında toplam dokuz ülke var. DKC'nin çektiği ıstırapta hepsinin ayrı bir rolü var – Kongo savaşlarının "Afrika'nın dünya savaşı" olarak adlandırılma sebeplerinden biri de bu. Güneyde Angola, kuzeyde Kongo Cumhuriyeti ve Orta Afrika Cumhuriyeti, doğuda Uganda, Ruanda, Burundi, Tanzanya ve Zambiya bulunuyor. Savaşların kökleri onlarca yıl önceye dayanıyor ama en kötü zamanları 1994'te Ruanda'yı vuran felaketle tetiklenerek batıya doğru yayıldı.

Ruanda soykırımından sonra, hayatta kalan Tutsiler ve ılımlı Hutular, başında Tutsilerin olduğu bir hükümet kurdular. Hutu milislerinin ölüm makineleri, Interahamweler, doğu DKC'ye kaçtılar ama Ruanda sınırlarını bombaladılar. Ayrıca DKC ordusunun bazı kısımlarıyla da işbirliği yaparak, Ruanda sınırı yakınlarında yaşayan DKC Tutsilerini öldürdüler. Ruanda ve Uganda orduları, Burundi ve Eritre'nin de desteğiyle, DKC'ye savaş açtılar. Muhalif milislerle ittifak yapan işgalciler Interahamwelere saldırdılar ve DKC hükümetini düşürdüler. Ülkenin doğal zenginliğinin büyük kısmını kontrol altına aldılar ve özellikle de Ruanda cep telefonu ve bilgisayar çiplerinin yapımında kullanılan "koltan" madeninden tonlarca alarak geri döndü. Ama hükümet güçleri pes etmediler ve Angola, Namibya, Zimbabve'nin katılımıyla savaşa devam ettiler. Ülke dev bir savaş alanına döndü, çatışmalarda yirminin üstünde grup yer aldı.

En düşük tahmine göre, savaşlarda on binlerce insan öldü; hastalık ve açlık ise ayrıca 6 milyon kişinin canına mal oldu. BM tahminlerine göre, kurbanlardan yarısı beş yaşın altındaki çocuklardan oluşuyor.

Son yıllarda çatışmaların şiddeti kesildi ama İkinci Dünya Savaşı'ndan beri dünyanın en ölümcül çatışmasına en sahipliği yapan DKC topyekûn savaşa girip dağılmamak için hâlâ BM'nin en büyük barış gücüne ihtiyaç duyuyor. Ülkenin parçaları ancak mantıklı ve barışçıl bir yöntemle bir araya getirilebilene kadar ayrı tutulabiliyor. Avrupalı sömürgecilerin yarattığı bu tavuksuz yumurta tüm kıtayı lanetleyen bir mantıksızlık abidesi.

Burundi de başka bir örnek. 2015 boyunca süren etnik kökenli gerilimler 2016'da daha da kötü bir hal aldı. Şu an Tanzanya olan yere de hâkim durumdaki Alman Doğu Afrikası'nın bir parçası olan Burundi Birinci Dünya Savaşı'ndan sonra Belçika ile Birleşik Krallık arasında paylaşılmış, 1945 ile bağımsızlığını kazandığı 1962 arasındaysa Belçika tarafından yönetilmişti.

Belçikalılar, Hutulara hükmetmeleri için Tutsi halkını kullandılar ve nüfusun yalnızca %15'i olmalarına rağmen Tutsiler hâlâ siyasi, ekonomik ve askeri kontrolleri ellerinde tutuyorlar. 1993'ten 2005'e kadar süren iç savaşta 300.000'in üzerinde insan öldü. 2015'te Başkan Pierre Nkurunziza'nın üçüncü kez seçilebilmek için anayasayı kendine göre yorumlamasının ardından şiddet seviyesi yine artmaya başladı. Temmuz 2015'teki Afrika turu sırasında, "Liderler görev süreleri dolduğunda koltuklarını bırakmazlarsa kıtanın ilerlemesi mümkün olmayacak. ... Bazen liderlerin, "Ben bu ülkeyi bir arada tutabilecek tek kişiyim," dediklerini duyacaksınız. Eğer bu laf doğruysa, o halde o lider ülkeyi geliştirme konusunda gerçekten başarısız olmuştur," diyerek Afrikalı liderleri eleştiren Obama'nın aklında pek de bu yoktu. O daha çok Afrika'nın sömürgecilikten kalma mirasını ve günümüz liderlerinin bu mirasın çözümü yerine sorunun parçası olmalarını kastetmişti.

Afrika, kaynaklarınca hem lanetlenmiş hem de kutsanmış bir yer. Doğal kaynaklarının çokluğu dış güçlerin uzun süredir bunları talan etmesiyle lanete dönüşebiliyor. Son yıllarda Afrika'daki ulus devletler bu doğal zenginliklerin bir kısmında pay iddia edebildiler ve yabancı ülkeler artık çalmaktan çok yatırım yapmaya çalışıyorlar ama halkların bu işten kâr ettiği yine pek olmuyor.

Doğal mineral zenginliğine ek olarak, Afrika aynı zamanda bir sürü büyük nehirle kutsanmış bir yer. Bu nehirler ticarete elverişli olmasa da hidroelektrik için uygunlar. Ama bu nehirler de başka bir çatışma sebebi.

Dünyanın en uzun nehri olan Nil (6.600 km) havzasında olduğu kabul edilen on ülkeyi etkiliyor: Burundi, DKC, Eritre, Etiyopya, Kenya, Ruanda, Sudan, Tanzanya, Uganda ve Mısır. M.Ö. 5. yüzyıl civarında, tarihçi Heredotos'un şöyle bir sözü vardır: "Mısır Nil'dir, Nil de Mısır." Bu hâlâ doğru ve Nil'in Mısır'dan geçen 1.100 km uzunluğunda, taşımacılığa uygun kısmına giden ikmal, ülkeyi hep endişelendiriyor – gerekirse savaşa sokabilecek kadar. Nil olmasaydı orada hiç kimse olmazdı. Mısır büyük bir ülke olabilir ama 84 milyonluk büyük nüfusunun çoğunluğu Nil'e bir kilometre uzakta yaşıyor. İnsanların toplandıkları alan yalnız başına düşünülünce, Mısır dünyanın en sık nüfuslu ülkelerinden biri oluyor.

Avrupalılar çamurdan kulübelerde yaşarken Mısır'ın bir ulus devlet olduğunu söyleyebiliriz ama yalnızca bölgesel bir güç konumundaydı. Üç tarafından çöllerle korunan ülke, Akdeniz'de büyük bir güç olabilirdi ama bir sorunu vardı. Mısır'da neredeyse hiç ağaç yetişmez ve tarihin büyük kısmı boyunca ağacınız olmadığı sürece gücünüzü koruyacak bir donanma sahibi de olamazdınız. Mısır'ın her zaman bir donanması oldu –Lübnan'dan büyük masraflarla ithal edilen sedir ağaçlarından gemiler yapılırdı– ama bu asla bir mavi su donanması olmadı.

Günümüzdeki Mısır, Amerika'nın da desteğiyle, Arap ülkelerinin en güçlü silahlı kuvvetlerine sahip ama hâlâ çöllerle, denizle ve İsrail'le yaptığı barış anlaşmasıyla çevrelenmiş durumda. Bir yandan 84 milyonu her gün beslemeye çalışıp, diğer yandan, özellikle de Sina'da, İslamcı isyanla boğuşurken, haber bültenlerinde boy göstermekten geri kalmayacaklar. Ayrıca her gün içinden dünya ticaretinin %8'i (petrolün yaklaşık %2,5'i) geçen Süveyş Kanalı da Mısır'ın korumasında; kanal kapandığında Avrupa'ya ulaşım on beş, ABD'ye on gün sürer ve masraflar da orantılı şekilde artar.

Bu zamana dek İsrail'le beş savaş yapmış olmasına rağmen, Mısır'ın bundan sonraki çatışması Etiyopya'yla Nil konusunda yaşanacak gibi duruyor. Kıtanın en eski ülkelerinden ikisi güçlü ordularıyla bölgenin ana su kaynağı konusunda karşı karşıya gelebilirler.

Etiyopya'da başlayan Mavi Nil ve Beyaz Nil, Sudan'ın başkenti Hartum'da birleşip Nübye Çölü'nden Mısır'a dökülür. Bu noktada, gelen suyun büyük kısmı Mavi Nil'dendir.

Etiyopya, yüksek rakımı ve dağlarında yağmurlarla beslenen yirmiden fazla barajıyla, "Avrupa'nın su kulesi" lakabına sahip. Addis Ababa, 2011'de, Çin'le ortak bir projeye giriştiklerini ve Mavi Nil üzerinde, Sudan sınırı yakınlarında, Büyük Rönesans Barajı adında dev bir hidroelektrik barajı kuracaklarını ilan etti. 2017'de baraj neredeyse bitirildi ama rezervuarın suyla dolması için birkaç yıl daha geçmesi gerekecek. Baraj elektrik üretimi için kullanılacak ve Mısır'a su akışının devam etmesi gerekiyor ama teorik olarak rezervuar bir yıllık suyu da tutabilir ve projenin tamamlanması Etiyopya'ya suyu kendi kullanımı için muhafaza etme seçeneği verecek; bu da Mısır'a gidecek suyun önemli ölçüde düşmesi anlamına geliyor.

An itibariyle Mısır'ın daha güçlü bir ordusu var ama bu durum yavaş yavaş değişiyor. 96 milyonluk nüfusuyla Etiyopya büyüyen bir güç. Kahire bunun farkında; ayrıca baraj bir kez tamamlandıktan sonra onu yok etmenin hem Etiyopya'da hem de Sudan'da su baskınlarına neden olacağını da biliyor. Ancak, şu anda barajın tamamlanmasından önce saldırmak için meşru bir sebebi yok ve Mısırlı bir kabine mensubunun kısa süre önce bir bombalamadan bahsederken mikrofonlara yakalanmasına rağmen, önümüzdeki yıllar büyük ihtimalle kıran kırana pazarlıklarla geçecek; Mısır su akışının asla kesilmemesi için sağlam garantiler isteyecek. Su savaşları bu yüzyılın yaklaşmakta olan anlaşmazlıkları arasında görünüyor ve gözler bu iki ülkeye de çevrilmiş durumda.

Anlaşmazlık sebebi olan başka bir sıvı da petrol.

Nijerya, Sahra-altı Afrika'da en büyük petrol üreticisi ve tüm bu yüksek kaliteli petrol güney kısımda bulunuyor. Kuzeydeki Nijeryalılar elde edilen kârın ülkede denk dağıtılmadığından şikâyetçi. Bu da Nijerya deltası halkıyla kuzeydoğudakiler arasında etnik ve dini gerilimi artırıyor.

Boyut, nüfus ve doğal kaynaklar bakımından Nijerya, Batı Afrika'nın en güçlü ülkesi. 177 milyonluk nüfusuyla kıtanın en kalabalık ülkesi olan Nijerya, boyutu ve doğal kaynaklarıyla, aynı zamanda en büyük bölgesel güç. Bu ülke Britanya'nın bir yönetim alanı olarak bir araya getirdiği birkaç antik krallıktan oluşuyor. 1898'de ortaya atılan "Nijer Nehri Britanya Kolonisi" ismi daha sonra Nijerya'ya dönüştü.

Şu an bağımsız bir bölgesel güç olabilir ama Nijerya halkı ve kaynakları çok uzun yıllar boyunca yanlış yönetildi. Sömürgecilik zamanında, Britanyalılar kıyıdaki güneybatı bölgesinde kalmayı tercih ediyorlardı. Britanyalıların "medenileştirme" vazifesi merkezdeki yüksek bölgelere veya güneyden daha az gelişmiş kuzeydeki Müslüman kısımlara nadiren uzanıyordu.

Petrolden gelen paranın büyük kısmı Nijerya'daki karmaşık kabile sisteminin liderlerine gidiyordu. Deltadaki kıyı petrol sanayi aynı zamanda Nijer Deltası Kurtuluş Hareketi adlı bir örgüt tarafından da tehdit ediliyor. Bu grup, petrol sanayi tarafından mahvedilmiş bir bölgede, üstü kapalı olarak terörizm ve dolandırıcılık faaliyetleri gösteriyor. Yabancı petrol sanayi çalışanların kaçırılmaları bölgeyi iş yapmak için giderek daha da elverişsiz hale getiriyor. Kıyı petrol sahaları genellikle bu eylemlerin uzağında kalıyor ve yatırımlar da bu bölgeye yöneliyor.

Müslüman bölgelerde bir halifelik düzeni kurmayı amaçlayan İslamcı grup Boko Haram az gelişmişlikten kaynaklanan adaletsizlik duygusunu sömürerek kuzeyde kendine taraftar topladı. Boko Haram savaşçıları genellikle kuzeydoğudaki etnik Kanuris halkına mensuplar. Genellikle kendi bölgelerinin dışında pek faaliyet göstermiyorlar, güneydeki kıyı bölgeleri şöyle dursun batıdaki Hausa bölgesine bile gitmiyorlar. Bu da Nijerya ordusunun onlarla mücadeleyi Boko Haram'ın kendi bölgesinde göstermesi anlamına geliyor. Yerel nüfusun büyük kısmı orduyla işbirliği yapmayı reddediyor – ya intikam korkusundan ya da güney konusunda örgütle benzer hislere sahip olmalarından dolayı. Ordu tarafından düzenlenen birçok operasyona karşın, örgüt dağılmaktan çok uzak görünüyor. 2017'de saldırılarına devam eden Boko Haram bir dizi baskında onlarca sivilin canına kıydı. 2009'da ortaya çıkışından beri 20.000'in üzerinde insan öldü, daha fazlası da kaçırıldı.

Boko Haram tarafından alınan bölgeler henüz Nijerya devletini tehlikeye atacak seviyede değil. Grup ülkenin tam ortasında duran başkent Abuja'yı bile tehdit etmiyor; ancak, kuzeydeki insanlar için her gün tehdit oluşturuyor ve Nijerya'nın dış dünyadaki iş prestijine zarar veriyor.

Örgüt tarafından ele geçirilen çoğu köy Kamerun'a uzanan Mandara sıradağlarında. Bu da ülke ordusunun ana üslerinden çok uzakta olması ve Boko Haram güçlerini kuşatamaması anlamına geliyor. Kamerun devleti Boko Haram'a kucak açmıyor, ama ülkenin kırsal bölgeleri kaçan örgüt militanlarına kolaylık sağlıyor. Bu durum daha uzun yıllar düzelecek gibi görünmüyor ve Boko Haram da bu sırada kuzeydeki Sahel bölgesi cihatçılarıyla ittifaklar kurma çabalarına devam edecek.

Amerikalılar ve Fransızlar yıllardır bu sorunu izlemekteler; artık Sahel/Sahra bölgesi ve Kuzey Nijerya'dan gelen şiddet tehditleri karşısında gözetim amaçlı insansız hava araçları uçuruyorlar. Amerikalılar, 2007'de ABD Afrika Komutanlığı'nın bir parçası olan Cibuti üssü de dahil olmak üzere, birçok üssü kullanıyorlar; Fransızlar da "Frankofon Afrika" dedikleri ülkelerde ciddi nüfuza sahip.

Birçok ülkeye yayılan bu tehdit, bir uyarı görevi gördü. Nijerya, Kamerun ve Çad artık ABD ve Fransa'yla askeri olarak yakın ilişki ve işbirliği içinde.

Daha güneyde, Atlantik kıyısında, Sahra-altı Afrika'nın en büyük ikinci petrol üreticisi var: Angola. Bu eski Portekiz sömürgesi doğal coğrafi sınırlarına sahip Afrika ülkelerinden biri. Batı yanında Atlantik Okyanusu, kuzeyde vahşi ormanlar, güneyde de çölle sarılı Angola'nın engebeli ve az nüfuslu doğu kısmı da DKC ve Zambiya'ya karşı tampon bölge görevinde.

22 milyonluk nüfusun büyük kısmı ülkenin su sorunu olmayan ve tarım yapılabilen batı yarısında yaşıyor; ayrıca Angola petrol sahalarının büyük kısmı da batı kıyılarında. Atlantik kıyısındaki malzemeler çoğunlukla Amerikan şirketlerine ait ama üretimin yarısından fazlası Çin'e gidiyor. Bu da, petrol ticaretine bel bağlayan Angola'yı Suudi Arabistan'dan sonra Çin'in en büyük ikinci petrol sağlayıcısı yapıyor.

Angola da çatışmalara alışkın bir ülke. 1975'te Portekizliler vazgeçtiğinde bağımsızlık savaşları sona erdi ama kısa süre içinde ideolojik anlaşmazlık kisvesi altında birbirlerine giren kabileler iç savaş çıkardı. Rusya ve Küba "sosyalistler"i, ABD ve apartheid Güney Afrika'sıysa "isyancılar"ı destekledi. Angola Halk Özgürlük Hareketi'ne (MPLA) mensup sosyalistlerin çoğu Mbundu kabilesinden, muhalif isyancılarsa genellikle başka iki kabileden-di: Bakongo ve Ovimbundu. Kendilerine buldukları siyasi kılıflar Angola Ulusal Özgürlük Cephesi (FNLA) ve Ulusal Tam Bağımsız Angola Birliği (UNITA) idi. 1960 ve 1970'lerdeki iç savaşların büyük kısmı şu kalıpta ilerledi: Rusya'nın desteklediği taraf aniden sosyalist prensipleri olduğunu hatırlıyordu; öteki taraf da antikomünist olduğunu düşünüyordu.

Mbundu kabilesi coğrafi avantaja sahipti ama nüfusu azdı. Başkent Luanda onlardaydı, petrol sahalarına ve ana nehir Kwanza'ya erişimleri vardı, ayrıca Rus silahlarıyla ve Küba askerleriyle destekleniyorlardı. 2002'de galip geldiler ve kabilenin önde gelenleri, halklarının üzerinden zengin olan sömürgeciler ve Afrikalıların uzun listesine adlarını yazdırarak zaten sorgulanabilir sosyalist görüşlerini hemen terk ettiler.

Yerel ve yabancı sömürünün bu üzücü tarihi yirmi birinci yüzyılda da devam ediyor.

Gördüğümüz üzere Çinliler her yerdeler, iş yapmaya çok hevesliler ve Afrika'da Avrupalılar, Amerikalılar gibi, olaylara müdahiller. Çin'in petrol ithalatının yaklaşık üçte biri, birçok kıta ülkesinden alınan kıymetli metallerle birlikte Afrika'dan geliyor. Bu da Çin'in bu kıtaya kalıcı olarak geldiği anlamına geliyor. Hem Avrupa ve Amerikalı petrol şirketleri hem de büyük çokuluslu şirketler hâlâ Afrika'da çok daha fazla etkinler ama Çin arayı hızla kapıyor. Örneğin, Liberya'da demir cevheri arayan Çin DKC ve Zambiya'da bakır madenciliği yapıyor, DKC'nin ayrıca kobaltıyla da ilgileniyor. Kenya'daki Mombasa Limanı'nın açılışına yardım ettiler ve Kenya'nın petrol kazançları piyasayı hareketlendirirken onlarla diğer büyük projelerde de çalışıyorlar.

Çin devletinin sahip olduğu Çin Yol ve Köprü Kurumu Mombasa'yı Nairobi'ye bağlamak için 14 milyar dolarlık bir demiryolu projesi hazırlıyor. Analizciler malların iki şehir arasında taşınma süresinin otuz altı saatten sekiz saate ineceğini, masrafların da %60 azalacağını öngörüyor. Nairobi'yi Güney Sudan'a, Uganda'ya ve Ruanda'ya bağlamak için bile planlar var. Kenya, Çin'in de yardımıyla, doğu kıyısının ekonomik açıdan en güçlü ülkesi olmayı hedefliyor.

Güney sınırında, Doğu Afrika'nın lideri olmak için onlarla rekabete giren Tanzanya da Çin'le milyarlarca dolarlık altyapı anlaşmaları imzaladı. Ayrıca, Darüsselam'daki ana limanın fazla meşgul olmasından dolayı, Bagamoyo limanının bakımı ve genişletilmesi için Çin ve Umman'la ortak bir anlaşma imzaladı. Bagamoyo'nun, her yıl 20 milyon kargo konteynırını elden geçirerek Afrika'nın en büyük limanı olması planlanıyor. "Tanzanya Güney Tarım Büyüme Koridoru"nda da iyi taşımacılık bağlantıları olan ülke on beş ülkelik Güney Afrika Gelişim Topluluğu'na da bağlanıyor. Bu da Durban limanını DKC ile Zambiya'nın bakır bölgelerine bağlayan Kuzey-Güney Koridoru'na bağlanıyor; Darüsselam Limanı da destek hatlarıyla Durban ve Malavi'ye ulaşıyor.

Buna rağmen, Tanzanya doğu kıyısında ikincil güç olacakmış gibi görünüyor. Kenya ekonomisi beş ülkelik Doğu Afrika Topluluğu'nun en büyüğü ve bölge GSYİH'sinin* %40'ını sağlıyor. Ülkede Tanzanya'ya kıyasla daha az sürülebilir arazi olabilir ama olanın daha verimli kullanıldığı kesin. Ülkenin sanayi sistemi de daha etkili, hakeza yerel ve uluslararası pazara ürün getirme sistemi de. Eğer siyasi istikrarı sürdürebilirse, Kenya'nın bölgede yakın ila orta vadede baskın güç olarak kalması kesin gibi görünüyor.

* Gayrisafi yurtiçi hasıla. (ç.n.)

Çin'in varlığı, Çin Ulusal Petrol Kurumu'nun ülke merkezinde, Ténéré tarlalarındaki küçük petrol sahasına yatırım yaptığı Nijer'e kadar uzanıyor. Çin'in geçen on yılda Angola'ya yaptığı yatırım 8 milyar doları aştı ve her yıl daha da büyüyor. Çin Demiryolu Mühendisliği Kurumu (CREC) DKC'yi 1.300 km uzakta bulunan Atlantik kıyısındaki Angola limanı Lobito'ya bağlayacak Benguela demiryolu hattını yenilemek için yaklaşık 2 milyar dolar harcadı bile. DKC'nin Katanga Bölgesi'ni hem lanetleyen hem kutsayan kobalt, bakır ve manganez işte bu yolla geliyor.

CREC Luanda'da yeni bir uluslararası havaalanı açıyor ve başkent çevresinde inşa edilen Çin modeli apartman blokları ülkedeki 150–200.000 Çinli işçiye ev sahipliği yapıyor. Bu işçilerin binlercesi aynı zamanda askeri yeteneklere de sahip ve Çin'in isteğiyle "hazır kıta" konumuna da geçebilir.

Pekin'in Angola'da istediği şey her yerde istediğiyle aynı: üretim için hammadde ve ticaretin devamı için ülkede siyasi istikrar.

Çin'in işlere dahil olması birçok Afrika hükümeti için çok çekici bir teklif oluyor. İnsan haklarını işe karıştırmayan Pekin ve büyük Çin şirketleri ekonomik reform da talep etmiyorlar, hatta Dünya Bankası'nın veya IMF'nin isteyebileceği gibi, liderlerin kendi ülkelerinin zenginliğini çalmayı bırakmasını dahi talep etmiyorlar. Örneğin, Sudan'ın en büyük ticari ortağı olan Çin bu ülkeyi BM'de de sürekli olarak kolluyor; hatta başkan Ömer El Beşir için Uluslararası Ceza Mahkemesi'nden tutuklama emri çıktığında bile onu savunmaya devam etmişlerdi. Tabii bu tutumları hakkında Batı'dan aldıkları eleştirinin Pekin'e etkisi çok az oluyor; söylenenlere Çin'in iş yapmasını engellemek için düzenlenen bir başka güç oyunu ve Afrika'daki geçmişleri düşünülerek Batı'nın ikiyüzlülüğü olarak bakılıyor.

Çinliler yalnızca petrol, mineraller, kıymetli metaller ve pazarları istiyor. Bu, devletler arasında adaletli bir ilişki ama yerel halklarla Çin işgücü arasında tansiyonun giderek yükseldiğini de göreceğiz. Böyle bir durum, Çin'in bölge içişlerine daha çok müdahil olmasını, bazı ülkelerde küçük askeri güçler bulundurmasını gerektirecektir.

Güney Afrika, Çin'in Afrika'daki en büyük ticaret ortağı. Uzun siyasi ve ekonomik geçmişleri olan iki ülke birlikte iş yapabilmek için de iyi konumdalar. Hem devlet kurumları hem de Çin'in özel şirketleri Durban, Johannesburg, Pretoria, Cape Town ve Port Elizabeth'te iş yapıyor.

Güney Afrika ekonomisi kıtada Nijerya'dan sonra ikinci sırada. Ekonomi (Angola'nın üç katı), ordu ve nüfus (53 milyon) bakımından güneydeki en büyük güç olduğu kesin. Kıtanın güney ucundaki konumu, iki okyanusa ulaşımı, topraklarındaki altın, gümüş, kömür madenleri ve büyük çaplı gıda üretimine elverişli iklimiyle toprak yapısı sayesinde Güney Afrika birçok Afrika ülkesinden daha gelişmiş bir yer.

Bu kadar güneyde olması ve kıyı ovalarının kısa mesafelerde dağlara dönüşmesi, sivrisineklerin burada üremesine pek izin vermiyor ve Güney Afrika'yı sıtma hastalığından çekmeyen çok nadir Afrika ülkeleri arasına sokuyor. Bu da Avrupalı sömürgecilere ülkenin çok daha iç kısımlarına daha hızlı girip yerleşme, küçük çaplı sanayi faaliyetleri gösterme fırsatı verdi ve Afrika'nın güney kısmının en büyük ekonomisi de işte böyle oluştu.

Afrika'nın güneyindeki çoğu ülke için, dış dünyayla ticaret yapmak demek Pretoria, Bloemfontein ve Cape Town'la ticaret yapmak demek.

Güney Afrika, doğal zenginliğini ve konumunu kullanarak komşularını kendi taşıma sistemine bağladı; yani Doğu Londra, Cape Town, Port Elizabeth ve Durban limanlarından kuzeydeki Zimbabve, Botsvana, Zambiya, Malavi, Tanzanya ve hatta DKC'nin Katanga bölgesine, dolayısıyla da Mozambik'e kadar uzanan, çift yönlü bir demiryolu ve otoyol meydana getirdi. Çinliler tarafından bu baskınlığa meydan okuması için inşa edilen Katanga-Angola kıyısı demiryolu DKC'den biraz akış sağlayabilir ama Güney Afrika'nın elindeki avantajları kaybedecek gibi bir havası yok.

Angola'daki MPLA apartheid yılları boyunca Portekiz sömürgeciliğine karşı savaşında Afrika Ulusal Kongresi tarafından desteklendi. Ancak, ortak mücadelenin tutkusu artık daha sakin bir ilişkiye dönüşüyor, çünkü herkes kendi ülkesini yönetiyor ve komşularıyla rekabet içinde. Angola'nın Güney Afrika'ya yetişmek için çok çaba harcaması lazım. Bu askeri bir çatışmaya yol açmayacak: Güney Afrika neredeyse mutlak bir üstünlüğe sahip. 100.000 personelden oluşan iyi donanımlı bir ordusu, onlarca savaş uçağı ve saldırı helikopteri, ayrıca modern denizaltıları ve fırkateynleri var.

Britanya İmparatorluğu günlerinde, Güney Afrika'yı kontrol etmek Ümit Burnu'nu ve dolayısıyla Atlantik ile Hint okyanusları arasındaki denizyollarını elde tutmak demekti. Modern donanmalar eğer oradan geçmek isterlerse Güney Afrika kıyılarından çok uzaktan geçip gidebilirler ama Ümit Burnu hâlâ dünya haritasında çok önemli bir komuta noktası; Güney Afrika da kıtanın alttaki üçte birlik kısmının komuta merkezi.

Bu yüzyılda Afrika için yeni bir mücadele var ama bu kez çatallı. Kaynaklar konusundaki rekabette halkın çok iyi bildiği yabancı ülke çıkarları ve arabuluculuklar söz konusu ama bir de "iç mücadele" var; Güney Afrika da bunu en kısa sürede, en etkili şekilde atlatmak istiyor.

On beş ülkelik Güney Afrika Gelişim Topluluğu'nu (SADC) yöneten Güney Afrika Cumhuriyeti üyesi bile olmadığı Büyük Göller Bölgesi Uluslararası Konferansı'nda da kendine yer bulmayı başardı. SADC'nin rakibi Burundi, Kenya, Ruanda, Uganda ve Tanzanya'nın içinde bulunduğu Doğu Afrika Topluluğu (EAC). Aynı zamanda bir SADC üyesi olan

Tanzanya'ya EAC ülkeleri bu yüzden şüpheci gözlerle bakıyor. Güney Afrika Cumhuriyeti ise Tanzanya'yı Büyük Göller bölgesi ve ötesinde güç kazanmak için bir araç olarak görüyor.

Güney Afrika Ulusal Savunma Gücü, Demokratik Kongo Cumhuriyeti'nde resmi BM komutası altında bir ekip bulunduruyor ama bu, savaş sonrasında zengin madenlerden uzak kalmak istemeyen siyasetçilerin hamlesiyle oldu. DKC'de kimin yönetimde olması gerektiğiyle ilgili kendi fikirleri olan Uganda, Burundi ve Ruanda da bu yüzden Günay Afrika'yla karşı karşıyalar.

Geçmişin Afrika'sına hiçbir şans verilmemişti –coğrafya ona şekil vermişti– sonra da Avrupalılar gelip bugünkü sınırları büyük ölçüde kendileri tasarlamışlardı. Şimdi, patlayan nüfusu ve gelişen mega şehirleriyle, kıtanın artık güzelce bağlandığı modern ve küreselleşmiş dünyayı kucaklamaktan başka bir şansı yok. Ve bu konuda, gördüğümüz tüm sorunlara rağmen, büyük adımlar atılıyor.

Ticareti engelleyen nehirler şimdi hidroelektrik santralleri için kullanılıyor. Büyük ölçekli gıda üretimi sağlanamayan topraklardan mineral ve petrol çıkarılıyor; kârın çok azı halka kalsa da, bazı ülkeler bu sayede zengin oluyor. Yine de hepsi olmasa da çoğu Afrika ülkesinde fakirlik seviyeleri düşerken sağlık ve eğitim hizmetlerinde yükseliş var. Birçok ülkede İngilizce konuşuluyor, ki İngilizcenin hâkim olduğu bir küresel ekonomide bu müthiş bir avantaj ve kıta geçen on yılın büyük kısmında ekonomik büyüme yaşadı.

İşin kötü yanıysa birçok ülkenin ekonomik büyümesinin küresel mineral ve enerji fiyatlarına bağlı oluşu. Örneğin, ulusal bütçelerin bir varil petrolden yüz dolar alınacağı üzerinden hesaplandığı ülkeler varilin fiyatı seksen veya altmış dolara düştüğünde sırtını dayayabilecek çok az şey buluyor. Üretim seviyeleri 1970'lerdekine yakın. Yolsuzluk kıtada hâlâ çok üst düzeylerde ve Somali, Nijerya, Sudan gibi ülkelerdeki "sıcak" çatışmaların yanı sıra, yalnızca bir süreliğine duran bir sürü tartışma da var.

Buna rağmen, inanılmaz ayrımlara sahne olan bu topraklara her yıl daha fazla otoyol ve demiryolu yapılıyor. Afrika'yı diğer her yerden ayıran uzun okyanus ve çöller artık hava yolculuklarıyla geçilebiliyor ve sanayi gücüyle, doğanın hiç izin vermeyeceği yerlerde limanlar yaratılmış oldu.

1960'lardan beri, iyimserler sürekli olarak Afrika'nın doğal engelleri aşmanın eşiğine geldiğini yazıyorlar. Belki de bu kez doğrudur. Öyle olması gerekiyor. Sahra-altı Afrika'da bazı tahminlere göre an itibariyle 1,1 milyar insan yaşıyor ve 2050'de iki katının üzerine, yani 2,4 milyara çıkabilir.

BÖLÜM 6

ORTADOĞU

"Sykes-Picot Anlaşması'nı bozduk!"
IŞİD savaşçısı, 2014

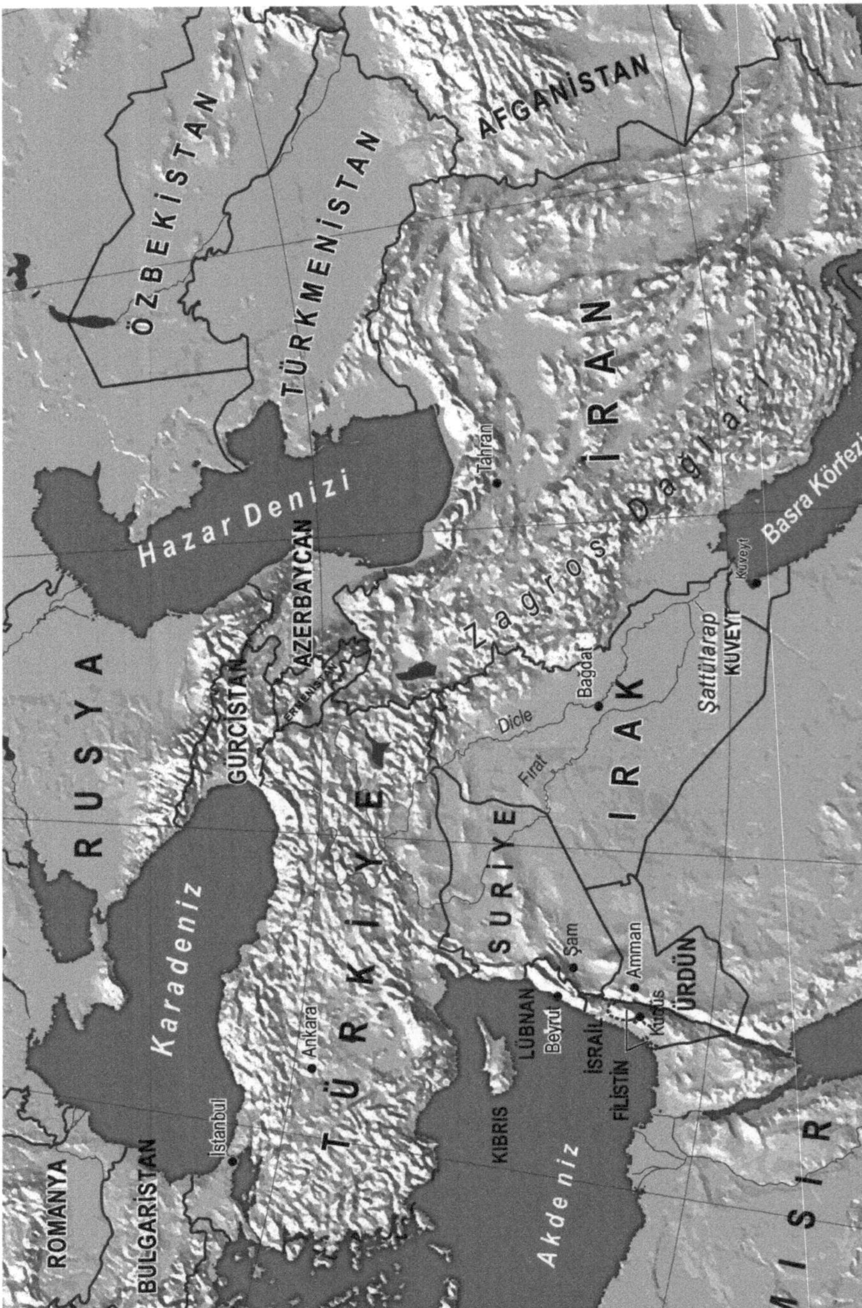
ÖZBEKİSTAN
TÜRKMENİSTAN
AFGANİSTAN
RUSYA
Hazar Denizi
AZERBAYCAN
GÜRCİSTAN
ERMENİSTAN
Tahran
İRAN
Zagros Dağları
Basra Körfezi
Kuveyt
KUVEYT
Şattülarap
Bağdat
Dicle
Fırat
IRAK
SURİYE
Şam
Amman
ÜRDÜN
Kudüs
LÜBNAN
Beyrut
İSRAİL
FİLİSTİN
KIBRIS
Karadeniz
TÜRKİYE
Ankara
İstanbul
ROMANYA
BULGARİSTAN
Akdeniz
MISIR

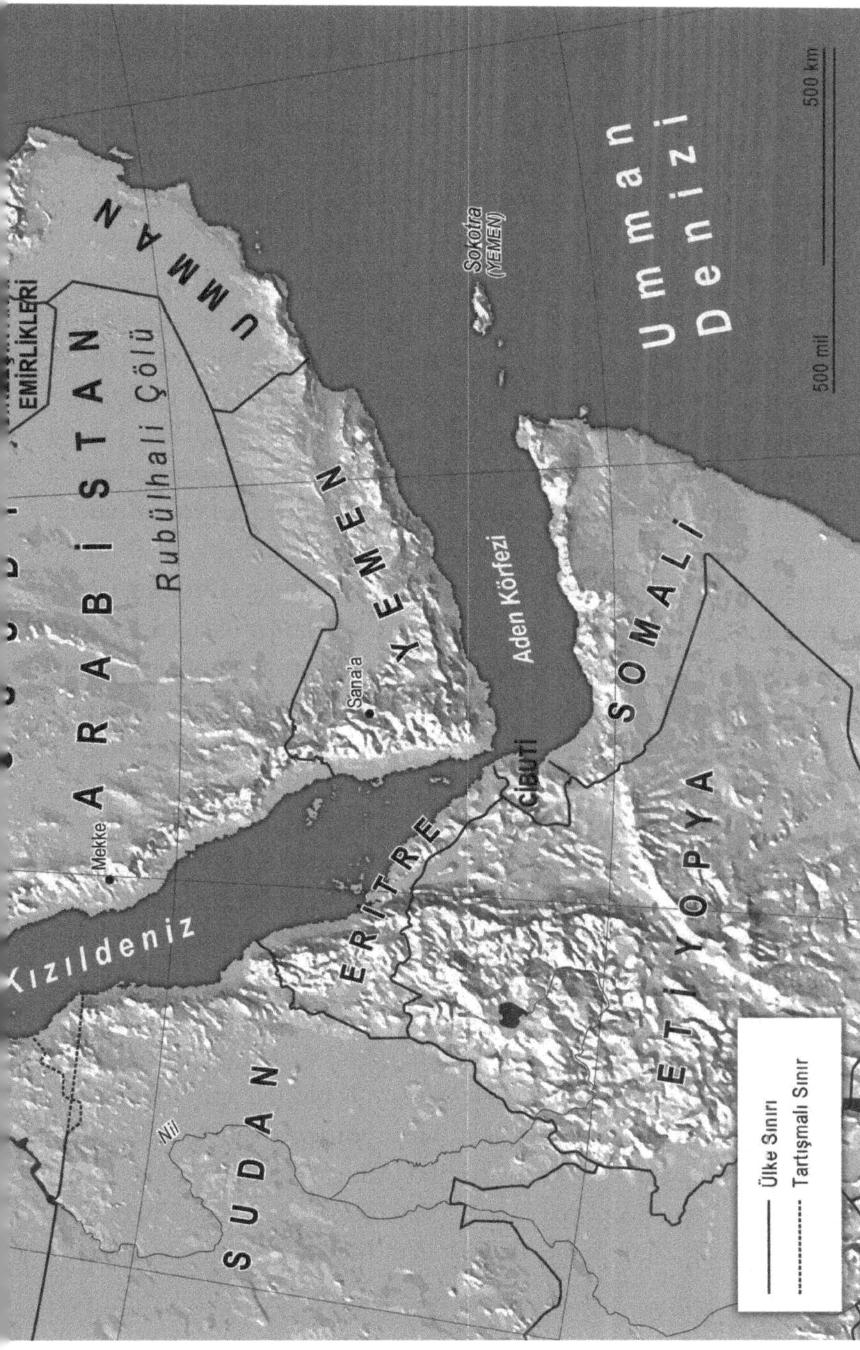
EMİRLİKLERİ
A R A B İ S T A N
Rubülhali Çölü
U M M A N
Y E M E N
Sana'a
Mekke
Kızıldeniz
E R İ T R E
CİBUTİ
Aden Körfezi
Sokotra
(YEMEN)
U m m a n
D e n i z i
S O M A L İ
E T İ Y O P Y A
S U D A N
Nil
500 km
500 mil
Ülke Sınırı
Tartışmalı Sınır

Neyin ortası? Nerenin doğusu? Bölge adını bile Avrupa'nın perspektifinden alıyor ve ona şekil veren de aynı perspektif. Avrupalılar haritaların üzerinde mürekkeple çizgiler çektiler: Gerçekte var olmayan, dünyanın gördüğü en yapay sınırlardan bazıları. Şimdi bu sınırların kanla çizilmesi için uğraşanlar var.

2014'te Ortadoğu'dan çıkan en önemli videolardan biri, patlama ve kafa kesme görüntüleriyle gölgelendi. IŞİD'in kurnazca propagandalarından biri olan bu videoda, Irak-Suriye sınırı bir buldozerle yıkılıyor – veya siliniyor. Sınır, yüksek bir kum banketinden ibaret. Kumu çektiğinizde sınır *fiziksel olarak* varlığını sonlandıracak. Ama bu "çizgi" hâlâ teoride mevcut. IŞİD savaşçısının o sözleri bir kehanet miydi, yoksa yalnızca göz korkutma mıydı, bunu önümüzdeki yıllar gösterecek: "Sınırları yok ediyoruz ve engelleri yıkıyoruz. Allah'a şükürler olsun."

Birinci Dünya Savaşı'nın ertesinde, büyük Ortadoğu'da günümüzden çok daha az sınır vardı ve olanlar da genellikle yalnızca coğrafyanın getirdiği sınırlardı. Topraklar keskin olmayan bölgelere ayrılıyor ve coğrafyaya, etnik yapıya ve dine göre yönetiliyordu ama ulus devletler kurulması için herhangi bir çalışma yoktu.

Büyük Ortadoğu batıdan doğuya, Akdeniz'den İran dağlarına kadar yaklaşık 1.500 km; kuzeyden güneye ise, eğer Karadeniz'den başlayıp Umman kıyılarındaki Arap Denizi'nde bitirirsek, yaklaşık 3.000 km uzunluğundadır. Geniş çöller, vahalar, karlı dağlar, uzun nehirler, çok büyük şehirler ve kıyı ovalarıyla kaplı bu bölge sanayileşmiş ve sanayileşen her ülkenin ihtiyaç duyacağı bir doğal zenginliğe sahip: petrol ve doğalgaz.

Bir de Fırat ve Dicle nehirleri arasında olduğu için "iki nehir arasındaki topraklar" adını alan Mezopotamya var. Ancak Ortadoğu'nun en baskın kısmı İsrail, Ürdün, Suriye, Irak, Kuveyt, Umman, Yemen ve "boş merkez" anlamına gelen Rubülhali de dahil olmak üzere Suudi Arabistan'ın büyük kısmını içine alan dev Arap Çölü'dür. Dünyanın en büyük sürekli çölü olan bu bölge, Fransa kadar bir yüzölçümüne sahip. Bu çöl, bölge nüfusunun büyük kısmını dışına itmesinin yanı sıra, Avrupa sömürgeciliğine dek çoğu insanın ulus devlet veya kanunlarla korunan sınır fikirlerine kapılmamalarına neden oldu.

Belirli bir yerden gelen bir adamın, tanımadığı bir yerde oturan üçüncü bir adamın imzaladığı resmi bir belge elinde olmadığı sürece, başka bir bölgeye geçip kendi aşiretinden bir akrabasını göremeyeceği fikri, bu insanlara pek mantıklı gelmedi. Bir yabancı bölgeyi iki farklı kısma ayırdı ve kafasına göre isimler koydu diye bu belgelere ihtiyaç duyulması asla onların akıllarına yatmadı. Bu durum bölgede asırlardır var olan hayat tarzına çok tersti.

Osmanlı İmparatorluğu (1299–1922) İstanbul'dan yönetiliyordu. En güçlü döneminde toprakları, Viyana kapılarından Anadolu'ya, Arabistan'dan Hint Okyanusu'na kadar uzanıyordu. Batıdan doğuya, şimdiki Cezayir, Libya, Mısır, İsrail/Filistin, Suriye, Ürdün, Irak ve İran'ın bazı bölgelerine hâkimdi. Genellikle isim uydurmakla uğraşmayan Osmanlı 1867'de bölgeleri, ister günümüz Kuzey Irak'ındaki Kürtler olsun, ister günümüz Suriye-Irak'ındaki aşiretler olsun, aşiretlerin yaşadıkları yerlere göre belirlenen "Vilayet"lere ayırdı.

Osmanlı İmparatorluğu çöküşe geçtiğinde, Britanya ve Fransa farklı bir fikre sahipti. 1916'da, Britanyalı diplomat Albay Sör Mark Sykes bir yağlı kalem çıkardı ve Ortadoğu haritası üzerinde kabaca çizgiler çizdi. Şu anki İsrail'in Akdeniz kıyısındaki şehri Hayfa'dan başlayan bir çizgi, kuzeydoğudaki Kerkük'te bitiyordu. Bu, Üçlü İtilaf'ın Osmanlı Devleti'ni Büyük Savaş'ta mağlup etmesi durumunda, bölgenin iki güç odağına bölünmesi için Sykes'ın Fransız mevkidaşı François Georges-Picot ile yaptığı gizli anlaşmanın temelini oluşturdu. Bölgenin kuzeyi Fransız kontrolünde, güneyi Britanya hegemonyasında olacaktı.

"Sykes-Picot" terimi, yirminci yüzyılın ilk kısmında, aşiret liderlerine verilen sözlerin tutulmamasını temsil eden birçok karar için kısaltma olarak kullanıldı, ki bu da günümüzdeki huzursuzluğu ve aşırıcılığı bir parça açıklıyor. Ancak bu açıklama biraz abartılabiliyor: Avrupalılar gelmeden önce de burası huzurlu bir bölge değildi. Buna rağmen, Afrika'da gördüğümüz üzere, birlikte yaşamaya alışık olmayan halkların topraklarında geçici olarak yaratılan "ulus devlet"ler adalet, eşitlik ve istikrar için iyi bir tarif teşkil etmiyorlar.

Geniş anlamdaki Sykes-Picot'tan önce, Suriye, Lübnan, Ürdün, Irak, Suudi Arabistan, Kuveyt, İsrail veya Filistin adlı devletler yoktu. Modern haritalar bu ulus devletlerin sınırlarını ve isimlerini gösterir ama bu ülkeler çok genç ve kırılgan durumdalar.

İslam, Ortadoğu'nun baskın dinidir ama içinde çok farklı yorumlar barındırır. İslam içindeki en büyük ayrılık neredeyse dinin kendi kadar eski: Sünni ve Şii Müslümanlar arasındaki ayrılık Muhammed'in M.S. 632'deki ölümü sonrası çıkan vesayet anlaşmazlığına dek uzanıyor.

Sünniler, hem Araplar hem de dünya Müslüman nüfusu arasında, yaklaşık %85'lik çoğunluğu oluşturur, ama bazı Arap ülkelerinde oranlar pek net değildir. Kelimenin kökeni "gelenek insanları" anlamındaki "El-Sünna"dan geliyor. Peygamberin ölümü üzerine, sonradan Sünni olarak adlandırılacak olanlar gelecek halifenin Arap kabile gelenekleriyle belirlenmesini istediler.

Şii kelimesi ise Peygamber Muhammed'in damadı olan Ali'ye ithafen, "Ali'nin takipçileri" anlamındaki "Şiâtu Ali" ifadesinden gelir. Ali ve oğulları Hasan ile Hüseyin katledilmiş, yani Şiilerin doğum hakları olarak gördükleri İslam topluluğunu yönetme hakkından mahrum bırakılmışlardı.

Bu durum birçok dogmatik anlaşmazlığa ve İslam'ın iki ana dalını bölen kültürel uygulamalara yol açtı. Her ne kadar kimi uzun süreli barış dönemleri görülse de çatışmalar ve savaşlar buradan çıktı.

Mezhepler arasında da bölünmeler var. Örneğin, Sünni mezhebinde büyük İslam âlimlerini takip eden birçok dal var. Bunlardan biri olan, dokuzuncu yüzyıl Irak bilgini Ahmed bin Hanbel'in takipçilerinden oluşan Hanbeli geleneği çok katıdır. Katar'dan Suudi Arabistan'a birçok Sünni'nin benimsediği bu anlayış cihatçıların arasında baskın olan, aşırı bağnaz Selefi düşüncesini etkiledi.

Şii mezhebinin üç ana dalı vardır. Bunların içinde en bilineni On İki İmam'ın öğretilerine göre yaşayan On İkiciler'dir; ancak bu mezhepte bile bölünmeler mevcut. İsmaililer yedinci İmam'ın soyağacına itiraz ediyorlar, Zeydiler ise beşinci İmam'a. Ayrıca, ana akım Şiilikten oldukça ayrı mezhepler de mevcut; hatta bunların arasındaki Arap Aleviliği ve Dürzilik geleneksel İslami düşünceden o kadar uzak ki, özellikle Sünniler onları dinlerinin mensubu olarak görmüyorlar.

Avrupa sömürgeciliğinin mirası, Arapları ulus devletlere böldü ve kendi mezheplerine, kabilelerine göre hüküm süren liderlere teslim etti. Diktatörler, buyruklarının Avrupalılar tarafından çizilen sınırların her yerinde uygulanması için devletin gücünü kullandılar ve bunun tarihi açıdan uygunluğunu, ülke sınırlarına mahkûm edilen farklı aşiret ve dinlere adil olup olmayacağını hiç düşünmediler.

Uluslararası alanda tanınmış bir devlet olmamasına rağmen, Kürtlerin nerelerde yoğunlukla yaşadıkları açıkça biliniyor. Dört ülkenin sınırları dahilindeki bu bölge, Kürtlerin bağımsız bir ülke kurma talebi durumunda, büyük çatışmalara yol açma potansiyeline sahip.

Irak çatışma ve kaos açısından önemli bir örnek. Şii mezhebinin tutucu mensupları, şehitleri Ali ve Hüseyin'in mezarlarının bulunduğu iddia edilen Necef ve Kerbela şehirlerinin

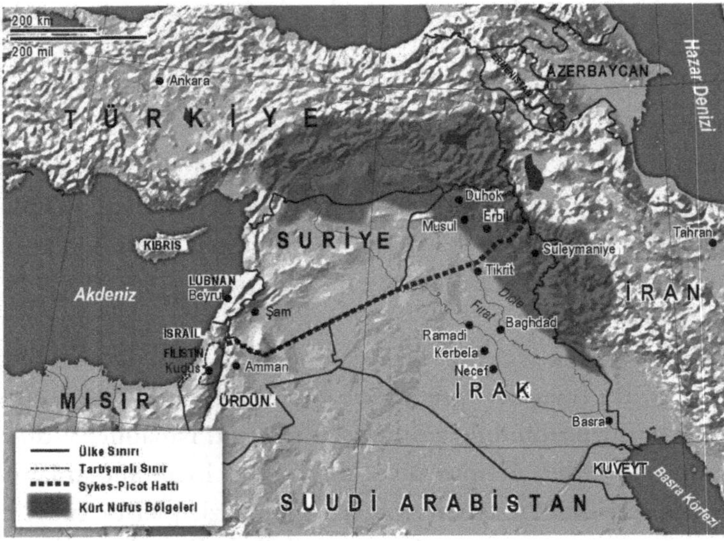

Uluslararası alanda tanınmış bir devlet olmamasına rağmen, Kürtlerin nerelerde yoğunlukla yaşadıkları açıkça biliniyor. Dört ülkenin sınırları dahilindeki bu bölge, Kürtlerin bağımsız bir ülke kurma talebi durumunda büyük çatışmalara yol açma potansiyeline sahip.

Sünnilerin başını çektiği bir hükümet tarafından yönetilmesini asla kabul etmediler. Bu ortak hisler asırlar öncesine dayanıyor; elli yıl kadar "Iraklı" kimliğine sahip olmak bu duyguları elbette eritemeyecekti.

Osmanlı İmparatorluğu'nu yöneten Türkler, Kürtler tarafından yönetilen dağlık alanı gördüler; sonra, dağlar ovalara dönüşüp Bağdat'a doğru giderken, batısında bugünkü Suriye olan ve nüfusunun çoğunluğu Sünnilerden oluşan bir yer gördüler. Sonunda, Dicle ve Fırat nehirlerinin birleşip Şattülarap suyoluna dönüşmesinden sonra bataklıklar ve Basra şehri karşılarına çıktığında, daha fazla Arap gördüler ama bu kez bunların çoğu Şii'ydi. Bu bölgeyi bu düzene göre yöneten Osmanlı üç ana yönetim bölgesi belirledi: Musul, Bağdat ve Basra.

Eski zamanlarda, yukarıdaki bölgelere denk düşen yerler Asurlular, Babiller ve Sümerlere aitti. Persler burayı fethettiklerinde benzer şekilde böldü, hakeza Büyük İskender ve daha sonra Emeviler de. Britanyalılar ise aynı üç bölgeyi birleştirdiler fakat Hıristiyanların Kutsal Üçleme'yle çözümledikleri bu mantıksal imkânsızlık Irak'ta çok büyük karmaşa çıkardı.

Birçok analist ancak güçlü bir adamın bu üç bölgeyi tekil bir ülke haline getirebileceğini söylüyor ve Irak'ın başında arka arkaya bir sürü güçlü adam bulundu. Ancak, gerçekte, halk asla birleşmedi, yalnızca korkuyla donduruldu. Diktatörlerin göremediği tek yer olan insan zihni devlet propagandasını pek de yemedi. Kürtlere uygulanan sistematik zulüm, Saddam'ın doğum yeri Tikrit'ten gelen Sünni çevresinin baskınlığı veya Şiilerin 1991'deki başarısız ayaklanmasından sonra çıkan büyük katliam da bu halin eseriydi.

İlk ayrılan Kürtler oldu. Diktatörlüklerdeki en küçük azınlıklar bazen haklarının korunduğu yönündeki propagandaya inanıyormuş gibi yaparlar, çünkü gerçeklik hakkında herhangi bir şey yapabilecek güçleri yoktur. Örneğin, Irak'taki Hıristiyan azınlık ve bir avuç Yahudi Saddam'ınki gibi seküler bir diktatörlükte sessiz kalarak daha güvende olabileceklerini düşündüler. Değişim riskine girdiklerinde başlarına geleceklerden korkuyorlardı ama yine de olan oldu. Ancak, coğrafi konumları belli olan ve diktatörlüğün baskısından bunaldıklarında tepki verebilecek kadar kalabalık olmak gibi bir avantaja sahip olan Kürtler için durum farklıydı.

Irak'ın 5 milyonluk Kürt nüfusu ülkenin kuzey kısımda ve kuzeydoğudaki Erbil, Süleymaniye ve Duhok çevrelerinde yoğunlaşmış durumdalar. Genellikle tepeler ve dağlardan oluşan bu dev hilal, sürekli olarak kültürel ve askeri saldırılara maruz kalmalarına karşın, Kürtlerin kimliklerini kaybetmemelerini sağladı. Bu saldırılardan biri de Kürt köylerine havadan kimyasal gaz bombaları atıldığı 1988 El-Enfal Operasyonu'ydu. Sekiz aşamalı operasyonda, Saddam'ın güçleri kimseyi esir almaksızın önlerine çıkan on beş ila elli yaşındaki tüm erkekleri öldürdü. 100.000 Kürt ölümüyle sonuçlanan saldırıda köylerin %90'ı da haritadan silindi.

Saddam Hüseyin, 1990'da Kuveyt'e saldırmaya kalkıştığında, Kürtler bunu kendileri için tarih yazma fırsatı olarak gördüler ve Birinci Dünya Savaşı'ndan sonra, 1920'de imzalanan Sevr Anlaşması'nda kendilerine taahhüt edilen ama asla gerçeğe kavuşmayan Kürdistan'ı kurmaya çalıştılar. Körfez Savaşı çatışmalarının sonunda Kürtler ayaklandı; Müttefik güçler Irak güçlerinin girişine izin verilmeyen bir "güvenli bölge" ilan etti ve bir defakto Kürdistan şekillenmeye başladı. Irak'ın 2003'te ABD tarafından işgali de şu gerçeği pekiştirdi: Bağdat artık Kürtleri yönetemeyecekti.

Uluslararası alanda tanınmış bir bağımsız ulus olmayan Kürdistan, buna rağmen, tanınan ülkelerin birçok ayrıcalığına sahip durumda; ayrıca, bu dönemde Ortadoğu'da olup bitenler de Kürdistan'ın ismen ve uluslararası hukuk çerçevesinde var olma ihtimalini artırıyor. Çok sorulan sorulardan bazıları: Nasıl bir şekli olacak? Suriye, Türkiye ve Irak, eğer kendi Kürt bölgeleri de bu yeni ülkeye katılmak isterler ve böylece Akdeniz'e erişimi olan bir Kürdistan yaratmaya çalışırlarsa, nasıl tepki verecekler?

Suriye Kürtleri, Rojava adını verdikleri küçük bir devlet kurmaya çalışıyor ve burayı gelecekteki büyük Kürdistan'ın bir parçası olarak görüyorlar ama bu ülke kurulacak olursa, kimin ve hangi bölgenin daha çok güç sahibi olacağı konusu tartışılacak. Eğer Kürdistan uluslararası tanınırlıkta bir ülke olursa, Irak'ın şekli de değişecektir. Tabii bir Irak kalırsa – ki kalmayabilir.

Haşimi Krallığı, yani Ürdün, çölün ortasına Britanyalılar tarafından çizilmiş başka bir alan. Ülke 1918'de kurulduğunda büyük bir yüzölçümüne ve birçok soruna sahipti.

Birçok Arap aşireti Birinci Dünya Savaşı sırasında Osmanlılara karşı Britanya'ya yardım etmişti ama Londra'nın savaştan sonra ödüllendirmeye söz verdiği özellikle iki aşiret vardı. Ne yazık ki ikisine de aynı şey söz verilmişti: Arap Yarımadası'nın kontrolü. Suud ve Haşimi aşiretlerinin sık sık çatıştıkları da düşünüldüğünde, durumdan kaynaklı rahatsızlık daha da artıyordu. Bu yüzden de Britanyalılar haritaları indirdiler, birkaç çizgi çizdiler ve Suud ailesi liderinin bir bölgeyi, Haşimi liderinin de ötekini yönetebileceğini söylediler – elbette, işleri yolunda tutması için başlarında bir Britanyalı diplomata "ihtiyaç duyacaklarını" da. Suudi lider sonunda kendi ülkesine kendi ismini vererek yönetime geçti.

Yönetme takıntısı olan Britanyalılar öteki bölgeye Transürdün (Mavera-i Ürdün) adını verdiler – "Ürdün Nehri'nin öteki kıyısı" demenin kısacası. Amman adında tozlar içindeki küçük bir şehir başkent yapıldı ve 1948'de Britanyalılar evlerine döndüklerinde ülkenin adı Ürdün olarak kısaltıldı. Ancak Haşimiler Amman bölgesinden değillerdi: Aile aslen Mekke bölgesinin güçlü Kureyş aşiretindendi; bu topraklarda yaşayanlar da genellikle Bedevilerdi. Şimdiyse Ürdün'de yaşayanların çoğunluğunu Filistinliler oluşturuyor: İsrail 1967'de Batı Şeria'yı işgal ettiğinde, birçok Filistinli vatandaşlık alabilecekleri tek Arap ülkesi olan Ürdün'e kaçtı. Şimdi, Ürdün'ün 6,7 milyon vatandaşı Filistinli ve bunların birçoğu da kendini Haşimi lider Kral Abdullah'a bağlı hissetmiyor. Bir de ülkenin kabul ettiği bir milyon Iraklı-Suriyeli mülteci eklenince hem istikrar hem de sınırlı kaynakların kullanımı sorunları katlanıyor.

Bir ülkenin demografik yapısında meydana gelen bu tür değişiklikler ciddi sorunlara yol açabilir ve bunların en önemlisi de Lübnan'daki.

Yirminci yüzyıla kadar, bölgedeki Araplar, Lübnan dağları ve deniz arasındaki bölgeyi yalnızca Suriye'nin bir bölgesi olarak gördüler. Birinci Dünya Savaşı'ndan sonra bu bölgeyi kontrolüne alan Fransızlarsa öyle düşünmediler.

Bölgedeki Hıristiyan Araplarla uzun süredir iyi ilişkiler içinde olan Fransızların onlara armağan ettikleri bu ülkede, 1920'lerde Hıristiyanlar çoğunluktaydı. O dağlardan başka mantıklı bir isim bulamadıkları için Lübnan adını verdikleri ülkenin coğrafi avantajları 1950'lerin sonuna dek sürdü. O sıralarda Lübnan'ın Şii ve Sünni doğum oranları Hıristiyanları geçti; ayrıca Müslüman nüfus 1948'deki Arap-İsrail savaşından kaçanların da eklenmesiyle iyice çoğaldı. Lübnan'da yalnızca bir resmi nüfus sayımı yapıldı –o da 1932'de– çünkü demografik yapı çok hassas bir konu ve siyasi sistem de kısmen nüfus büyüklüklerine bağlı durumda.

Bölgedeki mezhep grupları arasında uzun süredir çatışmalar mevcut. Bazı tarihçilerin birinci Lübnan iç savaşı olarak adlandırdıkları olay 1958'de Maruni Hıristiyanlar ile o sırada çoğunluğu henüz yakalamış olan Müslümanlar arasında çıktı. Müslümanlar artık açıkça çoğunluk olsalar da resmi sayılar elimizde yok, nüfus hakkında bilgi veren çalışmalar da çok tartışmalı.

Başkent Beyrut'un bazı kısımları yalnızca Şiilere ait, tıpkı ülke güneyinin büyük kısmı gibi. Şiilerin baskın olduğu İran'dan destek alan Şii örgüt Hizbullah'ın hüküm sürdüğü bölge de burası. Başka bir Şii kalesi de Bekaa Vadisi; Hizbullah burayı Suriye hükümet kuvvetlerine destek vermek için önemli bir üs olarak kullandı. Diğer kentlerse ezici çoğunlukla Sünni. Örneğin kuzeydeki Trablusşam'ın %80 Sünni olduğu düşünülüyor ama güçlü bir Alevi azınlık da mevcut, ayrıca yan komşu Suriye'deki Sünni-Alevi geriliminin etkisiyle burada da çatışmalar çıktı.

Lübnan yalnızca haritadan bakıldığında birleşik bir ülke gibi duruyor. Beyrut Havaalanı'na varmanızdan birkaç dakika sonra durumun böyle olmadığı anlaşılıyor. Havaalanından merkeze gelirken güneydeki Şii banliyölerinden, ülkenin muhtemelen en etkili savaş gücü olan Hizbullah'ın kısmi olarak devriye gezdiği yerden geçiyorsunuz. Lübnan ordusu kâğıt üstünde mevcut ama 1975–1990 yıllarındakine benzer bir iç savaş durumunda darmadağın olur, çünkü birçok birliğin askerleri hemen esas memleketlerine dönüp yerel milislere katılır.

Suriye'de, 2011'in sonunda iç savaş tüm şiddetini hissettirmeye başladığında, oranın askerleri de kısmen böyle yapmışlardı.

Bir diğer çok-inançlı, çok-mezhepli, çok-aşiretli ülke olan Suriye ilk krizde dağıldı. Bölgenin her yerinde olduğu gibi, burada da Sünniler çoğunlukta –%70 civarı– ama diğer inançlara mensup önemli azınlıklar var. 2011'e dek, bazı gruplara özgü bölgelerin de varlığına karşın, birçok topluluk şehir, kasaba ve kırsal alanlarda bir arada yaşamışlardı. Tıpkı Irak'taki gibi, bölge insanları, "Biz tek milletiz, aramızda ayrı gayrı olmaz," derdi size hep. Ancak yine Irak'ta olduğu gibi, adınız, doğum yeriniz veya ikametgâhınız sayesinde kökeniniz kolaylıkla belirlenebiliyordu ve azınlığı çoğunluktan ayırmak zor değildi.

Fransızlar buraya hükmederken, Britanya'nın "böl ve yönet" prensibini uygulamışlardı. O sıralarda Arap Alevilerine Nusayri denirdi. Birçok Sünni tarafından Müslüman kabul edilmeyen Aleviler, gösterilen düşmanlık karşısında, kendilerini "Ali'nin takipçileri" anlamındaki Alevi olarak tekrar isimlendirerek İslami vurgu yaptılar. Dağlarda yaşayan, geri kalmış bir topluluk olan Suriye Alevileri, toplum piramidinde en alttaydılar. Fransızlar onları alıp polis gücüne ve orduya soktular, böylece Aleviler yıllar içinde bu toprakların önemli güçleri arasında yerlerini aldılar.

Aslında herkes ülke liderinin küçük bir azınlığa mensup olmasının nasıl bir gerginlik yarattığının farkındaydı. Esad ailesi nüfusun yaklaşık %12'sini oluşturan Alevi topluluğuna mensup. Bu aile Beşşar Esad'ın babası Hafız Esad'ın 1970 darbesiyle yönetimi ele almasından beri iktidarda. 1982'de Hama'da Sünni grup Müslüman Kardeşler'in çıkardığı ayaklanmayı bastıran Hafız Esad birkaç günde 30.000 kişiyi öldürmüştü. Müslüman Kardeşler bunu asla affetmedi ve unutmadı. 2011'de ülke çapında ayaklanma çıktığında intikam almak istediler. Bazılarına göre, iç savaşın bir diğer adı da "Hama, Kısım İki"ydi.

Şu günlerde Suriye'nin son hali ve şekli belirsizliğini koruyor ama 2015'in sonundaki Rus müdahalesinden beri rejimin mağlup edilme ihtimali geriledi. Ülkenin merkezini, özellikle de şehirleri kontrolünde tutan Esad yönetimi isyancı grupları ve özellikle de IŞİD'i savunmaya geçirdi. Kürt kuvvetleri kendi kontrolleri altındaki bölgeyi şekillendirdi ama bu da harap olan kentlerde bir Kürt devleti kurulmasını asla istemeyen Türk ordusunu Suriye topraklarına getirdi.

Yakın gelecekte Suriye birçok derebeyi tarafından yönetilecekmiş gibi bir manzara var. An itibariyle, Beşşar Esad bu derebeyleri arasında açık farkla en güçlüsü. Son iç savaşı on beş yıl süren Lübnan bazen bir yenisine yaklaşıyor; Suriye de onlarla benzer bir kadere mahkûm olabilir.

Ülkenin Lübnan'a benzeyen bir başka yanı da dış güçlerin kendi amaçları doğrultusunda kullandıkları bir yer haline gelmesi. Suriye hükümet güçleri Rusya, İran ve Lübnan Hizbullahı tarafından destekleniyor. Arap ülkeleri muhalifleri destekliyor, ama farklı ülkeler farklı gruplara yakın: Suudiler ve Katarlılar, her ikisi de etki alanına sahip olmaya çalışıyorlar, fakat bunu başarmak için sahadaki farklı vekaletlere başvuruyorlar. Bu bölgeleri tekil ve yönetilebilir halde tutabilmek için yetenek, cesaret ve genellikle az bulunan bir yetenek olan uzlaşma gerekiyor, özellikle de Sünni cihatçıların "halifelik"lerini genişletmek için tüm ülkeyi bölmeye çalıştıkları düşünülünce.

El Kaide ve IŞİD gibi örgütler, sahip oldukları desteğin bir kısmını, sömürgeciliğin miras bıraktığı ezilmişlik hissine ve birleşik Arap milliyetçiliği fikrinin başarısızlığına borçlu. Arap liderler refah ve özgürlük getirmeyi başaramadılar; bu yüzden, her şeyi çözme vaadine sahip İslamcılığın siren sesleri dindarlık, işsizlik ve baskı içindeki bölgedeki birçoklarının kulağına hoş geldi. İslamcılar, İslam'ın bir imparatorluk yönettiği ve teknoloji, sanat, tıp, ülke yönetimi gibi konularda dünya öncüsü olduğu altın çağı tekrar yakalamanın peşinde. Ortadoğu'daki "öteki"lere dair eskiden kalma şüphelerin yüzeye çıkmasına yardımcı oldular.

IŞİD, 2000'lerin sonunda, "Irak El Kaidesi" adlı şubenin kalıntılarından doğdu. Suriye İç Savaşı şiddetlendiğinde, bu grup El Kaide'den ayrılmış ve kendine başka bir isim vermişti bile: IŞİD, yani Irak ve Şam İslam Devleti. 2014 yazında kendine İslam Devleti diye hitap etmeye başlayan örgüt Irak ve Suriye'de gerçekten de devlet kuracak kadar geniş toprakları ele geçirmişti.

IŞİD kısa sürede binlerce yabancı Müslümanı kendi davasına çekmeyi başardı ve cihatçıların "ortak adresi" oldu, bunu biraz dindarlık romantizmiyle, biraz da acımasızlığıyla başardı. Asıl cazibesiyse halifelik yaratmaktaki başarısıydı; katliamları sonucu manşetlere çıkan El Kaide'nin yerine katliamlarıyla toprak fetheden IŞİD geldi.

İnternet çağında giderek daha fazla önem kazanan bir şey daha ellerine geçirdiler: Psikolojik alan. IŞİD, El Kaide'nin sosyal medyadaki öncü çalışmalarını geliştirdi ve daha sofistike, daha acımasızca seviyelere getirdi. 2015'te internetin insanları bazen acımasızlaştıran etkileriyle, şiddet ve seks takıntılı sanal ortamda yetişen cihatçıları kullanarak halka mesaj verme konusunda bütün hükümetlerin önüne geçti. Onlar "Klavye Cihatçıları" ve ölümcül oyunda bir adım öndeler.

2015 yazında, Ortadoğu'daki birçok Arap –ki bunların arasında bölgesel medyanın büyük kısmı da var– IŞİD'e başka bir isimle hitap etmeye başladı. Bu isim birçok sıradan insanın bu örgütten ne kadar iğrendiğini ifade ediyor: DAEŞ.

Arapça *Devlet-ül İslamiye Irak ve'l-Şam*'dan türetilen bu isim örgüt üyelerinin nefretini çektiği için kullanıldı. Telaffuzu Arapça *daes* (sinsi ve fitne çıkaran) kelimesine benzeyen kısaltma *fahiş* (günahkâr kişi) gibi kelimelerle de kafiyeli; ayrıca, örgütün İslam anlayışından rahatsız olanlar *jaheş* (aptal eşek) kelimesini de andırışından çok memnunlar. Sonuncu kelime Arap kültüründe ciddi bir hakaret: Kişiyi hem aşağılıyor hem de korkutmak için küçümsüyor.

Savaş 2015'te Irak'ın bazı kısımlarında şiddetlenip duruldu; IŞİD Tikrit'i kaybetti ama Ramadi'yi kazandı. ABD Hava Kuvvetleri kendini birden keşif uçuşları yaparken buldu ve hava saldırılarının sıklığını azalttı. IŞİD, biraz da kuzeydeki Musul'u geri almak isteyen Irak hükümetine karşı kendini korumak için Tikrit'i istedi. Ama Ramadi onlar için çok daha önemliydi: Ezici Sünni çoğunluğa sahip Anbar bölgesindeki şehir Suriye sınırı yakınında bulunmakta. Burayı elinde tutmak örgütün "devlet" olma iddiasına destek veriyordu.

Ağustos 2015 ABD'nin hem Irak hem Suriye'deki IŞİD hedeflerini bombalama görevlerinin yıldönümüydü. Körfezdeki *George H. W. Bush* ve *Carl Vinson* isimli uçak gemilerinden, Kuveyt'ten ve BAE'deki üsten havalanan Amerikan uçakları binlerce hava saldırısı düzenledi; bunların arasında yer alan F-22 Raptor jet uçağı bu saldırılarda ilk kez 2015'te kullanıldı ve IŞİD'in petrol tesislerine saldırdı. Amerikalı pilotlar saldırmaları gereken noktaların koordinatlarını söyleyebilecek ileri hava kontrolörlerine sahip olmadıkları için çok zorlandılar. Hedefler genellikle şehirlerde olduğu için, "angajman kuralları" gereği birçok uçak hiç ateş etmeden geri döndü.

2015 yazının sonlarından beri, IŞİD düzenli olarak toprak kaybediyor. Önemli noktalardan biri olan Suriye'nin Kobani kenti Kürt savaşçılarca tekrar kazanıldı ve Ocak 2016'da Irak'ın büyük şehirlerinden Ramadi de Irak ordusu tarafından geri alındı. IŞİD ayrıca artan hava saldırılarıyla muazzam bir baskı altına alındı.

Ruslar duruma daha da müdahil oldular ve Mısır'daki bir Rus yolcu uçağına IŞİD tarafından saldırı düzenlendiğini iddia ettikten sonra hem Özgür Suriye Ordusu'na hem de IŞİD'e saldırdılar. Fransızlar Kasım 2015'te Paris'te düzenlenen terör saldırılarına karşılık olarak IŞİD hedeflerini havadan yoğun şekilde bombaladı, sonra da Birleşik Krallık'tan yardım istediler. Britanya Parlamentosu, Irak'taki hava saldırılarını genişletip işe Suriye'yi de dahil etme kararı aldı.

Sonuç olarak IŞİD'in "halifeliği" boyut olarak küçüldü, bazı liderler ve önemli komutanlar öldürüldü. Musul'un Irak ordusu tarafından 2017'de geri alınması IŞİD için hem askeri hem psikolojik bir yıkım oldu; üç yıl önce, bu şehrin içindeki Büyük Cami'den sözde halifelik ilanı yapılmıştı. Tabii henüz IŞİD'in sonu geldi denemez. 2017'de yüzlerce savaşçı başka bir üs kurmak için Libya'ya yönelmiş ve birçok Arap olmayan yabancı savaşçı Avrupa ve Orta Asya'daki ülkelerine dönmeye çalışmıştı; bu kişilerin hepsi şiddet yanlısı İslamcılık hastalığına yakalandılar ve bundan yıllarca kurtulamayacaklar.

Bununla birlikte, askeri mücadelenin merkezi hâlâ Ortadoğu'da. Ruslar, Britanyalılar, Amerikalılar, Fransızlar ve diğerleri boğazlarına kadar bu işe girmiş durumdalar; bazıları ABD'den havalanan binlerce insansız hava aracı Ortadoğu semalarında. İnsansız hava araçları coğrafyanın bazı engellerinin teknoloji yoluyla aşıldığına dair net ve modern bir örnek. Ancak, aynı zamanda coğrafyanın önemine de dikkat çekiyorlar. ABD giderek büyüyen İHA filosunu dünya çevresindeki en az on farklı üste tutuyor. Bu da Nevada'daki klimalı ofisinde oturan birinin elindeki kontrol cihazıyla hedefleri vurmasına veya kontrolü hedef yakınlarındaki başka birine devretmesine imkân tanıyor. Tabii bu lüks ABD'nin İHA üslerini barındıran ülkelerle olan ilişkilerini sıcak tutma zorunluluğunu da beraberinde getiriyor. Örneğin, Nevada'dan gönderilen sinyal Almanya'daki bir sualtı kablosundan geçerek, Pentagon'a bant genişliği satan üçüncü bir ülkeye ait uyduya ulaşmak zorunda kalabilir. Bu durum –günümüz jeopolitik atmosferini tam olarak anlamak için gereken– Amerikan gücünün kavramsal haritasını tekrar akıllara getiriyor.

İHA saldırıları bireysel hedeflere karşı çok etkili oluyor. 2015-2016'da Irak'ta binlerce kilometrekarelik bölgenin geri kazanılmasına büyük katkıları oldu.

Bir milyon pikselin ışığına çekilmiş güveler misali, dünyanın çeşitli yerlerinden gelen Sünni İslamcı savaşçılar Irak'taki Kürt, Sünni ve Şii üçlü ayrılığını kendi avantajlarına kullandılar. Sünni Araplara bölgedeki baskın güç olma "haklarını" tanıma ve onların zihinlerindeki tüm gerçek müminlerin (Sünni Müslümanların) tek hükümdar altında yaşadığı halifeliği geri getirme gibi tuhaf ve karışık bir vaatte bulundular.

Ancak ütopik fantezilerine ulaşmalarının neden bu kadar imkânsız olduğunu ortaya koyan şey de tam olarak kendi inançlarının ve uygulamalarının fanatikliği.

Öncelikle, Sünni Irak aşiretlerinin yalnızca bazıları cihatçıları destekleyebilir, onu da yalnızca kendi amaçlarına ulaşabilmek için yaparlar, ki bu amaçların içinde altıncı yüzyıla dönüş yok. İkincisi, cihatçılar onlara karşı duranlara herhangi bir acıma olmadığını ve Sünni olmamanın ölüm fermanı olduğunu gösterdiler. Yani, Sünni olmayan tüm Müslümanlar ve Irak'taki tüm azınlıklar –Hıristiyanlar, Keldaniler, Yezidiler ve diğerleri– onların karşısında, tıpkı onlarca Batılı ve Müslüman ülke gibi.

Cihatçı olmayan Iraklı Sünniler zor bir durumda. Bölünmüş veya federalleşmiş bir Irak'ın tam ortasında, Sünni Üçgeni olarak bilinen, köşeleri Bağdat'ın hemen doğusu, Ramadi'nin batısı ve Tikrit'in kuzeyinde olan bir alanda, etrafları çölle kaplı halde kalacaklar. Burada yaşayan Sünnilerin, kuzeydeki Kürtler veya güneydeki Şiilere kıyasla, genellikle aşiretlerinin Suriye'deki üyeleriyle daha çok ortak noktaları oluyor.

Üçgenin içinde bir Sünni varlığının sürdürülebilmesini mümkün kılacak kadar ekonomik çeşitlilik yok. Tarih petrolü Irak ülkesine miras bıraktı ama ülkenin fiilen bölünmüş olması petrolün de büyük kısmının Kürt ve Şii bölgelerinde olduğu anlamına geliyor; yani güçlü ve birleşik bir Irak olmazsa, o halde petrol parası da petrolün çıktığı yere gider. Kürt toprakları Sünni kontrolüne giremez; Bağdat'ın güneyindeki Necef ve Kerbela gibi şehirlerde ezici Şii çoğunluk yaşıyor; Basra ve Um Kasr limanları da Sünni bölgesinden çok uzakta. Bu ikilem, Sünnileri bir zamanlar hüküm sürdükleri ülkeden eşit pay alabilmek için savaşmak zorunda bırakıyor.

Bir ayrılık durumunda en avantajlı konumda olanlar Şiiler. Baskın oldukları bölgede petrol sahaları, 55 kilometrelik bir kıyı, Şattülarap suyolu, limanlar, dış dünyaya erişim ve İran adında dini, ekonomik, askeri açılardan bir müttefik var.

Cihatçı fantezi Selefi İslam'a göre yönetilen bir dünya hedefliyor. Daha berrak fakat vahşice anlarındaysa daha sınırlı bir amaç için kafa yoruyor ve eylemler yapıyorlar: Ortadoğu'da kurulacak bir halifelik. Cihatçıların savaş çığlıklarından biri şudur: "Musul'dan Kudüs'e kadar!" Yani, Irak'ın Musul kentinden Lübnan'daki Beyrut'a, Ürdün'deki Amman'a ve Kudüs'e kadar uzanan bölgeyi istiyorlar. Ancak, IŞİD'in coğrafi halifeliğinin gerçek boyutu örgütün yetenekleriyle sınırlı.

Elbette sorunun küçümsenmemesi, 1618-1648'deki Otuz Yıl Savaşları'nın Arap versiyonu olarak betimlenebilecek bu durumun boyutlarının bilinmesi gerekir. Sorun yalnızca bir Ortadoğu sorunu değil. Hayatta kalan uluslararası cihatçıların çoğu Avrupa, Kuzey Amerika, Endonezya, Kafkasya ve Bangladeş'teki hayatlarına geri dönecekler ve orada sessiz bir hayata alışmak için muhtemelen çok uğraşacaklar. Londra'daki istihbarat servisleri Ortadoğu'daki cihatçı gruplar için savaşan Britanyalı Müslüman sayısının Britanya Ordusu'ndakinden fazla olduğuna inanıyor. İslamcılar tarafından uygulanan radikalleşme programı, Avrupalı ülkelerin şimdilerde başladıkları radikalleşme karşıtı programdan çok uzun yıllar önce vardı.

Bölgedeki çoğu ülke bu kuşak çatışmasını hafif veya yoğun şekillerde yaşıyor. Örneğin Suudi Arabistan uzun yıllar boyunca El Kaide hücreleri üzerinde baskı kurduktan sonra çoğunu parçaladı, ancak şimdi yeni kuşak cihatçılarla yeni denklemleri çözmeye çalışıyor. Güney sınırında da başka bir sorun var: Şiddet olayları, ayrılıkçı hareketler ve güçlü bir cihatçı oluşumla kavrulan Yemen.

Ürdün'de de büyük bir İslamcı hareket var, özellikle de Suriye ve Irak sınırları yakınında, El Kaide ve IŞİD gibi gruplara destek olan binlerce kişiyi barındıran Zarka şehrinde. Ürdünlü yetkililer ülkenin artık kırılganlaşan sınırlarından içeri Irak veya Suriye'deki cihatçı grupların tüm güçleriyle saldırmalarından çekiniyorlar. Britanya eğitimi almış Ürdün ordusu Ortadoğu'nun en güçlü askeri güçlerinden biri olarak kabul ediliyor, ama yerel İslamcılar ve yabancı savaşçılar sokaklarda gerilla savaşına başlarsa durumu kontrol edemeyebilirler. Eğer Filistin asıllı Ürdünlüler ülkeyi savunmayı reddederlerse, buranın da Suriye'dekine benzer bir kaosa sürükleneceğini düşünmek pek de hayalcilik sayılmaz.

Bu da Haşimi ailenin isteyeceği son şey – üstelik İsrail'in de.

Ortadoğu'nun geleceği için yapılan savaş İsrail'le Araplar arasındaki çekişmeyi kısmen de olsa unutturdu. İsrail-Filistin meselesine ara ara dönülüyor ama bölgenin diğer ülkelerinde olanların boyutu, en azından bazı gözlemcilere, Ortadoğu'nun tüm sorununun İsrail'in varlığına bağlı olmadığını gösterdi. Bu önerme dikkati kendi acımasızlıklarından çekmek isteyen Arap diktatörlerin pompaladıkları bir yalandı ve hem bölgedeki birçok insan tarafından hem de diktatörlerin Batı'daki kullanışlı aptalları tarafından yutuldu. Elbette ki İsrail-Filistin trajedisi, bu küçük toprak parçası üzerindeki takıntı, tüm gerçekliğiyle devam ediyor ve yakın gelecekte tekrar dünya üzerindeki en acil anlaşmazlık olarak görülebilir.

Osmanlılar Ürdün Nehri'nin batısında, Akdeniz kıyısındaki alanı Suriye bölgesine ait bir kısım olarak görmüşlerdi.

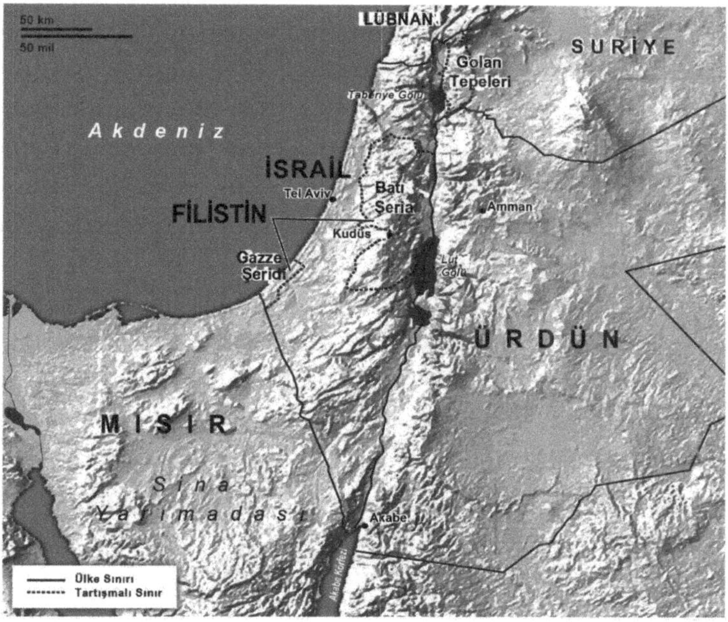

Filistina denen bu bölge, Birinci Dünya Savaşı'ndan sonra, Britanya Mandası altında Filistin haline geldi.

Yahudiler eskiden İsrail denen yerde bin yıl yaşamışlardı ama tarihin acımasızlığı onları dünyanın dört bir yanına savurdu. İsrail, Yahudiler için "vadedilmiş topraklar" olarak kaldı ve özellikle de Kudüs kutsal bir şehirdi. Ancak, 1948 itibariyle,

Arap Müslümanlar ve Hıristiyanlar bu topraklarda bin yıldır çoğunluğu oluşturuyorlardı.

Yirminci yüzyılda, Filistin mandasının ilanıyla birlikte, azınlık olan Yahudilerin topluluklarını büyütme ve Doğu Avrupa'daki soykırımların da etkisiyle, giderek daha fazla Yahudiyi buraya yerleştirme hareketi başladı. Filistin'de bir "Yahudi vatanı" yaratılması fikrine sıcak bakan Britanyalılar Yahudilerin oraya taşınmalarına ve Araplardan arazi satın almalarına izin verdiler. İkinci Dünya Savaşı ve Holokost sonrasındaysa, Yahudiler Filistin'e daha da fazla akın etmeye başladı. Yahudiler ile Yahudi olmayanlar arasındaki gerilim kaynama noktasına ulaştı ve bitkin Britanya bu sorunu 1948'de BM'ye taşıdı. Birleşmiş Milletler bölgenin iki ülkeye bölünmesine karar verdi. Yahudiler kabul etti; Araplar "hayır" dedi. Çıkan savaş, ilk Filistinli mülteci dalgasının bölgeden kaçmasına, Yahudi mültecilerin de bu topraklara sığınmasına sebep oldu.

Ürdün, Batı Şeria bölgesini, Doğu Kudüs de dahil olmak üzere, işgal etti. Mısır da Gazze'ye girdi, bu kenti Mısır topraklarının bir uzantısı olarak gördüğünü ilan etti. İki ülke de işgal ettiği topraklarda yaşayanlara Filistin vatandaşlığı vermeye kalkışmadı veya Filistin diye bir devlet oluşturmak istemedi; topraklarda yaşayanların da bir Filistin devleti kurulmasına yönelik özel bir hareketi yoktu. Suriye ise tüm bölgeyi büyük Suriye'nin parçası, yaşayanları da Suriyeli olarak gördü.

Mısır, Suriye ve Ürdün günümüzde hâlâ Filistin'in bağımsızlığı konusunda şüpheciler ve İsrail yok olup yerini Filistin'e bırakmış olsaydı bile, her biri yeni kurulan bu devletten toprak talep edebilirdi. Ancak bu yüzyılda, Filistinlilerde büyük bir vatanseverlik duygusu hâkim ve burayı fethetmeye kalkacak herhangi bir Arap diktatörlüğüne fena halde isyan edecekleri aşikâr. Filistinliler yirminci yüzyılda kaçtıkları Arap ülkelerinden çoğunun onlara vatandaşlık vermeyi reddettiğinin farkındalar; bu ülkeler mülteci çocukları ve torunlarının da mülteci statüsünde kalmaları ve ülkeye entegre olmamaları için ellerinden geleni yapıyorlar.

1967'deki Altı Gün Savaşı'nda İsrailliler tüm Kudüs'ün, Batı Şeria'nın ve Gazze'nin kontrolünü ele geçirdiler. 2005'te Gazze'yi terk ettiler ama yüz binlerce İsrailli yerleşimci hâlâ Batı Şeria'da.

İsrail Kudüs'ü ebedi ve bölünmez başkenti olarak görüyor. Yahudi dini, İbrahim'in İsmail'i üzerinde kurban etmeye hazırlandığı taşın, Yücelerin Yücesi denen Süleyman Tapınağı'nın üstünde durduğunu söylüyor. Filistinliler içinse Kudüs tüm İslam dünyası için derin anlamlar taşıyan bir dini sembol: Hz. Muhammed'in de aynı taşın üstünden cennete yükseldiğine inanıldığı için, burası İslam'ın en kutsal üçüncü şehri kabul ediliyor ve söz konusu taş şu an Mescid-i Aksa ismiyle anılan mekânda bulunuyor. Askeri bakımdan, şehrin coğrafi önemi ancak orta seviyelerde denebilir –çünkü gelişmiş bir sanayisi yok, nehri veya havaalanı da yok– ama kültürel ve dini açılardan kilit öneme sahip: Şehre ideolojik bakımdan duyulan ihtiyaç şehrin konumundan daha önemli. Kudüs'ün kontrolü ve Kudüs'e erişim üzerinde kolayca tavizler verilerek çözüme ulaşılabilecek bir konu değil.

Kıyaslandığında, İsraillilerin Gazze'den vazgeçmesi daha kolaydı. Gazze halkının İsrail'in bölgeyi terk edişinden sonra çok bir şey kazanıp kazanmadığıysa tartışmalı.

Gazze, Filistin'in hâlâ "varlık" gösterdiği iki merkezden çok daha kötü durumda olanı. Yalnızca 40 km uzunluğunda ve 11 km genişliğindeki kent 1,8 milyon kişiye ev sahipliği yapıyor. Pratikte bir "şehir devleti" olan Gazze tarihte bu isme sahip olanların aksine büyük yoksulluk çekiyor. İsrail'le çıkan anlaşmazlıktan ötürü, Gazze sakinleri Mısır ve İsrail tarafından yaratılan güvenlik bariyerleriyle üç yandan hapsedilmiş durumda, batı taraflarındaysa deniz var. İsrail sınırına ancak belirli bir mesafeye kadar inşaat yapabiliyorlar, çünkü İsrailliler Gazze'nin roket yollayabilme yeteneğini mümkün olduğunca kısıtlamaya çalışıyorlar. Son on yılda asimetrik silahlanma yarışı hızlandı; Gazze'deki militanlar daha uzağa ateş edebilen roketler arıyor ve İsrail füzesavar savunma sistemini geliştiriyorlar.

Kentsel yoğunluğu yüzünden, Gazze militanlar için iyi bir muharebe sahası ama çatışmalar sırasında neredeyse hiç sığınacak yerleri olmayan, yaklaşık kırk kilometre mesafedeki Batı Şeria'ya bile kaçamayan siviller için tam bir kâbus. Bir barış anlaşması yapılmadığı sürece Gazzelilerin gidebilecekleri hiçbir yer yok, vatanlarında yapabilecekleri de çok sınırlı.

Gazze'nin neredeyse yedi katı yüzölçümüne sahip Batı Şeria, dört bir yandan karayla çevrili. Büyük kısmı kuzeyden güneye uzanan sıradağlardan oluşuyor. Bu coğrafi durum, askeri açıdan bakıldığında, yüksek mevzilere hükmedene tepelerin batısındaki kıyı ovasının ve doğudaki Ürdün Vadisi'nin kontrolünü de veriyor. Yahudiye ve Samarya dedikleri yerlerde yaşamayı kendilerine kutsal bir hak olarak gören Yahudi yerleşimcilerin ideolojisini bir yana bırakırsak İsrail'in askeri görüşü İsrail'e ait olmayan bir gücün bu dağları kontrol etmemesi gerektiği yönünde; çünkü buraya konuşlandırılan ağır silahlar İsrail nüfusunun %70'ine ev sahipliği yapan kıyı ovasına yöneltilebilir. Ovada ayrıca çok önemli yol ağları, ileri teknoloji şirketleri, uluslararası havaalanı ve İsrail ağır sanayisinin büyük kısmı bulunuyor.

Bu durum, İsrail tarafının "güvenlik" konusundaki ısrarının nedenlerinden biri. Ayrıca, bağımsız bir Filistin devleti kurulması durumunda bu ülkenin dağlarda ağır silahlara sahip olamayacağı konusunda ısrar eden İsrail, Ürdün sınırını da kesinlikle kendi kontrolünde tutmak istiyor. İsrail çok küçük olduğu için herhangi bir "stratejik derinlik" sahibi değil; savunmaları yıkıldığında geri çekilebileceği bir yer olmadığı için ordusu yalnızca ülkeye yaklaşılmamasına odaklanıyor. Dahası, Batı Şeria sınırından Tel Aviv'e olan uzaklık 16 km kadar, Batı Şeria dağlarından giren bir ordunun İsrail'i ortadan bölememesi için de çok zayıf olması lazım.

Mevcut şartlar altında, İsrail ülkenin ve vatandaşların güvenliği konusunda tehditler hissediyor, teröristlerin ve yakın komşularının saldırı ihtimalinden endişeleniyor ama varlığına karşı herhangi bir tehdit görmüyor. Güneybatıdaki Mısır bir tehdit değil. Şu an iki tarafı da tatmin eden bir barış anlaşması yürürlükte ve kısmen askersizleştirilen Sina Yarımadası da iki ülke arasında tampon bölge görevinde. Doğuda, Kızıldeniz kıyısındaki Ürdün kenti Akabe'deki çöl de İsrail'i koruyor, tıpkı Amman'la yaptığı barış anlaşması gibi. Kuzeyde Lübnan bazen zararlı oluyor ama çok önemli konularda değil, daha çok sınır ötesi baskınları ve/veya sınırlı bombardımanlar şeklinde. Ancak, Lübnan'daki Hizbullah, daha büyük ve daha uzun menzilli füzelerini kullanarak İsrail'in uzak noktalarını hedef alırsa, karşılığını misliyle alır.

Daha ciddi bir potansiyel tehdit de Lübnan'ın daha büyük komşusu Suriye. Tarihsel olarak, Şam kıyıya doğrudan erişim istiyor, buna ihtiyaç duyuyor. Lübnan onlar için her zaman Suriye'nin bir parçasıydı (çünkü geçmişte gerçekten de öyleydi) ve 2005'te askerlerinin bu ülkeden ayrılmaya zorlanması hoşlarına gitmedi. Eğer o denize ulaşım rotası engellenirse, bunun alternatifi Golan Tepeleri'ni geçip Taberiye Gölü etrafındaki dağlık bölgeye inerek Akdeniz'e ulaşmak olur. Ama bu tepeler Altı Gün Savaşı sırasında İsrail tarafından işgal edilmişti ve büyük İsrail şehirlerine uzanan kıyı ovalarına girmek için Suriye ordusunun çok büyük bir saldırı düzenlemesi gerekir. Gelecekte böyle bir şey yaşanmayacağı söylenemez ama orta vadede hiç olası görünmüyor; Suriye'deki iç savaş sürerken de elbette imkânsız.

Bir de nükleer silah konusunu gündeme getirdiği için daha ciddi bir sorun olan İran var.

İran, nüfusu Arap olmayan, çoğunluğu Farsça konuşan bir dev. Fransa, Almanya ve Birleşik Krallık'ın birleşiminden daha büyük; ama bu ülkelerin nüfus toplamları 200 milyonken, İran'ınki yalnızca 78 milyon. Sınırlı yaşanabilir alanı bulunan halk büyük oranda dağlarda yaşıyor; İran merkezindeki büyük çöller ve tuz ovaları insan yaşamına elverişli değil. Oralardan arabayla geçmek bile içinizi bunaltabilir, orada yaşamaksa çok az kişinin altından kalkabileceği bir zorluk.

İran'da iki dev sıradağ var: Zagros ve Elbruz. İran'ın Türkiye ve Irak sınırlarından 1.450 km aşağı inen Zagros neredeyse Körfez'deki Hürmüz Boğazı'nda bitiyor. Dağların güney yarısının batı tarafında, Şattülarap'ın İran ve Irak'ı böldüğü bir ova var. Burası aynı zamanda İran'ın en önemli petrol sahalarının olduğu yer; ötekiler de kuzeyde ve merkezde. Birlikte dünyanın en büyük üçüncü rezervini oluşturdukları sanılıyor. Bu kaynağa rağmen, yönetim hataları, yolsuzluk, taşımacılık hatlarının birbirine bağlanmasını engelleyen dağlık arazi ve bazı sanayi türlerinin modernleşmesini bir parça engelleyen ekonomik yaptırımlar yüzünden, İran fakir bir ülke sayılır.

Elbruz sıradağları da kuzeyde başlıyor ama Ermenistan sınırında. Hazar Denizi'nin güney kıyısı boyunca devam ediyor, Türkmenistan sınırından geçiyor ve Afganistan'a doğru uzanıyor. Başkent Tahran'ın kuzeyinde görülen dağ sırası Elbruz'dur. Harika manzaralar gösteren bu dağ, aynı zamanda, İran'ın nükleer projesinden daha iyi saklanmış bir sır özelliği taşıyor: Her yıl birkaç ay boyunca mükemmel kayak sahalarına sahip.

İran üç tarafındaki dağlar ile dördüncü yanındaki bataklık ve su tarafından korunuyor. Moğollar 1219-1221'de bu topraklarda belirli bir yere kadar ilerleyebilmiş son yabancı güç ve o zamandan beri saldırganlar dağları aşmaya çalışırken burada mahvoldular. 2003'teki İkinci Körfez Savaşı'nda bile, dünyanın gördüğü en büyük savaş gücüne sahip ABD, Irak'a güneyden girdikten sonra, sağa dönme gafletine düşmedi, çünkü üstün ateş gücüne rağmen İran'ı işgal edemeyeceğini çok iyi biliyordu. Hatta, ABD ordusunda o sıralarda şöyle bir yaygın söylem vardı: "Çöller bizimdir, dağlar değil."

Iraklılar, 1980'de Irak-İran savaşı çıktığında, Huzistan Eyaleti'ni ilhak etme çabasıyla Şattülarap'ı geçmek için altı tümeni seferber ettiler ama Zagros'un eteklerine varmak şöyle dursun, bataklık ovalarını bile asla geçemediler. Sekiz yıl süren savaş en az bir milyon cana mal oldu.

İran'ın dağlık arazisi ülke içinde birbirine bağlı bir ekonomiye izin vermiyor ve kendilerine has keskin özellikleri olan sayısız azınlık grubun yapısını korumasını sağlıyor. Örneğin, Huzistan'daki etnik çoğunluk Araplardan oluşuyor; bununla birlikte Kürtler, Azeriler, Türkmenler ve Gürcülerin çoğunluk olduğu eyaletler de mevcut. Baskın İranlı çoğunluğun dili olan Farsça ülkede en fazla %60 oranında konuşuluyor. Bu çeşitliliğin bir sonucu olarak, İran'da gücün merkeziliği bir gelenek ve iç istikrarın korunması adına güç kullanılarak ürkütücü bir istihbarat ağıyla halk baskı altında tutuluyor. Tahran kimsenin İran'ı işgal etmeye kalkışmayacağının farkında ama düşman güçlerin azınlıkları kullanarak huzursuzluk çıkarabileceğini ve İslam devrimini tehlikeye atabileceğini de biliyor.

İsrail başta olmak üzere birçok ülke, İran'ın nükleer sanayisini silah yapımına hazırlık için kullandığını düşünüyor; bu da bölgedeki gerilimi artırıyor. İsrailliler bu ihtimalle kendilerini tehdit altında hissediyorlar. Sorun yalnızca İran'ın İsrail cephaneliğine rakip olma ve İsrail'i tek bombayla ortadan kaldırabilme ihtimali değil; İran kendi bombasını yaparsa Arap ülkelerinin de panikleyip kendi bombalarını yapma ihtimalleri var. Örneğin Suudiler, Ayetullahların Ortadoğu'da liderlik koltuğuna oturup tüm Şii Arapları etkileri altına almak istediklerinden ve hatta Mekke ile Medine'yi kontrol etme amacında olduklarından korkuyor. Nükleer silah sahibi İran bölgenin tartışmasız süper gücü haline gelecektir ve bu tehlikeye karşı Suudiler de muhtemelen sıkı ilişkiler içinde olduğu Pakistan'dan nükleer silah satın almaya kalkışacaktır. Mısır ve Türkiye de onları takip edebilir.

Bu da İran'ın nükleer tesislerine İsrail'in hava saldırısı düzenlemesi tehdidinin sürekli olduğu anlamına geliyor – tabii bunu engelleyen faktörler de var. Bunlardan biri, İsrail'le İran'ın arasının düz bir çizgiyle dahi 1.500 km'nin üstünde olması. İran'ı vurmak için, İsrail hava kuvvetlerinin iki farklı bağımsız ülkenin hava sahasına girmesi gerekir: Ürdün ve Irak. Saldırının geldiğini Irak'ın İran'a bildirmeme ihtimali de pek gerçekçi değil. Başka bir rota izlenmesi halinde –örneğin kuzeye gidilirse yine başka bir ülkenin hava sahasına girilir– yakıt ikmali gerekir ki İsrail'in bunu başarması mümkün olmayabilir. Bir de İran'ın elinde tuttuğu Hürmüz Boğazı kozu var: Teorik olarak, burasını kapatırlarsa, dünyanın petrol ihtiyaçlarının yaklaşık %20'sini karşılayan gemileri engellemiş olurlar. Dünyanın en stratejik boğazı kabul edilen Hürmüz'ün en dar yeri yalnızca 34 km. Sanayileşmiş dünya Hürmüz Boğazı'nın aylarca kapalı kalmasının petrol fiyatlarını inanılmaz seviyelere tırmandırabileceğinden endişeleniyor. İsrail'in İran'a saldırmaması için birçok ülke bu yüzden baskı yapıyor.

2000'lerde İranlılar ABD ablukasından çekiniyorlardı. ABD donanması Körfez'de, birlikler Irak ve Afganistan'daydı. İki ülkeden de askerlerin yavaş yavaş çekilmesinden sonra İran'ın korkuları da yavaş yavaş dinmeye başladı; Şiilerin baskın konuma geçtiği Irak'taki müttefiklerine doğrudan uzanan bir hat da İran'a kaldı. Irak'ın güneyi de önce İran'ın Şam'daki Alevi müttefiklerine, sonra da Akdeniz kıyısındaki müttefikleri Lübnan Hizbullahı'na uzanan bir köprü görevinde.

M.Ö. 6 ila 4. yüzyıllarda, Pers İmparatorluğu Mısır'dan

Hindistan'a kadar uzanıyordu. Modern İran'ın böyle yayılmacı amaçları yok ama nüfuzunu artırmak istiyor ve bunun için bariz şekilde batısındaki ovalara yönelmesi gerekiyor, yani Arap dünyasına ve buradaki Şii azınlıklara. ABD, Irak hükümetini Şii çoğunluğa devrettiğinden beri, İran buradaki etkisini artırdı ve bu da Sünnilerin hâkim olduğu Suudi Arabistan'ı panikleterek merkezinde Suudi-İran ilişkisi olan Arap Soğuk Savaşı'nı körükledi. Suudi Arabistan, İran'dan yüzölçümü olarak daha büyük, petrol ve doğalgaz kaynaklarından dolayı daha zengin olabilir ama nüfusu çok daha az (28 milyon) ve bu soğuk savaş olur da bir gün sıcak çatışmaya dönerse, İran'la askeri bakımdan başa çıkabileceğinden pek emin değil. İki ülke de bölgede baskın güç olma amacında ve ikisi de İslam'ın kendilerine göre yorumunda dünyaya liderlik ettiklerini söylüyor. Irak, Saddam'ın boyunduruğundayken Suudi Arabistan ile İran'ın arasında güçlü bir tampon vardı ama şimdi iki ülke birbirine Körfez'in iki yanından kötü gözle bakıyor. 2015 yazında Amerika'nın öncülüğünde İran'ın nükleer tesisleri hakkında imzalanan anlaşma Körfez ülkelerini İran'dan gelen tehdidin yok olduğuna dair hiç ama hiç ikna edemedi; ayrıca, Suudi Arabistan ile İran arasındaki ağız dalaşı sürüyor ve Yemen gibi yerlerde de vekalet savaşı sürdürüyorlar.

Batı medyası İsrail'in nükleer anlaşmaya verdiği tepki üzerine odaklanıyor ama bölgenin tüm Arap medyası da buna karşıydı, hatta bazı gazeteler 1938'deki Münih Anlaşması'nı hatırlattı. Önde gelen Suudi köşe yazarlarından biri, Suudi Krallığı'nı İran'la aynı anda bitirilecek bir bomba üretmeye çağırdı.

Bunların üstüne de 2016'nın başındaki beklenmedik olaylar yaşandı: Suudi Arabistan bir gün içinde kırk yedi mahkûm idam etti ve bunların arasında ülkenin en üst düzey Şii şeyhi Nimr El-Nimr de vardı. Suudi hanedanı, nükleer anlaşmadan bağımsız şekilde, İran'la karşı karşıya gelmekten çekinmediğini tüm dünyaya göstermek için bunu kasten yaptı. Şii dünyası buna büyük protestolarla karşılık verdi; Tahran'daki Suudi Arabistan Büyükelçiliği yağmalandı ve kundaklandı; iki ülke arasında iletişim kesildi ve Sünni-Şii iç savaşı için sahne hazırdı. Bu durum birkaç şekilde zuhur etti ve hatta Sünni devletleri bile diplomatik olarak birbirine düşürdü. Suudi Arabistan, BAE, Bahreyn ve Mısır 2017 yılında Katar'la olan ilişkilerini kestiler, burayı terörizme destek vermekle suçladılar. Ekonomik yaptırımlar da bunu izleyince, Katar mecburen İran'dan gelen yardımı kabul etti.

İran'ın batısında, hem Avrupalı hem Asyalı olan bir ülke var. Türkiye, Arap topraklarının sınırlarında ama Arap değil. Kendi topraklarının büyük kısmı büyük Ortadoğu bölgesi dahilinde olmasına rağmen, buradaki çatışmalardan kendini uzak tutmaya çalışıyor.

Türkler kuzey ve kuzeybatı komşuları tarafından hiçbir zaman samimi şekilde Avrupalı olarak görülmediler. Eğer Türkiye gerçekten Avrupalıysa, o zaman Avrupa'nın sınırları geniş Anadolu Ovası'nın uzak kısmında, yani Suriye, Irak ve İran sınırında bitiyor demektir. Bu çok az insanın kabul ettiği bir görüş. Eğer Türkiye Avrupa'nın bir parçası değilse, o zaman nereye dahil? Ülkenin en büyük şehri olan İstanbul 2010 Avrupa Kültür Başkenti'ydi; Eurovision Şarkı Yarışması'na ve UEFA Avrupa Şampiyonası'na da katılan Türkiye şu anki adı Avrupa Birliği olan oluşuma 1970'lerde katılım başvurusu yaptı ama topraklarının %5'i bile Avrupa kıtasına dahil değil. Birçok coğrafyacı İstanbul Boğazı'nın batısında kalan Türkiye topraklarını Avrupa'nın parçası kabul ediyor, ülkenin kalanını ise (en geniş anlamıyla) Ortadoğu'ya dahil ediyor.

Türkiye'nin AB'ye kabul edilmemiş olmasının nedenlerinden biri bu. Diğer nedenler arasında, özellikle Kürtler konusunda, ülkenin insan haklarını ihlal sicili ve ekonomisi var. Türkiye'nin nüfusu 75 milyon* ve Avrupa ülkeleri, yaşam standartları arasındaki farklılık yüzünden, kıtaya işçi yağmasından korkuyor. AB'de dillendirilmemesine rağmen, bir başka faktör de Türkiye'nin büyük çoğunluğu (%98) Müslüman bir ülke olması olabilir. AB seküler bir organizasyon değil, gerçi Hıristiyan kimliği de yok ama birliğin kendi içindeki "ortak değerler" konusu tartışmalı. Türkiye'nin AB üyeliğini savunan her tezin bir antitezi var ve son on yılda Türkiye'nin birliğe katılma ihtimali neredeyse yok oldu; bu da mevzubahis ülkenin diğer muhtemel seçenekleri değerlendirmeye başlamasına neden oldu.

1920'lerde, en azından bir adam için, tek bir tercih vardı. Bu adamın adı Mustafa Kemal'di ve o Birinci Dünya Savaşı'ndan ününü artırarak çıkan tek Türk generaliydi. Savaşı kazanan güçler Osmanlı Devleti'ni aralarında paylaşırken, Mustafa Kemal direniş güçlerinin başına geçti ve İtilaf Devletleri tarafından sunulan şartlara karşı geldi; yeni kurulan Türkiye'nin lideri olduğunda da ülkeyi modernleştirdi ve Avrupa'nın bir parçası haline getirdi. Batı'nın medeni kanunları ve Gregoryen takvim kullanılmaya başladı; İslami kamu kurumları yasaklandı. Fes giyilmesi yasaklandı, Arap yazısının yerini Latin alfabesi aldı ve hatta Atatürk bir de kadınlara oy kullanma hakkı tanıdı (İspanya'dan iki, Fransa'dan on beş yıl önce). 1934'te soyadı kanunu çıkarıldığında, Mustafa Kemal'e "Türklerin atası'" anlamındaki "Atatürk" soyadı verildi. Atatürk 1938'de öldü ama onu takip eden liderler genellikle Türkiye'yi Batı Avrupa'ya yaklaştırmak için çalışmaya devam ettiler; bu gayeyi gütmeyen liderlerse Atatürk'ün vasiyetini yerine getirmeye kararlı ordunun darbeleriyle karşı karşıya kaldılar.

* Yazarın kullandığı sayı bu olmasına rağmen, Türkiye İstatistik Kurumu'nun resmi internet sitesi tuik.gov.tr'de Şubat 2018 itibariyle sunulan verilere göre, Adrese Dayalı Nüfus Kayıt Sistemi baz alınarak hesaplanan 2017 Türkiye nüfusu 80.810.525'tir. (Ç.N.)

Ancak, 1980'lerin sonunda, Avrupa tarafından sürekli reddedilmek ve birçok sıradan Türkün daha az dindar olmayı inatla reddetmesi düşünülemeyecek olanı, yani Türkiye'nin belki de bir B planına ihtiyaç duyduğunu düşünen siyasetçiler kuşağını ülkeye getirdi. Dindar biri olan Cumhurbaşkanı Turgut Özal 1989'da ülkenin başına geldi ve değişimi başlattı. Türkiye'yi Avrupa, Asya ve Ortadoğu arasındaki büyük bir köprü, üç bölgede de büyük nüfuz sahibi olabilecek bir güç olarak tekrar görebilmeleri için Türkleri cesaretlendirdi. Görevdeki Cumhurbaşkanı Recep Tayyip Erdoğan da benzer hedeflere sahip, hatta belki daha da fazlasına, ama bunlara ulaşmak için uğraşırken onun da karşısına benzer engeller çıkıyor. Bu engeller kısmen coğrafi.

Siyaseten, Arap ülkeleri Erdoğan'ın ekonomik olarak Osmanlı İmparatorluğu'nu yeniden yaratmak istediğinden şüpheleniyorlar ve yakın bağlar kurmaktan kaçınıyorlar. İranlılar Türkiye'yi arka bahçelerindeki en önemli askeri ve ekonomik rakipleri olarak görüyorlar. İki ülke arasında asla sıcak olmayan ilişkiler, Suriye iç savaşında iki ülkenin farklı güçleri desteklemesinden dolayı daha da soğudu. Türkiye'nin Mısır'daki Müslüman Kardeşler hükümetine verdiği güçlü destek Mısır ordusunun düzenlediği ikinci darbeyle ters tepti. Kahire'yle Ankara arasındaki ilişkiler şimdi buz gibi.

Daha kötüsüyse Ankara-Moskova ilişkileri. Beş yüzyıldır araları bozuk olan Türkler ve Ruslar önceki yüzyıldaysa birbirlerine fazla zarar vermeden yan yana yaşamayı başardılar. Ama Suriye iç savaşı bunu değiştirdi; Rusya, Beşşar Esad'ı desteklerken, Türkiye ise Esad rejiminin devrilmesi ve yerine Sünnilerin başını çektiği bir hükümetin geçmesi için çok çalıştı. Ruslar 2015'in sonunda Suriye'ye askeri müdahalede bulunduklarında işler fena karıştı. Rusya'nın SU 24 jetini vuran Türkiye, uçağın kendi hava sahasına girdiğini iddia etti. İki ülke birbirine sert sözlerle yüklendi, hatta silahların çekilebileceğine dair imalar da oldu ama iki taraf da kınamaların ve ekonomik yaptırımların ötesine geçmedi. Tabii bu gerilim yalnızca Suriye ve Rus jeti yüzünden çıkmamıştı: Karadeniz, Hazar Denizi ve Türki cumhuriyetler üzerinde iki ülke de daha fazla söz sahibi olmak istiyordu. Türkiye'nin büyümeye devam ettikçe bu ülkelerde Rusya'ya rakip olacağını iki ülke de biliyordu ve egemenlik, "onur" gibi konularda iki tarafın da geri adım atmak gibi bir tutumu yok.

Türk yetkililer, İsrail'le kavga ederek İslami yönden prim yaptıklarında, İsrail'in Kıbrıs ve Yunanistan'la ortak operasyon ile ülke kıyılarının hemen yakınındaki petrol sahalarının kullanımı konusunda üçlü enerji ittifakı yapacağını öğrendiler. Mısır hükümetinin Türkiye'ye hoş gözle bakmaması da Kahire'nin bu yeni enerji kaynağının önemli müşterilerinden biri olabileceğini gösteriyor. İsrail enerjisinden aslında çok faydalanabilecek Türkiye, bu ihtiyaçları için, büyük oranda, eski düşmanı Rusya'ya bağımlı ve ayrıca AB ülkelerine enerji taşınması için yeni boru hatları konusunda Rusya'yla istişare halinde.

Türkiye ve İsrail arasındaki yeni soğuk savaşla panikleyen Amerikalılar, bu iki müttefikini tekrar bir araya getirmeye uğraşıyor. ABD bu iki ülke arasında daha iyi bir ilişki olmasını istiyor, çünkü bu NATO'nun Akdeniz'de güçlenmesi için gerekli. NATO için Türkiye kilit bir ülke, çünkü Karadeniz'den hangi gemilerin Ege ve dolayısıyla Akdeniz'e inebileceğine İstanbul Boğazı'na sahip olan bu ülke karar veriyor. Yaklaşık bir buçuk kilometreye kadar daralabilen bu boğaz kapatılırsa, Rusya'nın Karadeniz Filosu'nun sıcak denizlere inmesi mümkün olmaz.

Türkiye genellikle büyük bir deniz gücü olarak düşünülmez, ama üç denize kıyısı olan bu ülke buralardaki kontrolüyle her zaman dikkat edilmesi gereken bir aktör ve ayrıca Avrupa'yı Ortadoğu, Kafkaslar ve Orta Asya ülkeleriyle bağlayan bir ticaret köprüsü konumunda.

Türkiye, akış bazen çok zararlı olabilse de tarih yazılırken önemli aktörlerden biri olmaya kararlı. Ancak, kısa ila orta vadede bu pek olası değil. Birkaç yıl öncesine dek, Türkiye de, tıpkı İsrail gibi, Ortadoğu ülkelerinin demokrasiyle yönetilebileceğine kanıt olarak gösteriliyordu. Ancak süregelen Kürt sorunu, bazı ufak Hıristiyan topluluklarının yaşadığı zorluklar ve Suriye hükümetine karşı savaşan İslamcı gruplara verilen destek bu yoruma büyük darbeler vurdu. 2016'daki başarısız darbe girişimi Erdoğan hükümetinin tüm muhalefet üzerinde baskı kurmasının önünü açtı. O tarihten beri 50.000'den fazla kişi tutuklandı ve yaklaşık 150.000 kişi işini kaybetti.

Cumhurbaşkanı Erdoğan'ın Yahudiler, ırk ve cinsiyet eşitliği konularındaki yorumları, Türkiye'nin giderek daha da İslamcılaşmasıyla birlikte ele alındığında, endişeleri daha da artırıyor. Ancak Arap ülkelerinin çoğuyla kıyaslandığında, Türkiye çok daha gelişmiş bir ülke ve bir demokrasi olarak tanımlanabilir halde. Erdoğan Atatürk'ün yaptıklarının bir kısmını yıkıyor olabilir ama Türklerin Atası'nın torunları Arapların Ortadoğu'sundaki herkesten daha özgürce yaşıyor.

Arap ülkeleri, Türkiye'nin yirminci yüzyıl başında yaşadığına benzer bir açılım yapmadıkları ve sömürgecilikten çok çektikleri için, Arap ayaklanmaları gerçek bir Arap Baharı'na dönüşemedi ve sonuç olarak isyan süreklileşerek iç savaşlar çıktı.

Arap Baharı medyanın ürettiği hatalı bir isim ve olanlar konusunda yanlış bir algı yaratıyor. Ellerinde İngilizce dövizlerle şehir meydanlarına çıkan liberallerle röportaj yapmak için gereğinden fazla sayıda muhabir bu bölgelere gitti ve yanılarak onları halkın sesi ve tarihi yönlendirecek topluluklar olarak gördü. İran'ın Yeşil Devrim'i sırasında da bazı gazeteciler Tahran'ın kuzeyindeki öğrencileri "İran'ın Gençliği" olarak tarif etmiş ve diğer genç İranlıları, Besic milislerine ve Devrim Muhafızları'na katılanları gözden kaçırmışlardı.

1989'da Doğu Avrupa'nın bir tek totaliter rejimi vardı: Komünizm. Çoğu insanın aklında gidilecek tek yön vardı: Demir Perde'nin öteki yanında büyük sükse yapan "demokrasi". Doğu ve Batı demokrasi ve sivil toplum konusunda ortak tarihi hafizaya sahipti. 2011'deki Arap dünyası bu unsurlardan hiçbirine sahip değildi ve yüzünü birçok farklı yöne çevirmişti: demokrasi ve bundan farklı olarak liberal demokrasi, milliyetçilik, güçlü lider kültü ve birçok insanı halihazırda hükmü altında tutan İslamcılık yorumları.

Ortadoğu'da otorite gerçekten de namlunun ucundadır. Libya'nın Misrata kentindeki bazı iyi vatandaşlar bir liberal demokrat parti kurmak isteyebilirler, hatta bazıları eşcinsel hakları için kampanya da düzenleyebilir. Ancak, yerel fiili iktidar liberal demokratları ve eşcinselleri vurursa, bu insanların tercihleri de sınırlanır. Irak da bu konuya güzel bir örnek: Demokrasi yalnızca isminde var ve liberallikten çok uzak; ayrıca sırf eşcinsel oldukları için insanlar sürekli öldürülüyor.

Arap isyanının ikinci aşaması başladı bile. Toplumların bu karmaşık iç mücadelesinde dini inançlar, toplumsal değerler, aşiret bağlantıları ve silahlar eşitlik, ifade özgürlüğü ve genel oy hakkı gibi Batı'ya has kavramlardan çok daha güçlü. Arap ülkeleri önyargılarla kuşatılmış yerler. Sıradan bir Batılı, buradaki yaygın nefreti yazılı olarak görse bile inanmamaya çalışır.

Arap dünyasında üçüncü kişiler hakkında nefret söylemi o kadar yaygın ki, ana akım medyada kendine çok az yer bulabilen, Batılı tarzda eğitim almış, liberal azınlıktan başkası bu olumsuz tavra ses çıkarmıyor. Nazilerin *Der Stürmer* adlı propaganda gazetesindekilere çok benzeyen antisemitik karikatürler sıklıkla yayımlanıyor. Her hafta, manipülatif propagandacı imamlara televizyonların en kıymetli saatleri ayrılıyor.

Bu davranışları hoş gören Batılılar bazen Edward Said'in deyimiyle "Oryantalist" olarak betimlenme korkusu duyuyor.

Kendi liberal değerlerinin evrenselliğini inkâr ederek kendi zekâlarına ihanet de ediyorlar. Bazılarıysa, tüm saflıklarıyla, özünde cinayete azmettirme niteliği taşıyan bu propagandaların yaygın olmadığını ve söylenenlerin çok fazla anlama gelebildiği Arapçaya özel bağlamda ele alınması gerektiğini savunuyorlar.

Hüsnü Mübarek'i Mısır Cumhurbaşkanlığı'ndan indiren gerçekten de halkın gücü olmuştu. Ama dış dünyanın göremediği şey ordunun yıllardır Mübarek ve oğlu Cemal'den kurtulmak için fırsat kolladığıydı: Sokaklardaki gösteri istedikleri ortamı yaratmıştı bile. Kendilerini ancak o zaman güvende hisseden Müslüman Kardeşler kendi destekçilerini sokağa çağırabilmişti. Mısır'da yalnızca üç kurum vardı: Mübarek'in Milli Demokratik Parti'si, ordu ve Müslüman Kardeşler. Ordu ve Müslüman Kardeşler Mübarek'i yok etti; MK bunun hemen sonrasında bir seçim kazandı ve Mısır'ı İslamcı bir ülkeye çevirmeye başladı, bunun bedelini de ülkenin gerçek gücü tarafından iktidardan indirilerek ödedi.

Artık yeraltında olsalar da, İslamcılar hâlâ ülkenin ikinci gücü. Mübarek karşıtı gösteriler doruk yaptığında, Kahire'deki toplantılarda birkaç yüz bin kişi oluyordu. Mübarek'in düşüşünden sonra, Katar'daki sürgününden dönen radikal Müslüman Kardeşler vaizi Yusuf El-Karadavi'yi en az bir milyon kişi karşıladı. Ama Batı medyasında bu kalabalığa "halkın sesi" diyen pek olmadı. Liberallerin hiç şansı yoktu. Şimdi de yok. Bunun sebebi bu halkın radikalliği değil: Eğer açsanız, bir de korku içindeyseniz, size sunulan seçenekler "ekmek ve güvenlik" ile "demokrasi"den biri olduğunda çok düşünmezsiniz.

Güvenilir kurumları sınırlı sayıdaki fakir toplumlarda, güç genellikle "milis" ve "siyasi parti" kisvesi altındaki çetelerde olur. Bazen saf Batılı destekçileri tarafından gazlanarak güç için savaştıklarında, birçok masum insanın ölümüne sebep oluyorlar.

Libya, Suriye, Yemen, Irak ve diğer bazı ülkelerde bu durum yıllarca böyle kalacak gibi görünüyor.

Amerikalılar, enerji ithalat gereksinimlerini azaltabilmek adına, Ortadoğu'ya yaptıkları askeri ve siyasi yatırımı kısmaya kararlılar; eğer çekilirlerse, hem Çin hem de daha düşük düzeyde Hindistan bu boşluğu doldurmaya çalışacaktır. Çinliler halihazırda Suudi Arabistan, Irak ve İran'da aktif rollerdeler. Bu senaryo küresel bir seviyede ve büyük güçlerin başkentlerindeki kapalı kapılar ardında kararlar verilecek ama oyun zemindeki insanların hayalleriyle, istekleriyle, umutlarıyla, ihtiyaçlarıyla, yani hayatlarıyla oynanacak.

Sykes-Picot sistemi bozuluyor. Başka türlü de olsa tekrar bir araya getirilmesi için uzun ve kanlı bir mücadele gerekecek.

BÖLÜM 7

HİNDİSTAN & PAKİSTAN

"Hindistan bir ulus değil, bir ülke *de değil: pek çok ulustan oluşan bir alt kıta."*

Muhammed Ali Cinnah

İRAN
AFGANİSTAN
Hindu Kuş
Abbottabad
İslamabad
PAKİSTAN
Indus Vadisi
Belucistan Çölü
Indus
Tar Çölü
Jaipur
Gvadar
Karaçi
HİND
Western Ghats
Mumbai
Umman Denizi
Panaji
Bangal
Calicut
500 km
500 mil
Ülke Sınırı
Tartışmalı Sınır
HİNT OKYA

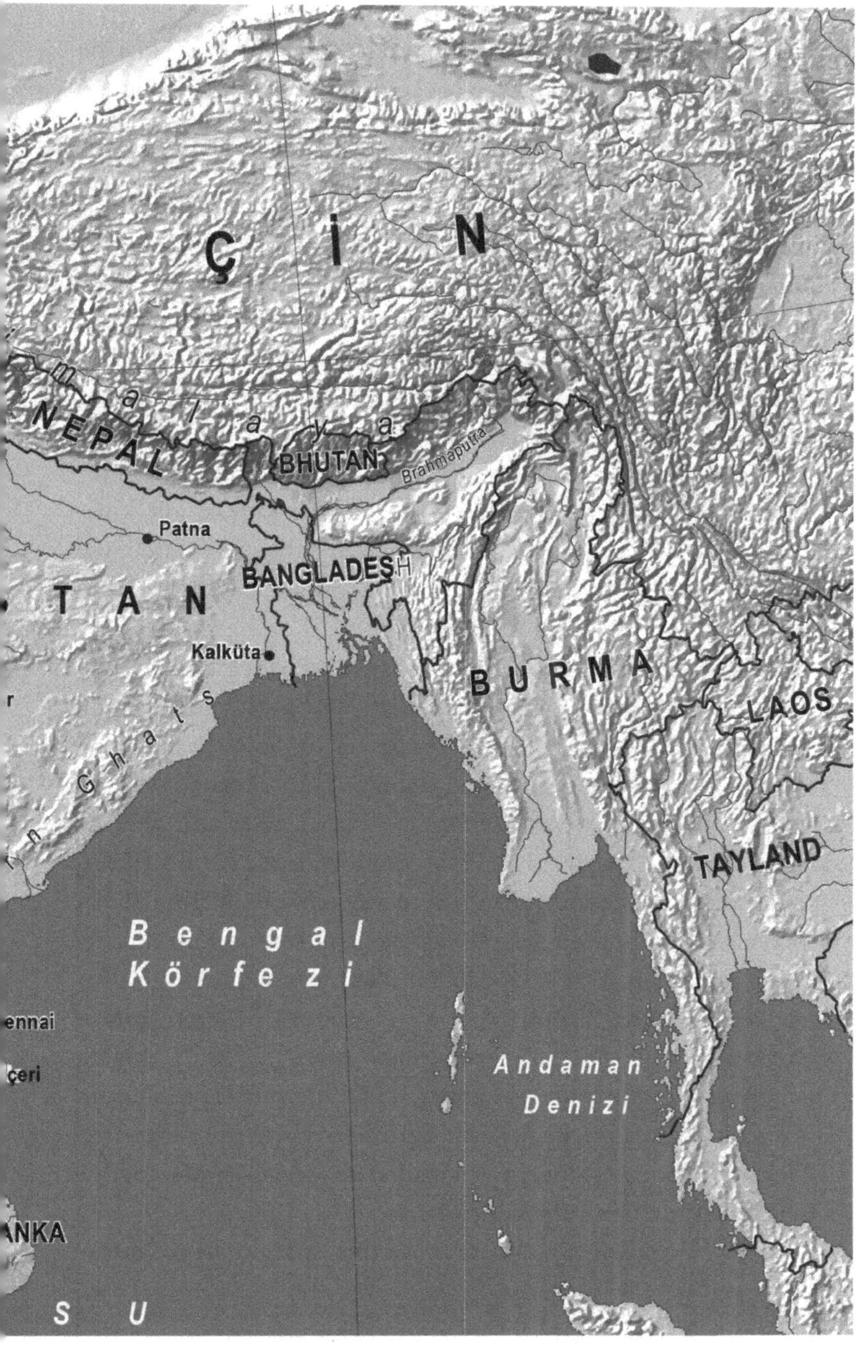
Ç İ N
NEPAL
BHUTAN
Brahmaputra
Patna
BANGLADEŞ
T A N
Kalküta
BURMA
LAOS
TAYLAND
Bengal Körfezi
Andaman Denizi
S U

Hindistan ve Pakistan bir konuda anlaşırlar: Her ikisi de ötekini etrafında istemiyor. Yaklaşık 3.000 km'lik bir sınır paylaştıklarını düşündüğümüzde bunun ne kadar büyük bir sorun olduğunu anlayabiliyoruz. Nükleer silahlara sahip bu iki ülkenin yaşadıkları iç sosyal sorunlar da düşünüldüğünde, istemedikleri komşularıyla ilişkilerini nasıl sürdürdükleri aslında onlarca milyonluk bir ölüm kalım meselesi.

Hindistan yaklaşık 1,3 milyarlık bir nüfusa sahipken, Pakistan'ınki 182 milyon. Yoksul, kırılgan ve bölünmüş yapısıyla, Pakistan'ın kendisini Hindistan'a karşıtlığı üzerinden tanımladığı görülüyor; Hindistan ise, Pakistan takıntısına rağmen, kendini birçok şekilde tanımlıyor, ki bunların arasında ekonomisi giderek büyüyen, orta sınıfı genişleyen ve yeni bir küresel güç kimliği de var. Pakistan'a da bu üst konumdan bakıyor ve neredeyse tüm ekonomik ve demokratik konularda ondan üstün olduğunu görüyor.

Bu iki ülke arasında dört büyük savaş ve sayısız çatışma yaşandı. Duygular çok hassas. Pakistanlı bir yöneticinin birçok yerde kullanılan, Pakistan'ın Hindistan'ı binlerce kesikle kan kaybına uğratacağı söylemi, 2014 sonlarında askeri analist Dr. Amarjit Singh tarafından, *Indian Defence Review* adlı dergide karşılık buldu: "Diğerleri neye inanırsa inansın, benim fikrim şu: Hindistan'ın cesaret gösterip on milyonlarca kişinin kaybı gibi bedelleri dahi göze alarak, Pakistan'a nükleer saldırı düzenlemesi gerekiyor. Aksi takdirde, bu ülkenin sebep olduğu binlerce kesik her gün ülkemizin ıstırap çekmesine neden olacak ve fark etmediğimiz potansiyelimizi heba edeceğiz." Bu açıklama devletin resmi duruşunu yansıtmıyor olabilir ama iki toplumun da birçok seviyesindeki hislerin derinliğini yansıttığı da inkâr edilemez. Modern Pakistan ve Hindistan, ateşler içinde doğdular; ölümleri de benzer şekilde olabilir.

İki ülke doğal bir çerçeve yaratan Hint yavru kıtası coğrafyasında birbirlerine bağlı. Bengal Koyu, Hint Okyanusu ve Arap Denizi sırasıyla güneydoğu, güney ve güneybatıda yer alırlar. Hindukuş kuzeybatıda ve Himalayalar da kuzeyde. Saat yönünde ilerlediğimizde Belucistan Çölü platosu düzenli olarak yükselir ve Kuzeybatı Sınır* dağlarını oluşturur; bu dağlar daha da yükselip Hindukuş'u meydana getirir. Doğuya dönüldüğünde Karakurum Sıradağları gelir, o da Himalayalar'a dönüşür. Çin sınırına dönüşen dağlar Burma'ya (Myanmar) kadar iner. Hindistan oradan sonra Bangladeş'in etrafından kıvrılırken, arazi güneydeki Bengal Koyu'na iner.

Bangladeş kırılgan bir yer ve içinde Hindistan'a zorluk çıkaran Müslüman militanlar barındırıyor ama bu geniş topraklardaki üç ülkeden hiçbiri tartışmasız liderleri olan Hindistan'ı tehdit edebilecek düzeye gelemez. Pakistan da böyleydi ve 1947'de Hindistan'dan koptuktan sonra nükleer silah geliştirecek teknolojiye hâkim olmasaydı durum değişmezdi.

Bu topraklar, göreli bir düzlüğe sahip olmasına rağmen, güçlü bir merkezi iktidarla yönetilemeyecek kadar büyüktür. Bu her zaman böyleydi. Britanyalı sömürge liderleri bile, meşhur bürokrasi yeteneklerine ve buraya demiryolu getirmelerine rağmen, bölgesel otonomiye izin verdiler ve hatta yerel liderleri birbirlerine düşürdüler. Dil ve kültür farklarının önemli bir nedeni de değişik iklim şartları –örneğin, Himalayalar'ın dondurucu soğuğuyla güneydeki balta girmemiş ormanların zıtlığı– ama bir başka neden de bu büyük alana yayılmış nehirler ve dinler.

Ganj, Brahmaputra ve İndus nehirleri kıyısında birçok uygarlık oluşmuştur. Nüfus merkezleri hâlâ bu nehirlerin kıyısında toplu halde durur ve coğrafi ayrılıklar –örneğin Sikh çoğunluğuyla Pencap ve Tamil dili konuşan Tamil Nadu– birbirlerinden çok farklı bölgeleri oluşturmuştur.

---

* Bu dağlar 2010 yılından sonra resmiyette Hayber-Pahtunhva adını almıştır. (ç.n.)

Tarih boyunca bu topraklar farklı güçler tarafından işgal edildi ama hiçbiri burayı gerçekten fethedemedi. Şimdi bile Yeni Delhi Hindistan'ı tam olarak kontrol etmiyor ve zamanla göreceğimiz üzere, İslamabad da Pakistan'ın mutlak hâkimi değil. Bu yavru kıtayı tek liderlik altında birleştirmeyi en iyi başaranlar Müslümanlar, ancak İslam bile dilsel, dini ve kültürel farklılıklara tam olarak üstün gelemiyor.

İlk Müslüman işgali, M.S. 8. yüzyıla kadar gidiyor: Emeviler bu tarihte günümüz Pakistan'ındaki Pencap'a kadar gelmişlerdi. Bu tarihten on sekizinci yüzyıla kadar, birçok yabancı işgal gücü buraya İslam'ı getirdi ama İndus Nehri Vadisi'nin doğusundaki Hindu nüfus asimile olmayı reddetti ve Hindistan'ın eninde sonunda ayrılması bu yüzden kaçınılmaz oldu.

Britanyalılar geldiler, gittiler ve gittiklerinde merkez iktidar ülkeye hâkim olamadı. İşler karıştı. Doğrusunu söylemek gerekirse, aslında gerçek bir merkezi iktidar yoktu: Bölge her zaman Pencap ve Gujarat dillerinin, dağların ve çöllerin, İslam ve Hinduizm'in çok eski zamanlara dayanan farklılıklarıyla bölünmüştü. 1947'de sömürge-sonrası milliyetçiliği ve bölgesel ayrılıkçılık güçleri bu yavru kıtayı önce iki, sonra üç büyük parçaya böldü: Hindistan, Pakistan ve Bangladeş. İki dünya savaşının yorgunluğu ve imparatorluk günlerinin sona erdiğinin bilinciyle, Britanya da burayı görkemli bir şekilde terk etmedi.

3 Haziran 1947'de Avam Kamarası Britanya'nın bölgeden çekildiğini ilan etti: Hindistan bölgesi, Hindistan ve Pakistan adlı iki farklı ülkeye ayrılıyordu. Yetmiş üç gün sonra, 15 Ağustos'ta, gerçekten de gitmişlerdi.

Olağanüstü bir halk hareketi bu olayı takip etti: Milyonlarca Müslüman yeni Hindistan'ın sınırlarından dışarı kaçtı, batıdaki Pakistan'a yöneldi ve milyonlarca Hindu ile Sikh de öteki tarafa yöneldi. En az 30.000 kişilik insan yığınları aynı anda yollara düşüyordu. Mültecilerle dolu trenler bu yavru kıtanın dört bir yanındaki şehirlere insan yığdı, dönüşte de öteki tarafa gidecekleri bıraktı.

Bu tam bir kıyımdı. İki ülkede de panik ve korkuyla birbirine düşen Müslümanlar, Hindular ve Sikhler büyük karışıklık çıkardılar. Buradan elini eteğini çeken Britanya hükümeti yeni Hint ve Pakistanlı liderlerin askeri destek taleplerini reddetti. Ölüm sayısı hakkında çeşitli veriler mevcut ama en az 1 milyon insan öldü; 1,5 milyon ise evini kaybetti. Çoğunlukla Müslümanların yaşadığı batıdaki topraklar –yani Tar Çölü'nün batısındaki İndus Vadisi bölgesi ve Ganj Nehri havzası– Batı Pakistan oldu, Kalküta'nın doğusu da Doğu Pakistan oldu.

Pakistan bundan ne kazandı? Hindistan'dan çok daha az şey. Hindistan'ın en sorunlu sınırı olan Afganistan sınırını, yani Kuzeybatı Sınırı'nı miras aldı ve 1.600 km'lik Hint bölgesiyle ayrılan Batı Pakistan ve Doğu Pakistan bölgesini birleştiren çok sınırlı topraklara sahip olabildi. Alaska ve ABD'nin kalanı pek de zorluk yaşamadan bir arada kalmayı başardı ama dil, kültür ve ekonomi bağları istikrarlı bir ortamda bir arada kalmayı epey kolaylaştırıyor. Pakistan'ın iki yanı arasındaki tek bağ İslam'dı. Asla bir araya gelmemişlerdi, bu yüzden ayrılıkları da kimseyi şaşırtmadı; Doğu Pakistan 1971'de Batı Pakistan'ın hegemonyasına başkaldırdı, Hindistan müdahale etti, akan onca kandan sonra Doğu Pakistan bağımsızlığını ilan etti: Bangladeş.

Fakat 1947'de, Osmanlı İmparatorluğu'nun sona ermesinden yirmi beş yıl sonra, Cinnah ve Yeni Pakistan'ın diğer liderleri, büyük bir tantanayla ve parlak bir gelecek vaatleriyle, birleşik bir Müslüman vatanı yarattıklarını iddia etmişlerdi.

Pakistan coğrafi, ekonomik, demografik ve askeri bakımlardan Hindistan'dan daha zayıf. Ulusal kimliği de o kadar güçlü değil. Hindistan ise, büyüklüğüne, barındırdığı kültürel farklılıklara ve ayrılıkçı hareketlere rağmen, güçlü bir seküler demokrasi kurdu ve Hint kimliğini birleştirici bir öğe yaptı. Pakistan diktatörlük geçmişi olan İslami bir ülke ve vatandaşlarının sadakati devletten çok kültürel bölgelerine.

Seküler demokrasi Hindistan için iyi oldu ama 1947'deki bölünmenin katkısı yadsınamaz. Yeni sınırlarıyla, Hindistan yavru kıta sanayisinin, mükellef gelir tabanının ve büyük şehirlerin büyük kısmını ele geçirdi. Örneğin, limanı ve bankacılık sektörüyle Kalküta Hindistan'a kalarak Doğu Pakistan'ı en büyük gelir kaynağından ve dış dünya bağlantısından mahrum bıraktı.

Pakistan ise ayrılık öncesi hükümetinin kontrol ettiği finansal rezervlerin yalnızca %17'sini aldı. Bir tarım ülkesi oldu, gelişime harcayacak parası yoktu, batısında kırılgan bir sınır vardı ve birçok açıdan bölünmüştü.

Pakistan ismi bize üç bölüm hakkında ipuçları veriyor: Farsça kökenli *pak*, temiz ve duru demek; Urdu dilindeyse *istan* ülke

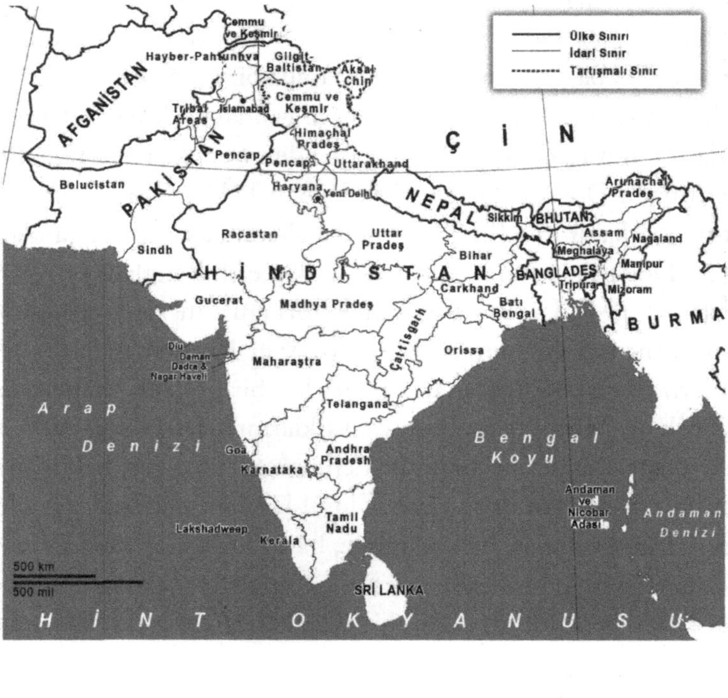

anlamına geliyor. Yani temiz ülke demek ama aynı zamanda bir kısaltma. P Pencap, A Afganya (Afgan sınırı yakınındaki Peştun bölgesi), K Keşmir, S Sindh, T ise Belucistan'daki gibi "tan" kelimesini temsil ediyor.

Bu beş ayrı bölgenin her biri ayrı dillere sahipti; bir devlet oluştu ama bir ulus ortaya çıkmadı. Pakistan birlik hissi yaratmak için çok çalışıyor, ama bir Pencaplının bir Belucluyla veya bir Sindhin bir Peştunluyla evlendiği çok az görülür. Pencaplılar nüfusun %60'ını oluştururken, Sindhler %14, Peştunlular %13,5 ve Beluclular %4,5'ine tekabül etmekteler. Hem ülkenin Hıristiyan ve Hindu azınlıklarına karşı gösterilen tahammülsüzlük hem de çoğunluk olan Sünnilerle azınlık olan Şiiler arasındaki gerginlik hiç eksik olmuyor. Pakistan'da bir devlet çatısı altında birçok millet bulunmaktadır.

Resmi dil 1947'de Hindistan'dan kaçan ve genellikle Pencap'a yerleşen Müslümanların anadili olan Urducadır. Ama ülkenin diğer bölgelerine bu dil o kadar cazip gelmez. Sindh bölgesi, Pencap'ın baskınlığı olarak hissettikleri şeye uzun süredir karşı durumda ve birçok Sindh ikinci sınıf vatandaş muamelesi gördüğünü düşünüyor. Kuzeybatı Sınırı'ndaki Peştunlular yabancı egemenliğini asla kabul etmediler: Bu bölgenin bazı kısımları Federal Yönetim Aşiret Alanları olarak isimlendirildi ama gerçekte asla İslamabad tarafından yönetilmedi. Keşmir ise Pakistan ve Hindistan arasında kalmış bir bölge ve çoğu Keşmirli bağımsızlık istemesine rağmen, Hindistan ve Pakistan'ın üzerinde anlaştığı nadir konulardan biri de Keşmir'e bu hakkı tanımamak. Belucistan'da da düzenli aralıklarla canlanan bir bağımsızlık hareketi var.

Belucistan çok kritik bir öneme sahip: Pakistan nüfusunun yalnızca küçük bir azınlığına sahip olmasına karşın, burası olmasa Pakistan da olmaz. Ülkenin %45'lik bölümünü oluşturan bu bölge, doğalgaz ve mineral zenginliğinin büyük kısmını barındırıyor. Başka bir gelir kapısı da İran ve Hazar Denizi petrollerini Pakistan üzerinden Çin'e taşımak için yapılan karayolu yapım teklifiyle geldi. Belucistan'ın en değerli yeri Gvadar adlı sahil şehri. Birçok analist bu stratejik noktanın Sovyetler Birliği için 1979 Afganistan işgalindeki asıl amaç olduğunu düşünüyor: Gvadar Moskova'nın uzun süredir hayallerini süsleyen sıcak deniz limanı ihtiyacını karşılayabilirdi. Çin de burayla çok ilgili ve bölgeye büyük yatırımlar yapıyor. Çin Pakistan'ı uzun vadede enerji ihtiyaçları için bir kara rotası olarak kullanmak istiyor ki Malakka Boğazı'nı kullanmak zorunda kalmasın.

2015 baharında, iki ülke Gvadar ile Çin'in Sincan bölgesi arasında büyük otoyollar, demiryolları ve boru hatları kurulması için kırk altı milyar dolarlık bir anlaşma yaptı. Çin-Pakistan ekonomik koridoru Hint Okyanusu'na ve ötesine doğrudan erişim sağlayacak. 2015'in sonunda, Çin aynı zamanda liman bölgesinden 930 hektarlık bir alanı dev bir "özel ekonomik bölge" ve bir uluslararası havaalanı açmak için kırk yıllığına kiraladı. İki taraf da Belucistan'ın kararsız durumda kalacağını bildiği için, 25.000 kişiye varan bir güvenlik gücü bu bölgeyi koruması için hazırlanıyor.

Böyle bir kara rotası için Çin'in yaptığı dev yatırım Pakistan'ı çok mutlu eder; zaten Pakistan'ın bu bölgedeki ayrılıkçı hareketleri her zaman bastırmaya çalışmasının nedeni de bu.

Ancak, Belucistan'ın yarattığı zenginliğin daha büyük kısmı Pakistan'a geri dönmediği ve bölgenin gelişimine harcanmadığı sürece, huzursuzluğun ve bazen şiddetin engellenmesi çok zor.

İslam, kriket, istihbarat servisleri, ordu ve Hint korkusu Pakistan'ı bir arada tutan faktörler. Bunların hiçbiri ayrılıkçı duygular güçlendiğinde ülkenin bölünmesini engelleyemeyecek. Aslında, dev komşusu Hindistan'la yapılan dönemsel ve düşüncesizce savaşların ertesinde, Pakistan on yıldan uzun süredir iç savaş yaşayan bir ülke.

Hindistan-Pakistan savaşlarının ilki 1947'deydi. Ayrılıktan kısa süre sonra Keşmir bölgesi için yapılan savaş bu bölgenin 1948'de Asya'nın Berlin Duvarı olarak da bilinen Sınır Kontrol Hattı ile ayrılmasına neden oldu. Ancak hem Hindistan hem Pakistan hâlâ bu bölgede hak iddia ediyorlar.

1962'deki Çin-Hindistan savaşında Hindistan'ın gösterdiği kötü performansı yanlış değerlendiren Pakistan 1965'te Hindistan'ın askeri gücünü küçümsedi. Çin'in Tibet'i işgali nedeniyle Hindistan'la arası bozulmuştu ve Hindistan Dalai Lama'ya iltica hakkı tanımıştı. Bu kısa çatışma sırasında, Çin ordusu gücünü göstermiş ve neredeyse Hindistan'ın merkezindeki Assam eyaletine kadar girmişti. Bunu memnuniyetle izlerken kendi kapasitelerini abartan Pakistan ordusu 1965'te Hindistan'la savaşa girdi ve kaybetti.

1984'te Pakistan ve Hindistan 5.700 metre yüksekliğindeki Siachen Buzulu'nda karşı karşıya geldi ve bu hâlâ tarihin en yüksek rakımlı savaşı olarak geçiyor. 1985, 1987 ve 1995'te de çatışmalar çıktı. Pakistan kendi askerlerini Sınır Kontrol Hattı'nı aşabilmek için eğitmeye devam etti ve 1999'da Keşmir yüzünden bir savaş daha çıktı. O sırada iki ülke de nükleer silah sahibiydi ve birkaç hafta boyunca, dillendirilmese de, çatışmaların nükleer boyuta taşınma ihtimali sürdü, ta ki ABD diplomasisi araya girip iki tarafı uzlaşmaya itene kadar. 2001'de tekrar savaşın eşiğine gelen iki ülke arasında hâlâ ara sıra ufak çaplı çatışmalar çıkıyor.

Askeri olarak Hindistan ve Pakistan birbirleriyle yarışır halde. İki taraf da kendini savunduğunu söylüyor ama ötekine inanmıyor; bu yüzden sınırlara çok sayıda asker yığmaya ve ölüm dansı ihtimaline karşı hazırlanmaya devam ediyorlar.

İki ülke arasındaki ilişki asla dostane olmayacak ama Keşmir bölgesi olmasaydı hiç değilse içten olabilirlerdi. Ancak durum bu haldeyken, Hindistan komşusunun kendi içinde bölünmesinden memnun ve bu durumun sürmesi için kendi de çaba göstermeye devam edecek; Pakistan ise Hindistan'ı baltalamaya çalışacak, hatta gerekirse devletin içine sızmış ve 2008 Mumbai katliamı benzeri terörist saldırılara dahi destek veren unsurları kullanacak.

Keşmir milli gururlarla bir parça ilgili ama bir yandan da stratejik bir konu. Hindistan eğer bu bölgenin kontrolünü tamamen ele almayı başarırsa, Orta Asya'ya bir pencere açmış olacak ve Afganistan'la komşu olacak. Ayrıca Pakistan da Çin'le komşu olamayacak, yani Çin-Pakistan ilişkisinin herhangi bir önemi kalmayacak. Pakistan hükümeti Çin'le olan ilişkisinin "dağlardan uzun, okyanuslardan derin" olmasıyla böbürleniyor. Bu doğru değil. Ama bazen, Amerikalıları korkutup Pakistan'a yaptıkları muazzam mali yardımın kesilmesini engellemek için işe yarar bir ifade oluyor.

Pakistan eğer Keşmir bölgesinin tam kontrolüne sahip olsaydı, İslamabad'ın dış politika seçenekleri çoğalır ve Hindistan'ın eline geçen fırsat sayısı azalırdı. Aynı zamanda Pakistan'ın su güvenliği de artardı. İndus Nehri'nin kaynağı Tibet Platosu'nda ama nehir Keşmir'in Hint kontrolündeki bölgesinden geçtikten sonra Pakistan'a giriyor ve sonra ülke boyunca akıp Karaçi'de Arap Denizi'ne dökülüyor.

İndus ve kolları ülkenin üçte ikisine su sağlıyor: Pamuk sanayi ve Pakistan'ın zorlu ekonomisinin daha birçok geçim kaynağı bu nehir olmasaydı çökerdi. Hindistan ve Pakistan, tüm savaşlar boyunca bozulmayan bir anlaşmayla, sularını paylaşmayı kabul ettiler ama iki ülkenin de nüfusu endişe verici şekilde artmaya devam ediyor; ayrıca küresel ısınma da su akışını kesebilir. Keşmir'i tamamen ilhak etmek, Pakistan'daki su riskini bitirir. Tüm ihtimaller düşünüldüğünde, iki tarafın da Keşmir'den vazgeçmeyeceği söylenebilir ve bir anlaşmaya varmadıkları sürece, Hindistan ve Pakistan arasındaki düşmanlığın çözülmesi pek mümkün görünmüyor. Burası, Pakistan'ın eğittiği savaşçılarla Hint ordusunun aralıklarla karşı karşıya geleceği, çok şiddetlendiğinde nükleer savaşa dönüşebilecek çatışmaların görüldüğü bir yer olmaya devam edecek. İki ülke artık NATO kuvvetlerinin büyük kısmının terk ettiği Afganistan'da da temsilen karşı karşıya gelecekler.

Pakistan, olası bir Hint saldırısı durumunda, ülke içinde bir "stratejik derinlik"e sahip değil. Pakistan-Hindistan sınırının güneyi bataklık, kuzeyi Tar Çölü ve dağlarla kaplı; yani bir ordu için çok zorlu araziler. Ancak aşılması imkânsız değil ve iki ordu da bu olasılığa karşı kendini hazırlamış halde. Hint ordusunun planı Karaçi limanını ve yakıt depolarını hem denizden hem karadan bloke etmek, ancak güney ve kuzeyin tam arasında daha müsait bir işgal rotası mevcut: Merkezde, daha insaflı bir arazi olan Pencap'ta. Tabii, Pakistan'ın başkenti de Pencap'ta: İslamabad.

Hindistan sınırı ile İslamabad arasındaki mesafe yaklaşık 400 km ve büyük kısmı düzlük. Büyük bir saldırı düzenlemesi durumunda, Hint ordusunun birkaç gün içinde Pakistan başkentinde olması mümkün. Bunu yapmaya niyetlerinin olmaması önemli değil: Pakistan'ın bakış açısına göre, Hindistan'ın bunu yapma ihtimali var ve coğrafi ihtimal, Pakistan'ın bu riski ortadan kaldırmak için çeşitli planlar yapmasına neden oluyor.

İlk plan, Hint ilerleyişini Pencap'ta kesmek ve karşı saldırıyla sınırı aşarak, Hint ordusu için hayati bir ikmal rotası olan Hint 1A Otoyolu'nu kesmek. Hint Ordusu'nda bir milyonun üzerinde asker var, yani Pakistan'ın iki katından fazla ama ikmali kesildiğinde savaşması mümkün değil.

İkinci plansa gereğinde Afgan sınırına kadar çekilmek ve bunun için de Kabil'de Pakistan'a sıcak bakan bir hükümete ihtiyaç var. Yani, coğrafi şartlar Pakistan'ın Afganistan'a müdahale etmesini gerektiriyor – haliyle Hindistan'ın da.

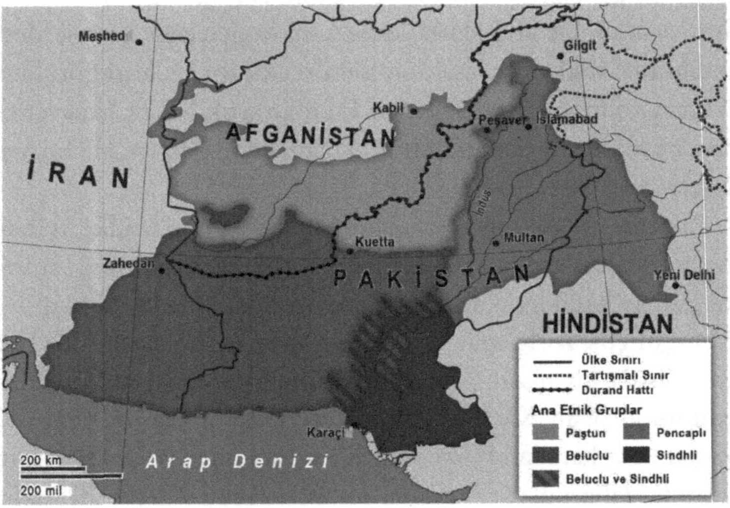

İki ülke de birbirine üstünlük sağlamak için Afgan hükümetini kendine yaklaştırmaya çalışıyor; başka bir deyişle, Kabil'i düşmanına düşman etmek istiyor.

Sovyetler 1979'da Afganistan'ı işgal ettiğinde, Moskova'ya diplomatik destek veren Hindistan'ın aksine, Pakistan hemen ABD ve Suudi Arabistan'a yardım etti ve Kızıl Ordu'yla savaşan mücahitlere silah, eğitim ve para verdi. İşgal sona erdiğinde, Pakistan'ın istihbarat servisi ISI Afgan Taliban'ının oluşumuna yardım etti, sonra da desteğini devam ettirerek Taliban'ın ülke kontrolünü elde etmesini sağladı.

Pakistan'ın Afgan Taliban'ında doğal bir çıkarı vardı. Bu örgütün çoğu mensubu Kuzeybatı Sınırı'ndaki çoğu Pakistanlıyla aynı etnik kökendendi, yani Peştun'du. İki taraf kendini asla iki farklı halk olarak görmedi, aralarındaki sınıra da bir Batı icadı gözüyle baktı – ki bu çok da yanlış değil.

Afganistan-Pakistan sınırı Durand Hattı olarak da bilinir. Hindistan sömürge hükümeti Dışişleri Bakanı Sör Mortimer

Durand bu çizgiyi 1893 yılında çizdi ve Afganistan'ın o zamanki lideri de bunu kabul etti. Ancak, 1949'da Afgan hükümeti bu anlaşmayı sömürge zamanından kalma bir eser olarak "geçersiz saydı". Pakistan o zamandan beri Afganistan'ın fikrini değiştirmeye çalıştı; Afganlar bunu reddetti; dağların iki yanındaki Peştunlarsa, yüzyıllardır yaptıkları üzere, sınırı görmezden gelerek eski bağlarını sürdürdüler.

Bu alanın merkezi adına bazen Peştunistan da denen Pakistan şehri Peşaver'dir: Taliban'ın bir nevi kentsel silah sanayi kompleksi. İmitasyon Kalaşnikoflar, bomba yapma teknolojisi ve savaşçılar şehirden dışarı akıyor, ülkenin iç kısımlarından gelen destek de içeri akıyor.

Peşaver aynı zamanda mali kaynaklar ve Taliban benzeri gruplara verilecek talimatlarla Afganistan'a yollanan ISI görevlilerinin de uğrak noktalarından. Pakistan uzun yıllardır Afganistan'da askeri varlık gösteriyor ama sınırı artık aştı ve beslediği kaplan onu ısırmaya başladı.

Pakistan'ın yarattığı Taliban 2001 itibariyle birkaç yıldır El-Kaide savaşçılarına yataklık yapıyordu. Sonra, 11 Eylül'de, Afganistan'da planlanan bir operasyon sonucu, El-Kaide ABD'yi kendi toprağında vurdu. Amerikan ordusu buna yanıt olarak Taliban ve El-Kaide'yi yerlerinden etti. Taliban karşıtı Afgan Kuzey İttifakı güçleri ülke yönetimini ele aldı ve onları NATO istikrar gücü takip etti.

11 Eylül'ün ertesi günü, sınırın öteki yanında, Pakistanlılara diplomatik dilde ateş püskürmeye başlayan ABD, "Teröre Karşı Savaş"ta Pakistan'ın da yer almasını ve teröre verdiği desteği kesmesini talep etti. ABD'nin o zamanki Dışişleri Bakanı Colin Powell, Cumhurbaşkanı Pervez Müşerref'i telefonla aramış, kendisiyle konuşması için Müşerref'in bulunduğu toplantıdan çıkmasını talep etmiş ve ona şöyle demişti: "Ya bizimlesin, ya karşımızdasın."

Bu konuşma ABD tarafından asla kabul edilmedi ama Müşerref, daha sonra Powell'ın yardımcısı Richard Armitage'ın ISI Başkanı'nı arayıp ona, "Pakistan teröristleri seçerse, Taş Devri'ne geri dönene kadar bombalanır," dediğini yazdı. Pakistan işbirliği yaptı ve olay kapandı diyemiyoruz, çünkü işbirlikleri tam değildi.

İslamabad buna tepki vermek zorundaydı, öyle de yaptı ama Pakistan sistemindeki herkes buna iştirak etmedi. Devlet birkaç militan grubu yasakladı ve radikal gördüğü dini grupları frenlemeye çalıştı. 2004'te Kuzeybatı Sınırı'ndaki gruplara operasyonlar düzenledi ve, halk önünde bunu inkâr etmesine rağmen, Amerika'nın Pakistan topraklarında İHA saldırıları düzenlemesine gizlice izin verdi.

Bunlar zor kararlardı. Pakistan ordusu ve ISI kendi yetiştirdikleri ve 1990'larda arkadaşlık kurdukları Taliban liderlerini ele vermek zorunda kaldılar. Taliban grupları buna öfkeyle karşılık verdi ve aşiret topraklarındaki birçok bölgede mutlak hâkimiyet kurdu. Müşerref başarısızlıkla sonuçlanan üç suikast girişimine maruz kaldı; onun muhtemel halefi Benazir Butto ise öldürüldü ve bombalama kampanyalarının ve askeri operasyonların yarattığı kaos 50.000 Pakistanlı sivilin canına mal oldu.

Afganistan'daki ABD/NATO operasyonu ve Pakistan'ın sınır ötesi operasyonları El-Kaide'nin Arap, Çeçen ve diğer yabancı savaşçılarını dünyanın dört bir yanına gönderdi; liderleriyse yakalanıp öldürüldü. Ama Taliban'ın kaçabilecek bir yeri yoktu –onlar Afgan ve Pakistanlılardan oluşuyorlardı– ve kendilerinden teknolojik olarak ileri Amerikalarla Avrupalılara söyledikleri doğruydu: "Kol saatleri sizde olabilir ama zaman bizde." Üzerlerine nasıl mermiler atılırsa atılsın, yabancıların gidişini gözleyeceklerdi ve bunu yaparken Pakistan'ın içindeki unsurlardan yardım da alacaklardı.

Birkaç yıl içinde manzara netleşti: Taliban mağlup edilmemişti, geldikleri yer olan Peştun halkının içine geri karışmışlardı ve artık istedikleri zamanda, istedikleri yerde, tekrar ortaya çıkıyorlardı.

Amerikalıların stratejisi, Afgan Taliban'ını sınırın öteki yanındaki Pakistan operasyonuna kadar itmekti ama bu aşiret bölgeleri örgütün tam olarak ihtiyaç duyduğu sünger işlevini gördü.

2006'da Britanyalılar güneydeki Helmand Bölgesi'ne istikrar kazandırmaya karar verdiler. Burası, bölge merkezi Laşkar Gah dışında, Afgan hükümetinin pek de söz geçiremediği, Afgan Peştun'unun kalbiydi. Buraya iyi niyetle giden Britanyalılar tarihte yaşananları bilmelerine rağmen yok saydılar. Nedenini bilen yok. O zamanki Britanya Savunma Bakanı John Reid, sözleri yanlış aktarılarak suçlandı: "Öfkeyle tek bir kurşun bile atılmamasını umuyorum." Aslında söylediği şuydu: "Güneye yardım için, Afgan halkının ekonomilerini ve demokrasilerini tekrar yapılandırmalarına yardım için geldik. Üç yıl içinde, tek bir kurşun dahi atmadan gidersek çok mutlu oluruz."

Niyette sorun olmayabilir ama bunun hiç elle tutulur bir yanı var mıydı? O yaz, Dışişleri Bakanlığı'nda verdiği brifingden sonra, Savunma Bakanı'yla karşılaştığımda aramızda şöyle bir sohbet geçti:

> *"Merak etme, Tim. Taliban'ın peşinde değiliz, halkı korumak için oradayız."*
> *"Asıl siz merak etmeyin, Sayın Bakan, Taliban zaten sizin peşinizden gelecektir."*

Bu dostane bir sohbetti, dört yüz elli Britanyalı askerin öldürülmesinden önce edilmişti. Ancak Britanya hükümeti acaba bir yandan kamuoyunu rahatlatmaya çalışırken bir yandan da gizlice bunun zor bir görev olmasını bekliyor muydu, yoksa açıklanamaz bir saflık içinde miydi, hâlâ bilemiyorum.

Taliban sonuçta Britanyalıları, Amerikalıları ve NATO'yu vurdu, NATO'nun bölgeden çekilmesini bekledi ve on üç yıl sonra NATO bölgeden ayrıldı.

Bu periyotta, Pakistan yönetiminin üst düzey yetkilileri ikili oynuyorlardı. Amerika bir strateji sahibi olabilirdi, ama Pakistan Taliban'ın da bildiği şeyi biliyordu: Bir gün Amerikalılar gidecekti ve onlar gittiklerinde, Pakistan hâlâ Afganistan'da onlara destek olacak bir yönetime ihtiyaç duyacaktı. Pakistan ordusu ve hükümetindeki bazı gruplar Taliban'a yardım etmeye devam ettiler. NATO'nun geri çekilmesinden sonra, Taliban'ın en azından Afganistan'ın güney kısmına hâkim olacağını ve Kabil'in İslamabad'la konuşmak zorunda kalacağını düşünerek riske girdiler.

Amerikalılar sonunda El-Kaide lideri Usame Bin Ladin'i bir askeri garnizon şehri olan Abbottabad'da, hükümetin gözleri önünde barınırken bulduğunda, Pakistan'ın ihaneti gün yüzüne çıktı. Amerikalılar bu noktada Pakistanlı "müttefiklerine" o kadar güvenmiyorlardı ki, Bin Ladin'i öldürmek için oraya giden Özel Harekât Kuvvetleri'nden İslamabad'ı haberdar etme gereği duymadılar. Bu Pakistan ordusu ve hükümetini küçük düşüren bir egemenlik ihlaliydi, tıpkı şu gerekçe gibi: "Eğer Bin Ladin'in orada olduğunu bilmiyorduysanız, yetersizdiniz; biliyorduysanız, suç ortağıydınız."

Pakistan hükümeti, büyük sayılarda Afgan ve Pakistanlının, onlar kadar olmasa da yine bazı Amerikalı askerlerin ölümüne yol açan ikili oyununu her zaman inkâr etmişti. Abbottabad harekâtından sonra, İslamabad inkâra devam etti ama artık onlara inananlar daha azdı. Pakistan yönetiminin bazı üyeleri, Amerika'nın en çok aranan adamına, artık şahsi önemi eskisi kadar olmamasına rağmen yardım etmeye kararlıydılarsa, Afganistan'da olan biteni etkileyebilme amaçlarına hizmet edecek grupları desteklevecekleri kesindi. Sorun bu grupların artık Pakistan'da bazı denkleri olması ve bu denklerin de Afganistan'ı etki altına almaya çalışmasıydı. Ava giden avlanmıştı.

Pakistan Talibanı Afgan versiyonun doğal bir uzantısı. İki grup da büyük ölçüde Peştun ve ikisi de Peştun olmayan bir gücün hâkimiyetini kabul etmez – ister on dokuzuncu yüzyıl Britanya ordusu olsun, isterse yirmi birinci yüzyılın Pencaplı hâkimiyetindeki Pakistan ordusu.

Bu durum İslamabad tarafından her zaman anlaşılmış ve kabul edilmişti. Pakistan hükümeti tüm ülkeyi yönetiyormuş gibi yapıyordu ve Kuzeybatı Sınırı'ndaki Peştunlar da Pakistan devletine bağlı rolü oynuyorlardı. Bu ilişki 11 Eylül 2001'e kadar devam etti.

O zamandan beri, Pakistan zor yıllar geçiriyor. Sivil ölümleri çok büyük sayılarda ve dış yatırımlar kaçıyor, sıradan hayat giderek daha da zorlaşıyor. Fiili müttefiki olan bir örgüte karşı savaşmaya zorlanan ordu 5.000'e yakın adamını kaybetti ve iç savaş devletin kırılgan bütünlüğünü iyice sarstı.

İşler o kadar kötüleşti ki, Pakistan ordusu ve devleti ABD askeri istihbaratına ve ortaklarına Kuzeybatı Sınırı'ndaki Pakistan Talibanı hedeflerini İHA'larla vurma yetkisi tanımak zorunda kaldı. Aynı zamanda, İHA atışları inkâr edilemez hale geldiğinde, İslamabad bu saldırıları kınar gibi yaptı ve ABD'nin hatalarıyla meydana gelen yüzlerce sivil ölüm yüzünden, Pakistan egemenliğine böyle bir hakaret edildiğini söyledi.

İHA'lar genellikle Afganistan'daki bir üsten kalkıyordu ama bazılarının Pakistan'daki gizli bir üsten gönderildiğine inanılıyordu. Her nereden geldilerse, sayıları çok fazlaydı. Afganistan ve Pakistan'daki İHA saldırıları, George Bush döneminden sonra Obama yönetiminde sayıca çok arttı.

2015 baharında işler iyice sarpa sardı. NATO Afganistan'dan ayrılmış, ABD ise arkasında temsili bir güç bırakarak savaş görevlerini sonlandırdığını ilan etmişti. Resmiyette, bunun amacı Özel Harekât operasyonları ve eğitim görevlerinin sürmesiydi; gayriresmi olarak ise, Kabil'in Taliban yönetiminin eline geçmemesini sağlamaktı. Taliban'ı Afgan sınırında sıkıştıran NATO gittiğinden beri, Pakistan Taliban'ına Pakistan hükümetinin müdahaleleri çok zorlaştı. Washington hâlâ İslamabad'ı sıkıştırıyor ve bu birkaç olası senaryo yaratıyor:

- Pakistan ordusunun tüm ağırlığı Kuzeybatı Sınırı'na verilir ve Taliban yenilir.
- Taliban mücadelesi Pakistan'ı yıpratmaya devam eder ve Pakistan devleti çöker.
- ABD ilgisini kaybeder, İslamabad'ın üstündeki baskı kalkar

ve hükümet Taliban'la karşılıklı taviz vererek anlaşır. Durum normale döner, Kuzeybatı Sınırı kendi haline bırakılır, ama Pakistan Afganistan'daki gündemini devam ettirir.

Bu senaryolar arasından en düşük ihtimalli olanı birinci. Kuzeybatı Sınırı aşiretleri hiçbir yabancı güç tarafından mağlup edilemedi ve Pencaplı, Sindh, Beluclu, Keşmirli ve az sayıda Peştundan oluşan Pakistan ordusu aşiretlerin bölgesine girdiğinde yabancı bir güç sayılacaktır.

İkinci senaryo mümkün, ama Pakistan hükümeti uyarı alarmlarına yıllarca kulak tıkadıktan sonra, Taliban'ın 2014'te Peşavar'daki 132 okul çocuğunu katletmesiyle, kendi eliyle besleyip büyüttüğü hareketin artık ülke varlığını tehdit ettiğinin farkına varmış olmalı.

Bu da üçüncü senaryoyu daha makul kılıyor. Amerikalılar, Taliban'ın uluslararası bir cihatçı gruba yataklık yapmayacağına sessizce söz vermesi karşılığında, Afganistan'a olan ilgisini düşük tutacaklar. Pakistan da Kabil'in İslamabad'ı dinleyip Hindistan'la yaklaşmamasını garanti altına alabilmek için, Afgan Taliban'ıyla ilişkisini düşük bir seviyede sürdürecek; üzerindeki baskı kalktığında da Pakistan Taliban'ıyla bir anlaşma yapabilir.

Ortaya çıkışında Pakistan istihbarat örgütünün etkisi olan Afgan Talibanı, Bin Ladin'in El-Kaide'sinin Arap militanlarına yataklık yapıp 11 Eylül'den sonra Peştun kültürüne has misafirperverliği sürdürmemiş olsaydı, bunların hiçbirine gerek kalmazdı. Mevcut durumda, yaklaşık on beş yıllık çatışmadan sonra, durum o kadar kötü ki, ABD hükümeti strateji değiştirdi ve Afganistan'da önceki plandan binlerce asker fazlasını bıraktı. Ülkeden çıkmak istemelerine rağmen, burayı tamamen terk edemiyorlar. ABD'nin buna kalkışması yalnızca Taliban'ın elindeki büyük toprakları iyice genişletmesine yaramayacak: IŞİD de artık bu ülkede varlık gösteriyor. Başkentin düşmesi durumunda, ABD artık harcanan parayı ve akan kanı meşru gösteremez. Bu ülkede yaşanabilecek bir yenilgi ihtimali ABD'yi tarihinin en uzun savaşını sürdürmeye zorluyor. Trump yönetiminin göreve geldikten sonra anlaşılır bir Afganistan siyaseti oluşturamamasının nedeni de bu.

Hindistan ise aynı anda çok işle uğraşabilir, ki böyle de yapması gerekir; çünkü Yeni Delhi'nin dış politika konusundaki önceliği hâlâ burası olsa da Pakistan'dan farklı sorunları da var. Yan komşunuzun nükleer silaha sahip olması elbette zihninizin büyük bir yerini meşgul eder ama Hindistan bir de büyüyen dünya gücü kimliğiyle 1,3 milyar insanı idare etmek durumunda.

Çin'le olan ilişkisi bu ülkenin dış politikasında belirleyici olabilirdi – tabii Himalayalar olmasaydı. Dünyanın en büyük dağı olmasaydı, limoni olan Hindistan-Çin ilişkisi buz keserdi. Haritaya bakıldığında dip dibe iki ülke görünüyor, ama daha yakından incelendiğinde CIA'in *Dünya Gerçekleri Kitabı*'nda 2.659 km uzunluğunda görülen sınırla nasıl birbirlerinden ayrıldıkları daha net ortaya çıkıyor.

Dünyanın en yüksek bölgesi Tibet başta olmak üzere, iki ülke arasında anlaşmazlık çıkaran konular var. Çin, Tibet'i hem Hindistan'ın olmaması için hem de bağımsız bir Tibet'in Hint askeri üsleriyle donatılmasına engel olmak için istiyordu – komşusunun yüksek mevziler sahibi olacağı anlamına gelen bu ikinci ihtimal de Pekin'e göre ilki kadar kötü.

Çin'in Tibet'i işgal etmesine Hindistan'ın verdiği cevap Himaçal Pradeş eyaletindeki Dharamsala'da Dalai Lama'yı ve Tibet özgürlük hareketini kabul etmek oldu. Bu maliyetini Hindistan'ın üstlendiği uzun vadeli bir sigorta fakat bu hamleyle doğrudan bir yarar getirmesini ummadılar. Şu an Tibet'in bağımsızlığı imkânsız gibi görünüyor ama imkânsızlık tersine dönerse Hindistan işte o zaman Tibet hükümetine sürgün yıllarında kimle dost olduğunu hatırlatan bir konuma sahip olacak.

Çinliler bu senaryonun gerçekleşmesinin çok zor olduğunu görüyorlar ama Dharamsala'dan yine de hiç hoşlanmıyorlar. Cevaplarını da Nepal'de, oradaki Maocu harekete destek vererek gösteriyorlar.

Hindistan Maocuların baskın olduğu, yani Çin'in kontrol ettiği bir Nepal görmek istemiyor ama Pekin'in para ve ticaretle orada nüfuz satın aldığını da biliyor. Çin'in bu günlerde Maoculuğa pek kıymet vermediği söylenebilir ama Tibet yeterince umurunda, çünkü Hindistan'a kendinin de uzun vadeli bir sigorta sahibi olabileceğini gösteriyor. Tibet'e yapılacak herhangi bir "müdahale" Nepal'de de aynı şekilde karşılanabilir. Hindistan yanındaki küçük devletlerle ne kadar uğraşmak zorunda kalırsa, Çin'i de o kadar rahat bırakır.

2017'nin ortasında iki ülke de sınır komşusu oldukları Bhutan'a odaklandı ve bu da Bhutan'ın Doklam platosunda karşı karşıya gelmelerine neden oldu. Çin, bu bölgenin bir kısmında hak iddia ederek orada otoyol yapımına başladı ama Hint güçleri kısa sürede bu girişimi engellemek üzere oraya hareket etti. Çin, üç ülkeye sınırı olan bu alanı ele geçirmesi durumunda, Hindistan'a karşı yüksek bir mevzi elde etmiş olacak ama daha da önemlisi Hindistan sınırına –Tavuk Boynu olarak da bilinen Siliguri Koridoru'na– ağır silahlar getirme şansı elde edecek. Hindistan'ın kuzeydoğu eyaletlerini ülkenin kalan toprağına bağlayan bu koridor böylelikle kolayca kesilebilecek.

Bu iki dev arasındaki başka bir konu da Hindistan'ın kuzeydoğu eyaleti Arunaçal Pradeş – Çin buraya "Güney Tibet" diyor. Çin'in özgüveni büyüdükçe üzerinde hak iddia ettiği bölge sayısı da artıyor. Yakın zamanda, bu eyaletteki Tavang'ı istedi. 2000'lerin başında, Pekin tüm Arunaçal Pradeş bölgesinin Çin'e ait olduğunu iddia etti, ki bu 1955'ten beri bölge kontrolünü elinde tutan Hindistan'ın yeni öğrendiği bir şeydi.

Çin'in bölgede iddia ettiği hak hem coğrafi hem psikolojik. Çin'e, Bhutan'a ve Myanmar'a sınırı olan Arunaçal Pradeş stratejik bakımdan kullanışlı bir yer ama başka bir önemi de Tibet'e bağımsızlığın olasılık dışı olduğunu hatırlatması.

Hindistan da bazen kendi eyaletlerine buna benzer mesajlar gönderiyor. Ülke içinde çeşitli ayrılıkçı hareketler var, bazıları aktif bazıları pasif ama hiçbiri amacına ulaşabilecek gibi görünmüyor. Örneğin, hem Hindistan hem Pakistan'ın Pencap bölgelerinden toprak alarak bağımsız bir Sikh devleti kurmak isteyen hareket şu sıralarda sessiz ama tekrar alevlenebilir. Assam eyaletinde birbirine rakip birkaç hareket var: kendi devletlerini isteyen Bodo halkları ve Assam Müslüman Birliği Kurtuluş Kaplanları.

Hatta, nüfusunun %75'i Baptist olan Nagaland'da bağımsız bir Hıristiyan devleti isteyenler de var. Ama tıpkı diğer ayrılıkçı hareketler gibi, Nagaland Ulusal Konseyi'nin amacına ulaşması da ufukta görülmüyor.

Bağımsızlık isteyen tüm bu gruplara, 21 milyon Sikh ve 170 milyon Müslüman azınlığa rağmen, Hindistan gücünü ve çeşitlilik içindeki birliğini koruyor. Dünya sahnesindeki konumu yükselen ülkenin de buna ihtiyacı var.

Çin'in elde ettiği güç dünyayı o kadar şaşırttı ki, bu yüzyılda ekonomik süper güç olarak Çin'e rakip olması muhtemel Hindistan bazen ihmal ediliyor. Dünyanın en büyük yedinci ekonomisi olan Hindistan aynı zamanda en büyük ikinci nüfusa sahip. Altı ülkeyle sınırı var (Afganistan'ı da sayarsanız yedi). Ülke içinde 14.500 km'lik taşımacılığa müsait nehir, güvenilir su kaynakları ve tarım arazileri var; ayrıca çok önemli bir kömür üreticisi ve makul seviyelerde doğalgaz, petrol sahibi – her ne kadar bu üçünü de sürekli ithal etmek zorunda kalsa da. Yaptıkları yakıt yardımları ve ısınma masrafları da mali bakımdan ülkeye büyük külfet oluyor.

Doğal zenginliklerine rağmen, Hindistan henüz Çin'in büyüme seviyesini yakalayamadı. Çin şu anda dünyaya açıldığı için, iki ülke tekrar karşı karşıya gelebilir – belki karada değil ama denizde.

Binlerce yıl boyunca, yaşadıkları arazi yüzünden, günümüzde Hindistan ve Çin adını alan bölgeler birbirlerini görmezden gelebildiler. Himalayalar halkların öteki bölgeye yayılmasını imkânsız kıldı ve iki tarafın da lüzumundan fazla tarım toprağı vardı.

Ama şimdi, teknolojinin gelişmesiyle ikisi de çok büyük miktarlarda enerjiye ihtiyaç duymaya başladı; coğrafya onlara bu zenginliği sunmadığı için hem Hindistan hem Çin ufuklarını genişletti, okyanuslara açıldı ve iki ülke burada karşı karşıya geldi.

Hindistan yirmi beş yıl önce, Çin'in yükselişinin ötesini görebilmek için doğuya dönme politikasına başvurdu. Çin'le genellikle ithalat yaparak ticaret hacmini büyüttü ve bir nebze de olsa işin icabına baktı, bir yandan da Çin'in kendi arka bahçesi gördüğü yerlerle ilişkilerini geliştirdi: Myanmar, Filipinler, Tayland ve en önemlisi de Çin'in Güney Çin Denizi'nde giderek artan etkisini kırmak için Vietnam ve Japonya.

Bunu yaparken, biraz mesafeli yaklaşsa da yeni bir müttefik edindi: ABD. Hindistan uzun yıllar boyunca ABD'nin farklı bir aksana sahip ama daha zengin bir Britanya olmasından kuşkulandı. Yirmi birinci yüzyılın çokkutuplu dünyasında daha özgüvenli olan Hindistan, ABD'yle tekrar işbirliği yapmayı mantıklı buldu. Başkan Obama 2015'te Hindistan Cumhuriyet Günü geçidine katıldığında, Yeni Delhi hem ABD destekli *C-130 Hercules* ve *C-17 Globemaster* uçak gemilerini hem de Rus destekli tanklarını sergiledi. İki dev demokrasi, Başbakan Modi ile Başkan Trump'ın ilk buluşmalarındaki samimi kucaklaşmada da görülebileceği üzere, birbirlerine iyice sokulmaya başladı.

Hindistan büyük, iyi silahlanmış ve modern bir donanmaya sahip. Fakat uçak gemileriyle de donanmış bu güç Çin'in planındaki dev Mavi Su donanmasıyla yarışamayacak. Bu yüzden de Hindistan ilgili ülkelerle işbirliği yaparak yakın denizlerde, Malakka Boğazı'nda, Bengal Koyu'nda ve Gvadar limanı sayesinde Arap Denizi'nde caka satan Çin donanmasını gölgelemeye çalışıyor.

Hindistan söz konusuyken mesele dönüp dolaşıp Pakistan'a geliyor, Pakistan söz konusuyken de Hindistan'a.

BÖLÜM 8

KORE & JAPONYA

"Kim Jong-il hakkında, 'Ey Büyük Lider' diye bir espri yapmaya başladım ama dudaklarımda öldü."

Christopher Hitchens,
Love, Poverty and War: Journeys and Essays

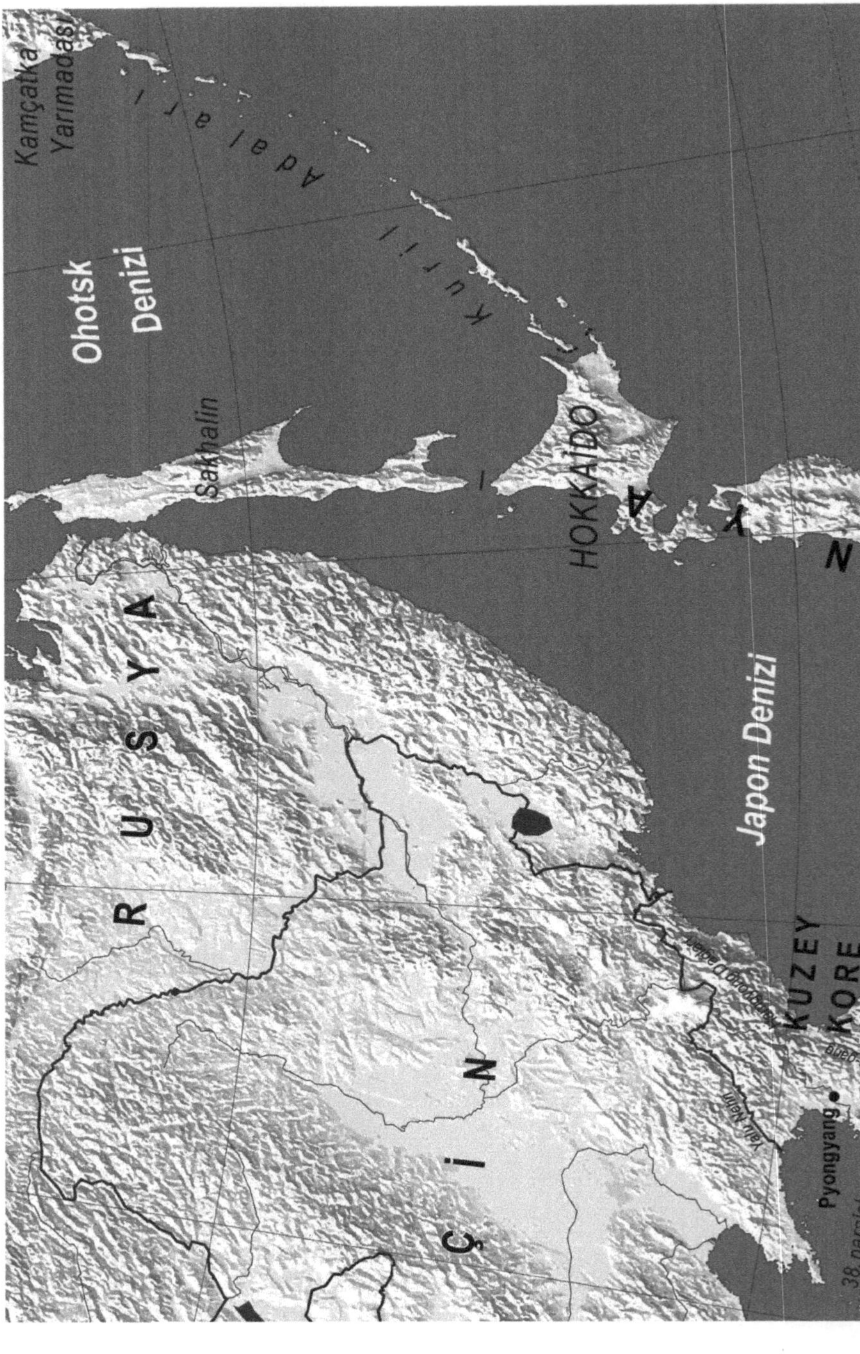
Kamçatka Yarımadası
Ohotsk Denizi
Kuril Adaları
Sakhalin
HOKKAİDO
JAPONYA
RUSYA
Japon Denizi
ÇİN
KUZEY KORE
Pyongyang
Yalu Nehri
38. paralel

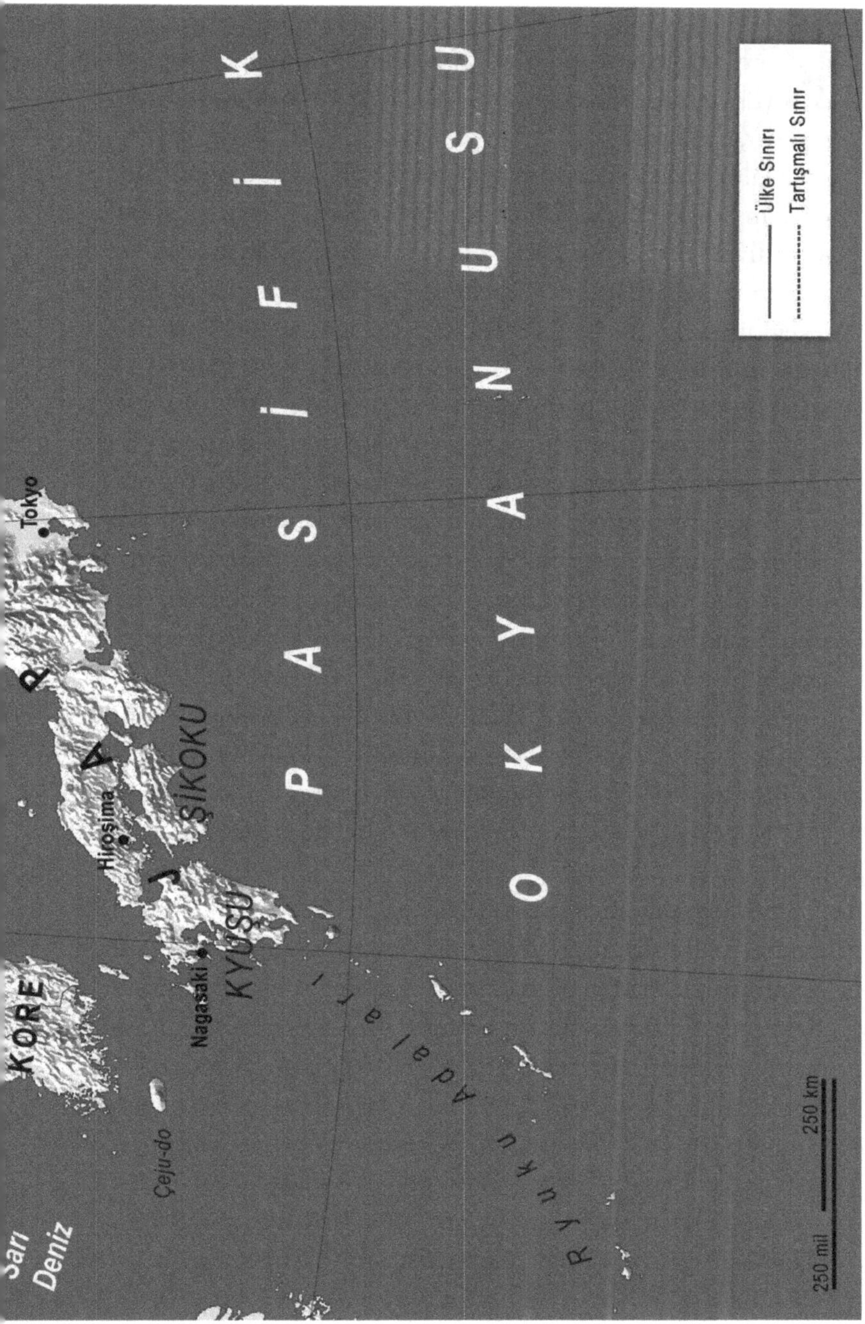
KORE
Sarı
Deniz
Çeju-do
Nagasaki
KYUŞU
Hiroşima
ŞİKOKU
Tokyo
P A S İ F İ K
O K Y A N U S U
Ryukyu Adaları
Ülke Sınırı
Tartışmalı Sınır
250 km
250 mil

Kore gibi bir sorunu nasıl çözersiniz? Çözemezsiniz, sadece yönetebilirsiniz. Dünyada halledilmeyi bekleyen onca sorun var, değil mi?

Malezya'dan başlayıp Rusya'nın Vladivostok limanına kadar uzanan bölge Kuzey-Güney Kore sorununu gergin gözlerle takip ediyor. Tüm komşuları iki ülke arasındaki çatışmanın kendi yüzlerine de patlayabileceğinin ve ekonomilerine zarar verebileceğinin farkında. Çinliler Kuzey Kore için savaşmak istemiyor ama birleşik ve Amerikan üsleriyle donatılmış bir Kore'nin Çin sınırı yakınlarında barınmasını da istemiyor. Amerikalılar da aslında Güney Kore için savaşmayı pek istemiyorlar ama böyle bir dostlarını kaybetmeyi de göze alamazlar. Kore Yarımadası'nda uzun süredir gösterdikleri varlıkla Japonya'ya da dikkat edilmeli, çünkü ne sorun çıkarsa çıksın onları da ilgilendirecek.

Çözüm uzlaşmada ama Güney Kore'nin buna pek iştahı yok, Kuzey'in ise görünürde *hiç* yok. Nasıl ilerlenebileceği hiç net değil; sanki hep ufkun hemen ardına saklanıyor.

ABD ve Küba uzun yıllar boyunca birbirlerinin etrafında sessizce dans ettiler, yavaş ve temkinli hareketlerde bulundular ve Temmuz 2015'te diplomatik ilişkiler yeniden kuruldu. Oysaki Kuzey Kore bu tarz isteklere ters ters bakıyor, bazen surat da asıyor.

25 milyonluk nüfusuyla, Kuzey Kore fakir bir ülke ve ahlaki açıdan yozlaşmış, iflas etmiş bir komünist monarşi tarafından yönetiliyor; Çin'in bu ülkeye verdiği desteğin bir sebebi de Yalu Nehri'nden kuzeye mülteci akışının önüne geçebilmek. Güney Kore'deki askerlerini çekerse bunun Kuzey Kore'yi cesaretlendirebileceğini düşünen ABD burada 30.000'e yakın asker tutuyor. Güney Kore de kendi refahını riske atmayı pek istemediği için, kuzeyle yeniden birleşme konusunda çok yavaş adımlar atıyor.

Doğu Asya'daki bu dramanın tüm aktörleri, yanlış bir zamanda bu soruya cevap bulunması için bastırırlarsa, her şeyi daha berbat edebileceklerinin farkındalar. Hem de çok daha kötü. İki başkentin de dumanlar içinde harabelere dönmesi olmayacak iş değil. İç savaş, insani bir felaket, Tokyo yakınlarına düşen füzeler, ikiye ayrılmış ve taraflardan birinin nükleer silaha sahip olduğu bir yarımadada Çin ve ABD'nin tekrar karşı karşıya gelmesi... Eğer Kuzey Kore kendi içinde patlarsa dışarı da patlayabilir; sınırlarının dışına savaşlar, terör ve/veya mülteci akımlarıyla istikrarsızlık saçarak aktörlerin elini kolunu bağlayabilir. Yani çözüm sonraki kuşak liderlere veya onlardan sonrakilere kalıyor.

Dünya liderleri Kuzey Kore'nin çökeceği güne hazırlıkla ilgili açık açık konuşsalar bu durumda da o günü yaklaştırma riskine girmiş olurlar ve o güne dair kimsenin plan yaptığı falan da olmadığına göre, en güzeli sessiz kalmak.

Kuzey Kore güçlü deli rolünü etkili biçimde oynuyor. Ülkenin dış politikası, genellikle Çin hariç, herkesten şüphe duymak üzerine ve hatta, *Observatory of Economic Complexity* adlı uluslararası ticaret veritabanı web sitesine göre, Kuzey Kore ithalatının %84,12'sini, ihracatınınsa %84,48'ini karşılayan Pekin bile tam güvenilir sayılmıyor. Aleyhinde birleşilmesini önleme amacıyla, Kuzey Kore tüm dış güçleri birbirine düşürmek için çok çaba harcıyor.

Kuzey Kore yönetimi, tutsak ettiği halkına, çok güçlü, cömert ve harika bir devlet olduğunu, çok zor şartlarda ve dışarıdan gelen tüm müdahalelere rağmen ayakta kaldığını söylüyor ve kendine Kore Demokratik Halk Cumhuriyeti (KDHC) diyor. *Juche* adlı özgün siyasi ideolojide aşırı milliyetçilik, komünizm ve ulusun kendi kendine yeterliliği temel alınıyor.

Ama gerçekte, KDHC dünyanın en az demokratik ülkesi: Halkın iyiliği için yönetilmiyor ve bir cumhuriyet değil, tek aile ve tek parti tarafından yönetilen bir saltanat. Ayrıca diktatorya testinin tüm şartlarını da yerine getiriyor: keyfi tutuklamalar, işkenceler, göstermelik duruşmalar, çalışma kampları, sansür, terör, yozlaşma ve yirmi birinci yüzyılda başka örneği görülmeyen daha bir sürü dehşet unsuru. Uydu görüntüleri ve tanık ifadelerine göre, ülkede en az 150.000 siyasi mahkûm, devasa çalışma ve "yeniden eğitim" kamplarında tutuluyor. Kuzey Kore, dünyanın vicdanında bir leke ve burada yaşanan korkulardan çok az insanın haberi var.

Bazı ülke yöneticilerinin uçaksavar mermileriyle imha edilmesi veya aç köpek sürülerine yem edilmesiyle ilgili haberler asla onaylanmadı. Ama ister gerçek olsun ister yalan, diktatörlüğün halkına yaptığı zulümden pek şüphe yok. Devletin mutlak hâkimiyeti darplara, işkenceye, hapishane kamplarına ve hukuk dışı infazlara yol açtı.

Ülkenin kendine uyguladığı tecrit ve devletin ülke içindeki neredeyse tüm istihbarata hâkim olması yüzünden, Kuzey Korelilerin kendi ülkeleri, sistemleri, liderleri ve rejime verdikleri destek hakkında ancak tahminde bulunabiliyoruz. İç politikada neler olduğunu ve bunların nedenlerini analiz etmek, güneş gözlüğü takarak opak bir pencereden dışarı bakmaya benziyor. Pyongyang'da büyükelçilik yapmış birinden şunu duymuştum: "Sanki bir camın arkasındasın, öteyi görebilmek için camı hafifçe aralamaya çalışıyorsun ama tutabileceğin bir yeri yok."

Ülke içinde anlatılan hikâyeye göre, Kore M.Ö. 2333'te ilahi bir tasarımla yaratıldı. Cennetin Efendisi oğlu Hwanung'u dünyaya gönderdi; Hwanung da Paektu Dağı'na indi ve daha öncesinde ayı olan bir kadınla evlendi. Oğulları Dangun'a ise ilk uluslardan birini yaratmak düştü.

Bu yaradılış efsanesinin en eski kaydı on üçüncü yüzyıla dayanıyor. Komünist bir ülkede liderliğin babadan oğula geçişini ve kutsal sayılışını bir nebze açıklıyor. Örneğin Kim Jong-il, Pyongyang'ın propaganda sorumluları tarafından şu unvanlarla anılıyor: "Sevgili Lider, bir liderde olması gereken her şeyin vücut bulmuş hali", "Yol Gösteren Güneş Işığı", "Paektu Dağı'nın Parlayan Yıldızı", "Yirmi Birinci Yüzyılın Dünya Lideri", "Cennetten İnen Ulu Adam" ve "Sıcak Sevginin Sonsuz Kucağı". Babasının da benzer unvanları vardı, oğlunun olduğu gibi.

Bu hitabetler hakkında halk ne düşünüyor? Bu konuda uzmanlar bile yalnızca tahmin yürütebiliyorlar. 2011'de ölen Kim Jong-il'in ardından toplu histeri geçiren Kuzey Korelilerin görüntülerine baktığınızda, öndeki birkaç sıra boyunca ağlayan, ciyaklayan insandan sonra, arkadakilerin aynı kedere sahip olmadıklarını görüyorsunuz. Bunun nedeni acaba öndekilerin kameraya çıktıklarını bilmeleri ve kendi güvenlikleri için gerekeni yapmaları mı? Yoksa en öne partinin sadık üyeleri mi konmuş? Yoksa kamera açısındakiler gerçekten keder içindeki insanlar mı? Yani bu Prenses Diana'nın ölümünden sonra Birleşik Krallık'ta görülen duygusal patlamanın Kuzey Kore'de abartılmış bir hali mi?

Durum her nasılsa, KDHC hâlâ deli, zayıf ve tehlikeli numaralarına yatıyor. Bu numaranın kökeni Çin ve Japonya'nın arasına sıkışan Kore'nin konumu ve tarihiyle de alakalı.

Asırlar boyunca süren saldırılar, işgaller ve yağmalardan sonra, on sekizinci yüzyılda kendini tecrit etmeye çalışan Kore'ye "Münzevi Krallık" dendi. Kuzeyden geliyorsanız, Yalu Nehri'ni geçtikten sonra denize gelene kadar çok az doğal savunma hattıyla karşılaşırsınız; denizden gelirseniz de tersi geçerli. Moğollar gelip gittiler, Çin'in Ming hanedanı da öyle; Mançuryalılarla Japonlar ise birkaç defa uğradılar. Bu yüzden, Kore bir süreliğine dış dünyayla alakadar olmamayı tercih etti, ticaret hatlarından birçoğunu kopardı ve yalnız bırakılmayı umdu.

Başarılı olamadı. Yirminci yüzyılda Japonlar geri döndüler, 1910'da tüm ülkeyi işgal ettiler ve daha sonra kültürünü yok etmeye kalkıştılar. Korece yasaklandı, Kore tarihi de müfredattan çıkarıldı; Şinto tapınaklarında ibadet zorunlu kılındı. Çok uzun yıllar süren bu baskı günümüzde bile Japonya'yla iki Kore ülkesi arasındaki ilişkileri etkiliyor.

Japonya'nın 1945'te mağlup edilmesiyle, Kore 38. Paralel'den ikiye bölündü. Kuzey kısmı önce Sovyetler, sonraysa Çin tarafından denetlenen komünist rejime bırakıldı; güneyde Kore Cumhuriyeti adlı, Amerikan yanlısı bir diktatörlük kuruldu. Bunlar, Soğuk Savaş'ın en başında yaşanıyordu, yani iki kutbun dünyadaki etkilerini artırabilmek adına her toprak parçası için mücadele ettiği, diğerine tek başına var olma şansı tanımayı reddettiği dönemde.

38. Paralel'in tercih edilmesi birçok açıdan talihsizlikti. Bunun keyfi bir karar olduğunu iddia eden Amerikalı tarihçi Don Oberdorfer, Washington'ın 10 Ağustos 1945'te Japonya'nın teslim oluşuna fazla odaklanmaktan dolayı Kore için düzgün bir strateji sahibi olmadığını belirtiyor. Yarımadanın kuzey kısmında harekete geçen Sovyet birlikleri ve tüm gece süren acil durum toplantıları yapan Washington yüzünden, yanlarında sadece bir

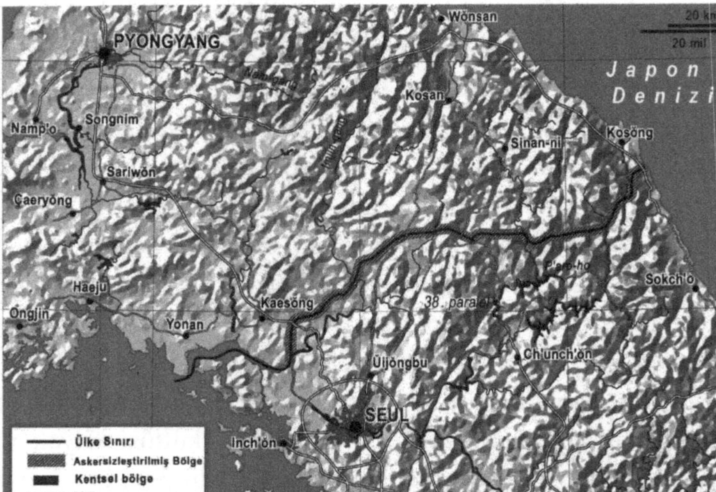

National Geographic haritası bulunan iki alt düzey çalışan, Sovyetlerin durmaları gereken yer olarak ülkenin tam ortası gibi görünen 38. Paralel'i seçtiler. Bu yetkililerden biri Kore Savaşı sırasında Başkan Truman'ın Dışişleri Bakanı olacak Dean Rusk'tı.

Bu ortamda herhangi bir Koreli de yoktu, Kore uzmanı da; çünkü öyle olsaydı, Başkan Truman'a ve o zamanki Dışişleri Bakanı James Francis Byrnes'a bu hattın, 1904–1905'teki savaştan sonra, Rus ve Japonların kendi etki alanları olarak tasarladıkları bölgeleri ayırmak için konuştukları hat olduğu söylenirdi. Amerikalıların bu politikayı telaşla belirlediğini bilmeyen Moskova bunu Kore'nin kuzeyinin komünist olacağına dair bir tahmin ve hatta kabulleniş emaresi olarak okuduğu için suçlanamazdı. Anlaşma yapılmıştı, ülke bölünmüştü ve çimento kurumuştu.

Sovyetler 1948'de birliklerini Kuzey Kore'den çekti; 1949'da Amerikalılar onları takip etti. Haziran 1950'de, fazla cesaretlenen Kuzey Kore ordusu, Amerika'nın Soğuk Savaş jeopolitik stratejisini fena halde küçümseyerek, 38. Paralel'i geçti ve yarımadayı aynı komünist yönetim altında birleştirmeye çalıştı. Neredeyse güney kıyısına kadar ilerleyen komünist ordu Washington'da alarm zillerini çaldırdı.

Kuzey Kore liderliği ve arkasındaki Çin, yalnızca askeri açıdan bakıldığında, ABD'nin Kore'ye ihtiyaç duymadığı tahmininde haklılardı; anlayamadıkları şeyse, Amerikalılar eğer müttefikleri Güney Kore'yi savunmazlarsa dünyadaki diğer müttefiklerinin güvenini kaybedeceklerinin farkındaydılar. Soğuk Savaş'ın başlarında, Amerika'nın müttefikleri eğer kendi kabuklarına çekilir ya da komünist tarafa yaklaşırlarsa, küresel ABD stratejisi tamamen çökecekti. Günümüzde ABD'nin Doğu Asya ve Doğu Avrupa politikaları da buna benziyor. Polonya, Baltık ülkeleri, Japonya ve Filipinler gibi ülkelerin Rusya ve Çin gibi ülkelerin karşısında Amerika'yı arkalarında hissetmeleri gerekiyor.

Eylül 1950'de, arkasında bir Birleşmiş Milletler gücüyle birlikte, ABD Kore'ye girdi, Kuzeyli birlikleri tekrar 38. Paralel'in arkasına itti, daha da ilerleyip Yalu Nehri'ne ve Çin sınırına kadar geldi.

Artık karar verme zamanı Pekin'deydi. Yarımadada ABD güçlerinin barınması bir şeydi, bu süper gücün 38. Paralel'in üstüne çıkmış ve Çin'i vurma kabiliyetine erişmiş hale gelmesiyse başka. Çin birlikleri Yalu'ya gönderildi ve otuz altı ay süren, her taraftan bir sürü can kaybına yol açan çatışmalardan sonra, günümüz sınırı üzerinde anlaşıldı ve bir ateşkes imzalandı. Ama bu bir anlaşma değildi. 38. Paralel'de kaldılar ve hâlâ oradalar.

Yarımadanın pek de karmaşık olmayan coğrafyası, Kuzey ile Güney arasındaki sınırın ne kadar yapay olduğunu da hatırlatıyor. Fiziksel bir sınır varsa batıyla doğu arasında var: Yarımadanın batısı, doğuya kıyasla çok daha düz ve insanların çoğu da bu tarafta yaşıyor. Doğunun kuzeyinde Hamgyong sıradağları, güneyinde ise daha alçak tepeler var. Yarımadayı ortadan kesen Askersizleştirilmiş Bölge bazı kısımlarında İmjin Nehri'ni takip ediyor, ama bu nehir asla iki ülke arasında doğal bir sınır olmadı.

İki Kore, kâğıt üzerinde hâlâ savaştalar ve aralarındaki yüksek gerilim düşünüldüğünde sıcak temasın yalnızca birkaç füze atışı uzaklığında olduğu söylenebilir.

Kuzey Kore'nin nükleer silahları hem Japonya, hem ABD hem de Güney Kore'yi endişelendiriyor ama en büyük tehdit haliyle Güney Kore'nin üzerinde. Kuzey Kore'nin nükleer teknolojisini başarılı bir şekilde küçültme ve savaş başlıkları üretme kapasitesi nedir, bilinmiyor. Ancak, tıpkı 1950'de olduğu gibi, şaşırtıcı ve konvansiyonel bir saldırı her zaman ihtimal dahilinde.

Güney Kore'nin başkenti megaşehir Seul, 38. Paralel'in yalnızca 55 km güneyinde. Ülkenin elli milyonluk nüfusunun neredeyse yarısı Seul ve çevresinde yaşıyor. Bu bölge sanayi ve finans merkezlerinin büyük kısmını barındırıyor ve bunların hepsi Kuzey Kore'nin füze menzilinde.

238 km uzunluğundaki Askersizleştirilmiş Bölge'nin üstündeki tepelerde, Kuzey Kore ordusunun tahminen 10.000 ağır silahı var. İyi gizlenmiş durumdalar, hatta bazıları güçlendirilmiş depolarda ve mağaralarda bulunuyor. Hepsi Seul'a ulaşabilecek düzeyde değil ama bazıları öyle; Seul bölgesini harap etmeye yetecekleri de kesin. Güney Kore ve ABD'nin güçlerini birleştirmesi halinde bu silahların birçoğu yok edilebilir, bu da kesin, ama Kuzey Kore buna fırsat vermeden Seul'u alevler içinde bırakır. 10.000 ağır silahlık cephanelikten yalnızca bir salvonun kentsel ve yarı kentsel alanlara düştüğünü hayal edin, sonra da bunu onlarca misliyle çarpın.

Kuzey Kore konusunda uzman iki kişi, Victor Cha ve David Chang, *Foreign Policy* dergisi için yazdıkları makalelerde KDHC'nin çatışmanın ilk saatinde Seul'a 500.000 civarı atış yapabileceğini belirttiler. Bu çok yüksek bir tahmine benziyor ama sayıyı beşe böldüğünüzde bile sonuç yıkıcı oluyor. Güney Kore hükümeti böyle bir durumda kendini bir yandan büyük bir savaşın içinde bulur, bir yandan da milyonlarca insan güneye kaçarken başkentin altında bulunan birliklerle sınırı takviye etmeye çabalar.

Askersizleştirilmiş Bölge'nin üzerindeki tepeler çok yüksek değil, Seul'la aralarında düz araziler var. Sürpriz bir saldırıda, Kuzey Kore ordusu büyük bir hızla ilerleyebilir ve Güney Korelilerin halihazırda varlığına inandıkları yeraltı tünellerinden gelecek Özel Harekât timlerinin de desteğini alır. Kuzey Kore'nin savaş planları arasında, Seul'un güneyine baskın yapacak denizaltılar ve Güney'de halk arasına karışmış hücrelerin faaliyete geçirilmesi de var. Kuzey Kore'nin yaklaşık 100.000 Özel Harekât görevlisi olduğu tahmin ediliyor.

Kuzey, balistik füzelerini Japon Denizi üzerinden Pasifik'e

atarak Tokyo'yu da vurabileceğini ispatladı. Komünist Kore'nin silahlı kuvvetleri bir milyonun çok üzerinde, dünyanın en güçlü ordularından biri ve iyi bir eğitim almamış olsalar da Pyongyang bir yandan çatışmayı kızıştırırken, onları piyon olarak kullanabilir.

Amerikalılar böyle bir durumda Güney'in yanında olur, Çin ordusu kırmızı alarma geçer ve Yalu'ya yaklaşır, Ruslar ve Japonlar ise durumu gergince izler.

Birçok Amerikan başkanının Kuzey Kore nükleer programını durdurmak için askeri önlemler almasını engelleyen de işte bu senaryolar. 2017'de Kuzey Kore'nin yaptığı kıtalararası balistik füze denemeleri, bu ülkenin bir nükleer silah yapabilme potansiyeli ve denizaltılar konusunda sürekli çalışması bize iki gelecek sunuyor: Ya Kuzey Kore tam teşekküllü bir nükleer güç olacak ya da Amerika araya girip bunu engelleyecek.

Kore'de başka bir büyük savaş çıkması kimsenin işine gelmez, çünkü iki ülke de mahvolur ama bu ihtimal geçmişteki savaşları engellemedi. Kuzey Kore, 1950'de 38. Paralel'i geçtiğinde, dört milyon ölüme yol açacak ve üç yıl sürdükten sonra sonuçsuz kalacak bir savaş hayal etmemişti. Bu yıllarda yapılacak bir savaşsa daha da yıkıcı olur. Güney Kore ekonomisi Kuzey'den sekiz kat daha güçlü, nüfusu da Kuzey'in iki katı. Güney Kore ve ABD güçlerinin toplamı Kuzey Kore'yi eninde sonunda yıldırır, tabii Çin'in olaya tekrar müdahil olmak istememesi durumunda.

Peki sonra? Böyle bir olasılığa karşı yapılan ciddi planlar çok sınırlı. Güney'in savaş durumunda gerekeceklerle ilgili bilgisayar modellemesi yaptığı düşünülüyor ama savaşın büyük bir kaos getireceğine itiraz eden de yok gibi. Kore'de yaşanacak iç veya dış patlamalar, eğer bir savaş sonucunda ortaya çıkarlarsa, daha da zararlı olur. Birçok ülke bu durumdan etkilenir ve zor kararlar almak zorunda kalır. Çin bu savaşa müdahale etmek istemese bile sınırı geçip Kuzey'in güvenliğini sağladıktan sonra ABD güçleriyle aradaki tampon bölgeyi tekrar oluşturmak zorunda kalabilir. Birleşik bir Kore'nin ABD ve Japonya'yla işbirliği halindeyken çok büyük bir potansiyel tehdit olabileceği düşünülebilir.

ABD'nin böyle bir senaryoda Askersizleştirilmiş Bölge'nin ne kadar ötesine geçeceğine, Kuzey Kore'nin nükleer ve diğer kitle imha silahlarının bulunduğu tüm alanlara girip girmeyeceğine karar vermesi gerekir. Çin'in de benzer sorunları olur, özellikle de bazı nükleer tesislerin Çin sınırından 55 km uzaklığında olduğu düşünülünce.

Japonya'nın da, siyasi bakımdan, Japon Denizi'nin ötesinde güçlü ve birleşik bir Kore görmek isteyip istemediğine karar vermesi gerekir. Tokyo ve Seul arasındaki hassas ilişkiler düşünülünce, Japonya'nın böyle bir konuda gergin olmasına hak vermek lazım ama Çin'in verdiği endişenin büyüklüğü hesaba katılınca, herhalde Kore'nin birleşmesi Tokyo'nun işine gelir, her ne kadar önceki yüzyılda yarımadayı işgali yüzünden Kore'nin mali yardım talebiyle karşılaşacak olsa da. Ayrıca, Seul'un bildiği şeyi Japonya da biliyor: Tekrar birleşim masraflarının büyük kısmı Güney Kore tarafından çekilecek ve Alman birleşimi bunun yanında atla deve kalacak. Doğu Almanya, Batı Almanya'nın çok gerisinde kalmış olsa da, bir gelişim tarihi, sanayi tabanı ve eğitimli bir nüfusu vardı. Kore'nin kuzeyini geliştirmek ise sıfırdan başlamayı gerektirir ve bunun maliyeti birleşik yarımadayı yaklaşık on yıl boyunca geri bırakır. Bundan sonra da, kuzeyin kömür, çinko, bakır, demir ve bazı nadir elementler gibi zengin doğal kaynaklardan elde edilen kârla birlikte modernleşme programının ürünleri beklenir. Tabii tüm bunlar için uğraşırken dünyanın en ileri ülkelerinden birinin refahını tehlikeye atma ihtimali insanların kafasını karıştırıyor.

Bunlar, gelecekte alınması gereken kararlar. Şimdilik iki taraf da savaş hazırlığı yapmayı sürdürüyor; tıpkı Pakistan ve

Hindistan gibi, korku ve şüphe içinde birbirlerine sokulmuş durumdalar.

Güney Kore artık dünya ülkeleri arasında seçkin bir yerde, dış politikası da bununla paralel. Batı, doğu ve güneyinde açık deniz olan, birkaç doğal kaynağa da sahip bu ülke, geçtiğimiz otuz yıl içinde, Japon Denizi ve Doğu Çin Denizi'ne açılıp topraklarını savunabilecek kadar modern bir donanma geliştirmeyi de başardı. Tıpkı Japonya gibi, Güney Kore de enerji ihtiyaçlarını karşılayabilmek için dışa bağımlı ve bu yüzden tüm bölgenin deniz rotalarını dikkatli gözlerle inceliyor. Bir süredir kendini koruyan, Rusya ve Çin'le olan ilişkilerine yatırım yapan ülke Pyonyang'ı da sinirlendirmiş oldu.

İki ülkeden herhangi birinin yapabileceği yanlış bir hesap hem yarımada halkları üzerinde çok yıkıcı bir etki yaratır hem de bölge ekonomilerini harap edebilir; ABD ekonomisi üzerinde bile büyük yansımalar görülebilir. ABD'nin Soğuk Savaş'ta Rusya karşısındaki duruşunu bozmamak için yaptığı yardımla başlayan süreç hem Amerika'nın hem de diğer birkaç ülkenin ekonomisini yakından ilgilendiren bir konuya dönüştü.

Güney Kore, Tokyo'yla hâlâ işgalden kalma sorunlar yaşıyor; samimi olduklarında bile aralarında belli bir mesafe var. 2015'in başlarında, Amerikalılar, Güney Koreliler ve Japonlar ortak bir havuzda Kuzey Kore hakkındaki istihbaratlarını birleştirmek için toplandıklarında, Seul elindeki bilgilerin yalnızca bir kısmını Washington aracılığıyla Tokyo'ya verebileceğini söyledi. Japonlarla doğrudan pazarlık yapmadı.

Güney Kore'nin Dokdo (tenha) Adaları, Japonya'nın ise Takeşima (bambu) Adaları dediği yer iki ülke arasında hâlâ tartışmalı. Balıkçılık için hayli elverişli, yakınında doğalgaz rezervleri olması muhtemel bu kayalıklar şu an Güney Korelilerin kontrolünde. Başlarındaki sorunlara ve işgalin hâlâ taze hatırasına rağmen, iki ülkenin de işbirliği yapmak ve sorunlu geçmişlerini arkalarında bırakmak için nedenleri var.

Japon tarihi, Kore tarihinden çok farklı ve bunun en büyük nedeni de coğrafya.

Japonlar bir ada ırkı ve 127 milyonluk nüfuslarının çoğu Japon Denizi'nin karşısındaki Kore ve Rusya'ya bakan dört büyük adada yaşıyor; kalan 6.848 küçük adadaysa azınlıklar var. Büyük adalardan en büyüğü Honşu ve dünyanın en büyük megaşehri olan Tokyo da 39 milyonluk nüfusuyla burada.

En yakın noktasında, Japonya, Avrasya kara parçasından 190 km uzakta; bu da hiçbir zaman başarılı şekilde işgal edilememe nedenlerinden biri. Doğu Çin Denizi'nin öte yanındaki Çinliler yaklaşık 800 km uzakta. Rusya'nın toprakları aslında daha yakın ama Rus güçleri genellikle buradan çok uzakta, çünkü Ohotsk Denizi'nin karşısındaki bu toprakların iklim şartları çok ağır, nüfusu da çok az.

1300'lü yıllarda, Moğollar Çin, Mançurya ve Kore'yi aldıktan sonra Japonya'yı da işgal etmeye çalıştılar. İlk denemelerinde yenildiler ve ikincisinde, filoları bir fırtınayla dağıldı. Kore Boğazı'ndaki denizler, Japonların "Kutsal Rüzgâr" anlamında *kamikaze* dedikleri bir fırtınaya kapılmışlardı.

Yani batı ve kuzeybatıdan gelen tehditler sınırlıydı, güneydoğu ve doğudaysa Pasifik'ten başka bir şey yoktu. Bu son bakış açısı, Japonların kendilerine neden "Güneşten Gelen" anlamında *Nippon* dediklerini açıklıyor: Doğuya baktıklarında ufukla aralarında hiçbir şey yoktu ve her sabah ufuktan doğan şey güneşti. Ara sıra Kore'yi işgal etme çabaları haricinde, Japonlar genellikle kendi hallerinde durdular, ta ki modern dünya kapılarına gelene dek. Başta geri çevirdikleri modern dünyayı daha sonra dışarı çıktıklarında tanıdılar.

Adaların ne zaman Japonya'nın eline geçtiği hakkında farklı fikirler var ama M.S. 617'de bizim Japonya olarak bildiğimiz yerden Çin İmparatoru'na gönderilen ünlü bir mektupta, Japon asilzadelerinden biri şöyle yazmış: "Burada, güneşin üzerinde doğduğu ülkede, imparator kimliğimle, güneşin üzerinde battığı ülkeye bir mektup gönderiyorum. Sağlığınız yerinde mi?" Tarihi kayıtlar, Çin İmparatoru'nun bu küstahlığı hoş görmediğini gösteriyor. Çin İmparatorluğu'nun büyüklüğünün yanında, Japon adalarının birliği bile o kadar sağlam değildi ve bu durum on altıncı yüzyıla kadar değişmeyecekti.

Japon adalarının toplam yüzölçümü, iki Kore'nin birleşiminden veya Almanya'dan daha büyük. Ancak, toprakların dörtte üçü insan yaşamına uygun değil, özellikle de dağlık alanlar ve yalnızca %13'lük kısım ziraata uygun. Bu da Japonları birbirlerine yakın yerlerde, kıyı ovalarında, iç kısımlarda ve aşamalı olarak pirinç yetişebilen tepelerde yaşamaya mecbur kılıyor. Japonya dağları sayesinde su sorunu çekmiyor ama düz toprak sahibi olmayışı, nehirlerinin taşımacılığa ve ticarete uygun olmamasına neden oluyor, üstelik bu nehirlerin çok azı bir diğeriyle kesişiyor.

İşte bu şartlar, Japonları denizciliğe itti. Sayısız adaların kıyılarında avcılık ve ticaret yaptılar, Kore'ye baskınlar düzenlediler ve uzun yüzyıllar süren tecridin ardından tüm bölgeyi kontrol etmek için harekete geçtiler.

Yirminci yüzyılın başında, Japonya dünyanın en büyük üçüncü donanmasına ve büyük bir sanayi gücüne sahipti. 1905'te Rusları hem karada hem denizde süren bir savaşta mağlup ettiler. Ancak onca zaman izole kalmalarına elveren bu ada coğrafyası, artık dünyayla ilişki kurmayı onlara zorunlu kılıyordu. Sorun, Japonya'nın bunu askeri açıdan ele almasıydı.

Hem 1. Çin-Japon Savaşı hem de Rus-Japon Savaşı, Kore'de Çin ve Rus etkisini kırmak için yapıldı. Japonlara askeri danışmanlık yapan Prusyalı Binbaşı Klemens Meckel'in sözleriyle, Japonya için Kore, "Japonya'nın kalbine saplanmış bir hançer"di. Bu yarımadayı kontrol etmek, tehdidi ortadan kaldırdı; Mançurya'nın kontrol altına alınmasıysa Çin'i ve biraz da olsa Rusya'yı, hançerin kabzasından uzaklaştırdı. Kore'nin kömür ve demir yatakları da Japonya'nın işine geldi.

Sanayileşebilmiş bir ülke olabilmek için gerekli doğal kaynakların yalnızca küçük bir kısmı Japonya'da vardı: sınırlı ve kalitesiz kömür, çok az petrol, yetersiz derecede doğalgaz ve birçok metalden yoksunluk. Bu durum yüz yıl önce nasıldıysa şimdi de aynı; Japonlar ancak yabancı ülkelerde doğalgaz yatakları keşfediyorlar ve denizlerdeki kıymetli metal rezervlerini değerlendiriyorlar. Dünyanın en büyük doğalgaz ithalatçısı ve en büyük üçüncü petrol ithalatçısı Japonya.

Bu ürünlere olan açlık, Japonya'yı 1930'larda Çin'e ve 1940'ların başında Güneydoğu Asya'ya saldırmaya itti. 1895'te Tayvan'ı zaten işgal etmişlerdi; bunu 1910'da Kore'nin ilhakı izledi. Japonya 1932'de Mançurya'yı işgal etti, sonra da 1937'de Çin'i tamamen kontrol altına aldı. Düşen her domino taşı ve imparatorluğa eklenen her toprak parçası, Japon nüfusunun petrol, kömür, metal, kauçuk ve gıda ihtiyaçlarını artırdı.

Avrupalı güçler kendi kıtalarında savaşmakla meşgulken, Japonya da kuzey Hindiçin'i işgalle yoluna devam etti. O zamana kadar Japonya'nın petrol ihtiyaçlarının büyük kısmını karşılayan Amerika, sonunda Japonya'ya ültimatom verdi: Buradan çekilmedikleri takdirde petrol ambargosu uygulanacaktı. Japonlar buna Pearl Harbor saldırısıyla yanıt verdiler ve ardından Güneydoğu Asya'ya yönelerek Burma, Singapur, Filipinler ve diğer bazı bölgeleri aldılar.

Artık haddinden çok fazla toprak sahibi olan Japonya, ABD'ye saldırmakla kalmıyor, bir de Amerika'nın kendi endüstrisi için ihtiyaç duyduğu kaynakları gasp ediyordu – kauçuk gibi. Yirminci yüzyılın devi, topyekûn savaş için harekete geçti.

Japonya coğrafyası işte burada ülkenin en büyük yıkımında rol oynadı: Hiroşima ve Nagazaki.

ABD, Pasifik boyunca, ada ada ilerledi ve çok büyük kayıplar verdi. Tayvan ve Japonya arasındaki Ryukyu Ada Zinciri'nde bulunan Okinava'yı aldıklarında, hâlâ teslim olmayan ve dört büyük adayı amfibi işgalden korumaya çalışan bir fanatik düşmanla karşılaştılar. ABD'nin büyük kayıplar vermesi bekleniyordu. Arazi daha kolay olsaydı Amerika'nın tercihi farklı olabilirdi –Tokyo'ya kadar çarpışarak ilerleyebilirdi– ama onlar nükleer silahı tercih ettiler ve dünyanın kolektif bilinci, yeni çağın terörüyle buraya çevrildi.

Radyoaktif toz yere indiğinde Japonya teslim oldu ve Ame rikalılar, biraz da komünist Çin'in etkisine girmemeleri için, onlara ülkelerini yeniden kurmaları için yardım etti. Yeni Japonya, eski yaratıcılığını sergiledi ve otuz yıl içinde tekrar küresel bir güç haline geldi.

Ancak eski saldırganlık ve militarizm de tamamen yok olmadı: Japonya'nın bu tarafları, Hiroşima ile Nagazaki'nin molozlarının ve parçalanan ulusal ruhun altına gömülmüştü. Japonya, savaş sonrası anayasasına göre ordu sahibi olamıyordu, yalnızca "Meşru Müdafaa Güçleri" adında, savaş öncesi ordusunun silik bir gölgesi vardı. ABD tarafından dayatılan savaş sonrası antlaşması, Japonya'nın savunma harcamalarını GSMH'nin %1'iyle kısıtlıyor ve Japon topraklarında on binlerce Amerikan gücünü zorunlu kılıyordu ki 32.000 asker hâlâ ada ülkesinde.

Ama 1980'lerin başında, milliyetçilik kendini yavaş yavaş tekrar göstermeye başladı. Japonya'nın savaş suçlarını asla kabul etmemiş yaşlı kuşaklar ve babalarının günahları yüzünden suçlu olduklarını kabul etmeyen gençler vardı. Doğan Güneşin Toprağı'nın birçok çocuğu, savaş sonrası dünyadaki "doğal" yerlerini talep ediyordu.

Anayasa artık daha esnek bir şekilde ele alınmaya başlandı ve Japon Meşru Müdafaa Güçleri yavaş yavaş modern bir savaş birimine dönüştü. Bu, Çin'in yükselişiyle birlikte gerçekleşti; Pasifik bölgesinde müttefiklere ihtiyaç duyacaklarını fark eden Amerikalılar tekrar silahlanan Japonya'yı kabul etmeye artık hazırlardı.

Bu yüzyılda, Japonya savunma politikasını değiştirdi ve dış müttefiklerle yan yana çarpışmalara girdi. Yeni düzeni daha sağlam bir temele oturtmak için anayasalarında değişiklik de bekleniyor. 2013'teki Japon Savunma Stratejisi belgesinde ilk kez bir potansiyel düşmandan söz edildi: "Çin, mevcut durumu baskıyla değiştirme çabaları olarak algılanabilecek hamlelerde bulundu."

2015 savunma bütçesi, yeni bir Japonya rekoru olan kırk iki milyar dolardı ve ertesi yıl bir kez daha yükselerek kırk dört milyar dolara çıktı. Bunun büyük kısmı deniz ve hava güçlerine harcandı, bunların arasında altı yeni denizaltı ve altı ABD yapımı F-35A hayalet uçak da vardı. 2015 baharında, Tokyo bir de "helikopter taşıyan destroyer" adını verdiği gemi tanıttı. Bu geminin İkinci Dünya Savaşı'ndaki Japon uçak gemileri kadar büyük olduğunu fark etmek için askeri uzman olmaya gerek yoktu; mevzubahis uçak gemileri 1945'teki teslim anlaşmasıyla yasaklanmıştı. Gemi, sabit kanatlı uçaklar için de ayarlanabilir ama Japon savunma bakanı, yayınladığı bildiride geminin "uçak gemisi olarak kullanılmasını düşünmediklerini" belirtti. Bu açıklama, bir motosiklet aldıktan sonra onun motorunu çalıştırmayı düşünmediğinizi, yalnızca bisiklet olarak kullanacağınızı söylemek gibiydi. Japonların artık bir uçak gemisi var.

Bu gemiye ve diğer parlak malzemelere harcanan para, tıpkı konumlandırıldıkları yerler gibi, net bir niyet göstergesi. Büyük adaları koruyan Okinava askeri altyapısı geliştirilecek ve bu, Japonya'ya Hava Savunma Bölgesi'nde devriye gezebilmek için daha büyük esneklik tanıyacak. Bu bölgenin bir kısmı, Pekin'in 2013'te açıkladığı eklentiden sonra, Çin'in savunma bölgesiyle de kesişiyor.

İki bölge de Senkaku (Japonca) veya Diaoyu (Çince) denen, Japonya'nın kontrolünde olmasına rağmen Çin'in de üzerlerinde hak iddia ettiği adaları içeriyor. Bu adalar Ryukyu Ada Zinciri'nde de yer alıyorlar; bu zincir, Japonya'nın merkezine girmek isteyen her yabancı gücün geçmek zorunda olduğu bir yerde ve Japonya'ya geniş karasuları sağlıyor, ayrıca sualtı doğalgazı ve petrol sahalarına sahip olması mümkün. Tokyo da bu yüzden bu adaları ne pahasına olursa olsun kaybetmek istemiyor.

Doğu Çin Denizi'nde, Çin'in sonradan genişleyen "Hava Savunma Teşhis Bölgesi" artık Çin, Japonya, Tayvan ve Güney Kore'nin üzerinde hak iddia ettiği bölgeleri içeriyor. Pekin bu bölgeye giren her uçağın kendini tanıtması veya "savunma önlemlerine katlanması" gerektiğini söylerken Japonya, Güney Kore ve ABD ise hiçbir bildirim yapmadan bu bölgede uçarak karşılık verdiler. Çin'den düşmanca bir karşılık gelmedi ama bu konu, Pekin'in canı istediğinde bir ültimatoma dönüşebilir.

Japonya aynı zamanda kuzey ucundaki Kuril Adaları'nda da hak iddia ediyor. Hokkaido açıklarındaki bu adalar, İkinci Dünya Savaşı'nda Sovyetler Birliği'ne kaybedilmişti ve hâlâ Rusya'nın kontrolünde. Rusya bu konuyu tartışmamayı tercih ediyor ama bu anlaşmazlık, Japonya'nın Çin'le yaşadıklarıyla aynı seviyede değil. Kuril Adaları'nda yaklaşık 19.000 kişi yaşıyor ve ada yakınlarında zengin balık sahaları olmasına rağmen, bölge o kadar büyük bir stratejik öneme sahip değil. Bu da Rusya ve Japonya'nın donuk bir ilişki sürdürmelerine neden oluyor.

Japon liderlerin geceleri uykularını kaçıran, onları ABD'ye diplomatik ve askeri bakımdan yakın tutansa Çin. Birçok Japon, özellikle de Okinava'dakiler, ABD'nin askeri varlığından rahatsızlık duyuyor ama Çin'in kudreti ve Japon nüfusundaki düşüş, ABD-Japonya ilişkisinin giderek daha eşit koşullara yaklaşarak devam edeceğini gösteriyor. Japon istatistikçiler, yüzyılın ortasına doğru ülke nüfusunun 100 milyonun altına düşeceğinden endişeleniyorlar. Eğer doğum oranı böyle devam ederse, 2110'da Japon nüfusunun 1910 nüfusu olan 50 milyonun bile altına düşmesi mümkün. Japon hükümeti, bu gidişi tersine çevirmek için bazı önlemler düşünüyor. Son zamanlarda ortaya çıkan ihtimallerden biri, milyon dolarlarca verginin genç çiftler için kurulacak çöpçatanlık servisine harcanması. Bekârların tanışması, yiyip içmesi ve –sonuç olarak– bebek yapması için, masrafları devlet tarafından karşılanan *konkatsu* partileri yapılıyor. Göç de başka bir muhtemel çözüm ama Japon toplumu bu konuda biraz dar görüşlü. Giderek daha iddialı hale gelen Çin'in nüfusu 1,4 milyara ulaşmışken, tekrar silahlanan ve sessizce etrafına saldırgan bakışlar atan Japonya'nın çevresinde dostlara ihtiyacı olacak.

Amerikalılar hem Kore'de hem Japonya'da bulunmaya devam ediyorlar; şimdi aralarında üçlü bir ilişki var. Japonya ve Güney Kore'nin üzerinde tartışabilecekleri bir sürü şey var ama Çin ve Kuzey Kore hakkında paylaştıkları endişeyle bunları yok sayabilirler.

Kore gibi bir sorunu olur da çözerlerse bile, Çin yerli yerinde duracak ve bu da ABD 7. Filo'sunun Tokyo Koyu'nda, ABD Deniz Piyadeleri'nin de Okinava'da kalacağı anlamına geliyor.

Bu sularda zorlu yıllar yaşanması beklenebilir.

BÖLÜM 9

LATİN AMERİKA

---

*"Bize 'umut kıtası' denmesi hoşumuza gidiyor...
Bu umut, bir cennet vaadi gibi, ödemesi sürekli ertelenen
bir borç senedi gibi."*

Pablo Neruda, *Nobel ödüllü Şilili şair*

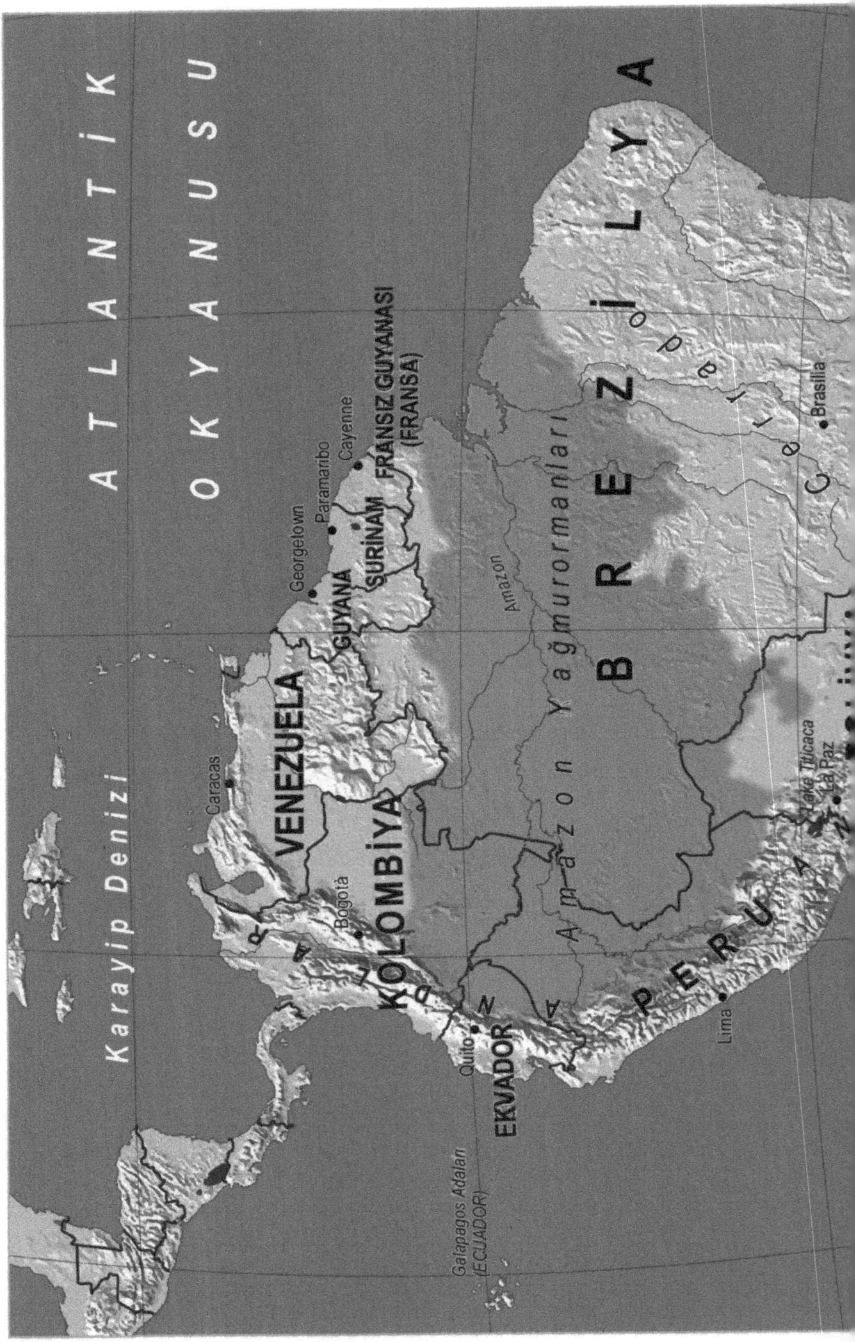

ATLANTİK OKYANUSU
Karayip Denizi
VENEZUELA
Caracas
GUYANA
Georgetown
SURİNAM
Paramaribo
FRANSIZ GUYANASI (FRANSA)
Cayenne
KOLOMBİYA
Bogota
EKVADOR
Quito
Galapagos Adaları (ECUADOR)
PERU
Lima
BREZİLYA
Brasilia
Amazon
Amazon Yağmurormanları
Lake Titicaca
La Paz

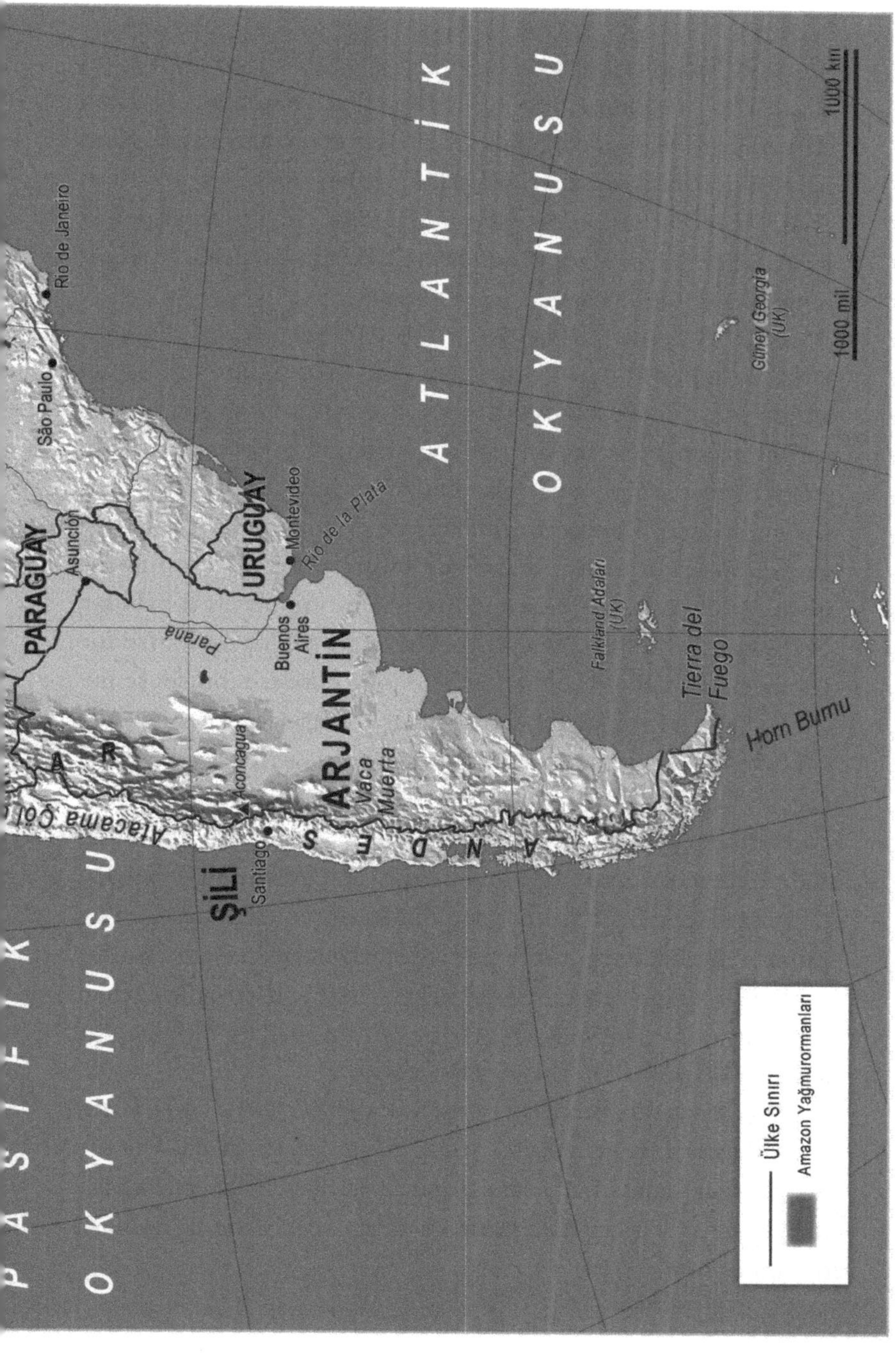
P A S İ F İ K
O K Y A N U S U
A T L A N T İ K
O K Y A N U S U
PARAGUAY
Asunción
URUGUAY
Montevideo
Buenos Aires
ARJANTİN
ŞİLİ
Santiago
São Paulo
Rio de Janeiro
Paraná
Rio de la Plata
Aconcagua
Atacama Çöl
Vaca Muerta
A N D E S
Tierra del Fuego
Horn Burnu
Falkland Adaları (UK)
Güney Georgia (UK)
1000 km
1000 mil
Ülke Sınırı
Amazon Yağmurormanları

Latin Amerika, özellikle de güneyi itibariyle, Eski Dünya'nın bilgisi ve teknolojisini yeni topraklara getirebileceğinizin ama coğrafya elvermediği takdirde başarınızın sınırlı olacağının bir ispatı, özellikle de siyaseti yanlış anlarsanız. Coğrafyasının ABD'ye büyük güç olma yolunda yardım edişi gibi, altındaki yirmi ülkenin coğrafyasıysa onların ABD'nin karşısına ciddi bir rakip olarak dikilmelerine engel oluyor.

Latin Amerika coğrafyasının kısıtlamaları ulus devletlerin kurulmasından itibaren ortadaydı. ABD toprakları yerlilerden alındığında büyük kısmı satıldı veya küçük toprak sahiplerine verildi; aksine, Latin Amerika'nın sistemiyse Eski Dünya'nın güçlü toprak sahipleri ve onların hizmetkârları oldu, bu da eşitsizliğe yol açtı. Bunun üzerine, bir de Avrupalı yerleşimcilerin getirdiği coğrafi sorun var ki hâlâ birçok ülke bu sorun nedeniyle potansiyellerine erişemiyorlar: Sahil yakınlarında kaldılar, özellikle de iç bölgelerin sivrisinekler ve hastalıklarla dolu olduğu yerlerde (Afrika'da olduğu gibi). Çoğu ülkelerin büyük şehirleri ve hatta genellikle başkentleri, bu yüzden sahil kenarlarında kaldı ve iç bölgelerden gelen tüm yollar, başkentlere çıkmasına rağmen birbirleriyle kesişmedi.

Peru ve Arjantin gibi bazı yerlerde, başkentin metropoliten alanı ülke nüfusunun %30'undan fazlasına ev sahipliği yapıyor. Sömürgeciler her bölgenin zenginliğini alıp kıyılara, oradan da yabancı marketlere götürmeye odaklandılar. Bağımsızlık sonrasında bile, çoğunlukla Avrupa kökenli kıyı elitleri iç bölgelere yatırım yapmadılar ve iç bölgelerde nüfusun yoğun olduğu yerlerin birbirleriyle bağlantısı hâlâ yetersiz.

Birçok işveren, profesör ve medya analisti, 2010'larda Latin Amerika'nın büyük atılım yapacağını iddia etti. Ama öyle olmadı ve hâlâ ulaşamadığı bir potansiyeli olan bölge, buna rağmen doğa ve tarihin ona miras bıraktığı sorunlarla uğraşmaya devam edecek.

Meksika giderek bölgesel bir güç oluyor ama kuzeyinde her zaman çöller, doğu ve batısında dağlar, güneyinde balta girmemiş ormanlar olacak, dolayısıyla ekonomik büyümesi sınırlı kalacak. Brezilya dünya sahnesine çıktı ama iç bölgeleri hâlâ birbirlerinden kopuk; Arjantin ve Şili ise, zengin doğal kaynaklarına rağmen, Washington ve New York'a Paris veya Londra'dan daha uzak kalacak.

Bağımsızlık mücadelesinin başından iki yüz yıl sonra, Latin Amerika ülkeleri hâlâ Kuzey Amerika ve Avrupa ülkelerinin çok gerisindeler. Toplam nüfusları (Karayipler de dahil olmak üzere) 600 milyonun üstünde ama toplam GSMH'leri Fransa ve Birleşik Krallık'ınkine denk ki bu ülkelerde toplam 125 milyon insan yaşıyor. Sömürgecilik ve kölelik zamanlarından beri çok gelişen bu bölgenin hâlâ alması gereken çok yol var.

Latin Amerika, ABD'nin Meksika sınırından başlıyor, Orta Amerika'da 11.000 km ilerledikten sonra Güney Amerika'ya giriyor ve Pasifik ile Atlantik'in birleştiği Horn Burnu'ndaki Tierra del Fuego'da bitiyor. En geniş yerinde, Brezilya'yla Peru arasındaki doğu-batı mesafesi 5000 km. Batıda Pasifik, öteki taraftaysa Meksika Körfezi, Karayip Denizi ve Atlantik var. Kıyılar çok fazla doğal derin liman barındırmıyor, bu da ticareti sınırlandırıyor.

Orta Amerika, derin vadileri olan engebeli bir alan ve en dar noktasında 190 km'ye kadar iniyor. Sonra, Pasifik'e paralel 7000 km boyunca uzanan, dünyanın en uzun sürekli dağ zinciri var: And Dağları. Başından sonuna dek tepeleri karla kaplı olan bu dağlar genellikle geçilemiyor; bu yüzden kıtanın batısındaki birçok bölge doğudan kopuk. Batı Yarımküre'nin en yüksek noktası burada –6.960 metrelik Aconcagua Dağı– ve sıradağlardan dökülen sular, And Dağları'nın geçtiği Şili, Peru, Ekvador, Kolombiya, Venezuela ülkeleri için bir hidroelektrik kaynağı. Arazi sonunda alçaldığında ormanlar ile buzullar beliriyor ve Şili takımadasına giriyoruz, sonra... Sonra kara bitiyor. Latin Amerika'nın doğu tarafı Brezilya ve Nil'den sonra dünyanın en uzun nehri olan Amazon'la kaplı.

Ülkelerin az sayıdaki ortak yanlarından biri, dillerinin Latin kökenli olması. Neredeyse hepsi İspanyolca konuşuyor; iki istisna var: Brezilya'da Portekizce, Fransız Guyanası'nda da, haliyle, yine Fransızca hâkim. Ama bu dil bağlantısı, beş farklı iklim koşuluna sahip kıtanın farklarını gizliyor. Andların doğusundaki göreceli düzlük ve Güney Amerika'nın alt üçte birlik bölümündeki ılıman iklim, kuzeydeki dağ ve balta girmemiş ormanlara birebir zıt. Tarım ve inşaat masraflarının düşmesini sağlayan ılıman iklim, burayı kıtanın en kârlı yerlerinden biri yapıyor. Göreceğimiz üzere, Brezilya ise ürünlerini kendi pazarına dağıtmakta bile sorun yaşıyor.

Akademisyenler ve gazeteciler bu kıtanın bir "viraj"da olduğunu yazmaktan çok hoşlanıyorlar, yani sonunda büyük bir gelişim göstereceklerini ima ediyorlar. Benim fikrimse, coğrafi şartlar düşünülünce, dünyanın en alt kısmı bile bu kıtadan daha büyük bir virajda; bu geniş topraklarda olan biten bir sürü şey var ama sorun, genellikle kıtanın kendisiyle uğraşılması. Bu bir Kuzey Yarımküreli görüşü olarak kabul edilebilir ama aynı zamanda başlıca ekonomik, askeri ve diplomatik güçlerin bulunduğu yerin görüşüdür.

Tarihin önde gelen nüfus merkezlerinden uzaklığına rağmen, şu an Meksika-ABD sınırı olan yerin güneyinde yaklaşık 15.000 yıldır insanlar yaşıyor. Buraya Rusya'dan geldikleri, Bering Boğazı hâlâ kara parçasıyken buradan geçtikleri sanılıyor. Kıtanın günümüzdeki sakinleriyse Avrupalı, Afrikalı, yerel kabile mensupları ve Avrupalı-Yerli melezleri.

Bu karışım, 1494'te İspanya ile Portekiz arasında imzalanan, Avrupalı sömürgecilerin uzaklarda ve haklarında pek bir şey –hatta o zamanlar *hiçbir şey*– bilmedikleri bölgeleri harita üzerinde çizdikleri çizgilerle paylaşmalarının en eski örneklerinden olan Tordesillas Anlaşması'na kadar uzanır. Okyanusları keşfetmek için batıya açıldıklarında, Avrupa'nın iki büyük deniz gücü, Avrupa dışında keşfedilen her toprak parçasının iki ülke arasında paylaşılması üzerinde anlaştı. Papa da bunu onayladı. Kalanıysa tarihin büyük bir talihsizliği: Güney Amerika adı verilen topraklarda yaşayanların çok büyük kısmı, soykırıma uğradı.

Bağımsızlık hareketleri 1800'lerin başında patlak verdi, başta Venezuelalı Simón Bolívar ve Arjantinli José de San Martin vardı. Özellikle Bolivar, Güney Amerika'nın ortak bilincine kazındı: Bolivya ismini bu lidere ithaf etti ve kıtanın sol eğilimli ülkeleri, ABD karşısında "Bolivarcı" ideolojileriyle zayıf bir bağ içindeler. Bu sömürgecilik karşıtı, sosyalizm sempatizanı fikirlerin dalgalı seyri bazı durumlarda, özellikle de bunları kullanacak politikacıların işine geldiğinde milliyetçiliğe kayıyor.

On dokuzuncu yüzyılda, bağımsızlığını yeni kazanan ülkelerin çoğu, iç anlaşmazlıklar veya sınır ötesi savaşlarla parçalandı. Ama o yüzyılın sonunda, birçok ülkenin sınırları belirlenmişti. En zengin üç ülke olan Brezilya, Arjantin ve Şili, bu tarihten sonra kendilerine zarar verecek kadar büyük bir deniz silahlanması yarışına girdiler; bu maceraları üç ülkeyi de geri bıraktı. Kıta boyunca birçok yerde sınır anlaşmazlıkları var ama demokrasinin gelişmesiyle, çoğu anlaşmazlık donduruldu veya diplomatik çözümlere başvuruldu.

Arası bozuk olan iki ülke de Bolivya ve Şili. Aralarındaki anlaşmazlık 1879 Pasifik Savaşı'na kadar uzanıyor; Bolivya bu savaş sonunda 400 km'lik kıyı şeridi de dahil olmak üzere büyük toprak kaybına uğradı ve o zamandan beri denize kıyısı yok. Bu darbeden asla kurtulamadı; bu da neden en fakir Latin Amerika ülkeleri arasında yer aldığını bir parça açıklıyor. Ayrıca, nüfusu büyük ölçüde Avrupalı olan ovalar ile genellikle yerlilerin yaşadığı yüksek araziler arasındaki ayrım da bu yüzden uçuruma dönüştü.

Zaman, bu iki grubun arasındaki yaraları iyileştirmedi. İki ülkenin de. Bolivya, Güney Amerika'daki en büyük üçüncü doğalgaz rezervine sahip olmasına rağmen, güvenilir bir satıcıya ihtiyaç duyan Şili'ye satış yapmıyor. Bunu yapmayı akıllarından geçiren iki Bolivya başkanı koltuktan indirildi ve şimdiki başkan Evo Morales'ın gündeminde "doğalgaz karşılığı sahil hattı" da içeren bir "Şili'ye gaz satışı" politikası var ama bu kez de Şili enerji ihtiyacını inkâr ediyor. İki tarafın da ulusal onuru ve coğrafi ihtiyaçları, diplomatik tavizlerin önüne geçiyor.

Kökü on dokuzuncu yüzyıla dayanan başka bir sınır anlaşmazlığı da Britanya toprağı Belize ve komşusu Guatemala arasında. Sınır, Afrika ve Ortadoğu'da gördüğümüz gibi bir çizgi halinde ve çizenler Britanyalıydı. Guatemala, Belize'nin ulusal sınırları içinde olduğunu iddia ediyor ama Bolivya'nın aksine, bu konuda diretmiyor. Şili ve Arjantin, Beagle Kanalı suyolu üzerinde tartışıyorlar; Venezuela, Guyana'nın yarısını talep ediyor; Ekvador ise Peru üzerinde tarihi haklar iddia ediyor. Son örnek, kıtadaki ciddi toprak anlaşmazlıkları arasında ve sonuncusu 1995'te olmak üzere, son yetmiş beş yılda üç sınır ötesi savaşa neden oldu. Ama elbette, demokrasinin gelişimiyle gerginlikler azaldı.

Yirminci yüzyılın ikinci yarısında, Orta ve Güney Amerika, Soğuk Savaş'ın uzantılarına, darbelere, askeri diktatörlüklere ve büyük insan hakları ihlallerine sahne oldu. Soğuk Savaş'ın bitimi birçok ülkeyi demokrasiye yaklaştırdı ve yirminci yüzyıla kıyasla, bölge ülkeleri arasındaki ilişkiler göreceli olarak istikrarlı.

Latin Amerikalılar, en azından Panama'nın güneyindekiler, genellikle batı ve doğu kıyıları yakınlarında yaşıyorlar; iç bölgeler ve dondurucu güney uçtaysa çok az insan yaşıyor. Güney Amerika aslında demografik olarak içi oyuk bir kıta ve kıyılarına sıklıkla "kalabalık kenarlar" deniyor. Orta Amerika için, özellikle de Meksika için bu o kadar geçerli değil; burada nüfus daha denk dağılmış ama Meksika'nın da zor bir arazisi var, bu da ülkenin isteklerini ve dış politikasını kısıtlıyor.

En üst noktasında, Meksika'nın ABD'yle 3.200 km uzunluğunda bir sınırı var ve neredeyse tamamı çöl. Buradaki arazi o kadar zorlu ki nüfus yok denecek kadar az. Aynı zamanda iki ülke arasında büyük bir tampon bölge görevinde. Tabii aralarındaki teknoloji farkından dolayı, tampon bölge daha çok Amerika'nın avantajına. Askeri bakımdan, yalnızca ABD güçleri bu toprakları işgal edebilir; öteki taraftan gelen her güç yok edilir. ABD'ye yasadışı göç bariyeri olarak kullanışlı bir yer ama bir yandan da geçirgen; bu da bundan sonraki Amerikan yönetimlerinin üzerinde durması gereken bir konu. Başkan Trump, biraz da yasadışı göç korkuları üzerine oynayarak ABD-Meksika sınırına duvar örme vaadiyle oy topladı. Duvar hakkındaki planları kusurlu; duvarların etrafından, altından ve hatta içinden bile geçilebilir, üstelik rüşvet vererek ülkeye girilmesinin veya tatile gelip de geri dönmeyenlerin de önüne geçilemez. Ama bu duvar yalnızca ABD'ye geliş hızını yavaşlatmaz, aynı zamanda agresif bir niyet göstergesi olur:

"Gelmeyin."

Tüm Meksikalılar, 1846-1848 savaşından önce Teksas, California, New Mexico ve Arizona eyaletlerinin Meksika'ya bağlı olduğunu bilirler. Bu savaş, Meksika topraklarının yarısını ABD'ye verdi. Ancak, bu toprakları geri almak için ciddi bir siyasi hareketlenme mevcut değil; iki ülke arasında herhangi bir sınır sorunu da yok. Yirminci yüzyılın büyük kısmında, ABD ve Meksika, 1850'lerde rotası değişen Rio Grande yüzünden küçük bir toprak anlaşmazlığı yaşadı ama 1967'de buranın Meksika'ya ait olduğuna karar verildi.

Yirmi birinci yüzyılın ortasında, yukarıdaki dört ABD eyaletinde Hispanik nüfusun çoğunluk durumuna geçmesi bekleniyor, çoğu da Meksikalı olacak. Sınırın iki tarafında da eninde sonunda tekrar birleşim isteyen Hispanik oluşumlar görülebilir ama ABD'de yaşayan çoğu Latin'in Meksika kökenli olmayışı ve Meksika'daki hayat standartlarının ABD'ye hiç yaklaşamaması gibi gerçekler bunun önüne geçecektir. Meksika devleti kendi topraklarını korumakta bile zorlanıyor ve yakın ila orta vadede topraklarını genişletebilecekmiş gibi bir hali yok. ABD'nin gölgesinde yaşamak gibi bir kaderi olan Meksika, bu ülkeyle olan ikili ilişkilerinde hep itaatkâr olacak. Meksika Körfezi'ni kontrolüne alabilecek veya Atlantik'e açılabilecek bir donanması olmayan bu ülke, denizyollarının açık ve güvende kalması için ABD donanmasına güveniyor.

İki ülkenin özel şirketleri, işçi ve taşıma masraflarından kısmak için sınırın hemen güneyinde fabrikalar açtı ama bölge insan yaşamına engel oluyor. Burası, bir sürü yoksul Latin Amerikalının kuzeydeki vadedilmiş topraklara yasal veya yasadışı şekilde girdiği tampon bölge olarak kalacak.

Meksika'nın en önemli sıradağları olan Sierra Madres, ülkenin batısı ve doğusunda uzanıyor ve arasında bir plato oluşturuyor. Güneyde, Meksika Vadisi'nde başkent Mexico City var: yaklaşık 20 milyonluk nüfusuyla dünyanın megakapitallerinden biri.

Yüksek arazilerin batı sırtlarında ve vadilerde toprak verim siz, nehirler de taşımacılığa o kadar müsait değil. Doğu sırtları daha verimli ama engebeli arazi yüzünden Meksika hâlâ istediği kadar gelişemiyor. Güneyde Belize ve Guatemala sınırları var. Meksika'nın güneye doğru açılmaya pek hevesi yok, çünkü orada kontrol edilmesi çok zor olan dağlar bulunuyor. Bu ülkelerden birine hâkim olmak, Meksika'nın sahip olduğu kazançlı toprak oranını artırmayacak. Ülkenin ideolojik bir yayılmacılığı yok; bunun yerine sınırlı petrol endüstrisinin geliştirilmesine ve fabrikalarına yapılan yatırımın artırılmasına çalışılıyor. Ayrıca, Meksika'nın dış maceralara atılmadan önce zaten uğraştığı yeterince iç sorunu var ve bunlardan belki de en önemlisi, Amerikalıların doymak bilmeyen uyuşturucu ihtiyacının tedarik edilmesindeki payı.

Meksika sınırı kaçakçılar için her zaman bir cennet olmuştur ama özellikle son yirmi yılda bu tavan yaptı. Bunun nedeni de ABD'nin 2.400 km güneydeki Kolombiya üzerine uyguladığı politika.

Tıpkı "Teröre Karşı Savaş" gibi, net olmayan ve mutlak zafe re ulaşılamayacak bir kavram olan "Uyuşturucuya Karşı Savaş"ı ilk gündeme taşıyan, 1970'lerde Başkan Nixon oldu. Fakat 1990'ların başında Washington savaşı doğrudan Kolombiya uyuşturucu kartellerine kadar taşıdı, Kolombiya hükümetinin de desteğiyle. Ayrıca, Kolombiya'dan ABD'ye uyuşturucu taşınması için kullanılan hava ve deniz rotaları da kapatıldı.

Karteller buna bir kara rotası oluşturarak yanıt verdi: Orta Amerika'dan Meksika'ya, oradan da ABD'nin güneybatısına.

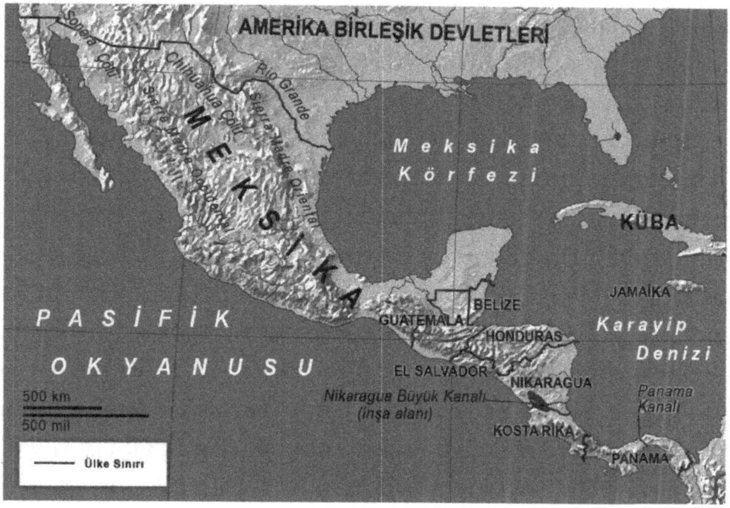

Rota biraz da kıtada güneyden kuzeye uzanan Pan-Amerikan otoyolunu takip ediyor. Aslen ticari ürünlerin birçok ülke arasında taşınması için tasarlanan bu yol, artık uyuşturucuların kuzeydeki ABD'ye taşınması için de kullanılıyor. Bu da Meksikalı uyuşturucu çetelerinin rotaları ayarlamasına ve kendi mallarını üretmesine yol açtı. Multimilyar dolarlık bu sektör, yerel bölge savaşlarını tetikledi; kazananlarsa yeni elde ettikleri güç ve parayla Meksika polisinin, ordusunun, siyasetinin, iş dünyasının içine sızdı.

Buranın Afganistan'daki eroin ticaretiyle paralellikleri var. Haşhaş üreten Afgan çiftçilerin büyük kısmı, geleneksel gelir kaynaklarını NATO'nun yok etme çabalarına silahlanarak veya Taliban'a arka çıkarak tepki verdi. "Uyuşturucuya Karşı Savaş" bir devlet politikası olabilir ama bu, emirlerin bölgesel çapta uygulandığı anlamına gelmez.

Tarih boyunca, Mexico City'deki hiçbir hükümet ülkeye tam hâkim olamadı. Şimdi de karşılarındaki uyuşturucu kartelleri, devletin silahlı güçleri kadar iyi silahlanmış ve hatta daha iyi para alan, daha motive, birçok bölgede halk tarafından bir istihdam seçeneği olarak görülen milis güçlerine sahip. Çetelerin kazandığı para, ülkenin dört bir yanına yayılıyor ve çoğu bir şekilde aklanıyor.

Meksika şu sıralarda neredeyse bir iç savaşın eşiğinde. Karteller göz korkutma yöntemleriyle bölgeleri kontrol altına almaya çalışıyor, devlet ise hukukun üstünlüğü çerçevesinde yetkisini kaybetmediğini iddia ediyor. Arada kalan yüzlerce sivilse hayatını kaybediyor. Bu halin en dehşet verici tezahürlerinden birinde, 2014 yılında kırk üç öğretmen bir uyuşturucu karteli tarafından öldürüldü. Bu olay, tüm ülkeyi travmaya uğrattı ve yetkilileri harekete geçirdi ama uzun bir mücadelenin içinde "yalnızca" başka bir berbat dönüm noktası olacak gibi duruyor.

Uyuşturucunun karayoluyla temini sağlanmış durumda ve

ABD'den gelen talepte hafif bir düşüş gözleniyor. Tüm Meksika hükümetleri bu güçlü komşularının suyuna gitmeye çalışıyor ve Amerikan baskısına uyuşturucuya savaş açarak karşılık verdiler. Ama burada bir açmaz var. Meksika gelirini Amerika için ürettiği mallarla sağlıyor ve Amerikalılar uyuşturucu tükettikçe, Meksikalılar da arza devam edecekler. Çünkü buradaki ana fikir, üretimi ucuz olan şeyleri yasal ticarettekilerden daha yüksek fiyata pazarlamak. Uyuşturucular olmasaydı, Meksika şu halinden bile fakir olurdu, çünkü yabancı paranın büyük kısmı kesilirdi. Uyuşturucular varken ise ülkedeki şiddet çok fazla. Aynı durum, Meksika'nın güneyindeki bazı ülkeler için de geçerli.

Orta Amerika, coğrafi bakımdan çok da şanslı bir yer değil. Özellikle de ince oluşuyla. Şimdiye kadar bu durumdan avantaj sağlayan tek ülke Panama oldu ama Çin'den gelen yeni parayla bu da değişmek üzere olabilir.

Modern teknoloji, Çinlilerin bir uydu fotoğrafına göz atarak bu incecik toprak parçasının getirebileceği ticari avantajları görebilmesi anlamına geliyor. 1513'te İspanyol kâşif Vasco Nuñez de Balboa, Atlantik'te yelken açtı, günümüzde Panama olan yere geldi, sonra balta girmemiş ormanlardan geçti, dağları tırmandı ve karşısında başka bir okyanus gördü: Pasifik. Bu iki okyanusu birbirine bağlamanın avantajları aşikârdı ama teknolojinin coğrafyaya ayak uydurması için 401 yıl daha geçmesi gerekecekti. 1914'te henüz inşa edilen, 80 km uzunluğunda, ABD'nin kontrol ettiği Panama Kanalı açıldı; dolayısıyla Atlantik ile Pasifik okyanusları arasındaki 13.000 km'lik yolculuktan tasarruf yapıldı ve kanal bölgesinde ekonomik gelişim görüldü.

1999'dan beri kontrolü Panama'da olan kanal, hem Panama hem ABD tarafından korunan, tarafsız bir uluslararası suyolu olarak görülüyor. İşte burada, Çinliler için bir sorun var.

Panama ve ABD arkadaşlar. Hatta o kadar iyi arkadaşlar ki 2014'te Venezuela kısa bir süreliğine Panama'yla ilişkisini kesti ve bu ülkeye "Amerikan dalkavuğu" dedi. Giderek daha da sıkışan ülkenin Bolivarcı devrimci dönemden kalma retoriğe başvurmasının etkisi, Venezuela'nın en büyük ticari ortağının Amerika oluşu ve ABD'nin petrol ithalatının yaklaşık %10'unu Venezuela'nın karşıladığı gerçekleriyle hafifliyor. Yine de, 2017'de Venezuela'da hükümet karşıtı gösterilerin kolluk güçleri tarafından acımasızca bastırılması, ABD'yi Başkan Maduro'nun ve yüksek mevkilerdeki bazı politikacıların –Bolivarcı Sosyalizm'i büyük meblağlarda paranın *kendilerine* geri verilmesi olarak algılayanların– şahsi malları üzerine yaptırım uygulamaya itti.

Küresel güç olma planları yapan Çin, bu amaca ulaşabilmek için ticari ve askeri amaçlarla denizyollarını açık tutmak zorunda. Panama Kanalı tarafsız bir geçit olabilir ama sonuçta Amerikan inisiyatifinde. O halde, neden Nikaragua'da kendi kanallarını kurmasınlar ki? Sonuçta 50 milyar dolar, büyümekte olan bir süper güç için nedir ki?

Nikaragua Büyük Kanal Projesi, Wang Jing adında bir Hong Konglu işadamı tarafından finanse ediliyor. Kendisi telekomünikasyon sektöründen çok para kazandı ama mühendislikte hiç tecrübesi yok, dünya tarihinin en iddialı inşaat projelerinden birini yönetmek şöyle dursun. Bay Wang, Çin hükümetinin bu projeyle bir ilgisi olmadığı konusunda ısrarcı. Çin'in iş kültürü ve devletin halk hayatına her açıdan dahli düşünülünce, bu pek normal değil.

Projenin maliyet tahmini 50 milyar dolar ve 2020'lerin başında bitirilmesi umuluyor. Bu maliyet, Nikaragua ekonomisinin dört katı ve Latin Amerika'daki büyük Çin yatırımlarının bir parçası olarak geliyor: Çin bu bölgenin başlıca ticari ortağı olarak yavaş ama emin adımlarla ABD'nin yerini alıyor. Nikaragua Başkanı Daniel Ortega, Çin'den gelen bu teklifi büyük bir şevkle imzaladı, proje yüzünden evlerini kaybedecek 30.000 kişiye ise âdeta kafasını bile çevirmedi.

Eski devrimci sosyalist Sandinista grubu, şimdi büyük işin öteki yanında durmakla suçlanıyor. Olur da tamamlanırsa, Nikaragua kanalı ülkeyi ikiye bölecek ve kanalı boylu boyunca geçmesi beklenen bir köprüyle altı şehri birden ayıracak. Tabii henüz bir kanal olmadığı için bu köprü de yok.

Proje iyi gitmiyor. Bay Wang, Eylül 2015'te Çin borsasındaki çöküşle servetinin yaklaşık %85'ini kaybetti. Tüm taraflar, bu projenin hâlâ başarılı olacağında ısrar ettiler ama birçok inşaat işi ertelendi ve 2017'nin sonu itibariyle, bu iddia her zamankinden daha boş görünüyor. Toprak yollardan biri hafifçe genişletildi ama döşenmedi, ayrıca toprak kazma makinelerini gören yok.

Artık açılması pek olası durmayan Nikaragua kanalı, Panama'dakinden daha uzun, daha geniş ve daha derin olurdu; bu da daha büyük tankerlerin ve yük gemilerinin geçişine imkân tanırdı, geniş Çin donanma gemileri de dahil olmak üzere.

Ancak Başkan Ortega artık bu "dünyayı değiştiren plan" hakkında pek yaygara koparmıyor, çünkü Bay Wang'in telefonu sessizde kalmış gibi.

Birkaç yüz kilometre güneyindeki Panama Kanalı'nın genişletildiği hesaba katarak şüpheciler Nikaragua kanalına zaten neden gerek duyulduğunu ve buradan kâr elde edilmesi olasılığını sorguluyorlar. Ama bu proje, en az ticari kâr kadar Çin ulusal çıkarlarıyla da ilgiliydi gibi duruyor.

Bir ulus devletin içinden, iki okyanusu birbirine bağlayan bir kanal açma fikri, Çin'in Latin Amerika'ya giderek artan ilgisinin ve yatırımının bir işaretiydi. Çinlileri, Afrika'da önemli aktörler olarak görmeye alıştık ama yirmi yıldır Rio Grande'nin güneyinde de ağır ağır ilerliyorlar.

İnşaat projelerine yaptıkları yatırımın yanı sıra, Latin Amerika hükümetlerine dev mali yardımlarda bulunuyorlar; özellikle de Arjantin, Venezuela ve Ekvador'a. Karşılık olarak Çin de

Birleşmiş Milletler'de bölgesel taleplerine destek istiyor, Tayvan meselesi de dahil olmak üzere.

Pekin aynı zamanda alım da yapıyor. Latin Amerika ülkeleri ABD tarafından teker teker ele alınıyor; ABD ikili ticaret anlaşmalarını, AB'yle yapılanlar gibi bölgesel anlaşmalara tercih ediyor. Çinliler de aynı şeyi yapıyorlar ama en azından bir alternatif sunuyorlar, böylece bölgenin ABD'ye pazar olarak bağımlılığını düşürüyorlar. Örneğin, Çin artık Brezilya'nın birinci ticari ortağı, ABD değil ve birçok Latin Amerika ülkesinde bu durum tekrarlanabilir.

Latin Amerika ülkeleri, ABD'ye doğal bir yakınlık duymuyorlar. İlişkiler, Amerika'nın 1823 Monroe Doktrini'nde belirtilen başlangıç pozisyonuyla belirlendi. Avrupalı sömürgecileri bölgeden uzaklaştıran bu doktrin, Latin Amerika'nın ABD'nin arka bahçesi ve etki alanı olduğunu neredeyse bu kadar sade bir dille ilan ediyordu. O zamandan beri burada olan biteni Amerika şekillendiriyor ve birçok Latin Amerika ülkesi, bu durumun kendilerine faydalı olduğunu düşünmüyor.

Monroe Doktrini'nden seksen yıl sonra, doktrinin yeni bir versiyonu geldi. 1904'te Theodore Roosevelt şöyle konuştu: "Batı Yarımküre'de, Monroe Doktrini'ne bağlılık gereğince ABD gönülsüzce de olsa bir uluslararası polis gücü gibi davranmak zorunda kalabilir." Yani, gerek gördüğünde, ABD burada istediği yere askeri müdahalede bulunabilir. Devrimlerin finanse edilmesi, bazı grupların silahlandırılması ve askeri eğitimcilerin temini hesaba katılmadığında bile, ABD Latin Amerika'da 1890 ile Soğuk Savaş'ın bitimi arasında neredeyse elli kez güç kullandı.

Bu tarihten sonra, abartılı müdahale sayısında sert bir düşüş yaşandı ve 2001'de ABD otuz dört ülkenin dahil olduğu, Amerika Ülkeleri Organizasyonu tarafından hazırlanan Amerika Kıtası Demokratik Bildirgesi'nin imzacılarından biri oldu:

"Amerika kıtası halkları demokrasiyle yönetilme hakkına sahiptir ve devletler demokrasiyi yükseltip korumakla mükelleftir." Bu zamandan beri ABD Latin Amerika ülkelerini kendine ekonomik açıdan bağlamaya çalışıyor ve bunu hem Kuzey Amerika Serbest Ticaret Birliği gibi paktları kuvvetlendirerek hem de Orta Amerika Serbest Ticaret Anlaşması gibi yeni anlaşmalarla yapıyor.

Kuzey-güney arasındaki tarihi ve ekonomik ilişkilerdeki bu soğuma, Çinlilerin bölgeye gelmesine neden oldu ve kapılar hemen açıldı. Pekin artık Uruguay, Kolombiya, Şili, Meksika ve Peru'ya silah satıyor veya bağışlıyor, ayrıca bu ülkelerle askeri takaslar yapıyor. Venezuela'yla da askeri bağlar kurmaya çalışıyor ve bu bağların Bolivarcı devrim çöktüğünde de kalıcı olmasını umuyor. Latin Amerika'ya yapılan silah desteği pek de büyük ölçekli sayılmaz ama Çin'in yumuşak güç çabalarına katkıda bulunuyor. Çin'in tek hastane gemisi olan *Peace Ark*, bölgeyi 2011'de ziyaret etti. Yalnızca üç yüz yataklı olan bu gemi, yine bu bölgeyi ziyaret eden bin yataklı Amerikan gemilerinin yanında sönük kaldı ama bu hem bir niyet göstergesiydi hem de Çin'in yumuşak gücünü giderek artırdığını hatırlatıyordu.

Bununla birlikte, Çin'le ticaret ne derece yapılırsa yapılsın, Latin Amerika ülkeleri coğrafi bölgelerine mahkûmlar ki bu da ABD'nin her zaman bölgedeki en büyük güç olacağı anlamına geliyor.

Güney Amerika topraklarının tam olarak üçte birini kaplayan Brezilya, bunun en iyi örneği. Neredeyse ABD kadar büyük olan bu ülkenin yirmi yedi federal eyaleti, yirmi sekiz AB ülkesinin yüzölçümü toplamından büyük ama Avrupa'nın aksine, Brezilya'nın altyapısı pek zengin değil. Brezilya'nın üçte biri, balta girmemiş ormanlardan oluşuyor ve araziyi modern insan yaşamına uygun hale getirmek ya çok pahalı ya da yasalara aykırı. Amazon Yağmur Ormanı'nın yok edilmesi, uzun vadede tüm dünya için ekolojik bir sorun olacaktır ama Brezilya için aynı zamanda bir orta vadeli problem: Hükümet, ormancıların ağaçları kesip toprağı tarım için kullanmalarına izin veriyor ama toprak o kadar kötü ki birkaç yıl içinde ekinler çürüyor. Ormancılar da yağmur ormanlarını kesmeye devam ediyor ki bu ağaçlar kesildiklerinde tekrar yetişmiyorlar. İklim ve toprak yapısı, tarımsal gelişmenin önünü tıkıyor.

Amazon Nehri'nde taşımacılık yapılabiliyor ama kıyıları çamurlu ve etrafındaki toprakların üzerinde inşaat yapılması zor. Bu sorun da üzerinden kâr elde edilebilecek toprakları sınırlandırıyor. Amazon bölgesinin hemen altında, dağlık arazide bozkır var ve ilginçtir ki burası bir başarı hikâyesi. Yirmi beş yıl önce bu alan tarım için elverişsiz ilan edilmişti ama Brezilya teknolojisi burayı dünyanın en büyük soya fasulyesi üretim merkezlerinden birine çevirdi. Tahıl üretimindeki artışla birlikte, bu başarı Brezilya'yı önde gelen tarım üreticilerinden biri haline getirdi.

Bozkırın güneyinde geleneksel Brezilya tarım toprakları var. Güney Konisi de denen bu yerde Brezilya, Arjantin, Uruguay ve Şili toprakları var. Bölgedeki göreceli küçük Brezilya toprakları, Portekizli sömürgecilerin yaşadıkları yerler ve nüfusun bu merkezden çıkıp ülkenin geri kalanını doldurması için üç yüzyıl geçmesi gerekmiş. 1950'lerde ülke başkentinin Rio de Janeiro'dan birkaç yüz kilometre içeriye, Brezilya'nın iç kesimlerini geliştirmek için yapılandırılan Brasilia'ya taşınmasına rağmen, günümüzde çoğu insan hâlâ kıyı yakınlarında yaşıyor.

Güneydeki tarım merkezi İspanya, Portekiz ve İtalya'nın birleşimi kadar ve ülkenin geri kalanından çok daha düz. Sulak bir arazi sayılır ama büyük kısmı bölgenin iç tarafında ve düzgün taşıma yollarına sahip değil.

Bu durum aslında Brezilya'nın büyük kısmı için geçerli. Brezilya'nın kıyı şehirlerine şöyle bir baktığınızda, genellikle kentsel alanın iki yanında veya doğrudan arkasında sudan çıkan büyük bir kayalık görürsünüz. Büyük Kayalıklar olarak bilinen bu coğrafi oluşumlar, Brezilya kıyılarının büyük kısmında mevcut. Ülkenin iç kısmı genellikle Brezilya Kalkanı olarak bilinen platonun sonundan başlıyor.

Ülkede kıyı ovası görülmediği için, önemli kıyı şehirlerinin birbirlerine bağlanması için bu kayalıkların üzerinden yollar yapılması gerekti. Düzgün modern yolların yetersizliğine bir de demiryolu eksikliği ekleniyor. Yani Brezilya'nın şartları kârlı bir ticari hayat veya büyük bir bölgeyi siyasi bakımdan birleştirebilmek için yeterli değil.

Dahası var. Brezilya, Rio de la Plata bölgesindeki nehirlere doğrudan erişim sahibi değil. "Gümüş Nehri" anlamındaki Rio de la Plata, Arjantin'den Atlantik'e dökülüyor; bu da tüccarların asırlar boyunca mallarını nehirden Buenos Aires'e getirmelerine neden oldu, Büyük Kayalıklar'ı inip çıkarak Brezilya'nın gelişmemiş sahil şehirlerine gelmeye zahmet etmediler. Teksaslı jeopolitik istihbarat şirketi Stratfor.com, Brezilya'nın en büyük yedi limanının toplamında yıllık olarak ABD'nin New Orleans limanı kadar mal işlenmediğini söylüyor.

Yani Brezilya sahip olmak istediği ticarete sahip değil ve şu da eşit önemde ki; ürünlerinin çoğu nehirler yerine yetersiz yollardan götürülerek masrafları artırıyor. Olumlu olansa, Brezilya'nın nakliye altyapısı üzerine çalışması. Karasularında yeni keşfedilen doğalgaz rezervleri bu altyapının masraflarına yardımcı olacak, ülkenin Bolivya ile Venezuela'dan yaptığı enerji ihracatına bağımlılığını ve tüm ülkelerin yaşadığı ekonomik düşüşün etkisini azaltacak. Tüm bunlara rağmen, Brezilya'nın coğrafi dezavantajlarının üstesinden gelmesi için kendini aşması gerekiyor.

Brezilyalıların yaklaşık %25'inin *favela* denen varoşlarda yaşadığı sanılıyor. Bir ülke nüfusunun dörtte biri aşırı fakir olduğunda, o ülkenin zengin olması çok güçtür. Bu, Brezilya'nın yükselişteki bir ülke olduğu gerçeğini değiştirmiyor tabii, yalnızca yükselişinin bir sınırı olacağını vurguluyor.

Büyümeye giden yolda, yumuşak güç bir kestirme patika olabilir ve Brezilya'nın BM Güvenlik Konseyi'nde kalıcı bir koltuk alma çabasını buna yorabiliriz, tıpkı Brezilya, Arjantin, Paraguay, Uruguay ve Venezuela'yı birbirine gevşekçe bağlayan Mercosur benzeri bölgesel ekonomik ittifaklar kurma alışkanlığı gibi. Birkaç yılda bir, genellikle Brezilya'nın öncülüğünde, Güney Amerikalılar kendi AB'lerini kurmaya çalışıyor; on iki Güney Amerika ülkesinin dahil olduğu son kurumun adı UNASUR konuldu. Merkez Ekvador'da ama en yüksek ses Brezilya'nınki; merkezi Belçika'da olan ama Almanya'nın ağırlık koyduğu AB gibi. Ve benzerlikler işte burada son buluyor. UNASUR internet üzerinde etkileyici bir görünüme sahip ama bir ekonomik birlikten çok güzelce hazırlanmış bir internet sitesine benziyor. AB ülkeleri benzeri siyasi ve ekonomik sistemlere sahipler, hatta çoğu üye ülke aynı para birimini kullanıyor; Latin Amerikalılar ise siyaset, ekonomi, para birimi, eğitim seviyesi ve işçi kanunları gibi konularda ayrılıyor. Ayrıca uzun mesafeler, yüksek dağlar, ülkeleri birbirinden ayıran sık ormanlar gibi zorlukların üstesinden gelmek zorundalar.

Ama Brezilya, diplomatik ve –giderek artan– ekonomik gücüyle bir Güney Amerika gücü yaratmak için çalışmaya devam edecek. Ülke, doğası gereği agresiflikten uzak, dış politikası diğer ülkelere askeri müdahale yapılmasına karşı ve herhangi bir komşusuyla savaşması pek söz konusu değil. Dokuzuyla sınır paylaşmasına rağmen, diğer on bir Güney Amerika ülkesiyle iyi ilişkiler sürdürmeyi başarmış bir yer Brezilya.

Uruguay'la yaşanan bir sınır sorunu var ama alevlenecek gibi görünmüyor; Arjantin'le yaşanan rekabet de futbol sahalarında kalacak gibi. Son yıllarda, Brezilya silahlı kuvvetlerini Arjantin sınırından çekti ve komşusundan da bunun karşılığını gördü. Britanya Kraliyet Donanması gemilerinden biri birkaç yıl önce reddedilmesine rağmen, Arjantin'in savaş gemilerinden biri Brezilya limanlarından birinde ağırlandı; bu da Birleşik Krallık'la Falkland Adaları üzerine diplomatik anlaşmazlık yaşayan Arjantin'i mutlu etti.

Brezilya, hem ekonomik hem siyasi yükselişte olduğu söylenen bir grup ülkeden oluşan BRICS'in bir parçası. Her biri teker teker yükseliyor olabilir ama bu oluşum daha çok modaya ayak uydurabilmek için. Brezilya, Rusya, Hindistan, Çin ve Güney Afrika'nın meydana getirdiği bu oluşum, anlamlı bir siyasi veya coğrafi birlik oluşturmuyor; ayrıca ülkelerin birbirleriyle çok az ortak noktası var. Ülkelerin İngilizce adlarının baş harflerinden oluşan bu kısaltma, eğer İngilizcede "Tuğlalar" anlamına gelen *bricks* sözcüğünü andırmıyor olsaydı, oluşum teoride de var olamazdı. Her yıl bir konferans düzenleyen BRICS'te, Brezilya bazen Soğuk Savaş Bağlantısızlar Hareketi'ni uzaktan andıran bir şekilde Hindistan ve Güney Afrika'yla ilişkiler kuruyor ama bazen ABD'ye düşmanca tavırlar alan Rusya ve Çin'e katılmıyor.

Kuzey ve Güney Amerika'nın en büyük ülkeleri, Brezilya'daki yankısı hâlâ süren bir olay yüzünden 2013'te anlaşmazlık içine düştüler. ABD Ulusal Güvenlik Teşkilatı'nın o zamanki Brezilya Başkanı Dilma Rousseff'i gizlice dinlediği haberlerde çıkınca, Rousseff de Washington ziyaretini iptal etti. Obama yönetiminden herhangi bir özür gelmeyişi, Amerikalıların aslında Çin'i öncelikli ticari ortak yapan Brezilya'ya öfkeli olduklarına işaret ediyordu. Bu olay sonrasında Brezilya'nın Boeing yerine İsveç yapımı savaş jetleri alma tercihi de ortaya çıktı. Ancak, devletler arasındaki ilişki şimdi neredeyse tamamen düzeldi. Anlaşmazlık, merhum Başkan Chavez'in Venezuela'sının aksine, Brezilya'nın stili değil. Brezilyalılar büyüyen bir güç olduklarını dünyanın gördüğünü biliyor ama ABD'yle denk bir güce sahip olmayacaklarının da farkındalar.

Bu değerlendirme Arjantin için de geçerli; ancak, bazı yönlerden, bu ülkenin Birinci Dünya ülkeleri arasına girme şansı Brezilya'dan fazla. Latin Amerika'nın birinci bölgesel gücü olabilecek büyüklüğe ve nüfusa sahip olmasa da, Arjantin aslında Avrupa ülkeleriyle yarışabilecek hayat standartları yaratması mümkün topraklara sahip. Tabii böyle bir ihtimal olması, bu potansiyele ulaşılacağı anlamına gelmiyor. Ama eğer Arjantin ekonomisini düzeltirse, coğrafi şartlar ona hiç sahip olmadığı güçler bahşedebilir.

Bu potansiyelin temeli on dokuzuncu yüzyılda, Brezilya ve Paraguay'a karşı kazanılan askeri zaferlerle atıldı: Rio de la Plata'da taşımacılık yapma ayrıcalığını ve havzasının tarıma elverişli arazisini bu dönemde eline geçiren Arjantin, Buenos Aires'e ve şehrin limanına gelen ticaret akışını hayli hızlandırdı. Burası, kıtadaki en kıymetli arazilerden biri. Arjantin bu kazancıyla Brezilya, Paraguay ve Uruguay karşısında büyük ekonomik ve stratejik avantaj sağladı, bu avantajı hâlâ da elinde tutuyor.

Ancak, Arjantin elindeki kozları her zaman sağlıklı şekillerde kullanamadı. Yüz yıl önce dünyanın en zengin on ülkesi arasındaydı, Fransa ve İtalya'nın önündeydi. Ama ekonominin çeşitlendirilememesi, katmanlı ve adaletsiz toplum yapısı, kötü eğitim sistemi, arka arkaya gelen darbeler ve son otuz yıllık demokratik dönemde birbirinden çok farklı iktisat politikaları yürütülmesiyle, Arjantin'in statüsünde büyük düşüş yaşandı.

Brezilyalıların züppe komşuları hakkında bir esprileri var: "Ancak bu kadar sofistike insanlar bu kadar büyük halt edebilir." Arjantin'in kendine çekidüzen vermesi gerekiyor ve bunu bir ölü inek yardımıyla yapabilirler.

İspanyolcada "Ölü İnek" anlamına gelen *Vaca Muerta*, bir killi şist oluşumu. Ülkenin diğer killi şist alanlarıyla birlikte düşünüldüğünde, burası Arjantin'in enerji ihtiyaçlarını yüz elli yıl boyunca karşılayıp üretim fazlası bile çıkarma potansiyeline sahip. Arjantin'in ortalarındaki Patagonya'da bulunan bu oluşum, Şili sınırına yaslanıyor ve Belçika büyüklüğünde. Eğer killi şiste karşı değilseniz, herhalde şimdiye kadar sorun yoktur... Ama işin tıkandığı bir yer var. Buradan doğalgaz ve petrol çıkarılması için çok büyük meblağlarda yabancı yatırıma ihtiyaç var ve Arjantin buna pek de sıcak bakan bir ülke değil.

Daha güneyde de doğalgaz ve petrol var. Ama biraz fazla güneyde, 1833'ten bu yana Britanya'ya ait olan adalarda veya hemen açıklarında. İşte burada, asla gündemden inmeyen bir sorun var.

Britanya'da Falkland Adaları denen yer, Arjantin'e göre Islas Malvinas. "F"yle başlayan kelimeyi söylenen Arjantinlinin de vay haline. Arjantin'de bu adaları "Islas Malvinas" adıyla göstermeyen bir harita açmak bir suç. Ayrıca, okullarda çocuklara bu adaların iki büyük parçasının şekilleri çizdiriliyor. "Kayıp Küçük Kız Kardeşler" lakaplı bu iki adayı geri almak Arjantinliler için kuşaklardır bir ulusal mesele ve çoğu Latin Amerikalı komşu onları destekliyor.

Nisan 1982'de Britanyalılar gardlarını indirdiler ve General Galtieri yönetimindeki Arjantin askeri diktatörlüğü bu adaların işgalini emretti. Harekâtın büyük başarıya ulaştığı zannediliyordu, ta ki sekiz hafta sonra Britanya Özel Kuvvetleri kısa sürede Arjantin ordusunu alt edip adaları tekrar topraklarına katana dek. Bu da Arjantin diktatörlüğünün sonu oldu.

Arjantin'in işgali yakın zamanda olsaydı, Britanya adaları geri alabilecek bir konumda olmazdı, çünkü şu an faal bir uçak gemileri yok. Arjantin'in değerlendirebileceği bu fırsat 2020'de kaçacak. Ancak, petrol ve doğalgazın cazibesine rağmen, Arjantin'in Falklands'ı işgali iki sebeple pek olası değil.

Birincisi, Arjantin artık bir demokrasi ve Falkland Adası sakinlerinin çoğunluğunun Britanya kontrolü altında kalmak istediğini biliyor. İkincisiyse, sütten ağzı yanan Britanya'nın yoğurdu üfleyerek yiyecek olması. Derhal Güney Atlantik'e yollayabilecekleri bir uçak gemileri olmayabilir ama ileri radar sistemleri, karadan havaya füzeler, dört Eurofighter jetle birlikte, artık adada birkaç yüz muharip birlik bulunduruyor – yakınlarda sürekli gezinen bir nükleer saldırı denizaltısı da olabilir. Britanyalılar, Arjantinlileri bu sahile çıkma düşüncesinden bile uzaklaştırmaya çalışıyorlar, adaları kontrol etmek bir kenara.

Arjantin hava kuvvetleri, Eurofighter'ın fersah fersah gerisinde uçaklar kullanıyor ve Britanya diplomasisi, Arjantin'in İspanya'dan güncel modelleri satın alışının önüne geçmeyi başardı. Birleşik Krallık-ABD yakınlığı, kuzeydeki süper güçten alım yapmayı da imkânsız kılıyor; yani Arjantin'in 2020'den önce bu adalar için başka bir girişimde bulunma ihtimali çok düşük.

Tabii bu, diplomatik savaşın sakinleşeceği anlamına da gelmiyor ki Arjantin bu cephedeki silahlarını iyice etkinleştirdi. Buenos Aires, Falklands/Maldivas'tan petrol çıkaran herhangi bir firmanın Patagonya'daki Vaca Muerta sahasında iş ruhsatı alamayacağını ilan etti. Hatta, Falklands'ın kıta sahanlığını Arjantin'in izni olmadan keşfe çıkanları cezalandırmak veya hapsetmek üzere yasalar da çıkarıldı. Bu da birçok petrol şirketinin bölgeden uzaklaşmasına neden oldu ama elbette Britanyalıların değil. Ancak, Güney Atlantik'in dibindeki potansiyel zenginliği araştıran her kim olursa olsun, sektördeki en zorlu ortamlardan birinde çalışmak zorunda kalacak. Bu soğuk ve rüzgârlı ortamda denizler de çok zorlu.

Antarktika'nın soğuk çöllerine gelene dek güney indik. Burayı kontrol etmek isteyen birçok ülke var ama aşırı zorlu koşullar, Antarktika Anlaşması ve elde edilebilecek kıymetli kaynakların azlığı, bölge için yaşanan rekabeti en azından şimdilik çok sınırlandırıyor. Ama buranın simetrik tersi için aynı şey söylenemez: Yirmi birinci yüzyılda irili ufaklı birçok ülke, kürenin en kuzey noktasına ulaşma uğrunda diplomatik savaşa girecek.

BÖLÜM 10

KUZEY KUTUP BÖLGESİ

"Kuzey Kutup Bölgesi'yle ilgili iki çeşit sorun var: gerçek ve hayali. İkisi arasındaysa, hayali olan daha gerçekçi."

Vilhjalmur Stefansson,
The Arctic in Fact and Fable adlı kitabın yazarı

Ülke Sınırı
Kalıcı Buz 26 Ağustos 2012
R U S
Kuzey Kutup Dairesi
Laptev Denizi
Novosibirsk Adaları
Doğu Sibirya Denizi
Wrangel Adası
A R K T
Chukchi Denizi
Bering Denizi
Bering Boğazı
O K Y A N
ALASKA
(ABD)
Prudhoe Koyu
Banks Adası
Victori Adası
K A N
PASİFİK OKYANUSU

Archangel
Kara Denizi
Novaya Zemlya
Murmansk
FİNLANDİYA
ESTONYA
LETONYA
Barents Denizi
İSVEÇ
Tromsø
NORVEÇ
Franz Josef Land
Svalbard
Spitsbergen
Longyearbyen
Norveç Denizi
Gakkel Dağı
Kuzey Kutbu
Grönland Denizi
Nares Boğazı
Hans Island
GRÖNLAND (Danimarka)
İZLANDA
Reykjavik
Danimarka Boğazı
Ellesmere Adası
Thule
Devon Adası
Kuzey Kutup Dairesi
Baffin Koyu
Baffin Adası
ATLANTİK OKYANUSU
1000 mil
1000 km

Buzcular geldiklerinde, tüm kuvvetleriyle gelecekler. Bu güç kimde var? Ruslarda. Bölgede onlar kadar güçlü varlık gösteren veya koşulların sertliğine hazır başka bir ülke yok. Diğer tüm ülkeler çok arkadalar; ABD ise onlara yetişmeye bile çalışmıyor sanki. Amerika, giderek ısınmaya başlayan Kuzey Kutup Bölgesi'nde toprağı olmasına rağmen burayla ilgilenmeyen bir aktör.

Küresel ısınmanın etkileri bu bölgede giderek daha fazla görülmeye başlıyor: Buz eriyor ve bölgeye daha kolay erişilmesini sağlıyor; bir yandan da enerji kaynakları ile onları çıkarmak için geliştirilen teknoloji ortaya çıkıyor. Tüm bunlar, bölge ülkelerini dünyanın en zorlu koşullarının artı ve eksileri hakkında düşünmeye itti. Bu ülkelerden birçoğu, bölge hakkında birbirleriyle kesişen hak taleplerinde bulunuyor, her ne kadar bu konuyu bastırmaya niyetli görünmediyseler de. Ama şimdi işler değişti. İddia edilecek çok hak, üzerinde tartışılacak çok konu var.

Bölgenin kısa adı olan Arktik, Yunanca *artikos*'tan geliyor: "Ayının yanında." Son iki yıldızı Kuzey Yıldızı'nı işaret eden Büyük Ayı Takımyıldızı'na atıfta bulunulmuş.

Kuzey Buz Denizi veya diğer adıyla Arktik Okyanusu, 14 milyon km^2'lik bir alan kaplıyor, yani neredeyse Rusya kadar ve ABD'nin bir buçuk katı. Okyanus yatağındaki kıta sahanlıkları, oransal olarak diğer tüm okyanuslardan daha çok alan kaplıyor; bu da egemenlik konuları üzerinde anlaşılmasını çok zor kılan nedenlerden biri.

Kuzey Kutup Bölgesi'nde Kanada, Finlandiya, Grönland, İzlanda, Norveç, Rusya, İsveç ve ABD (Alaska)'nın da bazı kara parçaları var. Burası aşırı uçların yeri: Yaz mevsimlerinde bazı bölgeler 26 °C'ye kadar çıkıyor ama kışın uzun periyotlar boyunca -45 °C'nin altına iniyor. Bölgede dondurucu rüzgârların aşındırdığı bazı geniş kayalar, olağanüstü fiyortlar, kutup çölleri ve hatta nehirler bile var. Müthiş düşmanlıklara ve müthiş güzelliklere ev sahipliği yapan bu topraklar, insanları bin yıldır mest ediyor.

Kayıt altına alınan ilk keşif gezisi, M.Ö. 330'da Marsilyalı Piteas adlı bir Yunan denizci tarafından yapılmış. Piteas, "Thule" adlı tuhaf bir yer bulmuştu. Akdeniz'deki vatanına döndüğünde anlattığı bembeyaz manzaralar, donmuş denizler ve kocaman beyaz ayılar içeren ürkütücü hikâyelerine çok az kişi inandı. Ancak, kutup bölgesinin harikaları ve uyandırdığı hisler hakkında yazan çok oldu. İlkleri ise Piteas'tı.

Buranın insanı mahrum bıraktığı şeylere yenilen de çok oldu, özellikle de bilinen dünyanın ucuna kadar gidip Kuzey Buz Denizi'nde şüphecilerin "mit" dediği, Atlantik'i Pasifik'e bağlayan Kuzeybatı Geçidi'ni arayanlar. Bu örneklerden biri de Henry Hudson. Dünyanın en büyük ikinci koyu onun ismini almış olabilir ama 1607'de sorsalar, herhalde keşif yolculuklarından bıkan isyankâr tayfası tarafından akıntıya bırakılmak yerine daha uzun yaşamayı tercih ederdi.

Kuzey Kutbu'na ulaşan ilk insan konusu ise tartışmalı. Gezegen üzerindeki yerini belirten sabit bir nokta olsa da, altındaki buz, yani insanın durduğu yer hareketli ve GPS ekipmanı olmadığı sürece tam olarak nerede olduğunuzu anlamak zor. Yanında GPS olmayan Sör Edward Perry, 1827'de bunu denedi ama buz, onun kuzeye ilerleyişinden daha büyük hızla güneye geldi ve adam geri geri gitti; en azından hayatını kaybetmedi.

Kaptan Sör John Franklin ise o kadar şanslı değildi. 1845'te Kuzeybatı Geçidi'nin geçilmemiş tek bölgesini geçmeye çalışırken, iki gemisi Kanada takımadasındaki Kral William Adası yakınlarında buza saplandı. Mürettebattan 129 kişi hayatını kaybetti, bazıları gemilerde, bazılarıysa güneye yürürken. Hayatta kalan olup olmadığına bakılması için gönderilen ekipler oldu ama geriye yalnızca iskeletler ve İnuit avcılarının hikâyeleri kalmıştı: Beyazlığın ortasında yürürken donarak ölen onlarca beyaz adam. Gemiler tamamen ortadan kaybolmuştu ama 2014 teknolojisiyle coğrafi şartların üstesinden gelindi ve Kanadalı bir arama ekibi sonar kullanarak *Erebus* adlı gemiyi Kuzeybatı Geçidi'nin deniz yatağında buldu.

Fraklin ve mürettebatının sonu, takımadalardan kuzeye çıkmak isteyen diğer maceracıları caydırmadı ama ancak 1905'te, Norveçli büyük kâşif Roald Amundsen küçük bir gemi ve beş mürettebatla kendine yol açabildi. San Francisco'dan kalkmış bir balinacılık gemisinin öteki yandan geldiğini görünce işi başardığını anladı. O an duygularına hâkim olamadığını ve bunun da başarısı kadar az görülmüş bir şey olduğunu yazdı adam günlüğüne. "Kuzeybatı Geçidi'nden geçmiştim. Çocukluk hayalimdi bu... Başarmıştım işte. Boğazımda tuhaf bir his oldu; fazlaca gerilmiş ve yorulmuştum –içimde bir zayıflık vardı– ama gözlerimde yaşlar hissediyordum."

Amundsen yirmi yıl sonra Kuzey Kutbu'nun üzerinde uçan ilk adam olmak istediğine karar verdi ki üzerinde yürümek kadar olmasa da, bu da az buz bir başarı değildi. İtalyan pilot Umberto Nobile ve on dört mürettebatla birlikte, Amundsen yarı iskeletli bir hava gemisini buzun üzerinden uçurdu ve 90 metreden aşağı Norveç, İtalya, ABD bayrakları bıraktı. Bu, kahramanca bir çaba olabilir ama yirmi birinci yüzyılda bu üç ülkenin bölge üzerindeki mülkiyet taleplerini etkileyecek bir kanuni temel oluşturmuyor.

1987'de Kuzey Kutbu'na motosikletle ulaşan ilk insan olan Japonya vatandaşı Şinji Kazama'nın etkileyici çabası da öyle. Bay Kazama o kadar cesurdu ki küçülen kutup buz örtüsüne aldırmadı, tarih kitaplarına geçmek için bir fırtınayı aştı. Ama artık üzerinde gezilebilecek daha az buz olduğu kesin.

Buzun eridiğinden şüphe yok –son on yılın uydu görüntülerinden bu açıkça belli oluyor– yalnızca nedeni biraz şüpheli. Çoğu biliminsanı bundan insanları sorumlu tutuyor, yalnızca doğal iklim döngülerini değil. Eriyen buzla ortaya çıkanların araştırılması da buzun erimesini hızlandıracak.

Bering ve Çukçi kıyılarındaki köyler çoktan boşaltıldı bile, çünkü kıyılar kayboldu ve av alanları yok oldu. Biyolojik anlamda da kartlar yeniden dağıtılacak. Kutup ayıları ve kutup tilkileri kaçıyor; morslar yaşam alanı bulabilmek için birbirleriyle yarışıyor; bölgesel sınırlardan bihaber balıklar ise kuzeye gidiyor, bazı ülkelerin stoklarını azaltırken bazılarınkini artırıyor. Mackerel ve Atlantik morinaları, artık kutuptaki trol teknelerine de vuruyor.

Eriyen buzun etkileri yalnızca Kuzey Kutup Bölgesi'nde görülmeyecek: Maldivler, Bangladeş ve Hollanda gibi ülkeler de buzların erimesi ve deniz seviyelerinin yükselmesiyle sel riski altında. Bu yan etkiler, Arktik'in neden bölgesel değil, küresel bir konu olduğunu vurguluyor.

Buz eriyip tundrayı ortaya çıkardıkça, buz tabakasının grileşmesini hızlandıracak iki şey olabilir. Mecburi endüstri işlerinin kalıntıları kar ve buzun üstüne gelecek, bu da sıcaklığı yansıtan alanı daha da daraltacak. Koyu araziler ve açık sular, yerini aldıkları kar ve buzdan daha çok enerji soğuracaklar, yani koyu arazileri genişletecekler. Buna Albedo etkisi deniyor. Olumsuz yanlarına rağmen, birkaç olumlu taraf da var: Isınan tundra çok daha fazla doğal bitkinin ve tarım ürününün yetişmesine olanak sağlayacak; bu da yeni yemek kaynağı arayan yerel nüfuslara yardımcı olacak.

Ancak, dünyanın son bozulmamış bölgelerinden birinin değişmek üzere olduğu gerçeğinden kaçamayız. Bazı ilkim değişiklik tahmin modelleri, Arktik'in bu yüzyıl sonunda yazın buzsuz kalacağını söylüyor; bunun daha çabuk olacağını öngörenler de var. Kesin olansa, bu ne kadar çabuk veya dramatik olacağı belirsiz olsa da, erimenin başladığı.

Kargo gemileri Kuzeybatı Geçidi'nden her yıl yazın birkaç haftasında yolculuk yapabiliyor ve böylece Avrupa-Çin süresi

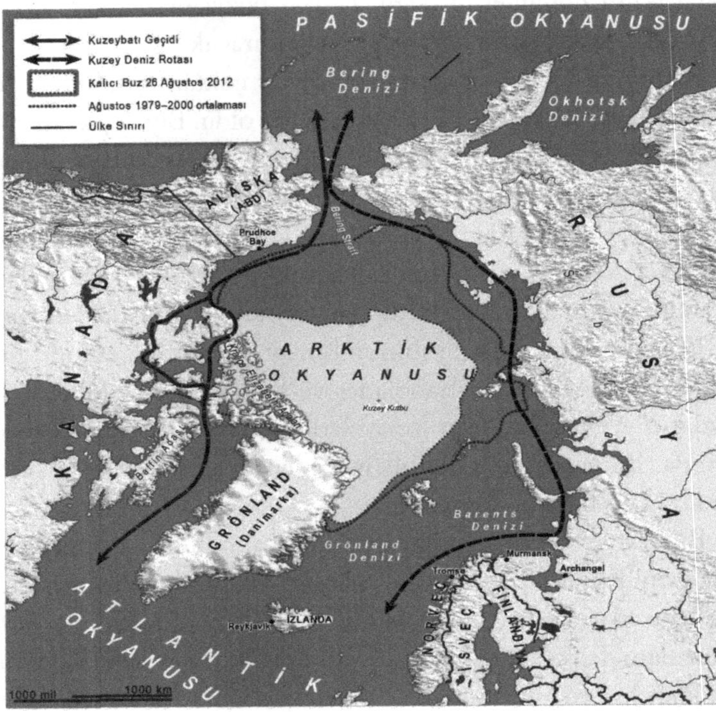

en az bir hafta kısalıyor. Yanında buz kırıcı olmayan ilk kargo gemisi 2014'te geçiş yaptı. *Nunavik* adlı bu gemi, Kanada'dan Çin'e 23.000 ton nikel madeni taşıdı. Kutup rotası %40 kısaldı ve Panama Kanalı'ndan daha derin sular kullanılmış oldu. Bu da gemilerin daha fazla yük taşımasını sağladı, onları binlerce dolarlık yakıt masrafından kurtardı, sera gazı emisyonunu 1.300 ton düşürdü. 2040'ta bu rotanın her yıl iki ay boyunca açık olması, Arktik'teki ticaret bağlantılarını dönüştürmesi bekleniyor. Bu durum, Süveyş ve Panama kanallarının gelirlerini bile etkileyecektir.

Sibirya kıyısının etrafından dolanan kuzeydoğu rotası da artık aylarca açık kalıyor ve giderek popülerleşiyor.

Eriyen buzun altından çeşitli doğal zenginlik ihtimalleri beliriyor. Keşfedilmemiş çok büyük doğalgaz ve petrol rezervlerinin açığa çıkması bekleniyor. ABD Jeoloji Araştırmaları Kurumu, 2008 tahmininde Arktik'in 47 trilyon metreküp doğalgaz, 44 milyar varil doğalgaz sıvısı ve 90 milyar varil petrol sahibi olduğunu, bunların büyük çoğunluğunun kıyı açıklarında bulunduğunu açıkladı. Giderek daha fazla bölgeye erişim açıldıkça, Kuzey Kutup Bölgesi'nin diğer bölgelerinde bulunan altın, çinko, nikel ve demir madenlerinden daha büyük oranda çıkarılabilir.

Ruhsat başvurusu yapan ve keşif sondajlarına bağlayan enerji devleri arasında ExxonMobil, Shell ve Rosneft de var. Zengin olmak için çalışmaya hazırlanan ülkeler ve şirketler, yılın neredeyse yarısında gece olan, çoğunda denizin üç buçuk metreye kadar donduğu ve açık sulardaki dalgaların yirmi metreye kadar ulaştığı bir yere geldiklerini bilerek hazırlanmalılar.

Sıkı ve tehlikeli çalışmalar, özellikle tüm yıl faaliyet göstermek isteyenler için tatsız olabilir. Tabii çok büyük yatırımlara da ihtiyaç duyulacak. Çoğu yere doğalgaz boru hattı yerleştirilmesi mümkün olmayacak, ayrıca denizde kompleks sıvılaştırma altyapıları kurmak çok masraflı. Bununla birlikte, finansal ve stratejik kazanımları düşünen büyük oyuncular, bölgede hak talep ederek sondaja başlayacaklar ve oluşabilecek çevresel sorunlar onları durdurabilecek gibi değil.

Egemenlik iddiaları, bölgeye gelen ilk kâşiflere değil, Birleşmiş Milletler Deniz Hukuku Sözleşmesi'ne dayanıyor. Bu sözleşmeyi imzalayanlar, kıyılarından 370 km uzaklığa kadar olan bölgedeki kaynakları kullanma hakkına sahip (tabii eğer bu alan, başka bir ülkenin de hak iddia edebileceği alanla kesişmiyorsa). Bu alanlara Özel Ekonomik Bölge (ÖEB) deniyor. Özel durumlarda ve bölgenin o ülkenin kıta sahanlığına dahil olduğunu gösteren bilimsel kanıtlar bulunduğunda, ÖEB 648 km'ye kadar uzatabiliyor.

Arktik buzullarının erimesiyle, Arktik Konseyi'nin sekiz üyesi de tavırlarını sertleştirmeye başladı. Arktik Okyanusu'na kıyısı bulunan Kanada, Rusya, ABD, Norveç ve (Grönland dolayısıyla) Danimarka'nın oluşturduğu "Arktik Beşlisi"ne tam üyelik sahibi İzlanda, Finlandiya ve İsveç de katılıyor. Ayrıca "Arktik Ülkeleri"nin egemenliğini, egemenlik haklarını ve bölgedeki hükümlerini kabul eden on iki diğer ülke, bu konseye Kalıcı Gözlemci statüsüyle katılıyor. Örneğin, 2013'teki Arktik Konseyi'nde, bölgedeki bilimsel keşif çalışmalarına mali destek veren Japaonya ile Hindistan, ayrıca Norveç'in bir adasında bilim merkezi kuran ve modern bir buz kırıcı sahibi olan Çin, Gözlemci statüsüne kavuştu.

Ancak, bu konseyde olmayan bazı ülkeler de bölgede hak iddia ediyor; diğer bazı ülkelerse "insanoğlunun ortak mirası" teorisiyle Arktik'in herkese açık olması gerektiğini savunuyor.

Arktik Okyanusu üzerine şu anda en az dokuz yasal anlaşmazlık ve egemenlik iddiası var. Bunların hepsi tartışmalı ve bazılarının ülkeler arasında ciddi gerilim yaratma ihtimali var.

En yüzsüzce iddia ise Rusya'dan geliyor: 2007'de Kuzey Kutbu deniz yatağındaki dalgaların 4.261 km altına mürettebatıyla birlikte iki derin denizaltı gönderen Moskova, buraya paslanmaz titanyumdan bir Rus bayrağı dikerek niyetini netlikle belli etti. Bilindiği kadarıyla bayrak orada hâlâ "dalgalanıyor". Bunu takiben, bir Rus beyin takımı, Arktik'in isminin değiştirilmesini önerdi. Üzerinde çok düşünmeden, alternatiflerini belirlediler: "Rus Okyanusu."

Rusya bir de Sibirya kıyısı yakınlarındaki Lomonosov Tepesi'nin Sibirya kıta sahanlığına, yani Rusya'ya ait olduğunu iddia ediyor. Bu tepe Kuzey Kutbu'na kadar uzandığı için, bu iddia diğer ülkeler için sorun teşkil ediyor.

Rusya ve Norveç'in Barents Denizi'nde özel bir sorunları var. Norveç, Barents Denizi'ndeki Gakkel Tepesi'nin kendi

ÖEB'sinin bir uzantısı olduğunu iddia ediyor; Ruslar buna itiraz ediyor. Ayrıca, üzerinde yerleşik bir nüfus olan en kuzeydeki yerleşim noktası Svalbard Adası üzerine de özel bir tartışma yaşıyorlar. Çoğu ülke ve uluslararası organizasyon, bu adaları "sınırlı" Norveç egemenliği altında kabul ediyor ama Svalbard grubunun en büyük adası Spitsbergen giderek Rus kömür işçisi göçmenlerle doluyor. Madenler kârlı değil ama Rus topluluğu, Moskova'nın Svalbard Adaları üzerinde hak iddia etmesine olanak sağlıyorlar. Rusya istediği zaman bu bölgedeki gerilimi yükseltebilir ve hem jeolojik iddiaları hem de Rus nüfusun varlığını kullanarak eylemlerini meşrulaştırabilir.

Bir NATO üyesi olan Norveç, başına geleceklerin farkında ve Artik'i dış politikada önceliği yapmış durumda. Hava kuvvetleri sürekli sınırlara yaklaşan Rus savaş jetlerini durduruyor; yükselen gerilim, Norveç'in askeri operasyon merkezini ülkenin güneyinden kuzeyine kaydırmasına ve bir Arktik Taburu kurulmasına neden oldu. Kanada soğuk iklimlerdeki askeri kabiliyetlerini artırıyor; ayrıca Danimarka da Moskova'nın palazlanmasına bir Arktik Tepki Gücü'yle karşılık verdi.

Rusya ise bir Arktik Ordusu yaratıyor. Altı yeni askeri üs inşa ediliyor, Novosibirsk Adaları'ndakiler gibi Soğuk Savaş'tan kalma üsler restore ediliyor, uçuş pistleri yenileniyor. Murmansk bölgesinde en az 6.000 kişilik muharebe timi hazırlanıyor, bunlara kar taşıtları ve hoverkraftlarla donatılmış iki mekanize piyade tugayı eklenecek.

Murmansk'a artık "Rusya'nın kuzey enerji geçidi" denmesi bir tesadüf değil. Putin, enerji arzı konusunda şöyle konuştu: "Kıyı açıklarındaki enerji sahaları, özellikle de Kuzey Kutup Bölgesi'nde, hiç kuşkusuz ki yirmi birinci yüzyılda ülkemiz için çok stratejik bir rezerv oluşturacak."

Moskova, Arktik için en azından Murmansk Tugayları'nı daima muhafaza edecek. Üstelik, Rusya soğuk havadaki savaş yeteneğini 2014'te 155.000 askerin, binlerce tankın, jetin ve geminin katılımıyla sergiledi. Rus Savunma Bakanlığı, bu tatbikatın Soğuk Savaş dönemlerindekilerden daha büyük olduğunu ilan etti.

Tatbikat oyunlarında, Rus birliklerine "Missouri" –elbette ABD'yi simgeliyor– adlı bir yabancı işgal gücünü püskürtme görevi verildi. Senaryoya göre, Missouri birlikleri ismi verilmeyen, Rusya'yla yakın zamanda anlaşmazlık yaşayan bir Asya devletine destek olmak için Çukotka, Kamçatka, Kuril Adaları ve Sakhalin'e girmişler. Bu isimsiz güç Japonya ve senaryodaki anlaşmazlık da analistlere göre Güney Kuril Adaları olabilir. Daha sonra Putin'in Arktik bölgesini resmi dış politika doktrininde Rus etki alanı olarak ilan edişiyle birlikte, bu askeri niyet gösterisi siyaseten de vurgulandı.

Rusya'nın giderek küçülen ekonomik gücüne ve bunun birçok devlet dairesinde bütçe kesintilerine yol açmasına rağmen savunma bütçesi artırıldı. Bunun bir kısmı da günümüz ile 2020 arasında Arktik askeri gücünün artırılmasına harcanacak. Moskova'nın geleceğe dair planları, geçmişten gelen bir altyapısı ve konumsal bir avantajı var. ABD Sahil Güvenlik Yüzbaşı Melissa Bert, Washington'daki Uluslararası ve Stratejik Çalışmalar Merkezi'ne şöyle konuştu: "Rusların Kuzey Kutup Bölgesi'nde şehirleri var; bizimse sadece köylerimiz var."

Tüm bunlar, birçok açıdan Rusların Soğuk Savaş sırasındaki Kuzey Kutbu politikalarının devamı. NATO'nun Skagerrak Boğazı'nı tıkayarak Rus Baltık Filosu'nu durdurabileceği aşikâr. Ancak, bu potansiyel blokaj, Arktik'teki Kola kıyısında bulunan Kuzey Filosu'nun Arktik buz yığınıyla arasında yalnızca 288 km var. Bu dar koridordan geçtikten sonra Norveç Denizi'nden inip GİBK (Grönland, İzlanda, Birleşik Krallık) Aralığı'ndan geçerek Atlantik Okyanusu'na ulaşması gerekiyor. Soğuk Savaş döneminde, bu alana NATO'da "Ölüm Bölgesi" deniyordu, çünkü NATO uçakları, gemileri ve denizaltıları, Sovyet filosunu burada yakalamaya çalışıyordu.

Yeni Soğuk Savaş'ta stratejiler aynı kalacak, her ne kadar Amerikalılar NATO'daki müttefikleri İzlanda'dan birliklerini çekmiş olsa da. Kendine ait silahlı kuvvetleri olmayan İzlanda'da bu hamle "öngörüsüzlük" olarak yorumlandı. İsveç Atlantik Konseyi'ne yaptığı konuşmada, İzlanda Adalet Bakanı Björn Bjarnason şöyle konuştu: "Bölgede belirli bir askeri güç kalmalı ve ülkelerin çıkarlarını, isteklerini simgelemeli, çünkü askeri gücün çekilmesiyle ulusal çıkarlar ve öncelikler konusunda geri adım atıldığı düşünülebilir."

Ancak, on yıldan uzun süredir Arktik'in Ruslar için ABD'den daha büyük bir öncelik olduğu ortada. Bölgeye iki ülke tarafından atfedilen öncelik farkı bunu gösteriyor; Sovyetler Birliği'nin çöküşünden beri ABD bu bölgeye o kadar da odaklanmadı.

Bir buz kırıcı yapımı için bir milyar dolar ve on yıl gere kiyor. 2013 ABD Sahil Güvenlik Değerlendirme Raporu'na göre, Rusya, dünyanın en büyük buz kırıcı filosuyla (32) açık şekilde dünyanın en büyük Arktik gücü. Buz kırıcılardan altısı dünyada başka örneği olmayan şekilde, nükleer güçle çalışıyor; Rusya ayrıca 2018'de dünyanın en büyük buz kırıcısını tanıtmaya hazırlanıyor. 3 metreden daha derin buzları kırabilecek bu aygıt, buz sahalarında 70.000 tonluk petrol tankeri çekebilme kapasitesine sahip olacak.

ABD filosu ise 1960'lardaki sekiz aygıttan sonra, günümüzde yalnızca bir buz kırıcıya sahip, *Polar Star* ve başka bir buz kırıcı inşa etme niyeti yok. 2012'de Antarktika'daki araştırma merkezine ikmal desteği göndermek için bir Rus gemisinden destek aldı; bu durum süper güçler arasındaki işbirliği bakımından çok önemliydi ama aynı zamanda ABD'nin ne kadar geri düştüğünü de ortaya koydu. Diğer ülkeler de soğuk iklimlerde Rusya'yla rakip olmaya çalışmıyor: Altı buz kırıcısını olan

Kanada yalnızca bir tane daha imal ediyor; Finlandiya'da sekiz, İsveç'te yedi, Danimarka'da dört adet mevcut. Çin, Almanya ve Norveç'te de birer tane var.

2015 sonbaharında, Başkan Obama görevdeki başkanlar arasında Alaska'ya giden ilk kişi oldu ve ABD'nin daha fazla buz kırıcı üretmesi gerektiğini savundu. Ama bu, iklim değişikliği temasıyla yapılan gezide yalnızca gelip geçen bir cümle oldu. Arktik bölgesinin güvenlik ve enerji konularından neredeyse hiç bahsedilmedi. Washington bu konuda çağın çok gerisinde kaldı ve Trump'ın Beyaz Saray'a gelmesiyle de değişen herhangi bir şey olmadı.

ABD'nin başka bir sorunu daha var. Birleşmiş Milletler Deniz Hukuku Sözleşmesi henüz bu ülke tarafından onaylanmadı ki bu da ABD'nin Özel Ekonomik Bölge talebinde bulunmayarak deniz altında 518.000 km^2'lik bir alandan feragat etmesi anlamına geliyor.

Buna rağmen, ABD potansiyel kıyı petrolü hakları ve Kanada takımadaları sularına erişim konularında Kanada'yla anlaşmazlıklar yaşıyor. Kanada bu suların ülkeye dahil olduğunu iddia ediyor; ABD ise buranın uluslararası seferlere açık bir bölge olduğunu savunuyor. 1985'te ABD, Kanada'ya haber vermeden buraya bir buz kırıcı gönderdi ve her zaman sıcak ilişkiler içinde olduğu Kanada'yla aralarında büyük bir gerilim oluştu.

ABD aynı zamanda Rusya'yla Bering Boğazı, Arktik Okyanusu ve kuzey Pasifik konularında anlaşmazlıklar yaşıyor. O zamanki Sovyetler Birliği'yle imzalanan 1990 Deniz Sınırları Antlaşması'yla Moskova bir balıkçılık bölgesinden feragat etmişti. Ancak Sovyetlerin dağılmasıyla Rus parlamentosu bu anlaşmayı tanımayı reddetti. Bu alanın ABD'ye ait olduğuna itiraz etmeseler de Ruslar bu konuyu daha sonra açma haklarını saklı tutuyorlar.

Kanada'yla Danimarka arasında ise, Grönland'ı Ellesmere Adası'ndan ayıran Nares Boğazı'ndaki Hans Adası üzerine bir anlaşmazlık var. 56.000'lik nüfusuyla, Grönland içişlerinde bağımsız olsa da dışarıda Danimarka'ya bağlı. 1953'te Danimarka ile Kanada arasında yapılan anlaşma, Hans Adası konusunu muğlak bıraktı ve o zamandan beri iki ülke de oraya gidip bayraklarını dikme zahmetlerine girdiler.

Tüm egemenlik konuları, aynı istek ve korkularla ortaya çıkıyor: askeri ve ticari seferlerin güvence altına alınması, bölgede ulusal çıkarların korunması ve kaybedilenlerin diğer ülkeler tarafından kazanılması korkusu. Yakın zamana kadar, Kuzey Kutup Bölgesi'ndeki zenginlikler yalnızca teorikti ama eriyen buzlar teoriyi ihtimale ve hatta bazı yerlerde kesinliğe çevirdi.

Buzların erimesi hem coğrafyayı değiştiriyor hem de nelerin risk altında olduğunu tekrar düşündürüyor. Arktik ülkeleri ve dev enerji firmaları artık bu değişikliklerle nasıl başa çıkacaklarına ve hem çevreye hem de Arktik halklarına ne kadar önem vermeleri gerektiğine karar vermeliler. Enerjiye duyulan açlık, bazı Arktik uzmanlarının "Yeni Büyük Oyun" dedikleri konudaki yarışı kaçınılmaz kılıyor. Kuzey Kutup Bölgesi'nde daha çok gemi, petrol kulesi ve doğalgaz platformu görülecek. Rusların elinde hem nükleer güçle çalışan buz kırıcılar var hem de 3 metrelik buzun çarpmasına bile dayanabilecek, yüzen bir nükleer güç santrali inşası gündemde.

Ancak buradaki durumla on dokuzuncu yüzyılda Afrika için verilen mücadele veya Ortadoğu, Hindistan, Afganistan'da yaşananlar arasında farklar var. Bu yarışın kuralları, formülü ve karar alma mekanizması var. Arktik Konseyi, çoğu demokratik olan olgun ülkelerden oluşuyor. Bölgesel anlaşmazlıkları, çevre kirliliğini, deniz kanunlarını ve azınlık halklarına gösterilen muameleyi düzenleyen uluslararası kanunlar yazılıyor. Üzerinde anlaşılamayan toprakların büyük kısmı, on dokuzuncu yüzyıl emperyalizminde veya birbirleriyle savaş halinde olan ulus devletlerin zamanında fethedilmemişti.

Arktik ülkeleri, birbirleriyle çatışan gruplar nedeniyle olmasa da, coğrafi şartların etkisiyle büyük zorluklar çıkaracak bir bölgede yaşadıklarının farkındalar. Arktik Okyanusu karanlık, tehlikeli ve ölümcül olabiliyor. Burası yanınızda birkaç dostunuz yoksa pek de olmak istemeyeceğiniz bir yer. Bölgede başarılı olunabilmesi için işbirliği yapılması gerektiği aşikâr, özellikle de balık stokları, kaçakçılık, terör, arama-kurtarma ve çevre konularında.

Balıkçılık hakları konusundaki bir anlaşmazlık, iki ülke arasında ciddi bir meseleye dönüşebiliyor: 1950'ler ve 1970'lerdeki "Morina Savaşları" yüzünden Birleşik Krallık ve İzlanda iki kez burun buruna geldi. Taşımacılık rotaları olan yerlerde her zaman kaçakçılık da olur; Arktik'in farklı olacağına dair bir emare de yok. Ama bölge şartları düşünülünce, bu konuda denetim sağlamak çok zor. Bölgeye giderek daha fazla ticari gemi ve yolcu gemisi akın ederken, Arktik ülkelerinin arama-kurtarma ve anti-terör yetilerinin de aynı şekilde gelişmesi gerekecek, tıpkı giderek daha kalabalıklaşan sulardaki çevre felaketlerine tepki verebilme yetileri gibi. 1965'te *Lenin* adlı buz kırıcı seyir halindeyken bir reaktör arızası yaşadı. Kıyıya dönüşünün ardından, reaktörün bazı parçaları kesildi ve zarar gören yakıtla birlikte, beton bir konteynerin içine kondu ve denize bırakıldı. Arktik açıldıkça bu tip olaylar daha çok görülecek ama kontrol edilmesi zorlaşacak.

Arktik belki de ulus devletler için başka bir savaş alanı olacak. Sonuçta, savaşlar diğerlerinden korkulması ve açgözlülük nedenleriyle çıkıyor. Ama Arktik farklı bir yer, bu yüzden işlerin yürütülme şekli de farklı olabilir. İki tarafın da kazanmasının mümkün olmadığı oyunların asıl hırslara sahne olduğunu tarihimiz bize gösteriyor. Coğrafi determinizme kısmi bir inanç duyulması, ek olarak insan doğası düşünüldüğünde, bunun başka türlü olmasını mümkün kılmadı. Ancak, teknolojinin bize coğrafya mahkûmiyetimizi kırma konusunda ne kadar yardımcı olduğu konusunda örnekler var: önceki kuşakların hayal bile edemeyeceği hızlarda geçilen çöller, denizler gibi. Dünya'nın yerçekiminin prangalarını da kırdık. Yeni küreselleşen dünyamızda, bu teknolojiyi kullanarak hepimiz Arktik'te fırsat sahibi olabiliriz. Doğamızın açgözlülüğünü yenebilir ve büyük oyunda hepimiz kârlı çıkabiliriz.

SONUÇ

En son dünyanın tepesinde kalmıştık ve bu yüzden yalnızca yukarıya devam edebiliriz.

Son cephe, hayal gücümüze her zaman hitap etmiştir ama içinde bulunduğumuz çağda, insanoğlu hayallerini gerçekleştirmiş, uzaya çıkmış, sonsuzlukta bir milimetre yol almış ve geleceğe adım atmış durumda. İnsanoğlu, huzursuz doğası gereği, kendini asla Carl Sagan'ın deyişiyle "Solgun Mavi Nokta"yla sınırlı bırakmaz.

Ama bazen özümüze dönmeliyiz, hem de sertçe, çünkü henüz kendi coğrafyamıza veya rekabet hissimize tam olarak hâkim değiliz.

Coğrafya her zaman bir çeşit hapishane olmuştur. Ülkelerin kimliklerini ve potansiyellerini belirleyen şartlar, birçok dünya liderinin aşmak istediği engelleri barındırıyor.

En net örnek olarak Rusya'yı gösterebiliriz. Merkez olarak kontrol ettiği küçük topraklarını doğal bir süreçle genişlettiler ve büyük kısmı dağlarla, denizle çevrili, muazzam topraklara sahip oldular; tek zayıf noktalarıysa Kuzey Avrupa Ovası. Büyük bir ülke yaratmak isteyen Rus liderlerinin bu ovayla ilgili yapabilecekleri çok sınırlıydı. Benzer şekilde, Avrupa da devasa bir ticaret alanı olma tercihini bilinçli şekilde almadı; bin yıllık süreçte, uzun ve sakin nehir ağları bunu hem mümkün hem de aslında kaçınılmaz kıldı.

Yirmi birinci yüzyıl devam ederken, tarihimizde belirleyici rol oynayan coğrafi faktörler geleceğimiz hakkında da büyük söz sahibi olacak: Bir yüzyıl sonra, Rusya ovanın ötesine hâlâ kaygılı gözlerle bakacak. Himalayalar, Hindistan ve Çin'in arasında durmaya devam edecek; iki ülke arasında sonunda çatışma çıkabilir ama böyle olursa bile, savaşın şartlarını belirleyen faktör coğrafya olacak: Dev orduların dağları aşması için –veya bu imkânsız olursa ve iki ülke de nükleer yöntem yerine kozlarını denizde paylaşmak isterlerse– büyük teknolojik gelişimlere ihtiyaç duyulacak. Florida, Meksika Körfezi'ne giriş-çıkışları kontrol etmeye devam edecek. Önemli olan burayı kimin kontrol ettiği değil, Körfez'in konumu. Pek mümkün olmayan, uç bir senaryo da şöyle: Çoğunluğu Hispanik olan ve ABD'den ayrılan bir Florida'nın Küba ve Meksika'yla ittifak yaptığını düşünün. Bu, bölgenin önemini değil, Körfez'in kontrol dinamiklerini değiştirir.

Coğrafya elbette tüm olayların akışını kontrol etmiyor. Büyük fikirler ve büyük liderler de tarihin akışında büyük rol sahibi oluyor. Ama hepsi, coğrafyanın sınırları içinde kalıyor. Bangladeş'in liderleri, Bengal Koyu'nu su basmasını engellemeyi hayal edebilirler ama ülkenin %80'inin düz arazide yaşadığını ve taşınamayacağını da biliyorlar. İskandinav ve İngiliz lider, Kral Knud on birinci yüzyılda deniz dalgalarına çekilmelerini emrederken, dalkavuklarına işte bu mesajı vermişti: Doğa –veya Tanrı– her insana üstündür. Bangladeş'te yapılabilecek tek şey, doğanın gerçeklerine karşılık vermek: daha fazla bent inşası ve küresel ısınma yüzünden ne kadar su yükseleceğine dair bilgisayar modellemesinin abartıldığı umudu.

İklim değişikliği gibi yeni coğrafi gerçekler, yeni fırsatlar ve zorluklar doğuruyor. Küresel ısınma, toplu göçlere neden olabilir. Maldivler ve diğer birçok ada, gerçekten de dalgalar altında kalacaksa, bu yalnızca oradan kaçanları değil, aynı zamanda iltica edilmek istenen ülkeleri de etkileyecek. Bangladeş'teki sel eğer çok şiddetli olursa, ülkenin ve 160 milyonluk halkın geleceği meçhul olacak; bu fakir ülkenin tamamen sular altında kalma ihtimali de var. Sahel'in hemen altındaki topraklar çölleşmeye devam ederse, Darfur ve Sudan'dakilere benzer savaşlar yoğunlaşacak ve yayılacak. Bu savaşların bir nedeni de çölün kuzeye yaklaşması sonucu, göçebelerin güneydeki Fur halkına sığınması.

Su savaşları da başka bir potansiyel sorun. Ortadoğu, önümüzdeki yıllarda istikrarlı demokrasilere ev sahipliği yapsa bile, kaynağı Türkiye'de olan ve daha sonra Fırat'a dökülen Murat Nehri'nin suları büyük ölçüde yok olduğunda, Türkiye'nin kendi hayat kaynağını korumak için inşa edeceği barajlar yüzünden su akışı kesilen Suriye ve Irak'la aralarında savaş çıkması ihtimaller dahilinde.

Biz coğrafya hapishanesinden çıkıp evrene bakmaya devam ederken, siyasi sorunlar uzayda devam edecek – en azından öngörülebilir gelecek boyunca.

1961'de stratosferin en üst tabakasını delen yirmi yedi yaşındaki Sovyet kozmonot Yuri Gagarin, *Vostok 1* adlı gemiyle uzaya çıktı. Ne yazık ki; Gagarin'le aynı vatanın insanı olan Kalaşnikof'un ismine daha çok insan aşina.

Yuri Gagarin, Buzz Aldrin ve diğerleri, yani sınırları aşıp dünyayı kendi hayallerinin de ötesinde değiştirenler, aslında Marko Polo ve Kristof Kolomb'un torunları. Mesele, sonucun daha iyi veya daha kötü olması değil; bu insanlar, doğal zenginlikleri için halkların yarışacağı yeni fırsatlar ve yeni alanlar yarattılar. Bunun için birkaç kuşak geçmesi gerekecek ama uzaya da bayraklar dikeceğiz, orada da topraklar "fethedeceğiz", haklar iddia edeceğiz ve evrenin önümüze koyduğu engelleri aşacağız.

An itibariyle, uzayda aktif 1.100 civarı uydumuz var, 2.000 civarıysa pasif. Ruslar ve Amerikalılar toplam 2.400 uydu gönderdiler, 100 tane Japonlardan, bir o kadar da Çin'den geldi, diğer ülkelerden de az da olsa katkı yapanlar mevcut. Bu uyduların altında uzay istasyonları var ve insanlar artık buralarda yaşıyor, dünyanın çekim gücünün dışında yarı devamlı olarak çalışıyorlar. İlerlediğimizde, ayın yüzeyinde hâlâ en az beş Amerikan bayrağının dalgalandığı düşünülüyor ve çok daha ilerlediğimizde, ürettiğimiz makineler Mars ve Jüpiter'i geçti, bazıları görebileceğimiz ve anlamaya çalıştığımız şeylerin çok ötesine yönlendi.

Uzaydaki çabalarımızın insanlığı kolektif, dayanışma içinde bir geleceğe götürdüğünü düşünmek çok cazip. Ama bunun gerçekleşmesinden önce, uzayda üstünlük için rekabeti yaşayacağız. Uydular orada yalnızca televizyon yayınları veya hava durumu tahminleri için bulunmuyorlar: Ülkeler hakkında casusluk yapılması, kim nereye yanında neyle gidiyor diye bakılması da yaygın amaçlar arasında. Ek olarak Amerika ve Çin lazer teknolojisi geliştirme aşamasındalar ki bu teknoloji silah olarak kullanılabilir. Ayrıca iki ülke de uzayda işleyebilecek bir füze sistemi yaratma ve ötekinin sistemini bozma hedefinde. Teknolojik bakımdan ilerlemiş ülkelerin çoğu, artık uzayda savaşma ihtimallerine karşı hazırlanmaya çalışıyorlar.

Yıldızlara uzandığımızda, önümüze öyle engeller çıkacak ki belki de birlikte hareket etmeden başarılı olamayacağız. Evrende Rus, Amerikalı, Çinli olarak değil, insanlığın temsilcileri olarak gezmek zorunda olacağız. Ama, yerçekiminin prangalarını kırmış olsak da, hâlâ kendi zihinlerimizin içine hapsolmuş, "öteki" dediğimizden duyduğumuz şüphelerle ve dolayısıyla kaynakların kullanımı için duyduğumuz ilkel rekabet dürtümüzle kuşatılmış durumdayız. Hâlâ çok yolumuz var.

TEŞEKKÜR

Bu kitap için zaman ayıran, tavsiye ve cesaret veren herkese çok teşekkürler.

Sabrı ve doğal yazım kontrolü yetenekleri için karım Joanna'ya; coğrafi gezintilerime şekil ve yön veren Elliott and Thompson'dan Pippa Crane ve Jennie Condell'a; cesaret verdiği ve yeni bakış açıları sunduğu için Ollie Dewis'e teşekkür etmek isterim.

Eğer bilgilerde hata varsa sorumluluğu kendi üzerime* aldığımı da tekrar belirterek kitabın çeşitli bölümlerine, tecrübeli gözlerini gezdirdikleri için şu kişilere de müteşekkirim: James Richards (Birleşik Krallık hükümeti eski resmi Çince tercümanı, China Association'ın eski başkanı), Profesör James D. Boys (Ziyaretçi Kıdemli Araştırmacı, Kings College London), David Slinn (Birleşik Krallık'ın Kuzey Kore Eski Büyükelçisi), Joel Richards MA (Güney Amerika uzmanı), Kelvin O'Shea (Sky News), Tim Miller (Sky News), Jaksa Scekic (Reuters Belgrad) ve Aleksander Vasca (Reuters Belgrad).

Ayrıca nezaket gösterip bana uzmanlıklarını sunmalarına rağmen isimlerinin geçmesini istemeyen devlet çalışanlarına ve toplum hizmeti görevlilerine de teşekkürlerimi sunarım.

* Burada bu vurgu yapıldığı için özellikle belirtme ihtiyacı duyuyorum: Kişisel olarak da ilgi duyduğum konuları işleyen bu içten ve özenli çalışmayı Türkçeye hakkıyla aktarabilmek için gösterdiğim samimi çabaya rağmen, bir hatam olduysa ben de affınıza sığınıyorum. (ç.n.)